风向正南

（长篇小说）

刘巍　著

中国文史出版社

书在版编目（CIP）数据

风向正南 / 刘巍著 . -- 北京 : 中国文史出版社 ,2020.12
ISBN 978-7-5205-2645-6

Ⅰ . ①风… Ⅱ . ①刘… Ⅲ . ①长篇小说－中国－当代 Ⅳ . ① I247.5

中国版本图书馆 CIP 数据核字 (2020) 第 242146 号

责任编辑：窦忠如

出版发行：中国文史出版社
社　　址：北京市海淀区西八里庄路 69 号院　邮编：100142
电　　话：010－81136606　81136602　81136603（发行部）
传　　真：010－81136655
印　　装：廊坊市海涛印刷有限公司
经　　销：全国新华书店
开　　本：710×1000　1/16
印　　张：26.5
字　　数：382 千字
版　　次：2021 年 2 月北京第 1 版
印　　次：2021 年 2 月第 1 次印刷
定　　价：78.00 元

经历了新冠疫情的人们，忽然间更加珍惜又一年的这个春天，他们真切地认识到了亲情、友情和爱情的可贵，也深刻感悟到一次错过可能就是一生，所以盘算着必须珍惜当下聚一聚、见一见、聊一聊，不留一点人生的遗憾。

曾经是南京军政学院十一队五班的学员们，为了岁月的纪念，在毕业二十年后，在金陵最美的人间四月天，又回到了他们曾经的母校。虽然因为院校的并改和裁撤这里已经没有了当初的名字，不再作为一个学校而独立存在，学员和教职员工也都转隶去了另外的城市，但是十几个人走进当年的教室和宿舍，仍然能强烈地感受到二十年前在这里求学的青春气息。这种气息在这二十年每个人的生命经历中曾经隔世尘封，却突然在大家相遇的一刹那，在时光斑驳了四壁的老地方，带大家穿越到了二十多年前，第一次走进这座绿色方阵的那一刻——

目　录

第一章　若如初见

一

夏夜清爽的风，拂过灯火斑驳的南方都市，让白日燥热的喧嚣得到些许的冷却，也让患有高血压的温度计恢复一点平静。在南京军政学院的新生宿舍里，一对父子轻声交谈着……

“吕杨，爹先回去了，你在这儿好好学啊，一定要学出个样子！”一句细心的叮嘱响在新学员吕杨的耳际。

“您就不能再待几天吗？”吕杨望着他的父亲，“我最早来报到，一个人闲坐着没意思。”

“娃，习惯就好！”父亲的语调渐渐沉了。“你也知道这大城市东西有多贵，我去学校的招待所问了问价儿，最差的三人房每铺还得五十块钱呢……”

“当当……”突然间的敲门声打断了父子的谈话。

“哪位？”吕杨一边应着，一边去开门。

“哦，自我介绍一下，我是这个学员队的教导员易资平。”门开了，一位两杠一星的少校军官走了进来，瘦削的脸上还微露着几丝笑容。“听说吕杨同学是来队最早的一个，我就先过来看看！”

“对啊，对啊，我们第一个来的。”吕杨的父亲接上了话茬儿。“我是他爹，听说这几天报到上学的可多了，我们就提前坐车来了。领导，感谢啊！”

“没什么，您太客气了。”易教导员握住了吕杨父亲长满苍厚老茧的手，寒暄了起来。

好一会儿，易教导员才瞟见自己手表上的时针已经指向 8 点钟，就随口问了一句：

“吕杨，你爸爸安排在哪里住了？有空你们一起出去转转吧，熄灯前回来就行了。”

“他……他住在附近宾馆里……”吕杨望着教导员那殷切的目光，脸不由得红了，紧张得只好扯了个谎。

不经意间，易教导员瞥见了吕杨父亲穿的那件洗得有些泛黄的白色衬衫，好像明白了什么。

“那这样吧。”易教导员停顿了片刻说，“吕杨可能头一次离家，入学后就得自己独立生活了，以后这四年学习生活，平常跟家里人见面的机会不多，不如你们父子俩就在这宿舍里住上一晚吧，也好多说点话。”

“这，恐怕不好吧！”吕杨的父亲连忙推辞。

“别客气了，您就住下吧！”易资平笑着说：“一会儿可能还有新学员来报到，我先走了，吕杨，好好照顾你爸，需要什么的话，就到队部找我。”

“好，好，易教导员，那就太麻烦您了。”父子俩送走了教导员，便带着一天旅途的疲惫很快进入了梦乡……

二

也是在这样燥热的夏夜，也是在这个繁华的都市，前来报到的新学员曲直住在五星级宾馆，皇都大酒店的套房里。

“爸，这地方住着挺上档次啊！”曲直看了看屋里的设置，宽阔的商务套间，42 寸的液晶电视，猩红的羊毛地毯，高兴地说。

“也就那么回事，酒店嘛，都一个样，”曲直的父亲满不在乎地说。“反正是我住店，你李叔买单。”

“又是他啊？”一说李叔，曲直马上想起了那个叫李志乾的家伙，他手上总爱戴个十分晃眼的劳力士金表，大腹便便、几乎脑满肠肥。不过一想到今天他又该出点儿血，心里倒觉得有些平衡了。

“对了，儿子，换件短袖衬衫，马上有人要请咱们吃饭。”曲直的父亲看了看表，催促他说。“车估计快到楼下了。”

正说着，一阵悦耳的来电铃音响了起来，曲直的父亲等了几十秒钟，几乎快听了半首曲子的时间，才慢慢地拿起了手机。

“喂，小李呀！车到楼下了吗，不要急……”

曲直判断肯定又是那个李志乾，不过想想就是一顿饭，也没什么大不了的，望着父亲，没有作声。

父子下了楼，来到大门口，曲直一眼就认出了那辆香槟色的宝马 740 轿车，那是曲直的父亲给那个李志乾批了个基建项目后，他新换的车。

“曲主任，我的好大哥啊。”迎面走下车来一个人，满脸堆笑，肥肉颤动，不用说，这肯定就是李志乾了，他在曲直父亲面前总是这样假惺惺的，“来，请您和曲公子上车。”

说着，李志乾小心翼翼地开了车门，马上手扶着车顶棚的下沿，那姿态，真像是大饭店里训练有素的服务人员。

“曲主任，曲公子真是相貌堂堂，一表人才啊！”坐在车里，李志乾开始了一通“狠拍”。通过车前的反光镜，曲直看到了副驾驶上那张像面团一样揉搓在一起的脸。“可是，您怎么能让他到军校念书呢？那里多艰苦啊！”

“他自己非要去，我们也拿他没办法。”曲直的父亲笑了笑，随便地答了一句。

“曲公子，其实你在地方读书多好，以后考研、留学，赚大钱！”看曲主任对话题不怎么感兴趣，那副肥头大耳马上侧着伸向了曲直。“不过在军队也没什么不好，以后当了将军也什么都不愁啊！”

曲直没有理睬他，只是贴着窗子假装欣赏夜色中城市的街景。

很快曲直跟他父亲来到了“状元大酒店”，见到了那几个经常到他家做客的房地产开发商，他们以他升学为题目摆了一桌大宴席：过桥东星斑、红焖大排翅、海苔卤辽参、浓汤澳洲鲍……反正是菜单上前几页的基本都点了。

觥筹交错，曲直只是喝了几杯法国波尔多干红就醉倒了。

再次醒来，曲直发现自己已经躺在皇都大酒店柔软舒服的床上。吹着午夜的微风，和着房间里他父亲曲主任高低起伏的鼾声，他又香甜地进入了梦乡。

第二天一早，曲直起床简单洗漱了一下之后，发现父亲正在整理行装。

“爸，你要走？”曲直惊讶地问。“不是说好好陪我玩两天吗？”

“我也没办法，北京那边还有个招投标的会议要参加。”曲主任也是一脸无奈。“你就留在这儿，跟你李叔在一起。”

“不，”一想起那个好像24寸彩电的大脑袋，曲直的胃里就直反酸水，“爸，你走我就回学校报到去。”

“这……随你吧。不过你得赶紧收拾东西，我上午十一点的飞机。”

就这样，曲直和他的父亲又坐上了昨晚那辆香槟色的宝马740轿车，向着飞机场驶去。

三

在学院空空的宿舍里，吕杨和他的父亲正在计算着两天来的花销：

吃两碗面　8元钱

买只钢笔　22元钱

买双布鞋　30元钱

买只提箱　72元钱……

“一共花了430，”吕杨的父亲说，“还剩600多，除了我买返程火车票的钱，还有四五百，你留着吧！”

说着，吕杨的父亲顺势把几十张花花绿绿的纸票塞进了吕杨的裤兜，“就这么些了，也不够你干啥的，拿着！”

说着，吕杨的父亲开始收拾随身的物品，准备启程回家。

队部的门锁着，估计队干部出去接新学员了。原本准备向教导员道谢的父子俩，和门口站岗的老学员打了声招呼后便出了学院校门。

花了两元钱，父子二人挤上了人头攒动的公交车，那慢腾腾的公交车带着他们焦急的心情驶向了火车站。

四

而坐着宝马740轿车的曲直，已经到了机场，想想120公里时速跑在高速公路上，还是有一种快捷的惬意。

“我先走了，好好学习，别忘了路是你自己选的，你自己要走好。”安检口前，曲直看着父亲那双泛红的眼睛。却不知道父亲是因为对他的感动，还是昨晚喝多了没有睡好。

“老爸，一路平安！”挥挥手，目送着父亲走进了安检口，曲直才觉得自己有种失落感。

“曲直老弟，”又是那个李志乾，不过这次语气中少了几分媚态，“刚刚看到门口有你们学院的接站车，去看看怎么样，也认识一下你的新同学吧。”

“好，去看看！”曲直笑了笑，心想反正行李在宝马车上，可以直接拿走，这回可以摆脱他了。

“OK！”那位李叔，也就是什么飞华房地产开发公司的总经理李志乾，一边说着，一边领着曲直向外走去，“反正你们都是未来的军官嘛！”

在机场接站的是辆白色的依维柯小客车，透过车窗，可以看到里面只有稀疏的几个人，有男同学也有女同学，还有几个想必是送学生来上学的家属了。一股回归集体的热情使曲直不由得跑到了车前，拉开了车门。

“同学们哪个是十一队的？”李志乾却抢过话来问，“有没有啊？”

车里坐着的家长和报到的新生们都好奇地望着这两个探头进来的不速之客。突然，从最后排的座位上传来了一声清脆的回答。

“我是。”定眼看去，原来是一个长发的女生，长的有点像哪个电影演员，却又叫不上名来，“有什么事吗？”

“您好，”一看同班的有个美女同学，曲直的脸腾地就红了，“不好意思，我叫曲直，想来顺路问问有没有一个队同学？”

“您好，我叫于笑薇，”那女孩倒没怎么拘束，“很高兴认识你。”

“我是曲直的叔叔，李志乾，广东飞华房地产开发公司经理，很高兴认识您，于小姐。”李志乾没等曲直说话，抢着从衬衣口袋里掏了一张名片，塞给了于笑薇，“有事儿常联系，随时欢迎。哈哈，欢迎欢迎！”

也许是一种直觉，也许是一种错觉，曲直总认为这个李志乾跟女孩说话时眼睛不大老实，跟人家握手的时候，还故意握着人家的手指停留了好大一会儿，足有半分钟。

“两位，拜托让一下地方，不要挡别人上车的路，”曲直听见身后一声陕北口音的吆喝，那语气倒像是中学时体育老师上课时的开场白，既是要求又是命令。“我们这是接新生的班车，你们走错地方了。”

“同志，请不要误会，我们是来找同学的。”

“找同学的？请把你的录取通知书拿出来！”

“来，给你！”

“哈哈，原来是自己人啊！”看过通知书，不想那位“同志”却笑了起来，“我也是十一队的，先自我介绍一下，我叫池宏非，水池的池，宏伟的宏，非常的非。”

“您好，我叫曲直。”曲直主动跟池宏非握了握手，两人相视而笑。

“喂，我说这位池领导，刚才是你带路，给我带到这车上的，你怎么没问我是哪个队的呢？”后排的于笑薇说道。

“您这是带刺儿玫瑰，我可是实在是没敢注意，怕扎着手呀！”池宏非挠了挠头，弄得全车的人都笑起来了。

“曲直，反正咱们也是回学校，不如让于小姐搭段顺风车，也坐我的宝马吧！”显然，李经理是醉翁之意不在酒。

“那可不行，签到了就必须留在这车上！”池宏非没等曲直回答就抢了一句。“我们既然接受了接新生的任务，就必须保证好新生的安全。”

“多谢您了啊，”于笑薇也送了李经理一枚“软”钉子。“可池首长是这里的最高领导，很抱歉，我只听他指挥。”

“那就这样吧，”曲直接着说，“李叔，你帮我把行李卸下来，我就在这里报到入学了。”

“这，绝对不行！曲主任吩咐我好好照顾你，安安全全地把你送到学校。”没想到这李经理还挺固执，“再说这依维柯面包车，破破烂烂的，太委屈你了，不如你们两个曲直的同学也坐我这车吧。”

“没事儿，学校的车就是这样，你放心吧！”池宏非笑着说，“这么多人，不安安全全地到学校，谁敢坐呀？还是您忙您的事情吧。”

“这……”池宏非一反驳，再面对着一车有些奚落的目光，李志乾倒无言以对了。

“您是不是落了什么东西在车上了？”循声望去，是于笑薇。

看在眼里，痒在心上，李志乾心里是老大不舒服，嗓子眼儿里也仿佛塞了够辣，够呛人的辣椒面。

“李叔，你放心吧，我能照顾好自己，我一会儿打电话把我自己的决定跟爸爸说清楚！”

“那……也好！”看到曲直如此坚决，李志乾也无话可说，只好让司机打开后备箱，把那几个大大小小的箱包统统卸了下来，装到了学校开来的行李车上。

“曲直，这个给你。”李志乾突然从裤兜里摸出一张金色的银行卡，生生塞进了曲直的裤兜，“这是张可以透支20万元的信用卡，没有密码，签我的名字随便花。”

“走吧！”李经理像泥鳅一样倏地滑进了后车门，“砰”地一声关上了那阳光照射下刺眼的香槟色车门。不过，上了车后他还煞有介事地降下车窗向大家挥手致意。

“这卡，我不要！”曲直猛地意识到了什么，掏出信用卡拔腿就追。

就在宝马车自动升降车窗正要关紧的一刹，就在车刚刚转弯就要驶上高速公路开始它奔驰的一瞬间，曲直神奇地将信用卡从车窗缝里硬塞了进去……

倏地，那箭一般疾驰的宝马车在大家的视线中消失了。

五

约莫十点多的时候，吕杨和父亲来到了火车站，人可真多，又赶上天气热，基本是脸上流满汗水，鞋上踩满脚印，好不容易挤到了售票处前，还要排几十米的长队。

吕杨猛地看见那边有个军人售票口，窗口前没什么人。想想不如试一试，便领着父亲钻了过去。二十分钟后，终于排到了吕杨。

“小伙子，请把军人证出示一下。”里面一个声音问道。

“我是来报到的新生，军政学院的。”

“噢，军校来读大一，那把你的录取通知书拿来吧！”

“我已经报完到了，通知书也交上去了。”

“那就买不了票了！”里面那个声音显然有些不满。“我们也得按规章办事！”

“我儿子确实是军校的，五百多分考来的。”吕杨的父亲急了，“他是给我买返程票的。”

“下一个，你们俩先等会儿吧！”里面又传出了那个冷冷的声音，不过音调倒是提高了几度。

“慢！”忽然人群中挤来了一个人，高举着通知书，“吴彤，给你通知书！”

吕杨愣了，不过看着那个男同学满脸鼓励的微笑，他似乎明白了其中的意思。

“钱给您，这是通知书。”吕杨把钱连同那张送来的通知书塞进了窗口，这回怎样“照章办事”，他也不怕了。

“你不是叫吕杨吗？”里面的人问。

“不是的，他叫吴彤，口天吴，丹字加三撇那个彤。”没等吕杨反应过来，那个送通知书的同学便抢着帮他解释了。“我才是吕杨哩，本来准备让他帮忙代买一张票的！”

“下次不能再弄这事了啊！”扬声器里传来售票员的抱怨。

接着，吕杨发现那小小的售票口里迸出了两个钢镚儿，一张硬座票，然后是“他”的通知书。

“真是太谢谢你了！”吕杨挤出人群，才想起来向刚才送通知书的那个同学表示感谢。“不然我爸就买不到票了。”

“没关系，都是军政学院的嘛！”那人朝吕杨笑了笑，然后接过通知书走了。

“吴彤！”吕杨的心里深深地记下了这个名字，还有他那一脸灿烂的笑容。

正午时分，吕杨父亲赶的那趟火车快要进站了，好说歹说，吕杨买了张站台票，才扛着背包勉强挤进了站台，把父亲送上了车。

硬座车厢里真挤，吕杨刚把父亲安顿好，开车的汽笛就响了。

好不容易挤下了车，吕杨看到了缓缓移动的车窗上贴着的父亲的脸，那张沟壑纵横的脸，镌刻着生活的艰辛。父亲趴在车窗沿儿上什么也没说，只是含着泪向他不停地摆手。

吕杨很不自然地笑了笑，看着缓缓开动火车，不断抑止着自己心中迸发的情感。

父亲在车窗里好像在向吕杨喊着什么，但显然已被喧嚣的人群和火车的轰鸣掩盖了。但父亲那博大的爱温暖着吕杨的每一根神经，直到末梢。

随着火车的影子在视线中消失，两行热泪逐渐模糊了吕杨的双眼。

“同志，您好！”一个从身旁传来的清脆嗓音打断了吕杨的记忆的徜徉，“请问军政学院该怎么走？”

循声望去，吕杨发现身旁站着一位与自己年龄相仿的女孩，一身淡蓝色的连衣裙，白皙的脸上挂着甜甜的笑容。在她身后，还有一位五十岁左右岁的“老学究”，其实就是那种戴大框眼镜，穿的确良半袖，一脸之乎者也的知识分子打扮的人。估计，是女孩她爸。

“我就是军政学院的,”吕杨也笑了,“要不顺路一起去学校吧,我带路。”

“顺路同行，不错不错。”那个长者和蔼地冲吕杨笑了笑，但却没问吕杨的名字。“那就走吧……”

“我叫吕杨，十一队的。”吕杨自报家门，想象着一个女孩家总不会自我介绍吧。出于礼貌，他下意识地伸出了手。

“哦……我叫程艺轩，路程的‘程’，艺术的‘艺’，轩辕的‘轩’。”但程艺轩并没有要握手的意思，只是在用目光向吕杨问好，吕杨也只好悻悻地缩回了手。

“介绍一下，这是我的父亲程远帆，华南大学中文系教授。”说这话的时候，程艺轩明显流露出一种自豪感。毕竟，她老爹程远帆可是全国文艺理论界的元老级人物，哪个研究生只要写论文带上她父亲的名字，肯定是一路绿灯。

“不，我只是个教书先生，该备课备课，该教书教书。”程艺轩的父亲倒挺客气。“艺轩，那教授只是个名衔，你怎么老挂在嘴边上呢？”

“爸，夸您不是也在显示我自己嘛！”程艺轩顽皮地拉着父亲的胳膊，撒娇地说。

“军政学院新生报到，请来这边……”车站广场边一个高音喇叭中传来了吕杨觉得似乎听到过的一个声音。

“我们到接站处去看看怎么样？”吕杨试探着问了一句。

“行啊，反正提前认识几个同学也好。”程艺轩高兴地回答。

穿过人群，三人循声找到了那辆接站的白色依维柯，吕杨发现有一个腰挎手提喇叭的身影背对着他，在给别的学员搬东西。

蓦地，那人转过了汗水涔涔的脸。

“吴彤！”吕杨兴奋地喊了一声。

“吕杨，你好啊，这么快又见面了。”听到喊声，吴彤回转头望见了吕杨，便大步流星地走来。

“对啊，又见面了！”两个人笑了笑，互相拍了拍肩膀。

“嘿，你还有个妹妹呀！”吴彤瞥了一下程艺轩，笑着问。

“什么呀？还不都是十一队的新生嘛？”吕杨答道。

“原来你也是十一队的。”吴彤用手象征性的掐了一下吕杨，“我也是。”

“对了，介绍一下，这位同学是程艺轩。”吕杨说，“这位是……吴彤，哈哈，通知书上写的。”

“程艺轩？您父亲是华南大学的程远帆教授吧？偶像啊。”

“嗯！”程艺轩用手指了指身旁的老同志，示意那就是她“老学究”打扮的父亲。

“程教授，您好！久仰大名。”吴彤看着程教授，心想这有学问的人就是不修边幅，名震海内外的教授，穿着却朴素到了如此地步，好像是二十世纪 80 年代知识分子的打扮。

“好，好！”程教授笑了笑，不无幽默地说：“这下子艺轩可找到组织了！”

“这个……组织……是啊，是啊。”吴彤的脸被程教授的话羞得一会儿红一会儿白，毕竟吴彤高三毕业时还只是个入党积极分子。

“对了，上车歇歇，上车歇歇。”吴彤突然想起了正事，便指着车门对父女俩说。

吕杨也跟着程艺轩父女俩上了车，又问了问吴彤有没有上车的兴趣。

“不敢，不敢，”吴彤笑着婉拒道，“喇叭就是命令，喇叭不响，人没接到几个，我没法交差。”接着他对着嗽叭又大声喊：

“军政学院新生报到，请来这边！”

六

傍晚时分，分别在火车站和机场接站的两辆白色依维柯先后驶入了军政学院大门。

当池宏非带着接站的疲惫，背着行李走进新分的寝室时，一群先来自行报到的学生已经开始收拾房间了。

“这么积极，”池宏非随口说了一句玩笑话。“可以啊！”

“还说呢，你怎么才到，看人家别的同学都来了！”一个声音顶了他一句。

“不能怨我啊，有晚点的飞机所以接站车现在才回来。”池宏非连忙解释了一下，实际上他已经往返机场好几趟在帮助接站了。

“坐飞机，真奢侈啊。”不知道谁嘟囔了一句。

“弟兄们，我在哪个床？”池宏非叉开话题，只好讪讪地跟眼前的几个新同学搭话。

“没分呢，你把行李扔哪个床上都行！”

“对了，你也得劳动劳动啊。”

几句话让池宏非隐隐地感到在这里好像并没有上小学、上中学时那样简单。

“得了，”突然一个声音喝住了唠唠叨叨的几个人，“你们少说点儿吧，都是一个班的！”

池宏非这才注意到在他前面刚进来便低头撮垃圾的新学员。他，就是在火车站负责接站的吴彤。

“吴彤，池宏非！”门外传来易教导员的召唤，“收拾一下东西，你们俩一起调到五班！”

“到”，吴彤和池宏非不约而同地应了一声，赶忙提起行李，随教导员奔向五班。

一进五班的寝室门，吴彤发现了吕杨，这位火车站认识的同学竟跟他是同班。池宏非也看到了曲直，飞机场偶遇的一幕使他俩有种一见如故的感觉。

“你好，我叫吕杨。”吕杨挺大方地走过来，向池宏非和曲直问候。

“我叫曲直。”

“我叫池宏非。”

“我叫吴彤。”

“当！当……”一阵急促的敲门声打断了大家的寒暄。

吴彤应声开了门，眼前是一个高高的个子，留板寸头的新学员，上身一件白色纯棉的耐克“T恤”，下身是阿迪达斯的运动长裤，一副美职篮运动员的打扮。

“Hello，各位晚上好，my name is 肖可，生肖的‘肖’，可以的‘可’！”这肖可还真是自来熟的“洋泾浜”，一连串的英语加中文，四个先到者只好又不厌其烦地依次报了姓名，还纷纷表示了自己对他的热烈欢迎。

“Very good，”这个肖可估计超爱篮球，放下行李就来了个超级摸高动作，碰到了天棚上的日光灯。

“拜托，不要装酷行不行？”曲直也曾搞过体育专项的，不过是短跑。

“没事，没事，再来一个。”吕杨倒是打心底里佩服肖可这个运动健将。

“那就再换一个玩法，”开学之初，没想到这个运动狂肖可竟给五班带来了体育的疯狂。继摸管灯之后他又做了六十个俯卧撑，然后他又从大大的旅行背包里拎出了两只二十斤的哑铃，上上下下举了三十多次，看得四个观众目瞪口呆：这是来军校上学，还是来参加健美大会呀！

尤其是池宏非，比较厌恶这种炫耀自己的举动，因为在高中那阵子，他最怕上体育课，因为他的上肢运动总是做得笨手笨脚，惹得老师和同学前仰后合的大笑。

“行了，行了，一会儿地板都蹦蹋了！”肖可强烈的运动之余又开始了弹跳式的放松运动，身影像鬼魅一样在日光灯下晃动，也在池宏非的眼前跳来跳去，池宏非实在忍无可忍，便大声喊了一句。

“哪来那么大火气？”吴彤虽然也生气肖可这么嚣张，但认为池宏非更不应该发火，毕竟大家刚分在一个班级，都应该相互包容一下，“都是玩儿嘛，就当锻炼身体了。”

“没事儿，没事儿！”肖可倒很大方地接受了吴彤的“照顾”，还卖了份乖，“谢谢领导关心。”

“嘿，肖可，你会打篮球吧？”吕杨却没有闻到空气中的醋酸味，反而呆呆地向他这位心中的“偶像”请教。

“Of couse 啦，我这能力那是必须的！”

“我也好玩篮球，以后我们做练球搭档吧！”吕杨看样子是对自己的篮球水平有着更高的追求目标，便主动要求和“运动狂”肖可打联手。

“No 问题啦！”

“报告！”突然一名新学员推开了门，“谭队长让吴彤和池宏非两人去队部。”

七

“谭队长？什么事呢？”两人迟疑一下，并肩向队部走去。刚让他们换到五班，怎么又来找他们去队部。

“当——当”吴彤先伸出手，敲了敲队部的门，然后他和身旁的池宏非一样，怀着的忐忑心情静静地等待着……

“请进！”一个浑厚的声音从门缝里传出来，钻进了两人一直竖着的耳朵里。两人马上推门进了队部。

“出去！重新进来！”队长不知来了什么无明火，把两人又赶了出去。

就这样出来进去地反复了两三次，两人又被关在了门外。吴彤和池宏非心想，这个队长怎么回事？干嘛莫名其妙地发脾气。

“吱——嘎！”突然，队部门外传来了一声尖锐的刹车声响，两人顺声瞟去，是一辆挂着白色军车牌照的越野车。

车停稳后，后车门打开了，车上下来两个人，一位身着便装，跟吴彤、池宏非两人年龄相仿；一位身着军服，两杠四星的肩牌即使在夜色中也闪闪发光。

只见车上的两人快步走上台阶，来到队部门前，敲响了房门。

“报告！”听到那个穿便装的男孩高喊，吴、池两人才想起刚才进他们宿舍的那名学员也是这样喊的，也意识到了自己所犯的过错。

于是，他们也一同站到了队部门口，异口同声地喊道——

“报告！”

“进来！”这声音比刚才温和了许多。

四个人一同进了屋之后，谭队长发现有个师干也站在学员中间，他连忙走上前去，敬了个军礼。

“首长您好！我是学员十一队队长谭锋。”谭队长敬了个军礼，说。

“我叫喻子秋，军区A师的政委。”来的这位两杠四星的首长倒是首先作了自我介绍。

“对，我想起来了，前不久在《解放军报》上我还看了您写的关于师团级单位如何开展好基层思想政治工作的文章。”

“见笑了，不过这可不是我一个人的功劳，”那个师级干部开了腔，“那是我们全师各单位总结出来的开展基层思想政治工作的好方法、好经验，我给归纳整理一下。”

“喻政委，您太谦虚了。对了，您这次是……”

“不是公务是‘私’务啊。”那个喻政委说道，“这不，我的儿子也到你们学校来了，希望他能在这里当个好兵。”

“好啊！我们举双手欢迎。不过，喻政委，有言在先，你的孩子在我这学习，可得服从我的命令。我要是对他要求严了，您可不要对我有意见！”

“谭队长，我不是来走后门，搞特权的。我儿子喻枫，应该说是在蜜罐儿里长大的，生活中没有挫折，有时还有优越感，我今天来的目的，就是请你们对他高标准，严要求，使他成为合格的军人。”喻政委说，“今天要不是赶着来报到，我都不会让他坐我的车，请谭队长放心，以后这车不是公务决不会进学院的院子，绝对下不为例。”

“好，一言为定。”谭队长伸出了手，与喻子秋的手紧紧握在了一起。

“谭队长，我要赶回去参加明天的师党委会，咱们就此作别。我儿子喻枫他就是一个新兵蛋子，任何时候你们都不要牵就他！”

“怎么？您这就回去？”谭队长下意识地望了一下外面的天，八月底的夜月就像细细的镰刀，掩在乌云中间，隐约透着光。“学院有招待所，可以在这儿住一晚，明早再出发也不迟。”

“谢谢了，可我已经让政治部下发了通知，必须回去。”那种不容置辩的坚定让吴彤和池宏非暗自钦佩。“再见！”

汽车发动了，越野车在学员队门口打了个熟练的转弯，然后径直驶出了军政学院的大门。

吴彤和池宏非很感慨，谭队长也很有感触。这样的父亲真不多，来去十几分钟，没跟自己的儿子嘱咐一句话，甚至连临走时都不曾回头望上一眼，那一举一动却表明着他对他儿子的期望和鼓励。

“喻枫，你就去五班吧！”队长对还站在那里发愣的喻枫说道，接着转过身对吴彤说。“吴彤，你先带喻枫回班里放下行李，然后再来队部！”

“是！”吴彤领着喻枫走出了队部。吴彤想帮喻枫提行李，喻枫却说什么也不肯，自己提着三个大行李袋气喘吁吁，也是一声不吭，不知是跟自己父亲赌气，还是因为分到五班有什么不满意。

八

队部里，谭队长对池宏非说了耐人寻味的一段话：

“池宏非，当你行走人生时，你应该埋头默默地赶路，不要留恋路旁那些漂亮的花，因为只有脚印才能充实你的履历！你高中就入了党，应该很优秀，但以往的是以往，现在必须重新开始。”

“队长，我明白您的话了。”池宏非点了点头。

“在军校里，学员也是军人，军人不仅要政治上合格，而且要军事上过硬。”谭队长说，“我们考虑到军校的特点和你的个人情况……”

“队长，我明白您的意思了！”池宏非不自觉地打断了队长的话。他下意识地摸了摸自己衣袋里的那副眼镜，虽然近视只有100多度，符合军队文科院校的视力体检要求，但毕竟不能刚一入学就让这副眼镜登上大雅之堂，只好让它悄悄地躺在衣袋里。队长现在不想重用他的潜台词让池宏非的心里很不是滋味，毕竟在他的档案里容纳着太多的荣誉，他担任过班长、团支书、学生会主席、团委副书记等大大小小的官儿，而且多次获得了省、市优秀干部光荣称号和市级三好生的奖励，高中三年级时又成为一名光荣的共产党员，这些红色的历史，常常使他引为自豪。而现在，直觉告诉他：学员干部的头衔好像与他绝缘了。“我会从原点重新开始的！”

“报告！”吴彤也进了队部，小心翼翼地站在池宏非的身边，用眼角的余光扫描着池宏非有些不自然的表情。

“吴彤。”

“到！”

“经队领导研究决定……”谭队长说，“任命你为二区队的临时召集人和五班代理班长！”

“是。”吴彤连忙打了个立正。

“队长，我先回去收拾东西了。”池宏非带着满心的失落离开了队部。不久，他就铺了被，垫了枕头，带着一肚子委屈睡去了，后来听到吴彤轻声唤他，也没睁眼，只是把脑袋歪到了一边。

作为新任班长和区队临时召集人的吴彤，从队部出来便直奔寝室。他想找池宏非谈谈，毕竟听说人家是高中入党的党员，下一步开展工作还要靠人家帮衬，但却不知池宏非是否会相信他的话，况且他又不知道自己该从哪儿说起。

没有办法，他只好呆呆地坐在寝室的床边，挨到了熄灯的时间，然后把曲直、吕杨还有肖可和喻枫几个人统统赶上了床，自己心事重重，翻来覆去怎么也睡不着……

吴彤心想：我这个班长看来是最难当的，因为他得直接领导池宏非这名党员，一旦池宏非不合作跟他对着干怎么办？还有班上已到的几位都是个性很强的“棘手货”，相互一见面就掐，怎样处理这几个同学间的关系也让他为难。

九

第二天一早，刺耳的起床哨把全队的新生都轰了起来。毕竟，这里是军校；所以一切也都要按部队的日常作息进行。

抬头看了下黑板上写的日期：“八月二十八日”，这是最后一天报到时间了，吴彤希望本区队的新生都能早点来，别给他的新官上任找麻烦，同时他也希望池宏非能理解他、支持他，还有那几个个性特强的五班学生，也使他感到挠头。

不过，事情总是事与愿违的，不但池宏非若即若离地疏远着他，就是那两个明明应该报到的学员，正午时分也没有来。

一上午的时间，班级里来的每个人都领到了自己的一套军用被装：棉被、脸盆、夏装、冬装、棉帽、棉鞋、皮鞋、解放鞋，挎包、水壶等，吴彤忙着清点分发，不一会儿便是满头大汗。

“抱歉抱歉，我来晚了！”吴彤回头看去，却只见得这老兄的腰，再往上一望，才发觉这个新学员个头足有一米八五。

“您好，我叫苏畅。”眼前那憨憨的笑容至少给吴彤还带来了一份亲切感，“到五班报到。”

“您好，我介绍你认识一下咱班同学。”吴彤领着苏畅来到寝室，并由池宏非开始依次介绍了一遍。

“Yeah，有中锋了！”肖可看到这个个子比自己还高，块头儿比谁都大的新同学，兴奋了。“简直是姚明啊。”

“欢迎来五班。”池宏非对这个身高体壮的新同学也表示了诚挚而热情的欢迎，“你住我下铺吧。”

其实放眼望去，房间里这四架上下铺的床，属池宏非那架的上铺最差，没有扶手，陈旧的弹簧床也已经沉了下去。

池宏非既然表了态，这上下铺的分配也就因为他的主动让贤确定了下来。

“当……当……当。”五班的寝室门又被敲响了，一开门，是程艺轩，身后还领着一个齐耳短发的女生。

“不是吧？于笑薇？”曲直还没等吴彤说话，便抢先跑了上去，“你也在这个班吗？”

“你们认识？”吴彤和程艺轩目光对视了一下，都是诧异的表情。

“当然，飞机场他还当了一把亚洲飞人呢，把宝马车都追上了。”于笑薇说。

“哎呦，领导啊，您也在这儿呀？”于笑薇看到一边的池宏非，揶揄道，“怎么样，看看咱这头型，标准吧？”

说着，于笑薇晃了晃头，意在突出她那头齐耳的短发。

“行啊，绝对的。”池宏非不禁暗自佩服起于笑薇来，要知道她剪去一头长发需要多大的勇气，“你怎么这么早就把头发剪了？”

“没办法，刚进校门就知道军校女生头发不能披肩，所以就提前下手了，免得以后遇上法西斯。”

“没哭吧？”突然传来一声质问，接着大家便笑了起来。

“不可能！”于笑薇噘起了嘴角，嗔怪道。“我是于坚强好吧。”

就这样，一屋子人侃天侃地侃空气地度过了下午的美好时光。

十

天近傍晚，吴彤猛地想起新生报到登记表上有个叫闫岩的还没有来报到。万般无奈，他敲响了队部的门。

“报告！”

“进来。”

“队长，我想向您反映个情况。”吴彤轻声地说，“我们区队有个叫闫岩的学员还没来报到。”

“什么？”谭队长腾地站了起来，一脸怒色。

“队长，您看！”吴彤把队里的签到簿放到了办公桌上，谭队长翻了三遍，果然还是没找到这个闫岩的名字。

马上就要到报名的截止时间——下午六点了，谭锋看了看易资平。

“老易，咋办？”谭锋忍不住说，“全队就差那个闫岩了！”

“等等吧，可能路上堵车。”易资平看看表，还有几分钟。

“要是到时他还来不了怎么办？”谭队长有点儿急了。

“坚持一下，点名时再说吧。”易教导员平静地回答。

傍晚六点，队部的点名哨响了，十一队的新学员整齐列队，迎接崭新军校生活的开始。

可是，新学员闫岩还是没来报到。谭队长、易教导员和所有学员们一直在等待着，希望这个新学员不至于因为报到迟到而受到学校的处分。易教导员为了给闫岩最后的机会，把本应在点名后进行的讲评提前进行。

“今天，是大家军校生活的开始，也是大家从地方高中生向军校大学生转变的开始……”

六点十分，点名开始，与此同时，队部里的电话铃响了，是军务处在核查各队的学员报到情况。

“喂，谭队长吗？你们队新生到齐了没有？”是军务处的杨参谋。

“点名……还没结束！”大概这还是谭锋穿军装以来第一次说谎话，其实点名也的确没结束，那是在拖延时间，不仅是谭锋着急，就是本来心平气和的易资平，额头上也流出了汗珠。

“别的队点名都结束了，怎么你们队还没结束？我只问你们队人到齐了没有……”听筒那边口气显然也强硬了起来。

一秒，两秒……电话的两边就这么僵持着，谭锋知道教导员和他心里都在打鼓：“闫岩，你怎么还不来报到？”

突然，一声长长的汽笛划破了傍晚夕阳下十一队门前凝固着的寂静。一辆白色的丰田轿车停在了队部前方不远处，车窗降下的片刻，一张略显稚嫩的脸映入教导员的眼帘，那个应该就是新学员闫岩了。

“杨参谋，点名完毕，十一队人已到齐！”谭锋抓起听筒，对着电话的另一头大声喊着。

与此同时，车门也缓缓打开了，一个十七八岁的年轻人踱出了车门，手里还拎着两个半透明的塑料口袋，隐隐约约地可以看见“五粮液”三个闪闪的金字。

“十一队学员闫岩前来报到。”闫岩喊了一嗓子，然后示意性地打了一个立正，就想直接走进门前的队列。

“站住！”易资平大声训斥道。

闫岩眨了眨眼睛，真的没敢往前迈步，但却歪着膀子稍息不像稍息也不像立正地戳在那里。

说实在的，眼前这一幕要换在谭锋以前在连队当排长那阵子，闫岩估计早被他几记重拳揍扁了，可现在谭锋是军校学员队的队长，必须忍住脾气去解决问题。

“全体立正——解散！”僵持了几分钟，易教导员发出了解散的口令。

“闫岩，你马上到队部！”谭锋这性子可没易资平那么熨帖，他指着闫岩，狠狠地说。

二十秒后，闫岩出现在了队部，手是还提着那四瓶包装精致的“五粮液”酒。

“队长，教导员，谢谢你们手下留情，这四瓶酒是家里的一点儿意思，请务必收下。”没等谭锋问话，闫岩便抢先开了口。

“我问你，你报到迟到是怎么回事？”

“不就十分钟嘛？”闫岩看了一下表，“路上堵车啊。”

“那看来我只要收下这四瓶酒，就没事儿了？”

“不是，不是，只是为了沟通一下感情！”

“这酒，挺贵啊？”谭锋提出一瓶“五粮液”，一边打量着外包装一边慢条细语地说。

“本来要买‘茅台’的，但现在这个社会，假的太多了。”

“教导员，咱队干部都有人送厚礼了？”谭锋笑道。

易资平没有回答，只是转身出了队部，又吹响了集合哨。五分钟不到，全队学生便都重新集合在队部门口。

“你就在屋里等我！”队长对闫岩说道，随后提起那四瓶“五粮液”酒出了队部的门。

闫岩看着队长粗壮的身材线条，以及那散发着愠怒的背影，一种不祥的预感立刻笼罩着他，瞬间他有些不寒而栗。

“全体同学注意了，今天，我们全队开个会。”队长向眼前整齐站队的学员们举起了四瓶“五粮液”酒。“讲讲什么是纪律。”

“一个新学员在入学报到时无故迟到，本应受到纪律处分，但队干部为了他的前途，没有这样做。这位同学就以为这种保护是庸俗的物质交换关系，以为用四瓶‘五粮液’酒就能代替他自己应有的悔改和反省……”

“军校是弘扬正气的地方，而我们这些队领导，便是大家的第一任军旅老师，我们如果行不正、站不直、品不端、做不好，大家会怎么看、怎么想，我想不言自明……”

“所以……”谭锋操起一瓶“五粮液”酒，猛地投向十几米外的宿舍楼外墙墙角，那红色和金色相间的酒盒在路灯的照射下，在半空中划了一道闪亮的弧线后撞向坚硬的墙砖。

“啪”的一声，玻璃酒瓶爆碎地脆响，随即，五粮液酒的醉人香气伴着夏夜的微风弥散在周遭的空气中，似乎要把每个新学员都深深地醉倒，但是队长和教导员那刚毅的脸上，却分明写着清醒和坚定。

新学员们在惊愕之余也发现了贴在队部窗前那张惶恐而苍白的脸，是闫岩，那个迟到的新学员。

“但是，这酒也毕竟是用钱买的，今天摔碎的那瓶我会按价赔偿。其余三瓶还是物归原主！”谭锋厉声说道。

此刻，闫岩的心中是又恨又怕，恨的是队领导原来如此不留情面，怕的是如果队领导让他当着全队同学的面领东西，那他以后就没法在同学面前抬头了。

不过还好，队长和教导员在表态坚持退酒的同时，易教导员还明确声明让这位送酒的同学会后自己到队部领东西，深刻认识自己的错误做法，清除自己身上的铜臭气，努力做一名合格的军校学员。

其实，这，已经是宽大处理了。

会后，队长叫住了吴彤，告诉他闫岩分到五班，并一再嘱付今后要注意做好闫岩的思想工作。

这时，闫岩已经卡在嗓子眼儿的心又一下子咽回了肚里，他长长地松了一口气，连忙到门口，找到送他来报到的他父亲的司机：“赶快把我的行李送进五班去！”

“闫岩，你自己拿。”队长连忙喝住了闫岩。“这里是军校，是有严格规矩的，你以为你是来度假住宾馆吗？”

“领导，我是闫岩爸爸手下的，老板在国外谈生意不能回来，所以吩咐我们送闫公子上学，拎行李是我们分内的事。”送闫岩来的司机说。

“我不管什么老板、公子的，那是你们的叫法。闫岩现在是我管理的军校学员，要服从命令听指挥，闫岩，你自己拎！”队长态度非常坚决。

“拎就拎呗，多大点事啊！”闫岩嘴里嘟囔着，只好自己从车里拎下两个沉重的皮箱，这时吴彤、池宏非等五班同学也跑出来帮他拎行李。

白色丰田司机看到闫岩进了宿舍，也只好掉转车头，快速离开了。

十一

晚上，五班学员各自回到了划分好的铺位上，可吕杨的心里特别不舒服，因为闫岩分在了他的上床。

“家里有几个臭钱，有什么了不起的。”吕杨忿忿地想，“队长当着大家的面摔你瓶酒，看你还神气什么？”

闫岩，被人伺候惯了的富商子弟，这时居然使唤起了吕杨。

“哎，过来！”闫岩在家向来都是这么使唤保姆，“给我倒杯水！”

“我不叫‘哎’，我有名字，我叫吕杨！”吕杨怒声说道。

“吕杨，我渴了，给我倒杯水！”闫岩语气低了一度，又重复了一遍。

“反正你也闲着，要喝水自己倒！”吕杨正忙着往皮箱里装衣物，头都没抬就回敬了一句。

“你真不识抬举。”闫岩认为吕杨明显是目中无人，便高声嚷起来。

“我忙着呢，没空！”吕杨强忍一肚子火气，说道。

“嘿，那几件破衣服，有什么好整的……”闫岩轻蔑地说。

吕杨二话没说，举起拳头打在了闫岩的左脸上。

“吕杨，别冲动！”吴彤赶忙拉住了吕杨。

“班长，你可要为我做主哇！”闫岩一看吴彤来拉架，马上扯开嗓子喊了起来。

“酷，吕杨，超人归来，Superman！”肖可也瞎凑热闹。

正所谓“好事不出门，坏事行千里”。熄灯时分，吴彤和闫、吕二人被传到了队部。

“你怎么能随便打人呢？”了解了基本情况后，谭锋首先问起了吕杨。

“他骂我，侮辱了我的人格。”

“那你也不能动手吧？”

“我觉得自己有权维护人格尊严。”

“那家有家法，军有军规，你知道不知道？”

“我就听说过枪杆里面出政权。”

“那你认为这一拳让你达到自己的目的了？”

“差不多吧，反正我给了他点儿教训。”

“闫岩！”谭锋转过头又面对着捂脸做极度疼痛状的闫岩。“今晚你对自己同学说的话对吗？”

“没错，这人就是野，也不知道哪里教出来的。”

“那你想怎么解决这个问题？”

“好办！公了呢，队里给他记个处分就行；私了呢，让他拿一千块钱赔偿我的肉体和精神损失。”

“你这是什么态度？”谭队长猛地拍了下桌子。他真没想到一个堂堂军校学员竟像一个市井商贩，在这里讨价还价。

“队长，现在的社会是市场经济吧？”闫岩阐述起了自己的人生哲学，“交往有权的，不交没权的；交往有钱的，不交没钱的。吕杨是什么东西，还敢跟我动手？”

“闫岩，你这是什么态度？”谭队长十分气愤，“你以为这里是什么地方？”

“我只是实事求是。”闫岩倒很不服气。

“我看咱们来自五湖四海，哪有什么不能解决的矛盾，互相之间都要体谅一下啊！”吴彤见气氛不对，怕惹怒了队长，闫岩这个新学员再受个处分，马上和稀泥地说。“队长，我看这事还是回到班里我们自己解决吧。”

“那好，吕杨、闫岩，你们回去好好想想，要记住这里不是你们施展拳脚或是宣扬庸俗金元哲学的地方，以前在地方上那些臭毛病必须马上改掉。”谭队长说，“今天你们先回去，别耽误了明天的开学典礼。我把丑话说在前面，都别惹事，以后啊，要修剪你们的地方还多着呢！”

三人回到了寝室，在此起彼伏的鼾声中摸黑爬上了床。这一夜，对于他们来讲，是那么的漫长，辗转难眠，垫床的木板也不合时宜的吱嗄作响。闫岩心里盘算的是这一拳可不能白吃，自己活了二十来岁还没人敢碰自己一手指头，必须有个说法；吕杨则为闫岩纨绔子弟的少爷作风忿忿不平，尽管知道自己打人有错，但想想闫岩那卖弄金元哲学的嘴脸，便忘记了自己的过错；吴彤呢，则觉得这个班干部真难当，刚上任就碰到这么多麻烦。

借着刚才起夜机会，吴彤悄悄来到了队部门口，从虚掩的门缝中他看到了里边还亮着的灯光，是谭锋队长正低头翻看着一本厚厚的书，边看边认真地做着笔记。

这么晚了，队长还学啥呢？算了，明天还要开学典礼，我还是赶紧回去睡觉吧。吴彤心里想着，转身往寝室走去。

“啪”。不知哪个晚上搞卫生的同学把拖布忘在了走廊里，绊倒了摸黑前行的吴彤，那突来的声响也引起了谭锋的注意。

“谁？”出于一个职业军人的警觉，谭锋高声喝道。

“我……吴彤。”吴彤支支吾吾的回答。

“来，进来，正好我要找你谈谈。”谭锋压低的嗓音钻出门缝，挤进了吴彤的耳朵里。

“报告……”吴彤轻声说出了大概是世界上最不响亮的“报告”口令。

“怎么这么晚还没睡？”队长见吴彤趿拉着拖鞋，穿着军用短裤，披着衣服站在他的面前。

“睡不着，出来上厕所的。”吴彤说着，眼睛却溜着队长桌上的那本《一切在于落实》，当然还有密密麻麻挤了一本文字的笔记。“队长，您这么晚还在学习呀？”

“睡不着，看看书，哈哈！”鲜见笑容的谭队长突然咧开了嘴，原来这笑容犹如昙花一现也只能在深夜才能见到的。

此时，五班寝室里的池宏非被床板的吱嘎声吵醒了，他发现吴彤不在铺位上，便急忙披了件衣服，溜下了床，在走廊里他听到队部里好像有动静，便摸黑来到了队部的门前。

“队长，池宏非他……好像对我有点儿成见！”聊了一会儿，吴彤提出了这样的一个话题。

“为什么？”谭队长不解地问。

正在这时，不知哪个班的寝室门“吱呀”一声开了，大概是有同学也出来起夜，池宏非连忙蹑手蹑脚蹿回了寝室，大气也不敢出地躺在床上。

但吴彤的话，却总在他耳朵眼里乱窜，让他觉得那分明就是半夜到队长那里打他的小报告。

“我也说不清楚，反正觉着他总是旁观者清，好像在看我热闹。”尽管池宏非已溜回寝室，但一无所知的吴彤仍如实地回答着队长的问题。

“没事的，也许是你想多了。他是高中入党的学生干部，相信池宏非知道该怎么做，你要团结他，把五班工作做好。”队长说。“对了，一会儿你把那三瓶五粮液酒和桌上这 500 块钱私下里给那个闫岩，告诉他钱不是万能的。”

也是在这个第一次人员到齐的晚上，在女生寝室里更是热闹非凡。

“程艺轩，听说开学后咱们上文艺理论课，教材是你老爸编的吧？”一个外班的女生故意逗程艺轩。

“不知道，要是我爸编的肯定过于深奥！”程艺轩不无骄傲地说，“他就是喜欢咬文嚼字。”

“是啊，是啊！”尽管其他女孩心中都有各自的想法，但表面上她们都齐声附和着程艺轩，因为她父亲程远帆的名字在高中语文课上老师提及的次数实在够多的。

只有于笑薇，对程艺轩的得意表现出非常的不屑，毕竟出生在音乐世家，也算书香门第。因为天资加努力，她自从幼儿园开始弹电子琴的时候就有了一群忠实的粉丝，到现在十几年换了几多同窗，崇拜她的也不乏其数。

“于笑薇，也说说你的经历吧！”程艺轩的目光蓦然捕捉到了于笑薇的白眼，便存心要弄她个下不来台。

“我可不是什么富二代、官二代，也没什么当名人的老爹！”于笑薇不谈自己的家庭出身，而着重显示了自己的多才多艺。

片刻，她就随口编了几句歌词，又随便谱了个短曲，和起来唱了……

幸福像枫叶片片
洒落我身前

红红泛着甜蜜的笑颜
是永远的晴天……

写几句词，谱个曲子唱一唱，对于于笑薇来说太小儿科了。其实凡是跟西洋音乐相关的乐器，她拿起来都能熟练奏出几支曲子来，也难怪她拿了很多省市级的专业奖，证书装了两个档案袋，都藏在她的行李箱里了。

虽然于笑薇极力压低自己的歌声，但那种纯真的不插电的原生态歌喉还是吸引了大家情不自禁的鼓掌。

“哼，她怎么跟我分到了一个班？”程艺轩心中暗暗不悦，“看来以后有得明争暗斗了。”

还好，隔壁拍墙要求停止“音乐欣赏课”的警告终于给程艺轩一个借口，她赶忙招呼大家上床睡觉，也结束她们对自己的“背叛”。

十二

第二天起床，新学员们都开始在老学员经过时出现了小小的自卑，因为他们穿上刚发的短袖夏装，戴上大沿帽，却没有帽徽、领章和肩牌。

而对于新学员苏畅来说，更多的是遗憾：一是这次父母专程送他来校，期望他照张军装照，拿回去给爷爷、奶奶看看；二是也希望自己照张军容威严的标准像，给考上名牌大学的高中同窗寄去，炫耀一下自己的“军威”。但现在没有帽徽、领章和肩牌，怎么也塑造不出光辉形象。一家三口没办法，只好抱着相机在教学楼的门前转来转去。

蓦地，苏畅父亲发现了门口军姿严整的学员自卫哨哨兵。

“咱跟那个老学员说一下，借他的军标用用吧？”

“能行吗？可别让苏畅回去挨批呀！”苏畅妈妈担心地说。

“哪会呢？这点小事学校还能管吗？放心吧！”

在一家三口人的一再恳求下，老学员碍着新生家长的面子，只好把军标卸给了苏畅。

也许是戴上军标的缘故，苏畅感到自己神气了许多，便和父母摆出了各种造型，拍了许多照片。

不巧，易教导员正好从教学楼门走出来，他首先发现了那个没戴军标还在站哨的老学员。

“你的军人标志哪儿去了？”易资平极其严肃的问。

“那个新生照相借去了。”老学员指着苏畅一家回答。

“跟你借你就借，要是给你配支枪，你也把它借出去？”易资平气得一拍桌子，桌上那部应急电话也被震得颤颤作响。

“人家家长苦苦哀求，我拗不过，才借的。”老学员委屈地说。

“好，我过去把军标给你要回来，你换岗后马上给我写份书面检讨。”

说完，易资平径直走向正在开心拍照的一家三口。

易资平一眼认出了拍照的新学员苏畅，他那膀大腰圆的魁梧身材给他留下了深刻的印象。

“你叫苏畅吧？”

“是，教导员！”苏畅连忙立正，行了个不算标准的军礼，“这是我爸……这是我妈……”

一阵寒暄之后，易资平谈起了肩牌。

“苏畅，你这行头是从哪儿弄的？”易资平指了指苏畅肩上的肩牌。

“是我和他妈妈向那位同学借的。”苏畅的父亲说。

“你们的心情我能理解。”易教导员说，“不过，他是哨兵，不但要坚守岗位，还要保持军容严整！”

“教导员，我马上把军标还了！”说完，苏畅急忙卸下了军徽和红肩章跑向那位站岗的学员。

“好啊，苏畅这样做就对了。”易资平对苏畅的父母说，“严格地讲苏畅现在还不能算是一名军人，因为他刚入学，还没有经过军人应有的系统教育和训练考核，还没有达到佩戴军用标志的标准，我们必须经过三个月军训以后，再正式给他佩戴，使他真正体会到军标的含义，也深刻认识到自己的荣耀和责任！”

“易教导员，谢谢你了，我们知道错了，以后苏畅可能还会给你们添很多麻烦的，请多关照！”

“不要客气，这是我们应尽的责任。”易资平笑着说，“等到授衔宣誓的时候，我会把苏畅合格的军装照寄给你们的。”

“易教导员，我把军标还回去了。可是……您不能让那个学长因为我的过错写检查呀！”苏畅焦急地说。

“这不怨你，新学员不懂条令条例尚且可以原谅，老学员还违犯纪律，理应处罚。”易教导员的话让苏畅感到铁的纪律离自己越来越近了。

上午十点，学院大礼堂举行了隆重的开学典礼，看着那几个老学员在上台讲话抑扬顿挫的神气劲，吴彤和池宏非都在暗自谋划：总有一天，我也要站在这大礼堂的讲台上面对全院师生发言。

也是在开学典礼上，院长庄严地宣布：明天早晨八点，全体新学员将乘车开赴位于郊外的新训基地，进行为期三个月的新学员军事训练。

开学典礼结束后，大家盼来了出发前最后一个半天的自由活动，很多同学都在做出发前的准备工作。

傍晚时分，在校门口一家饭店里，苏畅陪着他的父母吃离校前的最后一顿饭。

“苏畅，多吃菜啊。”苏畅的母亲关切地说，“明天你就要军训去了，要过艰苦生活了，要自己照顾好自己！”

“别忘了写封信或是来个电话汇报情况！”苏畅的父亲倒是沉得住气。

“别说了，反正明天就要走了，说那么多干嘛！”苏畅本来心里也很难受，但却怕父母察觉，故意表现出了不耐烦的样子。

“爸，妈，你们慢慢吃吧，我先走了，队里还要晚上点名呢！”

“不是晚上九点点名吗？现在才八点多呀？忙什么？”

“明天就要军训去了，我回去再收拾收拾东西。”

“不是临来吃饭前都收拾过了吗？”

“背包我还没学会怎么打呢！”

“那明天起早我们再看你去吧！”

“不用了，你们不是上午10点走么？别误点了就行，我自己能照顾好自己！”苏畅强忍泪水，急匆匆地转身往外走。

“苏畅！”母亲颤抖的声音传了过来，“好好干，别想家！”

苏畅没敢回头，只是“嗯”地应了一句，便跑出饭店，奔向军校的大门，他生怕自己不争气的泪水会提前夺眶而出。

进了学院的大门，找了个僻静的角落，他开始掏出手绢，抽涕起来，尽情地发泄着即将与亲人分别的痛苦。

哭过了，也哭够了，苏畅擦干了眼泪，回到了五班的寝室。

“苏畅，你怎么了，眼圈红红的？”池宏非关切地问。

“没……没什么，吃东西辣的，”苏畅故意掩饰着，“门口这家川菜真够劲儿啊！”

说完，苏畅摸出了床垫下面的背包绳，开始学着吴彤的样子打着三横两竖式样的背包，他怕池宏非看出他的笨拙，所以他把脸转到了另一边。

池宏非正在以旁观者清的姿态看着苏畅的“表演”，无意间发现寝室那虚掩的门外有人在向寝室内窥探，是苏畅的父母，他们放心不下，又来看看苏畅。

“‘可怜天下父母心’啊！”池宏非想到这儿，不禁回忆起父母送自己到机场的那一幕，要不是他自己坚持，今天的主演还会有他。想着想着，他的眼里也湿润了……

而苏畅由于心绪不稳，再加上在家里时从来没叠过被子，所以十多分钟过去了，那床军被在他面前还是团团乎乎，鼓鼓囊囊的，看得门外的父母都很着急，但他们还是耐着性子，因为这毕竟是苏畅迈向合格军人的第一步路，必须让他自己走。

好一会儿，当苏畅满头大汗打好了行军背包的时候，他父母也悄悄地从门前走开了。

面对此景，池宏非突然感到自己好像对这个班也有份责任，所以他主动帮没灌水壶的同寝兄弟灌满了水，还把窗台上的饭盆也重刷了一遍。

熄灯前寝室的新同学都回来的时候，并没人发现池宏非的“善举”，只有苏畅看在眼里，在他的下床故意朝他吐了下舌头，尽管池宏非不怎么领情，却也会心地露出了微笑。给同学做点好事儿，无意中也给自己带来了快乐。

第二章　选择燃烧

一

第二天吃过早饭，新学员们身着短袖军衬衣，戴着没有军徽的大沿帽，挎着水壶和挎包，背上行李背包在队部门前整队集合，他们马上要奔赴新训基地，迎接新的考验。

苏畅回头望时，在送行的人群中发现了他的父母，正站在队部门前向他招手，苏畅也使劲儿向他们挥手。

“苏畅，到那边要好好的啊！”父亲几乎是破着嗓子喊，生怕儿子听不见。

“我会写信的！”苏畅喊着，“你们放心吧！”

集合哨终于在新学员与家人依依惜别中吹响了。

“立正，向右看齐！”一声令下，这一群整齐集合的地方高中生已在通往军校大学生的生活道路上迈出了第一步。

十几辆解放大卡车整齐停放在训练场上，车上盖着的厚厚蓬布，似乎是有意要隔开这群新学员和送行家长的视线。

大家开始登车的时候，苏畅还努力地回过头，在送行的家长人群里寻找自己的父母，他想再挥挥手向父母再见，但不知哪个学员无意中挤了他一下，接着他便融进了密集的出发人群。

车子缓缓移动了，苏畅在新学员们震耳欲聋的“团结就是力量”的歌声中独自品味着眼眶中流出的泪的苦涩。

就这样，一车人的思维随着卡车的颠簸而跳跃，在目光的交接与传递中完成着怯生生的交流。

二

正午 12 点左右，由远及近的锣鼓与鞭炮声打断了新学员们沉静回忆的思绪，他们透过卡车蓬布的间隙，看见了路边花花绿绿的彩旗和几乎四面环山的训练场，心中有些初次独立磨炼的兴奋，也有着对马上到来的艰苦生活的忌惮。

统一放置完行李、洗漱完毕之后，整齐队列新学员们开进饭堂。开饭了，是酱鸡腿和青瓜炒土豆丝。旅途的疲劳加上凸显的饥饿，让这群新生们千篇一律地埋着头大口大口地吞噬着眼前的午餐，刚刚粉刷过的食堂里弥漫着新涂料的气味，回响着咀嚼食物的声音。不过在这样的情景中，没有一个人会因别人吃饭的狼狈相而笑出声来，因为那也是他自己的写照。

不到十分钟，这场异常“惨烈”的“大扫荡”便在盘光、碟净、碗空的结局中匆忙收场了，看着新学员们怀着对食物的留恋缓缓走出食堂的眼神，谭锋和易资平偶一对视，便也开朗地笑了起来。

“教导员，看来我们不老嘛！”谭锋满脸笑容指着自己眼前空空的菜盆，对易资平说。

“是啊，我还吃了两大碗饭呢！”易资平用手指弹了弹面前的饭盆儿，露出了他那还算比较洁白的牙齿……

“号外号外，于笑薇的脸上还有饭粒！”一墙之隔的洗碗池前，曲直发现了天大的秘密，连忙扯着嗓门喊。

“曲直，你个死东西！”于笑薇下意识地用胳膊抹了一把脸，然后把一饭盆水朝曲直泼去。

曲直尽管练过几年体育，身手称得上灵活，但遇到突然袭击，特别是水泼过来的面积太大，躲闪不及，还是弄了半身的湿。

“泼水节哩！”这下人群里可不平静了，“泼情郎罗喂！”

一听那声音，便知道是肖可在哄。曲直气不过，马上又操起了一碗水追向肖可。

“你也凉快一下吧！”“哗”的一声，旁观者清的肖可从头到脚便都冷却了下来。

“嘟——”肖可气愤得刚刚伸出拳头的时候，集合哨响了，是谭队长，通知各班收拾好东西到各自的寝室去，学院从警勤连战士中挑选的代训班长都在班里等着呢。

五班整队还算快的，然而曲直和肖可这两颗“潮湿的心”却吸引了众人关注的目光，这可能是新训基地迎来新学员第一天最有价值的“泼水门事件”了！

不过还好，去往寝室的路上，曲直和肖可这对“新怨”，吕杨和闫岩那对“宿敌”还都算克制，你不看我，我不睬你，互相保持着可能只是短暂的沉默。

三

在山脚下第一排白房子的尽头，五班十位兄弟姐妹总算找到了他们的栖息地（其实是八位男同胞的居住地，女生在上面的山坡上），一间并不算宽敞的狭长寝室。

敲了门，喊了“报告”以后，却没人回答。吴彤等人推开了房门，猛地发现正对他们的，是背对着他们站在窗前的一个人，窗前照进的午后阳光把他的形象弄成了剪影。

他背对着大家，沉默着，像电视里寡言的西部牛仔，随时可能转身，抽枪，射击，让人在无所感觉中瞬即中枪倒下。

所以，每个新学员也都在沉默着，小心翼翼地目视眼前的新训班长的背影，只盼这个肩扛两条杠的班长转过脸时能露出一些笑容。

“五班的，集合！”班长猛地转过身来，发出了铿锵的命令。

好一会儿，大家的目光才集中到那个代训班长的脸上，有趣的是，眼前的他竟是张稚气未脱的娃娃脸，只是没有笑容。这回可不必拘束了，习惯张扬的肖可便嬉皮笑脸地蹿了过去。

“站一边儿去。”代训班长牙缝里迸出了蹭蹭冒火星的声音。

肖可停顿了一下，才开始扭动身子，滑稽的样子让全班同学忍俊不禁。

“站一边儿去，我再说一遍，这是命令！”简直是在咆哮，震得几个人头皮发麻，甚至墙皮也要被震得脱落了。

肖可一副无奈的样子，耸了耸肩，靠到了一边，刚才还以捧腹大笑默许支持他的众人现在也都面面相觑，各自沉默了。

“在这个屋子里，你们都是我的兵，”代训班长那“阴森”的目光扫描着每个人的脸，“我说的话只有执行，懂吗？”

“班长，您贵姓？”一直跃跃欲视的闫岩凑了上去，从兜里摸出一盒中华烟递上去，“先来一盒呗！”

“哟，中华，好烟么？”新训班长接过闫岩捧过来的烟盒，直接揉搓成一团丢到了窗外，“当学员就会溜须拍马，你脸哪去了？”

全班同学看着闫岩被批后灰头土脸的样子，一个个都怯怯地盯着这位新训班长的脸色。

“谁也不用问我叫什么，只能喊我班长，知道吗？”声音相当坚硬，“对了，赶快收拾一下你们的杂碎，晚上咱班要搞教育动员！”

说着，他大步流星从众人的目光中穿过，出了房门。

班长走后，大家开始议论开了。

“真不识抬举！”闫岩丢了一句话，便绕到屋后拾那包破烟去了，不过言语中分明有着偷鸡不成反蚀米的失落。

“唉，不就是个两年兵吗？”

“瞧他那样，也就是装横！”

……

几人七嘴八舌叽喳了一通，只有吴彤和池宏非一声不吭。

“嘿，‘首长’，没事儿我们先回寝室了！”于笑薇说道，“一会儿见啊！”

“好的！”没想到这个声音竟来自池宏非，也许是他做学生干部久了的原因，所以职业病似的下意识回答道，“回去吧。”

突然，他似乎意识到了什么，连忙把头转向吴彤。不只是吴彤，全班所有的眼睛都在注视着他，他的脸开始发烧了，变烫了，感觉像是块发红的烙铁。

此时，吴彤的眼睛里急速掠过了一丝不快。

四

傍晚时分，五班全班人马由吴彤领着到基地的小礼堂开了“收心会”也是新训的动员会。

“大概就是讲讲英模事迹，教育所有学员不要想家一类的话。”曲直揣测着，一边在路上向大家宣讲着自己的先见之明。

会议的内容也大抵如此，不过是举举正反两面的例子，但是并没什么“高、大、全”的铺衬，挺朴实的讲话，每个人听得都很认真，还有不少的学员做了笔记。

散会后，夏夜野外清爽的风吹拂着刚才动员会上的那种兴奋与激昂，每个人似乎都充满了对前途美好的憧憬。

“超过我爸，当个将军，就从今天开始努力吧！”喻枫攥了攥拳头，暗暗地想。

当这群男同胞回到寝室的时候，却发现内务橱大开着，衣服、裤子、卷纸、电筒……零零散散地撒了一地。

“班长，咱班被盗了！”敏感的苏畅马上跳出了房门，冲着门前不远处的新训班长喊。

但新训班长却并没有做出什么举动，仍是默默地坐在那砖头和大理石板砌成的长凳上，静静地吸着烟（好像是五元一包的“红梅”），根本没理睬神色慌张跑过来的苏畅。

看到新训班长故意敞开的，衣物叠得像豆腐块儿一样的内务橱，吴彤明白了其中的缘故，他招呼大家不要惊慌失措忙着分拣自己的东西，都过来看看班长的内务橱。

一阵赞美的“啧啧”声中，池宏非也不禁感叹新训班长的雷厉风行，他第一个拾起了自己曾团成一团塞进柜子里的迷彩服，摊开来，一边一角认真地叠着；随即，其他同学也都弯下腰，叠了起来，尽管并没有达到棱角分明的高标准，但也都叠得整整齐齐。

在女生宿舍，这群曾经娇嫩的女学员比男学员自然要麻烦得许多。不过，幸亏军校女生的比例小，不然，这新训基地非得炸锅不可……

“我的洗面奶放这儿了啊……你看着点儿！”

“我晚上不搂毛毛熊就睡不着……别碰！”

“屋里什么味儿呀？难闻死啦！哎呀，有没有老鼠哇……”

“哗——哗——”程艺轩打了盆水，把几件脏衣服扔了进去，然后豁开一袋洗衣粉，倒了差不多有少半袋才收手，惹得在一旁看热闹的于笑薇忍不住嘎嘎笑了起来。

“程老师，你可真有创意，这是洗衣服还是和稀泥呀？”

“嗬，于大腕，还说我哪，”程艺轩不紧不慢地说，“看你那裤边缝的，像拦了铁丝网一样，费了不少心思吧？”

原来于笑薇的军裤稍稍长了那么一截儿，所以她借来针线开始学做“淑女”，想试着码一下。可没想到弄巧成拙，裤边是码完了，但稀疏的几道针线横在裤角边儿上，像是在布料中来回穿梭的细铁丝，时隐时现，比较惹人注目。

于是，两个要强的女孩开始了没完没了还句句不带脏字的舌战，直到四邻厌倦了，她俩仍吵个乐此不彼。

男寝那边一切却已是尘埃落定。内务橱的衣物虽不够横平竖直的标准，但也还算齐整地摆好了；每个人的铺位基本定了下来，10个铺位除新训班长那个靠窗台的下铺雷打不动外，其他床铺均是按体重轻重划分的，前四名睡下铺，后四名睡上铺，空一个上铺留着大家公用，放个书包水瓶什么的零碎东西，这样看来，真可以说是井井有条了。

按说这铺位分配的方案应该算是池宏非的一次好建议。因为按体重区分他和吴彤，苏畅还有喻枫都在下铺，是比较合理的，不然体重大的睡上铺床架子肯定不稳；再说曲直、肖可、闫岩和吕杨几个人都挺灵巧，上下床也比较方便。于是，在大家都赞成的情况下，吴彤采纳了池宏非的建议，把床铺分配的问题解决了。

熄灯号吹响，五班的寝室里一片静寂，本来大家第一天来基地报到，想天南海北地侃上一阵子，但遇到了新训班长这样一个“法西斯”，每个人都像老鼠见猫似的，把提到嗓子眼儿的话又咽了回去。

隐隐地，住在下铺半梦半醒中的池宏非突然隐约感到窗外有一点光亮射了进来，紧接着看见一个人影推门走进寝室，池宏非屏住了呼吸，下意识地抓起了头下的枕头。

此刻，颠簸劳顿了一天的小伙子们早已鼾声如雷。刚刚熄灯的时候，池宏非恨不得用棉花把每个人的鼻孔都给堵得严严的，把噪声压缩到最低“分贝”。现在，他却屏住呼吸，早已不理睬那些鼾声，只是把枕头越抓越紧。

只见那个人轻轻地走到每个学员床前，轻轻地抻抻这个被褥，推推那个枕头。当他提了提被子正要盖在池宏非伸出的小腿时，池宏非猛地睁大了眼睛。

“啊！教导员！”池宏非一愣，随口喊出了声。原来是易教导员利用查哨的时间挨班挨床给学员整被子，怕他们不适应水土，着凉导致身体不适。

“嘘！”教导员捂住了池宏非嘴巴，还做了个闭嘴的手势。池宏非只好侧了下身，紧紧地闭上了眼睛。

教导员出门了，又去别的房间查房了。池宏非的眼角滑出了一滴滚烫的泪珠，滑过面颊，滑过耳根，滑过发梢，流淌在枕巾上，也使他那颗曾被冷却失落的心开始润湿、溶化，并在慢慢复苏。

五

第二天一早，原定6点半的起床号竟提前十分钟吹响了，一帮子新学员谁都没有思想准备。当五班长站在队前点名时，大部分学员还敞着怀，趿拉着鞋，连跑带颠地赶过来报到。

而懒散的女生更是有主意，根本就没来参加集合。

讲评解散后，五班长气呼呼地站到了寝室门口，挡住了准备回来取洗漱用品的八个大男生。

“今天没按时集合的，在原地站着；按时集合的，进屋子整理内务！”说着，五班长让开了一条仅能一个人通过的缝隙，目光严肃地盯着面前的八个人。

可让他气急败坏的是，五班的八位“大仙”竟依次挤进了寝室，根本没理睬他说的话。其实在刚才的队列集合中，他们没有一个按时到位的。

“你们……都出来！”有着两年兵龄的五班长以前在警勤连无论是被别人管还是管别人，都没见过这阵势：犯了错误还能这么坦然。盛怒之下，五班长又把他们八个都喊了出来，决心给他们点颜色看看。

“吴彤，你不是五班的负责人吗？”

“是。”吴彤低着头小声回答。

“那好，你带着他们到操场跑八圈，再回来找我。”班长指着眼前的学员说，“记住，一圈也不能少！”

“这是体罚，我抗议！”肖可跳着喊，还把眼睛瞪得滚圆，一副气愤至极的样子。

“废话……犯了错误就要受到惩罚……执行！”

班长一指操场的方向，“出发——”

没办法，吴彤只好带着八个人到了操场，真的就慢跑了八圈，但由于天气炎热，又赶上这群人高考以来一直在家里养膘。所以两圈下来，崭新的迷彩服就湿透了。

“哎！这被谁叠的？！”带着跑了八圈的疲惫推开五班房门，几个人不约而同地惊呼起来。他们发现各自床铺上的被子都变成了平整的豆腐块儿。

片刻之后，大家都把目光投向了班长身上。

“看什么看，你们的被子是我叠的，上午要内务检查，懂吗？”班长望着众人投来怪怪的目光，吼道，“别以为我是在迁就你们，我是怕你们丢人现眼，让我在别的班长面前抬不起头来！”

改造“领导”的希望虽然变成了失望，但众人还是暗地里长长地吁了口气：毕竟班长还是出手相助了，自己也应该“滴水之恩，涌泉相报”。

大家自发地开始动手行动起来：玻璃新擦一遍；吊扇清洗一新；内务柜、床架整理后还贴上了口取纸的姓名标签，五班的面貌有点儿改观。

早饭后，两名女同胞的加盟更令五班寝室的“亮化”工程活力大增，尽管两位“千金”劳动能力有限，但对于男同学来说她们却是“精神”支柱，正是所谓的“男女搭配，干活不累”。

八点钟的时候，第一天的军训开始了。内容是稍息立正，通俗地说就是伸左脚再收回这个动作；同时还训练了四面转法、向右看齐、向左看齐、向中看齐和报数等等的内容。

虽说是动作不难，但这群新学员还是经常出错。尤其是那个向后转，明明转的是顺方向；却偏偏有大部分新学员是逆向转的，弄得转正确的人也昏了头，下次就一起将错就错，逆向左转。

而在“向中看齐”这个项目上，吕杨奉献了自己的“个性”表演。每次以他为中心让他举手抱臂，应该举起右手，可他总是不定左右；两边的人向他看齐的时候，他更仿佛害羞似的低着头，弄得五班长紧皱眉头地瞧着他。

“那个吕杨，你得注意呀，精神要集中。”

“班长，你不知道。他有点儿精神分裂，集中不起来。”闫岩抓紧机会嘲讽吕杨。

“你少扯别的，这是在训练。”吴彤顶了闫岩一句。

“我是实话实说，现在电视里提倡关爱病人……”闫岩发现全班人都在瞪着他，便不敢再说下去了，只好退到了一旁。

“继续训练！”班长喊道。

就这样不知不觉地训练了一天。傍晚时分，一群新学员迎着夕阳的余晖整队带回。

“日落西山，预备——唱！”带队的教导员起了一支大家都比较熟悉的军歌，而对这群新学员来说，这应该是一天训练中唯一的清闲了，大家便扯着嗓门唱起来。

四围罗列的群山之间，回荡着年轻人阵阵充满对未来憧憬和自豪的歌声，唯一遗憾的，是那暂时还协调不一致的音律，活像是男女声、高低音混杂的大合唱。

“喂，曲直，看你表现挺活跃，听说刚来时还给别人头上浇水来着，”晚饭后，班长突然相中了曲直，让他抖个“包袱”，“来，给大家讲个笑话听听！”

“这个，首先我向肖可同学道个歉，”曲直听出了班长的弦外之音，“那就讲个笑话吧，就当向肖可同学做个赔偿。”

“说一个人在大街上摆摊卖袜子，”曲直咽了口吐沫，说，“三块钱一双。”

“结果有个过路的凑上来说，便宜点儿吧，十块钱三双。”曲直看大家很虔诚地听他讲，也开始加入了个人的表情和动作。

“那个卖袜子的一听急了：不卖不卖，十块钱三双我成本还合不上呢！”

其实笑话是相当的冷，但是说着说着，曲直还侧身做了动作，才惹得在场众人捧腹大笑，连本来还有点忿忿的肖可也十分开怀。与此同时，大家也一致决定通过宣传舆论造势，树立起曲直“幽默大师”的地位，并要求他定期上演最新最精彩的段子，给大家做生活“调料”。

当初，大家都没想到提这馊主意的，竟是五班长。但更没想到的是班上这两个大嘴巴女生作为“义务宣传员”，回寝室一鼓捣，第二天一早曲直便荣升全大队著名“笑星”了。

想想在此地界自己能与众多喜剧界大腕儿齐名，曲直倒也不谦虚，欣然接受了这一称号，并认真进行了“备课”，确保笑料的“新鲜”。同时，这种“荣誉”对他也是种激励，厕所蹲坑他也不忘对相识的幽默一下：“来啦？……吃了吗？”

六

几天下来，队列训练的枯燥带给大家的是另一种感觉：训练科目是死的，但人是活的。所以大家一致提议在训练间歇一改以往自由活动的模式，组织一些集体活动调解一下气氛。

这个建议让谁去跟班长提呢，吴彤心里一阵嘀咕：最好自己别去，那让谁去呢？

思来想去，最后他认定让曲直出面游说班长，奖励是一袋儿“情人梅”（这东西在城里超市确实是稀松平常，但在这新训基地可是不可多得的重要物质食粮）。但真正说动曲直的，则是于笑薇，以往曲直见她就喊“姐妹”，今天“姐妹”布置任务，他岂敢不答应？

“班长，我有事儿跟你说！”曲直壮了壮胆儿，低着头蹭到班长面前，想了半天才开口。

“你这是病了？”班长见曲直这番垂头掩面的样子，不解地问，“哪儿有毛病了？”

“我……我想提个建议。”曲直没了讲笑话时的活灵活现，倒是话也不敢说，头也不敢抬了，惹得远处“监视”他的于笑薇也跟着着急。

“有建议，你说嘛！”五班长伸出手，拍拍曲直的肩，“我还能把你吃了！”

“我想……我想咱们的课间休息应该换个方式，”曲直抬起了头，“班长，你看搞点儿小游戏活跃活跃气氛怎么样？”

“你说，怎么个玩儿法？”班长笑了笑，“我也想过这个事！”

“班长，这么说咱们是不谋而合了！”

“当然了！”

正是这个“不谋而合”，敲开了新训班长与青年学员们之间那扇紧闭的门。

“五十七、五十八……停！”用武装带蒙住眼睛的肖可刚刚喊“停”的那一刹，班长刚刚接到程艺轩抛来的水壶。

依照惯例，班长应该演节目，但大家对他的脾气一无所知，再有刚来时他烧的那几把火，也就都不言语了。

五班长望着众人尴尬的眼神，感到了其中的症结所在，便腾地站起来，主动跑进十个人围成的圆圈之中，大声说：

“游戏嘛，今天这个场合我被逮住了，确实该罚！”

说着，他真的就摆出了架子，准备一展歌喉。

“嘟——”一声长长的集合哨音，预示着新的训练又将开始了，而五班还没从惊愕中清醒的学员们也怀着与班长同样意犹未尽的心情，重新站到了训练场上。

不知为什么，在期盼中度过的时间真的比平时快，总觉得就在那么一眨眼的工夫，又一天训练课结束了。

“班长，欠债要还啊！”晚上班会时间，壮着胆子的吴彤带着全班“声讨”班长，为的是要回班长刚才欠下的那首歌。

“好，好，我愿赌服输！”班长笑着说。

“班长，班长唱什么，我们想听你唱歌；班长，班长快点唱，我们等得脸发烫！”池宏非随口编了两句拉歌的号子，领着全班一起喊了起来。

“好了，别喊了，我给你们唱首我当新兵那阵子，我的代训班长教我的歌吧！”

“班长班长歌啥名，我们听听行不行；班长班长别低调，Very good 哈拉少（俄文：好）！”吴彤见池宏非编了顺口溜，自己也编了两句。

“就唱这首《风向正南》吧！”班长应了一句。“不过唱完了大家可别笑我五音不全啊！”

“班长班长唱得妙，听得五班哈哈笑……”新的鼓动竞赛又开始了。

“停，停！”班长一摆手，大家便中断了一拨一拨的煽动。

浩浩长江，巍巍钟山，
感恩时光，相聚萨家湾。
虎踞龙盘，秦淮河畔，
美梦成真，来到南政院。
回忆像风，风向正南，
我们团结奋进，
一起阔步向前。
往事如风，风向正南，
我们献身军旅，
一起迈向明天……

正唱着，班长刘毅突然发现谭队长走到了五班的行列里。

“起立！”刘毅连忙喊道，并向谭锋敬了个标准的军礼，“队长同志，五班全体学员正在召开班会，请您指示！”

“大家都坐，坐！”谭锋队长也拿了个马扎坐在学员中间，这不仅使吴彤、池宏非等一群五班学员感到了亲切，同样也使五班长刘毅感到了一种由远及近的关怀和支持。“哎，我说刘毅呀，你们是在开班会还是在开演唱会啊！”

“十年前第一次听这首《风向正南》，我就感动了；现在听了这首歌，心中还是十分激动。这是咱们南京军政学院老学员写的，很有故事的歌。”

谭锋感慨地说，“今天对大家的磨炼，就是为了让大家记住我们走上的这条军旅之路。”

“对，这军旅之路是条不平凡的路，是条闪光的路，”班长刘毅接过了队长的话，“今天让你们多吃苦，就是为了今后让你们早成材。”

“你们这个课间的活动开展得挺好，应该向全队推广！”巡视的教导员也走进了五班的寝室，不过他的发言并不是针对这首歌，而是针对五班开展的这项课外活动。

第二天，以教导员为代理书记的学员队临时团支部便制定了课间文娱活动实施细则，并召开了各班团小组长会，要求各班落实团支部决定，开展形式多样的课间文娱活动，参加范围也由原来的以班为单位扩大到全队，以鼓舞学员们士气。

会上，教导员宣布由池宏非代任五班团小组小组长。

“一二三四五　我们等得好辛苦

一二三四五六七　我们等得好着急……”

不到三分钟，教导员教给大家的一长串的拉歌词就记得滚瓜烂熟。而在随后操课的课间休息中，拉歌就成了新学员们课间必不可少的固定节目。

五班的拉歌活动由代理团小组长池宏非负责组织。在第一次拉歌活动中，由于他的口号声音太小被其他班盖住了，弄得大家心里很不痛快。

“池宏非，你到底行不行啊？”晚上班会，吴彤也没给池宏非留什么面子，当着一干人等的面劈头盖脸就来了一句，“不行换人！”

“放心吧，看明天的。”池宏非也没嘴软，用百十来分贝的嗓音回了吴彤一句。“不行就你上！”

第二天训练休息时，拉歌活动又开始了……

“四班的，来一个了嘿！”池宏非扯着嗓门略带嘶哑地喊了起来，“一、二、开始……”

“四班的呀么呼咳

来一个呀么呼咳

你们的歌儿唱的好　唱的好

来一个呀么呼咳……”

“来，大家给四班呱唧呱唧！”这回池宏非真没含乎，把吃奶的劲儿都快喊出来了，倒真把四班的拉歌声压了下去，四班只好唱了一首《当兵的人》。

“四班唱得好不好哇！”池宏非显然来了情绪，越喊越起劲儿，也不顾着回去含不含什么草珊瑚或是金嗓子了，“大家说，四班唱得好不好？”

“好——”五班一帮人的兴致调动了起来，连班长刘毅也跟着池宏非一起扯着脖子红着脸，嘶哑地喊着。

“再来一个要不要？”池宏非奋力地挥了挥手。

“要——”又是震耳的吼声。

“四班的，听好了啊！”池宏非用手一指四班的方向，大家便一起把上百分贝的声纳传送了过去。

“东扒皮　西扒皮　四班不要要赖皮

叫你唱　你就唱　扭扭捏捏不像样……”

集合哨重新吹响的时刻，四班已经被五班连续拉了三首歌了，不过池宏非的嗓子也喊哑了，还断断续续地咳嗽。

“给你，”中午吃饭前，于笑薇偷偷地把一板西瓜霜咽喉含片塞给了池宏非，碰巧这一幕被不远处的曲直瞥见了。

“那……谢谢啦。”池宏非呆讷地冲于笑薇笑了笑，并在与于笑薇匆匆地擦肩而过时嗅到了空气中一缕淡淡的清香。实话实说，于笑薇那浅浅的笑，从此在池宏非的脑海里留下了深深的印象。

而在曲直的眼中，于笑薇是一个才貌超群的女孩，至少是他比较倾慕的那种，所以今天看到于笑薇给池宏非偷偷塞药，这伙计自然是心里酸溜溜的十分不得劲儿。

午休时间池宏非刚一回到寝室，就被曲直扯到了去往基地后山的空地上，半人高的灌木正好把坐下的他俩遮住了。

“池宏非，你把我当不当哥们儿？”

“曲直，你这是啥意思？”池宏非疑惑地望着曲直。

“凭良心说，你是不是喜欢于笑薇？”

“哎？曲直，为啥问这个？”

“你说呢，”曲直一气之下竟用手指着池宏非的鼻子，“中午吃饭她往你兜里塞药是怎么回事？”

“我嗓子哑了，她拿药给我，这和喜欢不喜欢没关系吧？”池宏非嘴角抹着笑，“她又漂亮，又有才华，我看是把你的魂儿勾走了吧？”

“我——我，没想法！”曲直吞吞吐吐地回答。

“唉，曲直，要坦白从宽啊！”池宏非接着说，“不过军校有规定啊，一定要注意哦！”

“池宏非，你忽悠我呢！”

“我是说真的，”这回池宏非可严肃起来了，“曲直，我在高中时偷摸处了个女朋友，关系不错，我不会做‘猪八戒’的。你呢，自己也该明白军校的纪律，况且你有那份心人家还不知咋想呢？”

“这……我没那意思，只是我猜你们……”

“哈哈，”池宏非一挥手，笑了笑说，“不可能！绝对不可能！我可没那魅力……”

但在下午的训练中，曲直还是目光游离，弄得池宏非挺别扭的：他一瞥曲直，曲直就把头扭了过去。

七

一天的训练结束了，这群学员拖着疲惫的身子终于回到了宿舍。刚到门口，他们却看到早晨叠好的被子都被人拉开了，一片狼藉景象。

“谁干的？”

“这是干嘛啊！”

不过这七嘴八舌的牢骚被突然出现的谭锋队长的铁青脸色和花岗岩一

般的严肃表情给震住了，眉眼相对之后，便归于鸦雀无声的寂静。

“集合！”值班员吹响了集合队伍的哨声。

在“向右看齐”，“报告”回答等一系列程序进行完之后，谭队长站在了队伍前面，多云转阴的脸差不多能挤出水来……

“今天，基地进行了内务检查，”说到这里，同学们都静静地竖起了耳朵，“太差了……我就没见过这么差的内务！”

“到这里来是当兵的，不是旅游的！”谭锋拉高了声调，“从明天起，天天都要检查内务，天天都要拉被子，拉了被子的，队里给你们办培训班，学好再回去！”

果然，第二天一早，队部门口便挂起了写有“叠军被培训班一期学员名单”的黑板。

五班，则是全班录取，一个也没少。

“快叠！”还没到五班屋门，就能听见刘毅气急败坏的声音。毕竟，作为一名年轻的代训班长，他不想在别人面前丢人现眼。但今天全班的名单上榜，却让他丢尽了脸，看见别的代训班长经过时他就低着个头，索性连招呼都不打……

吴彤以前高中住校，入学时就参加过军训，至少对叠军被还有那么一点点接触，所以照葫芦画瓢，他便凑合事地叠好了，再加上一番还算细致的修整，十分钟左右一床准精品的军被便呈现在全班同学面前；池宏非就不行，让他组织活动倒是游刃有余，但叠军被这样实打实的精细活儿他可不行，累得毛孔都渗出了汗珠，却仍然棱角不分……

“池宏非，你让开！”刘毅对池宏非的印象还算不错，所以他亲自操刀，率先垂范，“我今天给你示范一下。”

当了两年兵的刘毅对叠军被这样的小活早已是轻车熟路，为了带会大家叠军被，他一边叠一边还同步进行讲解。

“叠被子要三分叠，七分整，但首先要知道叠是基础！”

“叠呀，主要靠掏和抹，掏要把被里的棉絮掏实，这样才能出棱角；抹是要把被上的皱纹抹平，这样被子叠出来才能平整！”

仅用了两三分钟的时间，被子的雏形便叠出来了，但班长仍没停手，他继续开始整被子，顺手还操起了自己一直当作宝贝的家什——一块内务板。

又是伸，又是拉，又是抹，又是撸的一套繁琐动作，使五班的新学员们一个个不禁心服口服。

“都傻看什么，还不赶紧叠你们被子去？”班长的本事真不小，大家的眼神中甚至泛滥起了衷心的崇拜。“池宏非，你过来在这内务板上坐十分钟。”

熄灯时分，池宏非面对这床既要叠，又要盖的军被，实在拿不定主意，这床班长叠得无懈可击的“精品”军被（叫样板也好）真舍不得打开睡，最后池宏非决定把它留下来，哪怕留到明天早上对自己也是一个很好的慰藉。

趁班长早睡着的当儿，池宏非把被子挪到了床下。

不想这一晚，教导员又来查铺了，当他来到池宏非床前的时候，发现池宏非仅仅在身上压了一件迷彩训练服，脏不脏且不说，单说那衣服的单薄劲儿就让人感觉到这是明摆着找感冒。

易资平见状，连忙踮着脚走回队部，拿来自己的毛巾被，盖在池宏非身上，还在他的枕边压了一张纸条：

池宏非：

形象工程虽然重要，但身体更是革命的本钱，以后晚上必须盖被子。

教导员于即日

半夜里池宏非一翻身，纸条掉到了地上。第二天早上摸黑起床，迷迷糊糊的他也没在意那条毛巾被，穿好了军胶鞋，便赶出去站队出操了。昨晚的毛巾被和纸条，他竟浑然不知。

而发现秘密并向班长告发的，是那个父亲任师政委的喻枫，他是今天的小值日。扫地的时候，他发现了那张纸条，然后还有床上没来得及转移的毛巾被。再想想昨天班长专心致志帮池宏非叠被的样子，喻枫也是醋意大发，越想越气的喻枫便保留了现场，打了小报告。

当喻枫把眼前的情景说给班长之后，班长火了。

“池宏非，你自己晚上不盖军被就是违反纪律，你还让教导员给你盖他的毛巾被，你这个问题大了。”其实就是借题发挥，刘毅必须证明自己的威严，所以找来池宏非劈头盖脸就是一顿训斥，“先罚你重叠被子十遍，由吴彤监督；然后我再跟你到教导员那里说明情况，好了，叠吧！”

说时迟，那时快，刘毅猛地一掀，昨天的“豆腐块”便土崩瓦解了。池宏非面对眼前这床百废待兴的军被，也只好叹了口气，低着头一点一点地叠了起来，但心中却有着强烈的不满。那不是冲着刘班长的，而是冲着喻枫和吴彤来的：他认为今天唯一的小值日喻枫是出卖他的“叛徒”，而吴彤则是喻枫幕后操纵者，在他眼里，支持喻枫与他作对并隔岸观火的正是这个吴彤。

因此，池宏非赌气地拼命掏起了被子，那十分用力的手掌在反复的摩擦中被磨得通红，但池宏非并没有收手，他咬着牙，下决心一定要做出个样子给别人看看。

但事与愿违，由于池宏非掏被子时手没抓紧被角，结果把被子的中线给定歪了。所以手掏得都破了皮的池宏非仍然不得不重叠。

颇感失望的池宏非只好把手又伸进了被里。旁观者清的肖可见此情景忍不住笑出了声，但在班长那直射的愤怒的目光中，他的笑容像一支烤火的鲜花，瞬时间就枯萎了。

突然，池宏非表情痛苦地把手从被缝里抽了出来，大家才发现他的手指上沾满了血。原来他用力过猛，手指皮被磨破了。

“我这有纸，先擦一下吧！”曲直飞快地掏出了兜里的洁手巾，递到池宏非面前。

“等等！”突然苏畅喊了一声，“别用纸巾，我这有创可贴！”

“创可贴”递过来了，很快就箍在了池宏非流血的手指上。

这时，因为之前偷偷溜出来的于笑薇到队部说了这个事，所以易教导员赶紧赶到了五班的寝室。

“五班长，你怎么能这样体罚新学员呢？”教导员翻开了池宏非刚刚叠过的被子。当他发现被里那一道和汗水混合后黏黏的血迹时，脸上流露出愠怒的表情。

“不，教导员，是我自己逞能。”池宏非连忙解释，他不想让班长因为他受到批评。

“教导员，是我让他叠的。当我发现他私藏被子逃避训练时，还有当我看到您留的那张纸条时……”

“那有什么问题吗？”易资平显然很不高兴刘毅的回答。

在易资平眼里，池宏非应该有许多潜力可以挖掘，而且好像他们有种心灵的默契。

“他违反了纪律，理应受到处罚。”

“那好，你说他犯了什么错误呢？”

“他……不服从指挥，学习叠军被态度不积极！”

“那好，你让他到队部找我，今天就让我给他上一次编外的培训吧！”说完，易资平便转身而去。此刻，全班人的目光都聚焦到刚才告发班长的罪魁祸首——于笑薇身上。

“这下你满意了吧？”出于愤怒的程艺轩指着于笑薇嚷嚷了起来，尽管她心里还有一些不可告人的目的，“事情闹到教导员那里，看你以后怎么收场。”

“就是嘛，要不是你去打小报告，教导员怎么能批评咱班长呢？亏咱班长一直对你那么好！”吕杨也觉得教导员批评班长的元凶就是于笑薇。

“不对，教导员是队领导，他说的话就应该服从，”闫岩怕别人冷落了自己，没深没浅地插了一嘴，“班长有错就要改嘛。”

“闫岩，你是不是想让教导员再摔你一瓶酒呀？”喻枫直挺挺地顶了一句，弄得闫岩好一个大红脸。

接着，五班里便七嘴八舌地争吵了起来，可说来说去这矛头还是指着于笑薇。

“别吵了！”被教导员批评的刘毅班长听着耳畔叽叽喳喳的争吵声，实在心烦：当初悔不该跑到这里来受罪，倒真不如在本院当值班纠察。

一时气不过，为了躲个清净，刘毅班长便夺门而去。

“看，就是你这个叛徒的告密，把班长都气跑了。”程艺轩话刚出口的一刹，自己也猛地意识到了嘴里迸出的语言竟如此恶毒，但她的思维还是追不上340米每秒的音速。只一刹那，她那飞溅的唾沫星儿便随着尖声的呼喊一并涌入了于笑薇的耳道，撞击的她的耳膜。

“呜——”，于笑薇委屈地哭了，有些踉跄地跑出了寝室；当然，事件的男主角池宏非也紧随其后出了门，五班寝室中只剩下那床摊开的浸着汗带着血的军被和一群表情各异的人。

“喂，于笑薇，我说你别哭了行不行？”在靶场的水塘前，池宏非试图安慰于笑薇，但他还真不知该用什么语气跟于笑薇说话，只好试探着说话，而更对不起观众的是，池宏非兜里连个能擦眼泪的手绢也没有。

“他们……”于笑薇抽泣着，“他们都在欺负我。”

“哎，他们可不包括我啊！不过真的谢谢你帮我仗义执言啊。”

“我是看着明摆着欺负人，所以气不过才告诉教导员的。”

“瞧你那样，掏被子手都掏破了，流血了还逞能，真是傻透顶了。”说到这儿，于笑薇不哭了，倒揶揄起了池宏非。

“你这是什么意思，揭我短儿还是嘲笑我啊？”

“谁揭你短儿了？”于笑薇终于是多云渐晴了，但脸上仍清晰可见刚才那道道泪痕，“不过今天的事儿，你可别往歪了想。”

“什么歪不歪的，你胡说什么呢，谁歪啊？”

在池宏非的记忆里，这次大概是他跟于笑薇距离最近的一次交谈了，他俩之间大概也就有一支钢笔那么远的距离吧。在这种距离中，他只能是拘谨地红着脸。

在刚刚于笑薇说话的一刹那，他抬起头面对于笑薇的脸扫描了半分来钟。从她浓密的有些泛黄的额发到有个把细小雀斑的下颌，池宏非倒是看了个一清二楚。

“确实挺漂亮的，难怪曲直这家伙……”于笑薇形象还是符合池宏非的审美标准的。但这偶然的心灵悸动却无法逾越池宏非“道义”的堤坝，因为至少池宏非还有个叫徐晶的所谓女友，而且他和于笑薇，也的确只是普通同学而已。

早饭开饭的号音由远及近传来，池宏非腾地站起身，用略带命令的腔调对于笑薇说：

“走吧，你再不走，吃不上饭了，这还有一天训练呢。”

于笑薇没吭声，更没挪动地方。

“走啊，”池宏非也不知哪来的胆子，竟直接拽住了于笑薇纤弱的手，“算我求你了，您老人家就回去吧。”

“去你的，赶快把脏手拿开，不然我可喊了。”于笑薇“扑哧”一声笑了，一边用力甩开了池宏非那缠着“创可贴”的手。

新的一天又开始了。

“池宏非，于笑薇，你们俩到队部去一趟。”刚到班级，面无表情的吴彤就传达了队领导的命令，“教导员找。”

推开队部的门，池宏非和于笑薇几乎同时看见了教导员身旁的那张再熟悉不过的脸庞，那就是早上赌气跑到山上抽烟的五班长刘毅。

“你们俩别傻站着，过来坐。”教导员招呼着，一边起身关上了队部的门，“都别在那装相了。”

池宏非和于笑薇还是没有坐，在他俩看来这气氛看来像是一场鸿门宴，所以两人也是拿出了防御的架势。

“别紧张，今天是让你们来这里谈心的，”教导员连忙表明自己的态度，“我也就是跟你们随便聊聊，可不作记录啊。”

这下池宏非和于笑薇才算稍松了口气，也各自搬了椅子坐下来。

“其实，这件事我应该负全部责任。”班长缓缓地说，“要不是教导员找我谈心，我还错怪着你们呢。”

班长这态度转换得太突然了，池宏非和于笑薇当时竟愣住了，呆呆地看着身边的教导员。

教导员笑了，轻轻地端起了水杯，呷了一口。

“其实班长也是为了你们好，不然谁还闲着没事给你池宏非叠被子；还有……于笑薇，你说话也太冲了，直来直去当着大家面数落班长。军队讲的就是听从指挥，服从命令，你这么做对吗？”

于笑薇没有作声，只是充满歉意地低下了头；池宏非的表情倒是舒缓了许多，原来这凝成的疙瘩是个活扣儿。

“刘毅呢，是个好同志，不过说话办事儿还是缺乏了点儿城府，”教导员笑着把身子转向刘毅，“班上有矛盾，你这主心骨不着手解决问题，倒先走掉了，那乱子不更大了么？”

池宏非瞥见五班长在那儿一个劲儿地点头，不禁心生疑惑：这一向耿直火暴的五班长今天为啥变得越发内敛了呢？

“其实，你们班长还没你们年纪大呢。”教导员不禁笑了起来，“看，于笑薇都十九岁的大姑娘了，还比你们的刘毅班长大一岁呢。”

这时，于笑薇和池宏非才明白：班长原来是年龄小，怕震不住大家，才装深沉的。年龄小做代班班长，必须树立自己的威信，不然个个都是大哥大姐，能管得了谁？

教导员发现应该给三个年轻人一些谈心的空间，就推辞说要看看各班情况出了队部，为的是不给三人谈话造成障碍。

而这三位同班的年轻人，在队部里沉默了一会儿，便打开了话匣子，池宏非甚至把高中体育课出糗的事儿拿出来作为谈资；刘毅则成了“刘忆苦”“刘思甜”，讲他以前新兵当纠察时怎么跟一个不请假外出的翻墙头学员大动肝火，大打出手被关禁闭还丢了“优秀士兵”的头衔的故事；于笑薇却俨然一副老大姐模样，说什么小班长一点儿也不幽默，脾气大，不关心人等等，刘班长脸上红了一下也便“有则改之，无则加勉”地接受了。

要说谈心真是一味良药，一个来钟头，仨人便春风化雨，并肩出了队部，正撞见赶回来的教导员。教导员在刚才的检查中找到了几床不合格的被子，准备请进学习班；还在一些班新学员的奇思妙想中学到了一些叠军被、整军被的“捷径”。教导员为了让池宏非笨鸟先飞，便把这些理应“封杀”的“秘籍”传授给了池宏非；当然，于笑薇也沾了光：什么牙刷头掏被，蘸水定被角，小角塞扑克牌，大角垫磁带等等五花八门的招数成了池宏非叠军被“培训课”的必修内容。

第二天一大早，池宏非的军被便发生了天翻地覆的变化，成了自学成才毕业于“黄埔”叠军被培训班的首名优秀学员，也第一次受到了队里的表扬，尽管没证书没奖金又不记入档案，但在他自己看来，也算是份不小的荣耀了。

池宏非的军被叠得如此漂亮，并受到了表扬，吴彤很是不屑。他想池宏非这是投机取巧玩把戏，自己才是正规的军被叠法。为了发泄不满，他趁午休时写了封匿名信，蹑手蹑脚塞进了只有队干部才有钥匙的意见箱里。恰巧被邻班的一个同学看到了，这个同学是曲直的老乡，晚上集合的时候就把这事告诉了曲直，曲直也不知道吴彤这葫芦里卖的是什么药，便在闲聊的时候把信息传给了池宏非。

周日晚的班会照常进行，因为五班长刘毅要参加大队的新训班长会议，这个班会就由副班长吴彤主持。吴彤传达完队里精神后，眼睛稍稍斜向池宏非，表情严肃地对大家说：“今天的班会我想有两件事不能不指出来，因为这是两种不良的倾向。”

“第一，班上存在着早恋的问题，可能现在不算‘早’，但军校里绝不允许这样的事发生。但我们班有两个人居然跑到靶场、山坡去谈情说爱，太不像话！”吴彤的话明显是指向于笑薇和池宏非的，自然也招来了两双眼睛的怒视。

“第二，有的人弄虚作假，在叠军被时塞扑克牌，垫磁带盒，欺骗队领导，有的同学看不过已经向队里写了举报信……”

“吴彤，你别编的那么好听，往意见箱里投举报信的不就是你么？”曲直单刀直入，气呼呼地打断了吴彤的发言。

“曲直，你别诬赖好人！”没想到半路上吕杨又杀出来，“你说班长打小报告，有什么证据？”

“邻队的一个老乡亲眼看见的，不相信咱们可以对质！”曲直据理力争，眼角的余光还瞟着池宏非。

池宏非开始了自己的发言，他慢条丝理地讲起了团结，讲起了求同存异，讲起了“要珍惜共同拥有的点点滴滴”，弄得吴彤也迷糊了：池宏非在干嘛，催眠？洗脑？还是和稀泥……

不过也好，这本来剑拔弩张的班会还是在无尽的沉默中草草结束了。

八

“池宏非，你的信！”第二天中午，本院的邮车开到了新训基地，带来一大堆的信件。于笑薇就是好事儿，偏把自己和池宏非的信捡了出来。

远远地，在宿舍门口晾衣服的池宏非看到了于笑薇手中扬起的几封信。待到近前他看到寄信人的位置写着“徐晶”二字的时候，池宏非松了口气，她终于来信了。是啊，盼了半个月她的消息，今天好歹有了着落！

而于笑薇手中的信却只有一封，而且皱巴巴的，似乎跟她光鲜的笑容有着太过鲜明的反差，但于笑薇并没在意，只顾着跟池宏非开玩笑。

“池老板，把徐晶小姐的信读来听听吧！”

“不行，你这可是窥探别人隐私啊。”

“哎我说，咱可是哥们儿，有福同享，有难同当；怎么，今天有喜事就把我忘了……”

“这……好吧！不过得等我看完，而且你手里那封信我也要看，哥们儿嘛！”

“好，就这么定了！”一声清脆的击掌声，竟成达了这样一个不伦不类，没头没尾的协议。然后，两人便分头去读自己的信了。

何止他俩，吴彤、曲直、程艺轩等等也大都拿到了家里或是同学寄来的信件，在细细品味家信的内容，那份激动让他们无法午睡，一个个都站在晾衣场边，各自占领着一块角落，表情在文字的起伏中微妙地变化着。

吕杨，却一个人瞪着眼睛躺在宿舍的床上，他一封信也没有收到。他默默地想着，想着远方的故乡——那样一个小山村，想着家里辛勤劳作的父亲母亲，想着那些曾经跟他一样经历寒窗苦读和黑色七月却没能走进大学校门的同学们，眼里便噙满了泪花。

我们的小班长刘毅，收到了一封本院纠察班兄弟们的慰问信。好么，就那么短短两页纸，他还翻过来倒过去地读个没完，真像是立了个三等功，戴了大红花似的，自己不禁还咯咯地笑起来！其实这些兵们写信都是套话一堆：什么“服从领导”了，“工作进步”了，“天天开心”了，反正该用的词儿都填充上了，但战友情用纸墨却是难以描写的。

池宏非在阳光耀射下摊开几封信的信纸，他一眼看到了那熟悉而秀丽的字迹：是的，那是徐晶的笔迹……

毛毛（池宏非小名）：

你好么！

最近还好吗？为什么半个多月都不给我写信？是不是把我忘了，或者是你喜欢上了哪个穿绿军装的女孩？

还记得高中毕业时我们说的话吗？也许你忘了，但我却仍然记得：你说彼此的距离分离不了我们的爱；我说那就让我们守望吧，守望这份曾经唤起我们心中感动的情丝。但现在你却这么狠心，我写了三四封信你都不回。我是徐晶，那个你曾口口声声说喜欢着的人；难道，你不记得我了吗？

如果你还能记得我，还能记得我们高中三年中一同走过的那些路，一同经历的那些春夏秋冬，给我写一封回信吧，谢谢！

致

敬礼！

时刻想你的晶

仅仅读完了第一封短信，池宏非就觉得自己有一种发自心底的负罪感，都怨那迟迟才来的邮车，差点儿让他因为误解徐晶而忘却了她的音信。

“池宏非，该把你的信拿给我看了吧？”于笑薇“噌”一下子就抽去了池宏非刚看过的那页信纸。她一边向前跑着，一边还在颠簸中逐行逐句地叨咕着。等到池宏非追上她的时候，于笑薇差不多已把信看完了。

“第二封呢？”于笑薇把信递给了池宏非。

“我还没拆呢！”

“有什么保密的，反正我又不认识她！”

“先把你的信给我看！”迟疑了一下，池宏非还是没有摊开他紧抱着信的双手。

“我男朋友的信，不给你看！”

“不行，一封换一封！”池宏非来了脾气，揣起信扭头便回了寝室。

“吕杨，你不舒服么？”池宏非一眼瞥见了沮丧着脸的吕杨，关切地问。

“没事儿，我自己想安静一会儿。”

池宏非刚搭话便碰了钉子，只好悻悻地掏出裤兜里的信，轻轻地撕开信封，打开了封得很细致的那封信……

池宏非：

你好！

现在怎么样？军训累不累呀？你体质不大好，可要注意身体。

开学这么长时间才给你写信，你不会生气吧？没有给你写信一是因为我们的信箱还没有定下来；二是因为我不敢给你写信，一写信，我就会想家，就会哭。不怕你笑我，我爸、妈送我上大学要离开学校的时候，我就哭了。我也不知道是为什么？以前初高中时我从没有想家感觉，尽管那时我也住校；但现在上了大学倒不行了！

你有没有想家呀？你可是第一次离家这么长时间，其实你们男生比我们女生还爱想家，只是不愿意表现出来而已，对吧？还有，虽然上了大学，可我一点儿也不高兴，我不知道这漫长的四年该怎样度过。想想高中时的生活，虽然累，但也快乐（因为你），每次我生气，不高兴，你总逗我。现在想起来，我真该谢谢你。你还记得你在同学录上给我提的建议吗？有十条，其中一条就是不让我生气。我知道这是我最大的缺点，以后，我一定争取改正。

池宏非，给你写这封信，我真不知道该说些什么，因为我不知道你现在的想法。也许你遵守着你的诺言。也许你又有了其它的想法。无论怎样我都不会说什么，想想以前你对我的好，我就已经满足了。在家里你衣来伸手，什么都不用做，到了学校却要帮我干活，而且还是在同学面前，真是难为你了！在你们军校里，一定有许多女孩子比我出色，所以，即使当初你对我是真的，过一段时间后也有可能会变的，当然，我是不希望这样的。像你说的那样，只有靠我们的信念去维持了。

你能在那样好的学校学习，说明你是幸运的。我希望你能在这四年中多学点儿东西，好好锻炼自己，你能做到的是吗？至于我们俩的事儿，我不会说什么，你应该知道该怎么做。

我不写了，也不知你几时能收到这封信，到这儿的第二天我就感冒了，现在还没好，放心吧，我吃药了。在学校里，你也要注意身体！好了，再见！

我的承诺不变，你呢？

徐晶于即日

这是她第一封信，看着看着，池宏非的眼睛慢慢地湿润了。是啊，三年前，当他初识徐晶的时候，是在那个美丽的早晨，是他，把早餐桌上的牛奶溅到了徐晶的身上；从此，一个小小的误会开始了他俩的感情长跑。而到今天，该算是最后一圈的冲刺了。双双考出高分，双双考上了名牌大学，这已成为高中母校里传扬的一段“佳话”了。但看看军装上那一片象征着艰辛的绿，池宏非犹豫了，前面的路，他该如何行进？

池宏非的心中一直有种不祥的预感，倒不是因为于笑薇，而是因为他自己，突然觉得与徐晶空间的距离拉远了以后，一旦价值观出现矛盾结局会变成怎样。他无法平静下来，一种怜悯与负罪交错的情感心中翻来倒去，但徐晶，却在一如既往地爱着他……

一连好几天，池宏非总是无精打彩的样子，也不愿多去搭理谁几句。

当然，也包括于笑薇。而吴彤，也收到了一个很令人沮丧的消息：他的母亲下岗了，她所在的国营纺织厂搞了改制，厂门口张贴的下岗人员名单上赫然写着他母亲的名字。

“哎，下岗了！”吴彤想象着远方的母亲，自己心中不禁黯然。不过信中说父亲还可以跑长途搞运输，虽然苦点儿、累点儿但收入还是可以的，这对吴彤来说倒也算是一点儿安慰，毕竟父亲才是家里的顶梁柱。

曲直在翻找自己英语笔记本的时候却无意中打开了于笑薇的书包，从她的英语笔记本里摸到了那封皱皱巴巴还没有在封皮署名的信，怀着一种好奇的心理，曲直抽出了那页薄薄的没有香味的信纸。草草地读过信后，曲直竟觉得四周仿佛在散发着各种各样的芳香，香气沁人肺腑，使人心醉。

那是封远自四川阿坝自治州的中学生来信，是向于“阿姨”汇报他学习成绩的信，是一封受助者向伸给他救援之手的好心人的报答信。因为这个叫肖洁的小朋友现在已经以优异的成绩考入了重点高中，正以他的于姐姐为榜样勤奋学习呢！

曲直抚摸着那略带粗糙的信纸，感慨万千，原来眼前的于笑薇不仅才貌出众，还有一颗晶莹剔透水晶般的心。

“曲直，你干嘛呢？”刘毅刚参加班长集训回来，急匆匆地一推门，恰好看到曲直拿着信怔怔站在那里，再看看信封上“于笑薇”的名字，问道。

“没……没什么？”曲直一面支吾着，一面飞快地把信纸和信封背到身后。

“别藏，我都看到了，”班长一脸严肃的表情，“把于笑薇的信拿出来吧！”

“班长，我不是有意的！”曲直慢慢地摊开了双手。

“你知道偷看别人信件是违法的吗？”

“我知道，只是我好奇，”曲直很坦白，“我想知道到底是谁写给她的信。因为没署名，我就抽出信看了！”

“那你看到什么了？”

当刘毅听曲直汇报完信的内容后，他又踌躇了：如果把事情公开，表扬于笑薇，不仅曲直，就连他刘毅也犯了“私拆信件”的错误；不宣传吧，这又确实是非常感人的“新闻点”，可以对新学员进行教育，大有宣传价值。

“吱”的一声，门开了，竟是于笑薇，她看到板凳上搁着的那本英语笔记本，尤其是书的侧面那个大大的于字，还有眼前这两个目瞪口呆、满脸胀红的大男人，她全明白了，便冷冷地抛了一句：

“私拆他人信件可是违法的！”

“意外，意外，纯属意外！”没想到池宏非又从外边的窗沿后面蹿了出来，“我可是证人啊！”

“你来添什么乱？”

“池宏非，你可是大救星啊！说说情，拯救拯救我们吧！”曲直看到池宏非，觉得有救了。

“我可不是来拯救你们的，我是来找于笑薇算账的！”

“我还没找你算帐呢？你这几天装什么深沉啊……”

“停！”于笑薇刚要往下说，却被池宏非一声吆喝打断了，“于笑薇你说说你能不能行？什么男友来信女友来信的，这是往你救助的那个失学儿童的脸上抹黑。这本来是件大好事，说出来我们也助一臂之力啊！”

于笑薇只好点了点头，这事儿四人很快达成了一致协议。

九

星期五下午，正在训练场练刺杀操的池宏非突然得到通知，晚上去大队长办公室参加党员大会，这是进入军校后过的第一次党组织生活。池宏非心想，领导还是没忘记咱是党员啊，不知不觉嘴角就飘起了一丝得意。

正巧吴彤负责五名学员的训练，其中包括池宏非。池宏非得意归得意，但是这刺杀操确实练得差了好几个意思。

“池宏非，你需要加练一下，”五个人合练了一次后，他把池宏非点了出来，“操枪，刺杀准备！”

池宏非操起81—1式自动步枪，认真地摆出了架式。

“连续三枪刺，刺！”吴彤喊着。

“刺——刺——刺——”池宏非向前连刺三枪。

“姿势不够标准吧？再来一次！”

练了四组，池宏非总算是可以休息了。但胳膊疼得抬不起来，坐在那里，一动也不想动了。

“吴班长！”训练间歇，喻枫不禁开始发难，“老池刺杀操水平一般，你也不用这么练他吧？是公心还是私心啊？”

吴彤听了喻枫的话，没有回答就走开了。

“喻哥儿，还是你牛，”闫岩看准时机，主动向喻枫身上贴，“我就愿意跟纯爷们儿在一起！”

“一边儿去，你这到处乱靠的藤儿，再叨叨别说我给你掀了！”闫岩这是拍马蹄上了，喻枫根本不领情。

“谢谢了，兄弟！”经过池宏非身边的时候，喻枫突然听到他说了这样一句话。

“我是对事不对人！”喻枫严肃道，“谁要是给别人使阴招损招，我第一个得说道说道！”

大队广播通知，四点钟提前收操了，搞得大家好一阵疑惑。直到晚饭集合的时候，队长才揭晓了谜底，他郑重向大家宣布：

“星期一，基地将在大操场进行新学员授衔授枪仪式！”

“好啊！我们是真正的军人了！”一阵热烈的欢呼，回荡在基地四周的山谷中，傍晚的夕阳，变得越发红润。

当天晚上，新学员党员座谈会在大队长办公室准时召开。池宏非很早就到了会场，还简单收拾了一下卫生，受到了大队长的表扬。

听完在座各队新学员党员的发言后，受到大队长表扬本有些沾沾自喜的池宏非的自豪感顿然消失了，在座每名新学员党员都是从鲜花和荣誉铺就的幸福大道上走来的，他那点儿成绩，真不算优秀的。

所以，轮到他发言的时候，他谨慎了起来：少说成绩，多谈缺点；少讲过去，多谈现在；少讲对别人的意见建议，多谈对自己的鞭策鼓励。同时，他还把于笑薇偷偷资助失学儿童的事情做了汇报。

“好，这个典型我们一定要宣传宣传，”基地政委对于笑薇的进步表现十分肯定，“这就是积极要求进步的具体表现嘛。”

前后经过了两个多小时，第一次的组织生活算是结束了。散会的时候，大队长握了握池宏非的手，意味深长地来了一句：

“谦虚谨慎，戒骄戒躁，要做合格的军人，更要发挥党员的先锋模范作用！”

大队长短短的一句话，弄得池宏非一宿没睡觉，还摸出了手电筒，翻出笔记本仔细记录下来。

第二天是星期六，基地组织了篮球和足球的对抗赛，自由报名参加。参加篮球赛报名的人真不少，肖可、吴彤都报了，吕杨和苏畅也在肖可的鼓动下一块儿报了名。相对来讲，足球大家就没有那么积极，因为只有一块场地的原因，所以足球不像篮球是分组循环赛制，而是单场淘汰定输赢。再者说这十一队首轮抽到的对手是代训班长组成的警勤连联队，他们不光体力好，还都是各班的负责人，下脚轻重就是个大问题。

但池宏非就没信这个邪，他第一个举手报了名。甭说，还真挺有号召力，不一会儿就网罗了十几个人，喻枫和曲直也赫然在列，让池宏非兴奋了好一阵子。

上午八点半，足球比赛准时开始，曲直担纲左后卫，池宏非司职前腰，喻枫打前锋。

前二十分钟，警勤连联队踢得的确颇有气势，频频在他们右路发动攻势，一浪高过一浪，压得左后卫曲直喘不过气来。

“看来四四二不行，改打五三二吧，防守第一！”池宏非对喻枫说。

“不行，就打攻势足球！”喻枫正为没人能给自己这个前锋“喂球”恼火，池宏非又要撤一名中场队员参加防守，他可不干了。

全攻全守的阵型终于在第四十分钟的时候显现出了破绽。警勤联的九号小个子前锋终于获得了机会，他抓住学员联队中卫回防不及时的漏洞，与高个子十五号做了个“撞墙式”的配合，直接晃过最后一名后卫曲直，“单刀”面对守门员，轻松把球踢入球门死角。

场上比分变了一比零，警勤联队领先。

“嘟——嘟——”随着裁判的哨声，上半场比赛结束，疲惫的新学员个个脸上都写着沮丧。

“怎么搞的，连个人都看不住！”回到休息区，喻枫忍不住对着曲直发了火。

既然球是从曲直脚下丢的，曲直也只好听之任之，低着头默不作声。

“我说两句吧。”池宏非一肚子想法可憋不住了。

“警勤联队打的是速度，是体力，而我们的优势是技术。”

“那具体怎么办！”一个队员怯怯地问。

“改打五三二或四二三一，防守反击，我们就有优势！”

“输了怎么办？”喻枫的问题直切要害。

“贯彻打法，发挥水平，决不会输！”

“我只问假如输了怎么办？”喻枫的语气中，假如的含义更倾向于做结论。

“输了我请大家吃喝！”池宏非没含糊，当场就立了军令状。

比分落后的学员联队下半场一开始突然打起了防守反击，就喻枫在中场晃悠，其他人退缩防守，弄得原本以为对方会打对攻的警勤联队倒没了章法：原本技术粗糙一些的他们基本是依靠速度取胜，等着后卫大脚传球直接通过中场，然后，他们趟球直接打对方后卫身后。现在学员联队采用“五三二”打法，拿球刚过中场就有三四个人围抢，控球能力一般的警勤联队可吃不消了，除了两三脚二三十米没有准头的“高射炮”外，再无别的办法威胁学员联队的球门了。

一见警联队乱了阵脚，学员联队的气势就“嚣张”起来，尤其是当谭锋队长也披挂上阵的时候，池宏非和喻枫示意地举了个手势，反攻开始！

全场比赛七十分钟的时候，右后卫谭队长大脚长传，把球传给了改打左边卫的曲直，曲直快速出球传给了左边中场的池宏非。接下来，池宏非和左边前卫做了个撞墙配合，过掉对方一名后卫，直奔大禁区的腹地而去。这时，对方的两名后卫已经快马赶到，准备封住池宏非的射门角度。没想到池宏非的眼角余光正好瞟见了正奔跑在大禁区线上又无人盯防的喻枫，仅仅是足弓一推，一个漂亮的传球就完成了。喻枫接到球，拨了一下，空出位置，抬脚就射，足球像箭一样飞向网角……很可惜，足球打在了立柱外侧，弹出了底线。

但是，这次精彩的射门激发了学员联队的精神斗志，接下来的20分钟，储备了充沛体能的学员们，一浪一浪的进攻，一次一次的射门，开始了他们狂轰乱炸疯狂射门的表演。

只可惜运气差了一点儿，每次离进球都是差之毫厘。

时间一分一秒过去，占尽优势的学员联队一直没能敲开警联的大门。场外的替补球员提醒着，“加油啊，八十七分钟了！”

是呀，还有三分钟90分钟的常规比赛就要结束了！所有学员联队的球员都有点儿着急了。

“冷静，冷静！”池宏非一再告诫自己。

机会又一次来了，喻枫在大禁区前沿被对方绊倒了，要罚任意球。

“距离25米，方向右斜45度”。池宏非心里叨咕着，这球由他来主罚，可是比较宝贵的机会了。

透过人墙，他看到对方守门员不屑地笑容，那是种挑战。

“怎么样？行吗？”喻枫心里其实还为70分钟没有打进的那个球懊悔着。

“试试看呗！”说着，池宏非对喻枫竖了下大拇指。

发球哨声响起，喻枫全身心投入地做了个假动作，那起跑和摆腿的招式甚至连裁判都以为是他发球了。

但真正罚球的却是池宏非，他的左足弓内侧踢起了红白相间的足球，那足球在空中旋转着，划成一道完美的弧线，越过高高跳起的人墙，然后突然下坠，旋进了球门死角。而对方的守门员，什么扑救动作都没做，只能眼看着皮球飞入网底。

“嘟——”一声长哨，裁判确定了这个进球有效，顷刻间池宏非被他的队友们团团围住，跳跃着，欢呼着。池宏非却不住地喊着：“比赛还没完呢！”

果然，警联队中圈的开球直接就找到了刚才进球的九号小个子，他趟了一下便甩开了中后卫，直接向大禁区弧挺进，前方眼看着就剩守门员一个人了，单刀啊，全场的学员联队球员都怔住了。

没想到，在这千钧一发之际，从一边斜防奔来的曲直又拿出了他追逐宝马 740 汽车的速度，风一样的向球追去。

守门员弃城出击，迎面向小个子扑来，但小个子却不慌不忙，一闪身，便晃过了经验不足的守门员，直接面对空门。当他抬脚射门的那一刻，曲直快马杀到，只是轻轻一点，球打在他的腿上便腾地飞出了边线。

接着，九号小个子和曲直不约而同地躺在地上，大口大口地喘起了粗气。

全场的也包括警勤联的球员都在向曲直鼓掌表示祝贺，因为那个九号小个子以前可是省队的替补前锋，参加过甲 B 联赛，算是专业选手了，但今天，他的必进之球却被一个担当后卫的青年学员毫不留情地铲了出去……

但是比赛没有结束，也许是裁判员过于迷恋比赛的精彩，也许是这场比赛注定要有最终的胜负，所以，补时 1 分钟，由警勤联队抛界外球。

经过刚才的考验，似乎喻枫等新学员们更有了取胜的信心，所以抢断也更加积极和坚决，警勤联队刚刚抛出的界外球没传两脚，便被回防的池宏非抢断了，他找到了喻枫的位置，直接大脚长传打身后，用警勤联队的套路对付警勤联队，眼看着足球按抛物线的物理轨迹向前场飞去……

刚刚警勤联队的进攻防线压得过于靠前了，大都已经过了中场，只有一个后卫拖在后面。这样喻枫便来了机会，他卸下高空球，快速奔袭，靠飞快的速度甩开了警联的防守后卫，整个大禁区里就只有他和守门员两个人了，裁判员也紧张地看了看手腕上的计时表，估计无论足球进与不进，射门之后比赛都要结束。而这时的喻枫，却突然附体了超凡的冷静，面对守门员渐渐封死的射门角度，他从容地撮了一下，足球便跳过守门员高举的十指指尖飞向了球门。球还在飞行之中，喻枫就已经脱掉上衣奔跑庆祝了！

球进了，比赛也结束了！只不过喻枫的兴奋之举吃了一张黄牌，但比起进球来说，还是微不足道的。

吴彤那边的表现可就没池宏非他们抢眼了，人高马大的警勤连战士和经常打篮球的两个军体教官组成的球队，越战越勇，越打气势越盛，学员联队后来就算易教导员亲自上阵，也没能挽回败局，最后，还是以 20 分的明显分差败给了警联队。

“胜败乃兵家常事嘛，下次再努力！”比赛结束后，易教导员微笑着安慰几个情绪低落的学员。

不过教导员走后，吴彤却又给几个学员来了个单独讲评。他给肖可和苏畅挑了不少毛病，对吕杨却是大为赞赏：肖可带球熟练，过人灵活，但投篮找不到准星；苏畅身宽体胖，冲撞不吃亏，就是篮板、盖帽儿比较笨拙；吕杨敢抢敢拼，也有十几分入账，值得学习。

肖可听了这话十分不舒服，直接回敬了吴彤几句：“领队和教练是易教导员，又不是你，你有什么权力对我们指手画脚的，想对我随便发号施令，没门！”

说完，肖可转过身，头也不回地走了。

“班长，没事儿我也先回去了。”苏畅心里也不舒服，吴彤也就得了十几分，现在还数落这个数落那个的，但又怕吴彤当班长给他穿小鞋儿，所以只好客客气气地道个别。

偌大一个篮球场，只剩下吴彤和吕杨两个人坐在那里，也不说话。

“吕杨，家里还好么？”吴彤主动上前搭讪。

“不知道，”吕杨也没领情。“反正是连封信也没来！”

蓦地，吴彤想起中午吕杨没收到信躺在床上失落的情形。

队部里，还在兴头上的谭队长不知从哪搞来了一瓶啤酒，给曲直、池宏非、喻枫每个人倒了一杯，煞有介事地说：

“我带新学员队在这军训有四五次了，还是第一次赢了警勤联队的球，可喜可贺，来，敬大家一杯！”

“十一队万岁！”大家一起喊道，然后一饮而进。

十

周末过得真快，转眼工夫，又到了周一。

上午首先进行的是授衔仪式，在面对军旗宣誓之后，每个新学员光荣地缀上帽徽和肩牌，然后大家依次在宣誓册上签下自己的名字，为这一段青春美丽的过往作证。

明媚的阳光下，军徽闪耀，肩牌吐艳，新学员们穿着夏常服端坐在座椅上。不过，由于训练时阳光的疯狂照射，一个个晒得都像黑脸包公似的，连涂抹了强力防晒霜的程艺轩都面色黑黄，看来这个美容产品显然质量不过关，失去了遮掩的作用。

其后便是授枪仪式，吴彤等四名学员代表走上了奖台，接过了系着红绸的81—1式自动步枪。

镁光灯闪烁的时刻，吴彤的确感到了一种极大的心理满足，在向下扫视的目光中，他看到了人群中曾对他有几分傲慢态度的程艺轩，现在居然也在由衷地为他鼓掌。

池宏非也在热烈地鼓掌，不过他一扭头却突然捕捉到了来自于笑薇的那份责备的目光，也许是在责备他的懦弱。

九点半，仪式结束了，吴彤虽然走下了表奖台，但还在不时地回味着自己刚才台上的举手投足，言行举止。

“祝贺你！”吴彤听到了身后那个文静的声音，他猜得出那是谁。但他并没有回转头，因为他需要平静，他面前的一切来得太突然，他需要有时间冷静一下，之前他一直认为今天上台参加授枪仪式的应该是池宏非，而不是自己。

沉默片刻后，他还是转过身对程艺轩礼貌地说声：“谢谢！”

几乎是与此同时，池宏非被于笑薇找到电教室的窗下，接受她的质问。

“你为什么不参加授枪仪式？”

“领导没让我去，我怎么去！”

“你不去谁去，一定是你让名额了！”

“这么好的事儿，我让名额干嘛？”

“别装蒜，我都知道！”

“知道什么，一个小丫头，别整天神经兮兮的！”

“谁是小丫头，我可老成得很呢！再有，我看你神经兮兮的，踢球时候你那么能，怎么现在熊了，成草包了！”

“成草包还能抗洪呢，堵洪水用的都是草包！”池宏非打趣地说。

“哼，反正昨天我偷听到队长跟教导员说了？”

“说什么了！”

“说你有大局观，为了平衡关系把参加授枪的事儿让给吴彤了，还不让往外说！”

“别在那瞎编了！”池宏非笑了，“昨天星期天，谭队长不是回家了吗？”

“反正我听到了，你爱信不信！”

“你说假话，谁信呢？”

“我要说假话，我就姓鲫鱼的鱼，行吧！”

池宏非不予回答。

而这一番池于二人的对话，却被钻窗子躲进电教室里看闲书的曲直听个正着。

“喂，干嘛的！”一个看车库的志愿兵发现曲直钻窗进电教室半天没出来，便喊了起来。

“我……我是新学员，来找东西的！”曲直支吾地说。

听到屋里的说话声，池宏非辨别出那是曲直的声音，便和于笑薇跑到了电教室门口。

“这是我同学，帮我找东西的！”池宏非对志愿兵解释道。

“这屋子几天没上过课了，哪有什么东西？”

“不是，不是，我刚才跟他打着玩，他跑到电教室门口，我追不着他拿钥匙串砸他，他一躲钥匙就飞进去了！”

“钥匙呢？”志愿兵问曲直。

“刚从教室里找到，在——在兜里！”与池宏非四目相对的一刹，曲直便从池宏非的眼中找到了解决问题的办法。

果然，曲直掏出了一串钥匙，但那是他自己的。

“行了，行了，”志愿兵看到曲直手中的钥匙，也没细看，便训斥道，“以后注意，别乱打乱闹的！”

“是，是！”三个人一劲儿地点头哈腰赔不是。

看到志愿兵进了仓库，池宏非飞起一脚，狠狠地踢在曲直的屁股上。

“你踢我干嘛？”曲直捂着屁股，一副委屈的样子，冲着于笑薇喊，“你评评理，我是不是比窦娥还冤啊？”

“我看哪，”于笑薇晴转多云，又转阴，“活该！”

“曲直，你刚才偷听什么了？”

“没——没什么！”曲直避开池宏非的视线，故意不去看他，而偏偏看着于笑薇……

“哎，你们在这儿干什么呢？”吴彤边喊边向他们跑来，“赶快回去，班长要开班会！”

“好！”池宏非应了一声，两个人的视线又一次在这里交锋了，但首先撤离的却是池宏非。

“谢谢你，把今天的机会让给了我！”当池宏非经过吴彤身边的时候，听到吴彤压低着嗓子对他说，“教导员已经跟我谈过了！”

“你错了，”池宏非回了他一句，“是你自己更优秀！”

当四个人赶到寝室时，班会的各项程序都准备就序了，班长还拿了几页主持词，好像是主持开国大典似的。

四个人快速入座之后，班长开始发言了。发言之前，他按惯例安排于笑薇指挥全班合唱一首《团结就是力量》。

也许是第一次换上夏常服的缘故吧，全班的哥们儿姐妹儿今天一个个都铆足了劲儿，唱得面红耳赤的。

“好了，好了，”班长站了起来，用一种异常沉着的语调（按于笑薇的理解，叫作“声音有磁性”）宣布了这次班会的召开，还拼拼凑凑弄出了几点重要意义：什么团结和谐的班会、解放思想的班会、实事求是的班会……反正刘毅自己听到过的形容词都添了进去。

“第一个议程，我谨代表我个人，向你们在座每名同志表示祝贺，祝贺你们从今天开始真正成为中国人民解放军现役军人！”

“怎么像是签了卖身契了？”肖可小声嘟囔了一句。

“怎么，对参军有意见吗？”班长严肃地面对肖可。

“管得太死，训得太苦，活得太累，总结完毕！”肖可小声顶了几句，却没敢抬头。

“还有，”闫岩也腾地站了起来，“那个……津贴费发得太少。”

“你们都坐下，”班长说着，自己也坐下了，“其实相比在地方混，当兵是很苦的！但你们却没体会到自己当兵也有偏得呀！上四年军校，不用花学费，还有津贴，分配工作后工资跟地方的市领导一样多，你们还要啥自行车啊？再有，军队也不妨碍你们成才，硕士、博士的军队里多的是。反过来说，你们成双成对在外面轧马路，逛商场，成百上千地花父母的钱，当啃老族，就能成才了吗？”

“像我，来这里摔打两年了，再过一段时间就要复员了，舍不得啊！”班长突然感叹起来。

“班长，你可以考军校呀！”程艺轩接了一句，“然后不也能当干部了吗？”

“我们文化底子薄，军校录取名额又少，难啊！这一座万人拥挤在一端的独木桥，想最后走到另一端成为胜利者的人少之又少。”班长说，“兄弟们，你们得珍惜啊，班长祝愿你们都能成材，都当将军啊……”

下午起床时分，又接到通知了，全队人员两点四十五分准时到教室参加军人大会。

五班的同志们随着大队人马来到教室，第一眼看到的就是“军人大会”四个刚劲有力写在黑板上的粉笔字。再扫一眼，就是台上坐着谭锋和易资平，瞧那样子好像是早有准备，笔记本摊开，茶杯里冒着热气，易资平还掏出了衣兜里的笔，像是评书里常念叨的“三堂会审”。

在全体起立奏解放军军歌的程序结束之后，主持会议的易教导员很快切入正题。

“今天是大家成为军人后全队召开的第一次真正意义上的‘军人大会’！”教导员又习惯性地抬起了胳膊，比画了个手势，“谈什么呢，就谈一个军人的作风养成问题，首先就是军容军姿！”

“首先是敬礼！”易教导员听见台下一些评论这是小儿科问题的交头接耳，便伸出了右手，马上配合做起了动作，“大家以前练军姿的时候都学过敬礼，但我今天要讲的是敬礼的气质问题。敬礼动作其实你们都懂，五指并拢，大臂抬平，小臂弯曲，指尖与帽沿儿平齐！但是敬礼要讲气质，因为你是个军人，是个军人就要有军人的样子，所以要两眼目视前方，下颌微收，敬礼时要快，要有力度！”说着，易贺平还做了个示范，分解动作一二三，可以说尽乎完美了，台下的新学员都自觉不自觉地伸出了右手，默契着、练习着。

“其次是军姿，站如钟，坐如松，不需要多讲！你们应该明白，像谭队长一样就达到标准了！”可不是，谭锋的军姿严整是新训基地出了名儿的，他连回家时穿衬衫都要把领口第一个扣子扣紧，所以十一队一百来号人背后都说谭队长是“日本城市——大板（阪）”。当然，更要敬畏的是他的牙齿，因为谭队长有吃蒜的习惯，一天要刷五次牙，以保持口气清新。

一下午、三个多小时，易教导员讲了十多个问题，什么服从意识、听从指挥、诚实守信、团结友爱等等，再就是让大家好好参悟一下军校学员的行为准则，以免日后犯一些不必要的错误等等。易教导员还谈到了早恋问题，不过是蜻蜓点水，点到为止。

军人大会开过之后，池宏非和于笑薇被一同“请”进了队部，教导员找他们谈心。

“池宏非，于笑薇，今天我找你们来……”

“教导员，不必说了，不就是那些说我们谈朋友一类的举报吗？”于笑薇倒是打开天窗说在明处，“同学关系好的就算恋爱么？”

“池宏非，你的辩解呢？”教导员询问池宏非。

“我们俩关系是不错，但那是哥们儿感情。现在自己还没想到这一步，却有人提前帮忙替我们操心了。”池宏非笑着说。

“没有最好，如果有的话，希望你们……”

“绝对没有，”于笑薇和池宏非相视一笑，“我们只是好哥们儿啊，充其量算是个知己，哪来那么多闲情逸致谈恋爱呀！”

“那就好，”教导员心里的一块石头落了地，“有则改之，无则加勉！”

不过这次队领导的面谈过后，风言风语更是此消彼长了，于笑薇跟池宏非也确实疏远了不少。

一天，训练休息时，班长送给了池宏非一封薄薄的信。池宏非拿过信掂了掂，一种不祥的预感笼罩在他心头，再看看落款那熟悉的字迹，他急忙撕开了信封。

池宏非：

你好！

距离上次给你写信已经有半个月时间了，我还没有收到你的回信。我一直在猜测着原因，也许你没收到我的信，也许另有原因。但我只能往好的方面想，所以再给你写封信吧，希望你不要再让这封信石沉大海……

读到这儿，池宏非已经意识到了自己的上一封回信并没有邮到徐晶手中，为什么？他自己也没法作出回答，只是继续往下读这封信。

你现在军训挺累的吧？我们还没军训，只是拖拖拉拉上了几周的课，自己感觉挺累的，数学很是吃力，我非常害怕期末考试不及格；而且，本来是我强项的英语，如今也变得费劲起来，因为我的听力太糟了。学习上的不顺再加上你我失去了联系，每天我都没有开心的时候，寝室的姐妹常说我总发呆，我就说：怎么能呢？可说这句话的时候我的心却非常的……我不知我对你抱的希望能否实现，你的做法使我实在不放心，我不敢想象将来是什么样子，我知道我应按我说的去做，别人怎么对我那是别人的事，你觉得自己应该如何去做。

上次给你写信的时候，正是我最想家的时候，所以也没向你说什么。本来是想把假期的事和你说一说的，因为太想家了，也就把以前的事儿忘了。不过，这次我得向你说点儿了。假期你没有去我们家，你可能也不知道我非常的生气，你每次都说没时间往后拖，每次我都相信你了。我曾说过我最讨厌那种不守信用的人，而你恰恰是这样的人。如果你当时说你不一定有时间，不要往后拖延，我也就死心了。我真是无法相信你居然连一天的时间也没有。考上军校的你也不在乎我是谁了，对吧？

要是从前，你早已抽出点儿时间来了。有一次你不是在我家待了十几分钟吗？现在怎么不能了？你说呀？如果我像你那样做，你会怎么想，现在我给你写信也接不到你的回信，我还该怎么想？

我只想听你说一句话，不管是什么想法，哪怕只是简单的答复也行，我绝不是那种不知趣的女孩子，我也知道我应该怎么做！

不管是我以前说的，还是现在说的，我都会做到，哪怕是你改变了。再见，自己保重吧！

并祝：快乐相伴！

徐　晶

九月二十七日

不知怎的，池宏非每次读完徐晶的来信，总有种压抑的感觉，可能是两地相隔千里，加深了他们之间的误会，仿佛已经不是一两句话能解决了的，但池宏非仍试着去弥补，因为这是他的初恋。都说距离能够产生美，但现在有了距离，这美跑到哪去了？池宏非思考着。

当天下午，正赶上分队的步枪射击训练，池宏非正好分到了于笑薇身边，他看到于笑薇不住地揉撑在地壕里磨得通红的小臂，便毅然摘下了自己的护肘，递了过去：

“给你！防护一下！”

“我自己的事儿，用不着你操心！”

“什么话呢，都是哥们儿嘛！”

“都是哥们儿？都是哥们儿你就不该疏远我！”

“哎，我说你还讲不讲理了，”池宏非瞪起了眼睛，“是你不搭理我的，现在倒把责任推到我身上来了！”

“你胡说，你狡辩！”说着，于笑薇拾起身旁一块土疙瘩，照着池宏非的脸就扔了过来。这么近的距离，多亏池宏非身手不错，侧身一闪，土块打在他的肩上，冒了股黄烟。

“喂，你们两个别瞎胡闹，不然打枪的时候不及格了！”平常一起嬉笑瞎聊的教官一脸严肃的冲着池宏非喊。

“Yes, sir！”池宏非趴在壕里，朝教官打了个军礼。

十一

第二天一早，队长宣布了一个振奋人心的消息，“十一”国庆，新训基地放三天假，还要开个篝火晚会，请各学员队自备节目。

消息传出，大家分头准备，而五班更是忙得不可开交，刘毅班长找出了藏在床下的多功能电源插座，还借一台CD、录音多用机用来伴奏，但唱来唱去，独唱歌曲一大堆，就是找不到五班集体都能唱的歌曲。

“《风向正南》吧，我们不都能唱吗？”吴彤突然想起半个月前那首班长教唱的军营的歌。

“对呀，就《风向正南》吧！”程艺轩也大声附和着。

“行，我们别练各自的歌了，把五班整体形象推出来，唱首《风向正南》吧！”池宏非看了看于笑薇，也随声附和着。

“那好，篝火晚会上就唱《风向正南》了！”班长最后一锤定音，把《风向正南》从幕后搬到了台前。

九月末的一个秋夜，南方的天气依然热烈，在一阵叮叮当当的碰杯声中，大家发现了两张似曾相识的面孔，经队长介绍才知道他们是院里的领导；一阵寒暄之后，食堂里一片寂静，只见一位院首长举起了酒杯，高声说道：

“同学们，你们的军旅人生已经蓬勃开始，你们的军校时光已经正步走来。希望你们今天以政院为骄傲，明天政院更会以你们为自豪。值此国庆佳节之际，我谨代表我们学院党委，祝大家身体健康，节日快乐！”

不过今天池宏非没和于笑薇喝，他主动地向程艺轩发起了攻击；于笑薇也瞄准了吴彤。但是总量控制，其实每个人也不许超过一瓶啤酒。

一杯杯啤酒下肚，全部流进了大家各自的消化系统，每个人也有些飘然地离开饭堂，但想想还有篝火晚会和一堆水果要消灭，一个个又来了精神，筹划着继续投入战斗。在远离都市的新训基地，一种年轻的力量也扑面而来。

夜幕低垂，晚会七时三十分准时开始了，几个节目过后，该五班的《风向正南》上场了，刘毅看到了坐在那里观看演出的学院领导，那闪闪耀人的金色肩牌使他感到怯场了。入伍两年来，这是他第一次在院领导面前演节目，心情非常激动。

五班的十名学员并没有意识到这点，他们随着歌声的飘摇不断变换着位置，力争把歌唱好。歌声悠扬婉转，夹杂着每个人的情感。突然，池宏非发现迎面来了个黄肩牌，是个少将！学员们都惊喜地发现，原来是学院的政委上台来了。

“来，再来一遍，我和你们一起唱！”政委站到了演出队伍中间，和五班学员一起唱起了这首《风向正南》……

浩浩长江，巍巍钟山，
感恩时光，相聚萨家湾。
虎踞龙盘，秦淮河畔，
美梦成真，来到南政院。

回忆像风，风向正南，
我们团结奋进，
一起阔步向前。
往事如风，风向正南，
我们献身军旅，
一起迈向明天……

节目演完后，肚子里容纳了一点点啤酒的五班这十几个人什么也没记住，只记住了几米高的熊熊篝火和场下那潮水般的热烈掌声。

第三章　此系英雄

一

第二天一早，班长刘毅找到了池宏非，向他透露了一个绝密计划，那就是几个代训班长准备组织一次探险，目标就是新训基地后山。

“班长，我也去，”池宏非倒挺坚决，“给我个机会吧。”

“好，保密！”班长和池宏非搞的好像有些谍战片的情节。

因为参加这次探险的都是新训班长，没有学员，池宏非怕自己上山得个倒数第一，马上想到了找女学员垫背最合适，也算是红花配绿叶了。所以他出于“好心”，把这个消息偷偷告诉了于笑薇。

果然，生性好动的于笑薇也颇有兴趣，发誓要爬上这个海拔才一百七十多米的后山。

九点一刻，七个人准时出发。当然，前提是经过池宏非百般恳求，几位新训班长也很给面子，同意了于笑薇参加，并交给池宏非负责。

这下好了，本来池宏非要找个垫背的，没想却找了个累赘。

眼前这山头别看海拔就那么一百来米，攀登上去可并不是什么容易的事儿，尤其是几年来没人来过，里面密林丛生，很难找个方向；再加上江南天气，阴雨潮湿，又是蛇虫类经常出没之处。所以，不只是于笑薇，池宏非都有些恐惧。

为了显示勇敢，他们还是跟着大部队一同向上攀登，只是更多留心于脚下。

“啊——蛇！”走着走着，于笑薇突然大叫一声，池宏非马上蹿过来看个究竟。

原来是条一米多长的大蛇，估计是被于笑薇踩到了，十分气愤地吐着芯子，三双眼睛一对视，那条蛇估计是看他们没什么恶意，也知趣地钻回了洞里。

“瞧见没有，人蛇其实可以共通的！”惊魂未定，池宏非抹了抹额头渗出的汗珠，却大言不惭地自我吹嘘着。

前边的林子越来越密，大家的方向感也越来越模糊，算计着大约该是到半山腰的位置了。

“往哪儿走？退回去吗？”池宏非和于笑薇都有点儿急了，眼巴巴地瞅着班长。

“车到山前必有路，怕什么？”班长坚决地说。

“这很危险，我们该往哪个方向走呢？”

“凭我的直觉，在右手侧斜上方准没错！”

“班长，你能确定吗？”

“不要怀疑，只要执行！”

一小队人马按五班班长指挥的方向斜插上山了，尽管树林枝条越来越多，但头上的阳光也越来越明亮了，当一帮人气喘吁吁地停下来时，他们突然发现自己已经登上了山顶，可以看到山脚下巴掌大的新训基地，可以看到蜿蜒的高速公路，还可以看到周边许多布满绿色植被的山丘。

“午饭前要赶回基地，不然就得挨饿了！”当于笑薇正陶醉在这一览群山的景色中时，池宏非拍了拍她的肩膀，

“好吧！”于笑薇看上去有点儿依依不舍，但时间不等人。

可是下山比上山还难，为了避免迷路，大家必须从南坡下山，遇到了

许多不大不小的碎石块，横七竖八地躺在路中间。

这回池宏非可真起到于笑薇监护人的作用了，来来回回地翻沟越坎儿，池宏非总得尽可能给于笑薇留方便。

不过还是出了麻烦，于笑薇在下一个陡坡时踩上了一块根基松动的流石。滑了一跤，脚踝崴了一下，当时就肿了起来。

“怎么样？”班长急切地问。

“没事儿，还有我呢？”池宏非貌似非常镇定地向班长摆了一下手。

说着，池宏非从迷彩服口袋熟练里掏出了一片跌打止痛膏，一边不由分说卷起于笑薇的裤腿，一边用手绢蘸着军用水壶的水在腿上擦了两遍，然后把膏药贴了上去。

“你别动了，我背你走！”池宏非看到于笑薇吃力地想站起身的样子，有了点儿后悔：不是他的发动，于笑薇绝对不会来的。

没怎么犹豫，他便背起了于笑薇，当然，那手法有点儿生硬，像是搬运工在背麻包。

“池宏非，你放我下来！”

“没事，搀着你下山更浪费时间！”

池宏非嘴里的话可是很大男子主义，可真背起这一百来斤的大活人，还走这么难走的下山路，心里也只有暗自叫苦了。

果不其然，背了于笑薇不足二十分钟，池宏非脊背就湿透了。也许是刚才爬上爬下太劳累的缘故吧，我们的伤员于笑薇同志却偎在池宏非的肩头睡着了。

终于找到了大路，池宏非的腿上被路边的野草和藤条划出了血迹；当大家看到池宏非的后背和于笑薇前胸迷彩服上都有一大片汗渍时，不觉都开心地笑了。

“情侣服！”一个班长起哄道，“情侣服啊！”

“别胡扯了，赶快赶路吧！”刘毅不喜欢别的弟兄这么跟自己带的兵开玩笑，便严肃了起来。

“好，好，不说了！”谁都知道刘毅那个倔脾气，便都不吱声了，往基地的方向走着。

池宏非和于笑薇相互搀着走在后面，一瘸一拐，很是滑稽。

这时，又有一个班长指着他俩对刘毅说："瞧这俩人儿，弄得倒真像那回事儿呢！"

"咳，你操哪门子心哪，"这回刘班长可没驳斥他的话，反而笑着说，"要在地方上大学，今天就成他俩郊游啦！"

十一点多，几个人终于回到了基地，于笑薇、池宏非的衣服也都干得差不多了，各自跑回宿舍做了下伪装，于笑薇为了掩饰身上那股浓浓的汗气味，还特意在迷彩服上洒了小半瓶香水，不但她的宿室，几乎整个楼道里都弥散着香水的气味，香得让人窒息。

"池宏非，你去哪儿了？"苏畅面带神秘地把池宏非扯出了宿舍，偷偷地问。

"我到靶场捡弹壳了！"

"真的？"苏畅诡异地笑了。

"那还有假？"池宏非表情有些不自然。

"那你说我上午用望远镜看到了什么？"苏畅故意扬了扬他藏在身后的那只据说是俄罗斯产的双筒望远镜，"来，你自己看看！"

池宏非透过望远镜向山上搜索着。不出所料，他和班长他们开辟的那条胡志明小道非常清晰地暴露出来，有的地方还可以看到地面上他们移开的怪石和开路时伐倒的野草。

"嘿，真有你的，"池宏非猛地就给苏畅胸口一拳，"这都能被你小子发现，神了你了。"

"必须的，哈哈，我没有告密的爱好，不过有一个交换条件，"看来苏畅价码开得倒是很低，"就是以后再出去活动，把我也算一个。"

"这没问题，"池宏非心想下次活动有人负责开路、背包、拎水壶了，心中自然是一阵窃喜，但表面上还是沉着得很，"不过你可要对咱们的行动保密。"

"那咱们一言为定！"苏畅抢着说。

“好，击掌为誓！反悔就是小狗儿！”

“啪！”两人手掌碰撞发出音响的时刻，池宏非才发现自己其实远不该把“阶级斗争”想得那么复杂。

第二天依然休息，班长刘毅又安排大家去靶场的水沟和池塘里抓河蟹和龙虾。不过这次阵势可要大多了，前两个班每班有两名参加，六班有一名，而五班却来了一半，一个个穿着军训时磨平了底儿的黄军胶鞋，穿着散发着汗气味儿没戴肩章的迷彩服，像是气势汹汹的拆迁队。最后两个同学还每人手拿个洗脸盆，也不知究竟能捞到多少战利品。

远远地，吴彤看到了人群中的程艺轩，心中突然有了些许异样的感觉。但要说吴彤对程艺轩有什么好感的话，也得源于她那个当大学教授的父亲——程远帆。

今天的程艺轩，看起来倒比以前亲和多了，不再娇气地害怕身上沾泥巴，而是拿着个小竹条，在阴沟里四处探呀，挖呀，十分认真的样子，仿佛在找金银财宝似的。

不过人多也不一定是好事，没到一个钟头水沟里的河蟹和龙虾便都吓跑了，连影儿都没有，大家只好转战小水塘。说是小水塘，倒不如叫小水坑，因为那不过是靶场射击点与报靶坑之间的一段开阔地，因为地势低又加上江南阴雨，才形成了现在这个水洼。

不过这里的“资源”可远比水沟里丰富。不一会儿工夫，曲直和苏畅又跑回去取了两个脸盆装“战利品”。

突然，站在水塘对岸掘洞，还以此为乐的程艺轩在烂泥里发现了个小洞穴，里面好像有许多正在吐泡的龙虾，这对于刚才“战绩不佳”的她来说可是天赐良机。因此，一时忘乎所以，她顾不得找个帮手，竟径直把自己的手伸进了泥洞。

“哎——呦！”果然，程艺轩的手指被愤怒的小龙虾夹住了，而她的呼喊也惊动了一起来的同学们，他们看到程艺轩缓缓抽出洞穴的手指上夹着的龙虾的大钳子，都笑得不行。

吴彤赶紧跑了过去，看到那鼓着两腮出于愤怒的小龙虾和手指被夹得通红满脸痛苦表情的程艺轩，他真想笑个痛快，又怕得罪她弄个恼羞成怒。所以便轻轻拍了拍龙虾的头，口中阵阵有词：

“龙虾同学，主席说过‘要文斗，不要武斗’啊！”

不过这龙虾可不买账，继续夹得紧紧的就是不松钳子。

程艺轩一脸无奈的表情看着吴彤，大概是想说下一步该怎么办?

“得了，放虎归山吧！”吴彤摇摇头，拉着程艺轩来到水塘边，让她把被龙虾钳住的手指放到水里，龙虾遇到了水，自然放开了夹子，大摇大摆地游走了。

“坏东西，我砸死你！”程艺轩一看到手指上那条被夹得深深的印记就气不打一处来，连忙捡了块石头瞄着那只龙虾打去，可惜她准星太偏，不但没打着龙虾，反而溅了站在身旁的吴彤一身泥水。

“真对不住了。”旁人看来，这程艺轩真是恩将仇报，“我帮你擦擦。”

“没事儿，反正衣服好久没洗了，脏得很！”看到程艺轩的手绢已经贴到他衣服上，吴彤连忙一闪身，脸上忽然泛起了一片红晕。

十月二日上午十一时许，对虾蟹之敌的“扫荡”行动圆满结束，一行人浩浩荡荡回到了宿舍。

“好嘛，都开始学会改善生活了！”易资平笑着说，“不错，不错，是蒸是煮啊?”

“生命诚可贵，自由价更高。”苏畅做出一副很有爱心的架势，其实他是嫌这些泥沟里的东西脏，要不然什么美味他不是第一个品尝，“我们只是玩玩，然后再放回去，善哉善哉！”

对这些新学员来说，逮小龙虾、捉螃蟹其实只是图个乐趣，找个玩的借口去放松一下，要说真正的战利品，要算是沾满泥巴的胶鞋和迷彩服，还有互相逐渐产生的协作默契……

二

十一假期过得飞快，七日晚上九点，队里正式点名收假。学员们被郑重地告知：明天上午将新开两门基础课，分别是军兵种知识和军人思想品德修养，这将是他们第一次接触到军队专业知识。

“在座的同学哪位能说出现在世界各国哪种主力战斗机最实用？”军兵种知识教员笑着问，因为今天的课程是空军知识，所以是先从战机问起。

“轰”地一下，大家开始议论开了，什么F-22，T-50，S-30，S-37等等，反正是以美俄两国的战机为主。

“老师，我认为SU-27最实用。”不想喻枫竟自告奋勇站起来回答问题。

“是吗，讲讲你的理由吧！”教员亲切地说。

喻枫先是礼貌地对教员点了一下头，然后开始阐述起了自己的观点。

“F-15是美国空军的主力战机，在海湾战争的空袭中就大显神威，它采用了双垂尾的正常布局，切尖三角上单翼，全金属半硬壳机身，二元多波可调进气道位于翼根下部机身两侧，双余度的高权限的增稳控制系统，外加一份机械备份！它的武器是一门20毫米六管机炮，外部可以同时挂4枚（AIM-9L）响尾蛇导弹和（AIM-7F）‘麻雀’导弹，或8枚AIM-120先进中距的空空导弹，对地攻击时还可以携带各种炸弹，燃烧弹等等！”

讲到这里，台下已经开始为喻枫阵阵鼓掌了，毕竟对他来说，让人仰目的不仅仅是勇于登台的胆量，更主要是他掌握飞机武器知识之广。

“而苏-27呢，不仅仅是它具有独特的眼镜蛇机动功能，而且它270度的滚转率要比F-15的大得多，尽管它是一种大型战斗机，但它的敏捷性和快速的操纵响应能力却与小战斗机相当，低速特性特别好。其它的优点不谈，单说它身上安装的紧急保险开关就是世界第一的，因为在此系统打开之后，不管飞机处于何种姿势，它都能使飞机机翼处于水平，让飞机处于正飞状态。而且这种战机要比F-15造价低得多，所以我认为它的技术和价格比应该是最好的。”

喻枫发言后四五秒钟，在座几个队的学员们才开始走出联想的天空，用最热烈的掌声向他们的“兵器专家”祝贺。

当然，喻枫也瞥见了那位授课教员暗暗向他投来钦佩的目光。的确，喻枫的兵器知识掌握程度要比老版本的军队统编教材早了几年，在教员的那本90年编的《世界空军战机研究手册》中，F–15还是世界战机王牌中的王牌呢，谁想今天竟被眼前这个苏–27“侧卫”，这个小“刺猬”破了金身。也正像苏–27战机那迄今仍保持的27次世界航空纪录一样，眼前这个青年学员明天也许将在自己的研究领域中写就新的辉煌。

下课的时候，教员特地跑到喻枫的身边，拍了拍他的肩膀，笑着说：

“喻枫，看来我这个老先生要向你这个新学员多学习学习啊！”

“哪里哪里！”喻枫见教员过来了，连忙站起身，行了个军礼，“教员，以后还要请您多指教！”

“共同学习，共同学习！”这个军兵种知识教员从喻枫那年轻的眼眸里读出了更多的憧憬与渴望；而他也感受到自己知识结构老龄化要面对新信息变革的冲击。

下一节是思想品德修养课，听这个名字就让这些年轻的军校生有些腻烦，是不是还是那套通读马恩列斯毛原著、背诵经典段落的老套模式，一帮子学员都在猜测着；尤其是看到走上讲台的是个戴厚厚酒瓶底眼镜的教员，大家心底的困惑更是加深了。

“大家好，我是你们的思想品德修养课教员，我姓梁，叫梁优！大家看我的形象比及格还强一点儿吧！”

一阵哄笑之余，学员们一致认定，这个教员肯定用了假名字逗大家开心，便纷纷要求澄清事实。

“我就是叫梁优嘛，你们看军官证啊！”说着，梁教员掏出了自己红色封皮的军官证，摊开后拿在手上，从前走到后，再从后走到前，做了一次自我证实。

“我想，我刚才的这个举动就是个思想品德的范例。”梁教员开始进入正题，“我作为一名军人，如果不实事求是讲我的名字，那我就是在欺骗大家，是道德问题。而作为一个军人，首先就要做到诚实守信……”

接着，梁优教员开始频繁地举例说明他所说的职业军人的“诚实观”和“道德观”。逐渐地，大家的思绪便完全被这个教员“套牢”了，随着他的语调升高，大家的情绪就高涨起来。

最后，他把主动权交给了台下的学员们，让学员们有了一次展现自己思想的机会。

写一行板书，题目就是“你眼中的军校是什么样？”

“军校一定有其优点和不足，所以你们一定要畅所欲言，我一不记录，二不录音，三不问名，四不反驳，反正你想什么就说什么！”梁优教员采取了很民主的方法。

“军校太封闭，太闭塞，根本不像地方大学那么自由！”

“军校待遇不高，而且社会上军人自身的价值正在逐步地降低！”

“军校重视共性，缺乏个性！”

“教员，我来说两句，”大家定睛一看，原来是号称“潇湘才女”的程艺轩，她清了清嗓子，淡定地说，“我对军校是这样理解的，总结了一下就是这样几句话——

军校有共性

共性在于它的豆腐块军被

共性在于它的整齐队列

共性在于它的齐耳短发或是寸头

共性更在于这身绿军装，学员红肩牌

军校也有个性

个性在于我们不是砖厂模具造出来的空心砖

个性在于我们不是印有 MADE IN CHINA 的商品

个性在于我们独有的对人生和青春的思考与梦想……”

话音刚落，教室里响起了热烈的掌声，即便是梁优教员，也不禁由衷地鼓掌，为这段精辟的总结喝彩。

“很好，今天的课我觉得收获很大。”梁优教员嘴角露出了微笑，“在我一个多小时的填鸭式灌输下你们可以继续坚定你们自己的理念，这说明你们是一代成熟的军人，不但是生理上的成熟，更是心理上的成熟。我为你们这些新同学的表现骄傲！好了，下课！值班员不用报告，各自带回吧！”

中午十分，基地食堂成了程艺轩和喻枫这两个大众“偶像”的媒体见面会，大家都调侃似的评价他俩，“嗬，五班出了俩‘基地名人’嘛！”

但是中午五班又出了一大新闻，因为南方天气潮湿，很多东西都容易发霉长毛，曲直放在内务橱里层的一条新皮带，半个月没用，长满绿毛，变成了青蛇的样子。结果中午打开柜子找刮胡刀的时候发现了“敌情”，全班好一阵的“紧急战备”，最后是班长棒打七寸打出了真相。

三

传说下午又要练刺杀操。江南的秋老虎厉害，虽是十月初秋，地表温度却突然蹿升到了四十几度，站在水泥操场上，脚板感觉到的是钻心的烫。

但是传说还是成了现实，下午的刺杀操训练照常进行。不只是学员，巡视的教官也早已汗流浃背，但没人退却，只因为大家都已经是军人。

“弹仓击弹踢，一、二、三！”教官喊着，脸上汩汩的汗水也随着口令奔涌着。

突然，一个身影一趔趄，摔在了地上，原来是吕杨晕倒了。身边的学员刚想停下来看看，却遭到了教官的训斥和制止。

“继续练，他有队医管着呢！”教官似乎有点儿不尽人情，“来，防左侧击，一、二、三！”

遇到这个唐林教官，也算这届新生倒霉，他可是陆军学院的训练标兵，全军大比武还拿过前三呢。学员们也很恐惧这个魔鬼教官，他竟公开建议大队长每天晚上让学员加跑 5000 米，省得到时候军体考核没法达标。想想那可怕的 5000 米，这么热的天气，晚上都有三十多度，不纯属折腾人么？

多亏大队长英明，说应该循序渐进，也就判了大家一个“死刑缓期执行”。

“这人就是个训练狂！”曲直指了指唐林的背影，对池宏非说，“每天晚上他自己还要做五十个引体向上和五十个俯卧撑呢！”

池宏非望着那来回在眼前晃动的身影，长叹了一声。因为最近他发觉这个唐林在挑他的毛病，今天举枪不够高，明天刺杀操出枪时抖腕不用力……反正他怎么说怎么有理，池宏非总感到自己是王八钻灶炕——憋气又窝火。

“哎，说你呢，别溜号！”

正想着，突然发觉胳膊上被人用刺槐枝狠狠地抽了一下，顿时冒出了几个小眼儿鲜血直流，痛得他龇牙咧嘴。池宏非回头一看，真是不是冤家不聚头，又是那个唐林教官。

“你不知道十五号就要向本院汇报表演了吗？还走神？我跟你说，当兵不是混日子，别跟我稀里马哈的。这次让你流点儿血，下次再滥竽充数，你直接回队里去。”

忍着疼痛，池宏非也不敢顶嘴，只能假装会意的点点头，心想反正刺杀操的方阵也排好了，还不是百分之百参加表演，有什么值得担心的。但是又觉得此仇不报非君子，都流血见红了，这是纯粹的人身攻击。

但晚上回到队里之后，他才听说了“因本院操场有限，刺杀操表演精简二十人”的通知，而且选拔预演就在十号，还有五六天了。

对别人来说，选上选不上也就算了，但池宏非不同，他是学生党员，又是班级团小组长，如果这次不能上场，那可太丢脸了。可是就他现在这训练状态，再加唐教官今天放出的狠话，他觉得被淘汰的肯定非自己莫属了。

四

第二天中午午睡的时候，池宏非被于笑薇请到了后山上，理由是有要紧的事要进行非正式的约谈。

“池宏非，讲讲你的光荣历史吧！”

“干嘛，你要查我还是要提拔我？”

“反正又不是我问，你就说说吧！”

“不是你问是谁问？”池宏非转身要走。“你这真够无聊的！”

“哎，领导，别走别走，你听我解释啊，”于笑薇喊住了池宏非，眼珠一转便来了主意，“是我把你介绍给肖洁了！”

“哪个肖洁？”池宏非听这个名字挺像女的，更是满脸的不悦，“你可别瞎介绍，我还不需要谈对象！”

“你还真以为自己有魅力，小姑娘见你都浑身发抖啊？”于笑薇计上心头，“是我认识的那个四川学生。”

“你认识四川学生多了，我知道是哪个呀？”

“就是我资助的那个高中生，肖洁？你忘了？”其实于笑薇最忌晦资助这个字眼儿了，但为了能使池宏非就范，她也没有办法。

“嗯……我想起来了！那他想知道这些干嘛？”

“他呀！非要崇拜我，以我为榜样！”

“那怎么扯到我身上来了？”

“然后，我就写信给他说，其实你应该崇拜我们班的池宏非老师，他才是才子大咖！”

“别忽悠我了，才子？我是裁纸刀还差不多，你是成心拿我开心是吧？”

“领导啊，现在是他学习的关键时期，进了重点高中可不一定就能考上好大学，必须得有一个学习的目标和榜样，才有激励自己考上好大学的动力。你看，我是要帮人帮到底的，你也该帮帮我才对！”

“那……好吧！”池宏非见于笑薇一副诚恳的样子，也就同意了，“你要我咋说呀？”

“比如当学生干部的工作成绩啦，个人爱好上得的奖状证书什么的，就跟个人简历差不多。不过取精华、弃糟粕，不要装谦虚光摆缺点，别给人家肖洁引上歪路！”

“好吧，不过说好了啊，仅限于内部参考。”池宏非无奈，便按照于笑薇的开导一五一十地把他获得的什么三好学生、优秀学生干部一类的荣誉交代了一遍，再谈谈他小学入团，高中入党的光辉历史，还有他连续十二年担任学校各级领导干部的经历和体会。

于笑薇一边点头，一边斜眼打量着池宏非，没想到这哥们儿小学中学十二年，还真有两把刷子。不过他俩也没啥利益冲突，最多算是羡慕嫉妒没有恨。

第二天中午，池宏非正在食堂吃饭，忽然听到了基地之声广播站广播了特约记者于笑薇采写的人物通讯——《池宏非，青春在拼搏中闪光》。糟了，竟是写他的，池宏非坐在饭桌上真有种如坐针毡的感觉，看着同学们投来各种意味深长的目光，他吃进嘴里的饭差点儿没呕出来。再看看坐对面的于笑薇，却正和曲直一起自鸣得意。

“于笑薇，你这不是诚心捉弄人吗？”洗刷完餐具，池宏非看到于笑薇冲着他嬉皮笑脸的样子，气就不打一处来，追上去劈头盖脸就是一句。

“咦？怎么是捉弄人呢？”于笑薇慢条斯理地说。“是金子总要闪光，咱就是为了让你在学校出出名，风光风光！”

“我出名？我风光？出头的椽子先烂啊，我这不是自己往枪口上撞么？”池宏非无奈地拱了一下手，“于小姐，不……大姐也行，你行行好，放过我这个迷途少年吧！”

“你咋是个榆木脑袋呢？”于笑薇把池宏非拽到了电教室的墙角，“现在是好酒也怕巷子深，不宣传你，塑造你的正面形象。谁会注意你？谁又会帮助你？”

“你什么意思？我还是没明白。”

“我是说……唉，还是说白了吧，”于笑薇索性快刀斩乱麻，“要论你平时的训练水平，这次预演刷下来的十有八九是你。但墙里桃花墙外红，宣传你别的，就烘托出了个好形象，那他唐林教官或是谁谁谁的还不都得考虑考虑，这也是我和曲直费尽脑汁想出来的办法！”

“唉，算了！能不能参加听天由命了。”听了于笑薇的话，池宏非也挺无奈的，“没办法，反正你们事儿也做了，我也不能去队干部那里解释去。

不过我还是应该谢谢你们这些哥们儿，很感激……”

“池宏非，教导员叫你！”队里的公务员突然扯大嗓门喊了一句，池宏非连忙对于笑薇摆了摆手，径直回了队部。

“池宏非，今天找你来，主要是谈谈刺杀操选拔的事儿！”教导员看上去一脸平静。

“教导员，您说吧！”池宏非倒是先沉不住气了，“我一定服从命令听招呼。”

“其实也没什么，本来队领导的意思是让你直接参加的，但唐林教官的意思是最后再进行一次小范围的考核！”

“那具体是哪一天？”

“十日下午三点半，篮球场。”

“那十号上午的预演呢？我参不参加？”

“原则上可以参加，但关键是下午的选拔，你明白吗？”

“教导员，我明白了！”

“对了，你是名学生党员，也是名学员骨干，我期待也同样相信你能靠自己的实力入选！”

“请首长放心，一定完成任务！”池宏非异常庄重地行了个军礼，然后转身跑出了队部。

“老易，你认为池宏非能上吗？要不要找大队长说说，大队长可是蛮看重他的。”看到池宏非走远了，谭锋不无担心地说。

“池宏非这次要是上不了，对我们今后工作开展可能会不利，我们新学员中本来党员就少，要是还没做出个表率作用那可麻烦了！”易资平也不无担心地说。

一晚上的自习时间没看到池宏非，于笑薇和曲直都挺纳闷儿的，队部、教室、宿舍还有电教室都找过了，就是不见池宏非的人影。

其实不只他俩，班长刘毅也在找他。刺杀操预演和考核马上要到了，他更关心池宏非能不能通过？

看到班长心慌，吴彤也变得有些敏感，他猜出一定是池宏非没影儿了，所以他也跟着一起找人。

其实军训基地就那么大点儿地方，门口还有岗哨，谁也跑不出去。四处没找到，大家就不约而同地来到了靶场，远远地发现了穿着白背心，拿着拖布把儿，口中念念有词、左右比画的池宏非。不用多说，那准是在练刺杀操。

“立枪挡驳侧踹，一、二、三！”几个人悄悄走近，池宏非居然都没有察觉，他头上系了条白手巾，圆滚滚的汗珠子顺着脸颊往下淌，样子还有几分滑稽。

“池宏非，来，我带你练！”班长走上前去说道。

“班长，我正想请你帮忙指导一下呢！”池宏非看到大家都站在面前，先是一惊，然后赶紧穿上了搁在一边的迷彩服。

“来，我先示范一遍，池宏非你再跟着练！”班长拿起了拖布把儿，开始进行示范。

“刺杀操准备——开始！”

…………

十日这天下午，参加的刺杀操表演淘汰选拔开始了。经过加班训练的池宏非，动作是无可挑剔的。唐林真不敢相信，四五天的时间，以前稀里马哈的池宏非居然进步这么大。

五

十五日一早，参加刺杀操和阅兵表演的一百七十多名学员分乘三辆军用卡车，身穿迷彩服，手戴白手套，握着作为道具的自动步枪向本院开进了。这三车新学员里面，要说最兴奋的，可能要算得上肖可了。但是，他的兴奋不在于刺杀操本身，而在于他盘算着在训练表演间歇能跑到哪个超市买点儿零食什么，毕竟新训基地的军人服务社，东西太少了。

上午九点前后，新学员们在本院操场前下车，整齐列队。很多老学员立马围上来，感叹着新学员们晒得黝黑的肤色，仿佛是刚升井出来的采煤工人。尤其是于笑薇和程艺轩，面对着有些老学员的指指点点，更是羞得东躲西闪。

上午九点半，刺杀操和阅兵表演准时开始，第一次回到本院的新生们将正步走过阅兵台前，接受学院领导的检阅。

按照既定程序，方队快要接近主席台的时候，指挥员下达了正步走的口令。伴随着“一、二”的洪亮口号、齐步换正步的整齐队形加上三个连贯的劈枪姿势转换，赢得院部领导和全院学员们的雷鸣掌声。

阳光下，刺刀摆动时映射的寒光，在空中划出一道道银色的优美的弧线，煞是耀眼。

劈枪的时候，喻枫突然感觉后脑勺猛地被什么东西划了一下，然后便是一阵阵火辣辣的痛，但表演还没结束，他不能下场，只是感觉后脑勺上有什么液体和淋漓的汗水搀杂在一起，汩汩流出，还火辣辣的疼。

紧接着，刺杀操开始了，一百多名新学员同一个姿势，同一刻出枪，同一模式的劈刺动作，让在场的每名观众都感到十分提气。

日近正午，天空更加晴朗，场下观众才清楚地看到新学员喻枫的后脑勺鲜血涌流，衣领已被血浸透。人群的情绪被点燃了，不知从哪个方阵首先传出了震耳的掌声，接着几乎操场的每个角落都在以热烈的掌声向喻枫表达着由衷的敬意。

主席台上，院长立即让参谋叫来救护车，马上把受伤的喻枫送去治疗。

刺杀操表演结束，早已迫不及待的肖可赶紧溜出队伍，跑到学院超市买东西，面对着货架上琳琅的商品，他这样也想买，那样也想要，只可惜身上没有那么多地方装东西。无奈之中他只好买了几袋培根火腿，弄了几盒薯片和苏打饼干，再抄起三瓶可乐，撒腿就往集合登车的地方跑去……

这时候，表演方队早已集合，准备返回新训基地。只是二号车上还差了三个人，池宏非在门诊部护理喻枫，已经请假；再就是肖可，去向不明。

为保证学员们赶回基地吃午饭，一号车和三号车只好先行开拔。二号车足足等了十分钟，才等到捧着一堆零食急匆匆赶回来的肖可。

“丢人现眼，你赶紧先上车，回去再跟你算账。”谭队长揉了揉充满血丝的双眼，狠狠地说。

“谭队长，你们那两个学员在门诊部，还有易教导员也在，今天他们仨都估计不能回去了，让我向您报告一下。”这时，一个军务处的中尉参谋跑过来跟谭锋打了个招呼。

“喻枫怎么样，危险吗？”

“倒是脱离危险了，就是需要大量输血！”

“王参谋，那让我们去献血吧？”谭队长一时性急跳下了车，“我和这一车新学员都能顶上去。”

“谭队长，我看你们还是先回去吧，”王参谋突然乐了，摆摆手说，“听说你们的学员失血过多需要输血，现在门诊部门口啊，学院的教职员工和老学员们都排起长队在等着献血呢，我们警勤连还派去一个班的战士在维持秩序，你们现在去根本排不上号啊！”

有些半信半疑的谭锋麻利地登上了车顶，向不远处的学院门诊部望去。果然，少说有一两百号人在挽起袖管排队等候着，还有几个带着白色头盔的军务纠察在忙碌地指引着人群……

门诊部的ICU急救室里，喻枫仍处于半昏迷状态。池宏非和教导员坐在门外的长凳上，焦急地等待着。

不一会儿，一个穿白大褂的军医从屋里走了出来。

“大夫，怎么样……喻枫怎么样了！”

“没有生命危险，但还需要休息，不要打扰他。”

“嗒，嗒，嗒！”走廊的尽头传来了阵阵轻微的脚步声，循声望去，走来的竟是学院的院长和政委，还有几个陪同人员。

院长和政委走到ICU重症监护病房门前，看到“闲人免进”的牌子时，停下了脚步。

“那我就扒着窗户看看他吧！”院长和政委说了一句，二人踮着脚透过房门上的玻璃望着头上缠着绷带、昏睡着的喻枫。

“教导员，院领导知道喻枫的父亲是师领导吗？”送走院长政委等人，池宏非突然好奇地问了一句。

“是不是领导的孩子很重要吗？”

“听别人说，现在社会很注重关系啊，等级什么的！”

“不，其实不论是谁，只要像喻枫这样做了。院领导都会来看望他的！”

“为什么？喻枫算是个英雄吗？”

“喻枫是不是英雄，不是我们能够下结论的。但他是一个合格的军人，今天他的所作所为代表着一种精神，他为广大学员树立了榜样！”

“对了，”教导员对池宏非说，“明天还要上课，一会儿有辆回基地的车，你先回去吧，别耽误了学习和训练！”

“喻枫他怎么办？”

“有我呢，你让谭队长和大家放心，不会有事的。”

“是！”池宏非透过门玻璃瞥了喻枫一眼，便匆匆赶往车队。

两个小时后，一辆墨绿色的猎豹吉普车开进了新训基地的大门，池宏非向司机道了谢后赶忙往自己的寝室跑去。

六

傍晚时分，原本应该在开茶话会的寝室里却空空荡荡，一个人也没有。池宏非到队部一打听，值班的公务员说，肖可出事儿了！

谭队长一向是说到做到，今天也没有例外。本着处理问题事不过夜的原则，刚回基地就召开了全队的军人大会，对肖可的违纪行为作严肃处理。

“报告！”池宏非的归队给谭队长吃了一记“定心丸”，喻枫要是有啥状况，他才不会自己跑回来哩。

“喻枫怎么样？”全队七十多名本科学员，现在关心的焦点都是喻枫。

见此情形，谭队长示意军人大会暂时中断，让池宏非先讲讲喻枫的情况。

“喻枫没危险，”池宏非很肯定地说，“只是暂时休息一下！”

“没危险怎么还昏睡呢？”不知前排谁问了一句。

“不是昏睡，是休息！”池宏非连忙解释，“大家放心，教导员在那看护呢，喻枫过两天就能回来了。”

“还用不用我们献血呀？”学员们无论男女，都是争先恐后的表情。

“这个就不需要了，”池宏非说，“喻枫是大众型的A型血，听医生说咱上届师哥师姐里就有四五十个！”

这时，在一边站军姿立正思过的肖可倒成了陪衬，这位在喻枫成了守纪标兵的时候充当了反面典型的学员同志，愈发觉得心中的惭愧，喻枫头上劈上那么大一道口子忍着痛都能坚持到最后，自己就因为嘴馋，急忙跑出去买点儿零食，给全队丢了人。

“军人大会继续召开。”谭队长清了清嗓子，继续主持会议，“肖可，本来今天应该给你记一次警告处分的，但你刚才认错态度较好！所以，经队党支部研究决定，”谭队长提高了几分声调，“给肖可同志队口头警告一次，不记入档案，并希望该同志以此为戒……”

“原来谭队长还是自己人哪！”闫岩主动搭讪，但谁也没理睬他。从新学员报到到现在，他一直生活在众人鄙夷的目光中，没有一个人愿意跟他谈心；记得一次他主动邀苏畅出去走走，不承想苏畅这样人见人爱、花见花开的老好人也拒绝了他这点请求。

事实证明，他的那套“有钱走遍天下”的价值理论也在军政学院折戟沉沙了：先是送队领导的“五粮液”落得“粉身碎骨”“身败名裂”，然后给班长塞中华烟也被扔到了窗外，弄了个臭名远扬。翻来覆去地想闫岩都觉得奇怪：居然还有这么多见钱不贪，见利不动的人，而且怎么都“收容”到军政学院来了，让他的“金钱至上”理论没有实践的市场了。

“人生啊，惨淡哪！”闫岩不禁自言自语。

“开军人大会呢，你别老嘀咕！”一个外班的同学说了他一句，让他一时间眼冒金星，如鲠在喉。回想起入学前他是多么悠闲，放学后还能开车出去遛遛，拿个移动电话前呼后拥的多排场。而现在呢？队长告诫他再用手机就给没收，不听招呼就得卷铺盖卷走人，而同学看见了他也躲着走。

七

第二天一早，五班队列训练照样进行，但报数时发觉喊“四”的不是喻枫的时候，全班的人都觉得少点儿什么。看得出来，五班已经渐渐有那么一点儿整体意识了，至少是每个人都觉得少谁都不行，而没了喻枫，训练间歇也不拉歌了，一切仿佛都没了生气。

“这可不行。”谭队长听了刘毅的情况汇报后，不无担忧地说，“你们全班有整体意识，学员之间有真挚感情是好事，但也不能因为一个人的缺席就耽误正常训练！”

“这样吧，你们班选两个代表，明天早上跟基地大队长的车回本院一趟，看看喻枫吧！也给大家吃个宽心丸。”

“好的，我马上安排人！”

中午时分，刘毅把全班召集在一起，研究一下明天的人选和行动方案。

“每人十元钱，买点儿水果！”

“那还不如买个大蛋糕呢！”

……

一个个都发表了自己的意见，只有池宏非好像胸有成竹地站在那里，一言不发。

“老池，”吴彤第一次改了个亲昵点儿的称呼，“你看咱们带点儿什么给喻枫呢……”

“我看这很简单，不就是……”池宏非话到高潮时却欲言又止，吊起了大家的胃口。

“你卖什么关子，快说呀！”一班人冲着池宏非嚷嚷。

“咱们哪，给喻枫买个苏 –27 的飞机模型，怎么样？”

“对呀，喻枫内务橱里还贴着苏 –27 的宣传画呢！”一向喜欢跟喻枫谈军事的苏畅也证明了这个提议的科学性。

“对对对，上次我去院里军人服务社的时候，看到有卖苏 –27 模型的，100 多块钱。”肖可提供了可靠的小道消息。

“来来，每人 10 元，多退少补呀！”于笑薇扯开了嗓子，活像是街头巷尾那些搭棚儿卖小商品的商贩。

“我掏五十元吧！”闫岩拿出一张五十元大钞，递给了于笑薇，“别找了！”

“你钱多，是富二代，”于笑薇一边说着一边数了四十块钱找给闫岩，“但是这钱啊，可不是万能的！”

闫岩拿着塞过来的四十块钱，怔了半晌。

傍晚时分，全班投票决定派吴彤和池宏非去看望喻枫，而且班里每个人也都打算明早各自拿点儿慰问品。五班全体人员，这一晚上把自己的箱包都翻了个底朝天。

八

第二天一早，吃过饭，大家便把各自的纪念品拿到了班上。

吴彤的礼物是他的一个袖珍影集，那是他高三时当校三好学生的纪念品；池宏非的礼物则是一瓶香水，是他父亲从法国考察时当地政府送的；吕杨则拿出了一本《平凡的世界》，那是他自勉自励的书，上面还写着给喻枫的赠言；曲直则掏出了一只水晶天鹅，那是高中时他成绩第一次进入年级前十名时老爸给自己的礼品；肖可则送了他一副没洗过的耐克护腕，这双护腕伴随他打过校内的班级比赛，年组比赛和市区校与校间的对抗赛，上面几乎写满了他篮球生涯的全部履历；闫岩则拿出了一只卡通水杯，这是他以前的女朋友送给他的生日礼物；苏畅则送了喻枫一本画册，全彩页彩图的《苏 –27 侧卫战斗机系列》；程艺轩送了一串风铃；于笑薇则拿出了一只精致的音乐盒。刘毅班长最后掏出了礼物，一辆手枪和步枪弹壳黏结成的坦克车……

带着全班十份纪念品，吴彤和池宏非乘车来到了本院。没想到肖可传递的是假情报，学院超市根本没有苏 27 模型，他们在院外转了好一圈子，才在东云百货商厦花了八十八块钱买了一只全铝的 1∶56 的苏 –27“侧卫”战机模型。

到了门诊病房，两个人看到了已经气色不错的喻枫，便开起了玩笑。

“哎，你自己倒是踏踏实实睡觉，我们可真怕你不醒呢！”

“好了，我没事儿了。”喻枫原地转了几圈，又指了指后脑勺，“就这点儿小疤口，就能让我昏迷一天，真没出息。”

循声望去，池宏非和吴彤看到了那条盘踞在喻枫后脑勺上的“大蜈蚣”，寸把来长，足有一厘米深，挺吓人的！

接下来，吴彤开始依次介绍五班每个人送过来的礼物，还着重介绍了一下这些物品的历史背景，让喻枫好一阵子感动。

“哎，我又不是不出院了，干嘛拿这么多东西，这不是气我吗？不行，拿回去，拿回去！”没想到喻枫还真不吃这一套，“再说，这些东西有各自的意义，都拿来给我我消受不起！”

任凭吴彤和池宏非再三劝说，这些个人送的礼物喻枫就是不收，最后百般无奈，他只答应收下那座苏 –27 战机模型。

“啥也别说了，我就领了这份儿全班的心意吧！”

“哼，我就是刺猬，苏 –27 刺猬……”刚说到这，喻枫突然眼前一黑，又坐在了病床上。

“你们来了！”教导员提了一篮子水果进了病房，看到吴彤和池宏非坐在那儿便打了个招呼，“喻枫马上就能出院了。”

吴彤没吱声，只是站了起来，指了指身后，教导员一转身，又看到喻枫的手上插着输液管儿了。

“看来一时半晌也很难好利索。”教导员焦虑地说，“这样吧，你们俩先回去，我每天都抽空往基地指挥部打电话跟你们通报喻枫的情况！”

“教导员，那我们先走了！”吴彤把刚才喻枫退回的东西又拿了出来，“这些东西是全班同学送给喻枫的，希望他能早日康复！”

“好，你们赶快回去吧，天都快黑了。”易资平强制性地把池宏非和吴彤遣送到了车队门口。

晚上八点，吴彤和池宏非回到了寝室，池宏非一五一十地把事情经过说了一遍。

“反正五班不能乱，不能垮。”沉默了一会儿，刘毅从牙缝里迸出了一个决定，“明天起，训练照常，一日生活制度照常，要让五班比以前更好！”

第四章 黑豹行动

一

熄灯之前，刘毅把池宏非和吴彤拉到了后山坡。

“据可靠消息，下星期五、六就要野营拉练了。你们俩都是学员骨干，一定要准备好！女生要好好照顾，男生体质弱的也别忘了！”

“明白，放心吧！”吴彤和池宏非互相瞟了一眼，几乎是异口同声作出了回答。

内部通知也在第二天成了人所共知的秘密，代号：黑豹行动，时间十月三十日、三十一日两天，其他的细节吴彤也没记下来。

而且就在当晚，队里还在第一次拉响了紧急集合的警报。可是第一次太仓促了，许多学员是趿拉着鞋跑出来集合的。还有的衣服散着，裤子吊腿儿……

“瞧瞧你们这熊样子，以后怎么出去带兵打仗？”谭队长气愤地用高八度的声音在营房前喊着，声音穿过凌晨两点寂静的山谷传得很远……

谁承想到，凌晨三点又来了次紧急集合，这次更是狼狈不堪，在没女同胞在场的情况下，很多人是穿着小裤头被队长赶出来的。

“看看你们，啊，要拉练了，三分钟没几个出得来的！”队长的火气好像比一个小时前更大了，“这还是咱队自己的紧急集合呢，要是全大队搞集合该多丢人现眼！今天教导员不在，教导员在我照样要下这个命令，从今天晚上起，第一，以后不定时集合，集合时要打背包，打的方法各班今天白天组织学习；第二，集合后带到操场跑两圈，背包散架的加罚跑两圈，三分半钟我会掐表，出不了房门的再额外罚跑五圈，你们听懂了没有？”

“听——懂——了！”学员们拖着疲惫的身躯仍不忘嘴硬，使出最大的力气答复队长，那声音的高度估计邻近几个队学员的酣梦都要被搅醒了……

第二天一早醒来，已经黑眼圈的大家还相互庆幸这四点多钟多亏没有紧急集合，要不然连屎尿都能给折腾出来。

上午时间都是机动的，除了学打背包。对于池宏非来说，却并不那么舒服，看着明明是三横压两竖的背包带，怎么到自己手里就是打不出来，而且背包带还总拉不紧，系上了没走两步，便又龇牙咧嘴地散开了。

“池宏非，你瞧瞧你，弄得是什么呀？”班长实在看不下去了，这池宏非什么都挺灵通的，怎么一让他动手干活儿，就这么差劲呢。“来，你拿喻枫那床被子，用他的背包绳，跟我一步一步学！”

池宏非也着实埋怨起自己的笨来，都怪自己在家时养尊处优，要么现在能变得自理能力这么差吗？还记得上个星期洗背心的时候，晾干了还有一大块肥皂印子摊在后背那片地方。

万般无奈，只有用心学，他一边看着班长的指法，一边模仿着，但也许是手腕腕力不够的原因，他打的背包不仅慢，而且特爱散。

“算了，”班长四处张望了一下，看见没人，便神秘地对池宏非说，“看在你我交情的分儿上，教你一套打背包的绝活，叫作‘一条龙法’！”

“你仔细看着！”班长笑了笑，一扬手，又把池宏非的被子散开了。这个一条龙果然简单，先系个绳套，然后中间一穿再横打三道后，既是三横压两竖，打得又紧，整理一下，的确还算挺美观的。

池宏非看了一遍，自己再试着打两遍，很快学会了，而且打背包的时间和牢固性都有了显著的提高；至于美观不美观，池宏非都没管那么多。

一上午休整后，下午开始学习单兵战术，什么匍匐啦，前倒啦，跃进啦，反正都是往地上趴的活。要说前倒和跃进倒是挺容易的，就那么一两下子，疼痛也只是一瞬间的事儿，不过这匍匐可就烦了，一边托着枪，一边小臂和肘还要在地上蹭，那滋味别提多难受了。

池宏非倒霉就倒霉这一天了，原本他戴上护肘时认为什么低姿、高姿、侧姿匍匐的不是应付自如吗？谁知两臂和地面接触太久，竟连护肘也不起作用了，那交错的棉纱还嵌进了皮肉里，钻心的痛可让池宏非吃尽了苦头。

“怎么样？”吴彤看到身边的池宏非龇牙咧嘴的样子，不禁关切地问，“没事儿吧？”

“当然没事！”池宏非一看吴彤在身边，更要逞逞能，他撸起袖子，一下子就撕下了戴在手臂上的护肘，然后又开始练习了。纱布和肉皮脱离的一刹那，感觉真是酸爽。

“这池宏非呀，真是愣！”谭队长站在刘毅身旁笑着说，“不过这些高中考军校的生长学员，是该锻炼锻炼，像人家喻枫，不是带了个好头儿吗？你们五班要加强这些基本功训练……”

“班长！”正在说话的当儿，突然程艺轩喊了一声，刘毅连忙循声跑了过去。

“怎么了，有什么情况？”

“班长，你看，”程艺轩哭丧着脸，一扬袖子，“我蹭到鹅屎了！”

“哎，我以为出什么人命案子了呢，不就是个鹅屎吗？谁没碰上过，就你老把它当个事儿？”

“不是，那东西多脏啊，我一想到它就感到恶心！”

“程艺轩，你有洁癖怎么的？”班长不在意地开了个玩笑，“回去洗洗擦擦不就完了吗？”

“那你帮我洗，省着我呕吐！”

看到程艺轩脱下迷彩服上衣穿着体能训练T恤远去的背影，刘毅竟然一时哑然。

二

门诊部里躺着的喻枫，正在策划着一场胜利大逃亡。

昨晚听护士长无意提起三十日要抽调几个医生，组成特别应急分队，参加基地的野营拉练，这下喻枫可是按捺不住了，三个月的军训，重头戏就是这次野营拉练了；而且他还知道教导员一定要赶回去，跟队长一起参加组织拉练的部署。

“那我自己就不该参加吗？”喻枫暗自想想，虽然身体没好利索，但如果不能参加这次野营拉练，将会是这次新训中的一大缺憾。但他也清楚，易教导员是不会在这个节骨眼儿上放他回去的。不过，教导员二十八、二十九两天一定得回去了，不如……

当天晚上，喻枫躺在病床上，一边跟教导员天南海北闲聊他小时候跟父亲下部队的故事；一边想着自己要采用怎样的方法才能逃出这门诊部大楼。

这时的新训基地，已经吹响了熄灯号。池宏非躺在床上，辗转反侧，怎么也睡不着。他在埋怨自己为什么这么笨，什么也做不好！要说自理能力，他也算是够差的了。高中时尽管父亲安排他住校，但穿脏了的衣服他还是每星期打包后拿到家里去洗，不过也不完全都这样，夏天天暖时他也知道在高中宿舍的水房里放点水，倒上洗衣粉把衣服搓搓揉揉；认识了徐晶以后，有时候踢球有个球衫球裤的，就往人家那里一甩，自己便心安理得了。

池宏非出色的工作能力和他的人品一样，在高中里还是有目共睹的，工作能力不谈，且说他的人品就是有口皆碑的。有一次冬天下大雪，班里有个女同学半夜突然胃穿孔，他知道了，亲自护送不说，还把他老爸从凌晨两点的酣声中揪了起来，让他老爸带着司机，和自己一同将这个看急诊的女同学送到了医院。正是这一点，赢得了徐晶对他的青睐，要不然人家长得那么漂亮，追求者那么多，为啥偏选中了他呢？而且还甘心情愿地帮他洗衣服。现在，池宏非可真是失落呀！多亏弄个下床，要不然紧急集合蹦下床铺又死定了。现在每次洗衣服更麻烦，队里没有洗衣机，自己连搓带揉洗得又不干净，真是心烦。

突然，一阵刺耳的防空警报传来，是大队指挥部那个方向传来的，“紧急集合”。

“快起来，把背包打上！”刘毅麻利地一边穿着衣服，一边大声地喊着，“水壶，挎包，还有武装带也要扎上。”

池宏非深得刘毅班长一条龙打法的真传。三下五除二就把背包搭在了肩上，再把水壶挎包一挂，武装带一扎，他第三个出了宿舍大门。

“三分半了！”谭队长喊着，“各班带往训练场，由一班长整队报告后再跑三圈！”

说完，谭队长从一班开始，检查寝室里还有没有拖后腿的学员。

还好，只有两三个没提上鞋的，剩下都按时出来集合了。谭队长满意的笑笑，感叹昨天紧急集合的重要性所在。

大家一边跑着一边称赞队长的未雨绸缪。想想昨天晚上要不是队长烧的两把火，今天还不也像其他学员队那样，松松垮垮的，集合快十分钟才把队伍带到操场，而且没跑两圈就四处落东西，溃不成军了。

第二天的拉练动员大会上，大队长第一个表扬的就是十一队，动作迅速，反应敏捷，是一支快速反应部队，可说到这儿，台下挺多十一队的学员都偷着笑了起来，“刀刃都架到了脖颈上，反应还有个不迅速吗？”

今天的训练科目仍然是单兵战术，而且还穿插着射击预习，越来越接近这次两天一宿的综合演练了，下午全大队还学习了拉练演习中的必备常识，什么如何长途行军，如何快速通过敌染毒地段啦……反正只要是可能遇到的问题，这堂课上都叨咕了一遍，在座的百十来名学员，更是摩拳擦掌，等待一次更真实、更全面、更艰苦、更接近实战的考验。

会后，各班还选派一名同志去学挖行军灶，五班选了吕杨去后山参加学习，其余原地休整。

池宏非觉得今天没怎么运动，脚掌怎么越来越疼了呢？晚上洗脚的时候，脱下袜子他才发现以前的脚气病又复发了，不但他的脚掌破了皮，而且脚趾之间还长了几个小血泡，一碰就疼，虽然他并没声张，却被眼尖的吴彤看到了。他一想自己如果正面跟池宏非说，他一定会以为自己是故意揭短，不想让他参加拉练。所以就把这事儿告诉了班长刘毅，刘毅觉得拉练行军七八十公里可不是闹着玩的，万一出点意外就不好临机处理了，就偷偷摸摸把池宏非的名字添到了留守人员名单上。

三

喻枫躺在病床上，百无聊赖，跟教导员聊着聊着把四五岁的事儿都抖落出来了，教导员还真是沉得住气，就是不走。院领导前几天在探望他时还特别强调要专人护理。这回好了，不但有教导员，还多了个护士陪他，真有点儿插翅难飞的憋屈。10 月 28 日上午，机会终于来了，教导员吩咐了一下看护喻枫的护士，便赶时间搭车回了新训基地。现在面对护士一个人，喻枫逃跑的念头愈发的强烈。经过深思熟虑，他终于想出了个自己认为天衣无缝的办法。晚上，他借着台灯写好了张纸条，塞在了枕头下。临睡觉前，又拿出来仔细看了一遍：

护士姐姐：

您好！

真对不起，您看到这张纸条时，我已经在回新训基地的客车上了，请您不要担心，我只是回去参加拉练，因为这对我三个月的军训来说太重要了。我相信您能理解我的。

拉练结束后我马上回来住院，其实就进行两天，再说我也快好了，这是您说的，对吧？对我的不辞而别向您表示歉意！

致

军礼

您的病人：喻枫

于十月二十九日晨

第二天一觉醒来，看看表，正好六点一刻，喻枫便小心翼翼地下了床，他脱下白色的病号服，从床头柜里翻出那件沾着血污的迷彩服，悄无声息地穿在身上，他又把能充数的水果礼品什么的都塞在被里，远看像一个人在蒙头大睡的样子，然后把留言条塞在被窝里，便提着鞋，光着脚来到了医院走廊。电梯没开，走廊灯光太强，他怕碰到医生，便摸到了紧急出口，然后再穿上解放鞋，两步一回首，三步一回头地下了楼。

一楼的出口门锁着，一个把守的铁将军让喻枫真是一筹莫展，不过一楼男厕里打开的窗户却让他绝处逢生，他小心翼翼地爬了上去，然后从一米来高的距离跳到了窗外。

"我是 007！"逃出门诊部大楼的喻枫兴奋地做了个很酷的姿势，好像自己就是英国超级特工詹姆斯·邦德。

江南初秋的空气还是湿漉漉的，走在清晨的街头，总感受到一种无孔不入的阴冷。但让喻枫更感到尴尬的，则是路人对待他的目光，那么怪异，那么惊奇，甚至还夹杂着一种恐惧。

对着街头商铺的橱窗，他才发现原因的所在：他身上沾血的迷彩服给了人们一种惊恐，尽管肩上挂着红肩牌，但那血污的颜色更深。就这副样子，说不定还会被警察带走盘问盘问。想着，喻枫马上脱下了身上的迷彩服捆在手臂上，只穿着背心向前走去。这套背心加迷彩裤，下配解放鞋的装束没引起行人多大注意，一般部队战士晨跑大多是这种装束。

正好前边有个早市，喻枫摸到了来本院表演刺杀操之前就装到口袋里的五十元钱，便踱了进去，他美美地吃了两笼小笼包，外加两碗馄饨，简直是大快朵颐。

吃完早餐，他又找了个跳楼大甩卖的路边摊子，讨价还价买了件圆领"T恤"衫套在了身上，顺便要了个不透明的塑料袋，装起了那件沾有血污的迷彩上衣。

在街上转了好一会儿，他坐上了第一班开往新训基地的长途客车。

"丁零零！"新训基地这边接到了院门诊部电话，是值班的护士发现喻枫出走的情况，马上向他们报告。

“病人还没有完全康复，他回到基地后，请立即送回门诊部！”

“我明白！”队长的表情一下子严肃了起来，“这个喻枫，真是犟脾气！”

五班宿舍里，班长刘毅宣布了池宏非留守待命的决定。

“为什么我不能参加拉练？”

“你脚起泡了，需要休息！”班长摆了摆手。

“你怕我拖班里的后腿？”

“池宏非，”吴彤走上前去，拉住池宏非的手说，“班长也是为你好，你就别固执了……”

“别来这套，”池宏非气愤地甩开了吴彤的手，冲到班长面前，“三个月军训为了什么，不就是这次野营拉练吗？我又不是缺胳膊少腿儿，刺杀操喻枫挨了一刀满身是血都能挺住，我参加个拉练就会‘壮烈牺牲’咋的？”

“池宏非！”班长看着池宏非认真的样子，突然笑了。他拧了一下池宏非的胳膊，“算了，成全你一次，参加吧！”

说着，刘毅拿起圆珠笔画去了五班留守名单上唯一的一个名字——池宏非！

“Oh，yeah！”池宏非高兴地跳了起来，不想落下时踩到了肖可的脚。

“哎哟！你可别在‘壮烈’前让我先受伤啊！”肖可抱怨着，一边弯下腰揉了揉自己的脚，全班爆发了一片哄笑。

再说喻枫坐着长途客车奔驰在市郊的乡野之间，心情不觉也变得舒畅了，仿佛又回到了河南老家，回到了乡下的爷爷奶奶身边。

突然，汽车停在了路边，前机器盖子的缝隙里开始喷发出升腾的蒸汽。乘务员一脸歉意地对乘客说，“对不起，汽车水箱坏了，我们得等着修车师傅从城里过来，请大家等一会儿！”

“要多长时间啊？”

“连取再修大概得两个小时吧！”

喻枫焦急的看看表，还好，才十二点，那就等着看吧！

终于，汽车修好了，继续向前行进，渐渐地驶下了省级公路，转到坑坑洼洼的县级路上继续行驶。

汽车就这样东摇西晃地走着，渐渐地喻枫有了种天旋地转的感觉，不知不觉中，他睡着了。

“喂，同志，醒醒！”不知过了多久，喻枫隐约感到有人在推他，“到站了！”

“是吗？”喻枫往窗外一看，果然是新训基地，满心的兴奋打碎了他一身的倦意，“谢谢！”

喻枫拎着那袋迷彩上衣，哼着小曲就跳下了车。

四

喻枫穿上迷彩上衣，翻过操场外的那堵矮墙，借着渐黑的天色向营房蹿去。偶尔遇到几个擦肩而过的同学，也没人注意他。

“那不是队长和教导员吗？”喻枫的视野里出现了两个熟悉的身影，正向他这边走来。情急之下，喻枫一闪身，躲到路旁的冬青树丛里。

“这个喻枫，怎么还不回来！急死人了！”教导员那略带嘶哑的声音喻枫大概听得最多了，特别是在门诊部的病房里。

“要参加拉练也打个招呼吧！你看看，大队长着急，咱们也急，五班也急，小刘还让他们班学生四处找了，好像还没找到！”队长用更焦急的语调说。

“天黑前找不到，可别出什么差错？”教导员一拍手，“他喻枫怎么就不知道快点儿回来呢？再不回来，给个处分，先进又成后进了。”

“报告！”突然，身后传来的一个声音让谭锋和易资平吓了一跳，“五班喻枫向你们报到！”

“喻枫，你可回来了，我们都等你一天了！”教导员走上去轻轻捶了喻枫一拳。“傻小子，谁让你偷偷摸摸跑回来的！”

“对呀，我看既该表扬你，又应该处分你！”谭队长一脸严肃地说。

“将功补过、戴罪立功吧！”喻枫笑着说。

“那可不行，马上还有一辆回本院的车，你得赶快回去！”谭锋注视着喻枫，说，“拉练明年还有，你想参加，明年再说！”

“不行，我不走，等明年就没有机会了！”喻枫知道这是队长的缓兵之计，明年拉练，明年拉练他已经在本院上课了，跟着下学期新学员不伦不类地参加拉练，算什么身份？“队长，教导员，我求你们了，把我留下吧！”

“老谭，你的意思……”教导员用征求的眼神看着谭锋。

“这样……那就留下吧！”谭锋看了看教导员，又看了看喻枫说，“这是队党支部作出的决定啊！”

“对，老谭，责任咱们一人一半！”教导员风趣地说，“对了，喻枫，你回班收拾东西吧，大队那边我们去解释！”

“谢谢队长，谢谢教导员！”喻枫好像获得了新生似的，给谭锋和易资平分别鞠了个起码九十度的大躬，然后飞也似的跑了。

“老谭，你为什么要让喻枫留下来呢？”

“对于他们这些未来的军官来说，也许这是一生中唯一一次的三个月军训，所以，每一个项目的训练考核都应该珍惜！”谭锋看了看易资平说，“这次野外综合演练是锻炼他们的好机会，他既然回来了，就让他参加。”

“大队领导那边咱们怎么说？”

“是个军人，就应该上战场！”谭锋一握拳头，“况且喻枫又是军人的子弟，更不能给军人丢脸。”

“喻枫是军人，更是病人！你们知道不知道，他的治疗刚刚进行到第一个疗程啊！”在大队长办公室，大队长冲着谭锋和易资平发了火，“这第二疗程是最关键的，要休息，要补充，你们怎么就不为学员想想呢；下个世纪国家能靠咱们多少年，更主要的是靠他们！”

“大队长，喻枫是个病人，我承认！但他更是名军人！参加这次拉练就是体现他作为一名军人的精神和毅力！”谭锋也提高了嗓门，“既然他能跑回来，我们就应该给他这次机会！”

“喻枫冲动是他的幼稚，你谭队长也幼稚吗？”大队长姜明一拍桌子，冲着谭锋就喊。

“大队长，难道体现军人价值也是幼稚吗？”谭锋也不甘示弱。

“干啥啊？这剑拔弩张的，都坐都坐，”政委毕军拉住了姜明，一边示意易资平把谭锋按到了沙发里。

“谭锋，你不大了解情况！”毕政委对谭锋说，“这里面是有原因的！”

“有什么原因？”谭锋还没收住脾气。“我就知道温室里养的花放到外面就养不活，不经历艰苦磨炼以后怎么能上战场？”

“谭锋，你先听我说！”毕政委吼了一嗓子，谭锋马上没电了，“二十多年前云南边境自卫反击战的时候，姜大队长，我和喻枫的父亲喻子秋是在同一个连队里的……”

那时候喻子秋是代理连长，姜明是代理指导员，毕军刚当上副连长，三个人都是陆军学院才毕业四五年的学生，血气方刚，谁也不服谁。

在云南边境自卫反击战中，有一次是抢占高地的战斗，我们这个尖刀连接到的是佯攻任务。在前沿指挥所，姜明来了脾气：

“这太瞧不起咱了，别的连不是尖刀都能打上主攻，咱连是尖刀却在这放空枪！”

“姜指导员，不能乱来啊！”喻子秋说，“首长这样战略布署，也有他们的意图嘛！”

“首长首长，你就知道首长，”姜明那时候可是谁也不敢惹的“火药桶”，“你是上面派来的，以后要提干的，我没你后台硬，我上！”

说完，姜明真带着一排顺着山头的侧翼向上冲了。

“喂喂，喻连长吗？”是指挥部的声音，“不是让你们佯攻吗？怎么正面指定阵地没人打，反倒迂回上去了呢？”

“指挥部，我马上派人攻正面阵地！”喻子秋转身对当时是副连长的毕军说，“毕军，现在人手不够，我带二排上了，你和三排做机动掩护。”

“是，连长！”

“如果我有什么意外，你指挥！”

“是，连长！”

“通讯员，通讯员在吗？”

“报告连长，我是！”一个十八九岁的小伙子站在了喻子秋的面前。

“你去把姜指导员找回来，就说上级下了命令，不管有什么情况也要撤下来！”

喻连长领着二排的战士冲到了正面阵地前沿，开始了佯攻。正因为喻连长指挥得当，那次佯攻任务完成的也十分漂亮，牵制了敌军正面主要火力点，为我军主攻的两翼减轻了压力，胜利地完成了进攻任务。而姜明带领的一排，不但连一个火力点没端掉，还有两名战士牺牲了。

原来应该得到严肃处分的姜明，没想到竟和全连一起得到了集体三等功。庆功会后，姜明跑到了喻子秋的驻地。

“老喻，这次是我的责任，你怎么不处分我？”

“指导员都跑了，我没责任吗？”

“可你知道我没有资格参加这次庆功会的！”

“怎么没资格？你不是咱尖刀连的人了？集体三等功又不是你个人三等功？”

“老喻，你……”

“算了，老姜啊！其实我并有责怪你的意思。咱尖刀连什么时候不是见红旗就扛，见第一就争？但我们要服从大局。所以你的出发点也是好的！”

“谭锋，那次战斗即使我光荣了，其实都应该受到处分的，你知道吗？”姜明大队长动情地说，“要不是喻枫他爸，我永远得钉在耻辱柱上，抬不起头来！咱们当兵的生死都是小事儿，不就是活的有长有短吗？但正视自己的名誉，才是大事儿，不然多少人都得骂你！”

“那你不让喻枫去拉练就是给他名誉了？”听了这个故事，谭锋更是气不打一处来，“喻枫正是为了不给他和父亲的军装抹黑，才排除万难要参加这一次拉练的。”

“是的，不给老连长孩子一次机会，咱们不也是对不住老连长吗？”毕政委也激动地对姜明说，“你我的梦想都是在战场上实现的，难道我们的下一代就不能了吗？”

“好，谭锋，我答应你！”姜明点了点头，“不过一定要保证喻枫安全！”

“我的学员我自己一定负责到底，这和他爸是谁没关系！”谭队长向姜明敬了一个标准的军礼后，快步而去。

五

所有人，只等半夜的紧急集合哨了！

五班的学员兴奋不已，喻枫的归队使他们愈发感到集体力量的伟大，缺了谁都不行，就像是环环相扣的车链条一样。可越是兴奋，越是睡不着，索性熄灯后大家打起了背包，还把各自的水壶都灌满了水，只等半夜的警报。池宏非兴奋得把迷彩服都穿得整整齐齐的，还把帽子也戴上了。

半夜十二点，池宏非兴奋过度，偷偷跑出去起夜解手。突然，池宏非感到肩膀上被人拍了一下。

“谁？”池宏非的惊叫都有点儿失声了。

“我是教导员！”原来是易教导员，池宏非总算舒了口气，“你穿这么整齐干嘛？”

“太兴奋了，睡不着，就提前准备好了！”池宏非便实话实说。

其实不只是五班，每个班都提前动了起来，从每个班门外经过时，教导员都能听到里面“窸窸窣窣”的响声。

约莫两点钟的时候，大队喇叭里响起了紧急集合的号音，“黑豹行动”开始了！

五班是集合动作最快的一个了，没到两分钟就都冲了出来。

三分钟全队列队完毕，向操场集合。五分钟带到操场，等候通知。两点十五分，全大队集合完毕，由大队长宣读作战通令：

政院密字第零零七号：

西方某国特混舰队一空降连于二十九日夜在我长江入海口处登陆，现正利用平原地势向我方迂回，为消灭来犯之敌，特组织代号“黑豹”的歼敌行动，务求全歼该敌。并进行全大队战术转移，防止敌间谍卫星干扰跟踪。

新训大队大队长：姜明

新训大队政治委员：毕军

十月三十日凌晨二时

“出发！”随着大队长一声令下，两颗耀眼的红色信号弹也随之升空，两天一夜的长途拉练开始了。

刚开始的路还算不错，走的是乡间土路，还算平坦。因为说是怕敌机侦察，不让用手电筒。五班，还是训队列时那个队形，刘毅班长打头，副班长吴彤断后，炊事员吕杨背上背了口大锅，他的背包和步枪分别由刘毅和曲直负责。

“喂，你害怕吗？”刚走进第一个村子，吴彤突然听到有人在和他说话，原来是程艺轩，程艺轩每次列队都是全班的排尾，这回吴彤的任务是断后，自然成了她的邻居。

“没事，这有啥怕的，这么多人呢？”吴彤笑笑，估计程艺轩在这黑夜里顶多能看清他那口白牙。

“汪！汪！”不知村里谁家的狗叫了两声。

“我也没事儿。拉练其实挺有诗意的，‘柴门闻犬吠’嘛！”吴彤真没想到程艺轩兴致这么高，还挺会“触景生情”的。

“于笑薇，我帮你拿点儿东西吧！”这时的闫岩开始跟于笑薇套上了近乎，“我这东西少，帮你分担点儿。”

的确，于笑薇后面是程艺轩，前面的邻居就是闫岩了。但倔犟的于笑薇还是婉言谢绝了。

“没事儿，我临行前特意腾空了挎包！”

队列前方，排头第三名的池宏非却在不住地关心着身后的喻枫。

“喻枫，怎么样！”池宏非回头问。

“没事儿，你帮我背着枪，我已经是轻装上阵了。”喻枫用手指戳了一下池宏非的胳膊，“要是再走不动，那不成了孬种了吗？”

本来院里给姜明和毕军两位大队领导配了指挥车！但在他们的一再坚持下，那辆从本院开来的白色依维柯却成了收容车，专门提供接收伤病员的服务。不过直到天亮，车里还只有司机一个人。

“一个一个往下传，拼死不进收容车。再有两公里就到休息地了！”刘毅接到谭队长的口信后，便告诉了肖可。

“拼死不进收容车，马上就到休整的地方了！往下传！”肖可把信息告诉了苏畅。

“拼死不进收容车，马上就到休息区了！往下传！”苏畅又把信息转给了池宏非。

就这样一直把口信传给了扫尾的吴彤。

池宏非一看表，好家伙，六点了，足足走出了十几公里，真舒服，要是接下来这么走就好了。不过，想到这儿，他那双烂脚又痛起来了，趁着周围人都在低头赶路，他打声“报告”退到路边。假装从鞋里往外倒沙子的他发现脚上的伤口已流出脓水，把皮肉和袜子粘在一起了。

“你们喜欢亲热就亲热好了！”池宏非狠狠地骂了一句，便提上鞋赶上了队伍。

中途，黑豹大队开始休息了，这是一个村子的打谷场，很多没有扬场的谷子还堆在那里，学员们便各自找到了空地开始吃早餐。

早餐还真有点秋游的意思，一个面包，一根火腿肠，还有一个包子和半透明的稀得差不多能见底的牛奶冲剂。

“不错，不错，味道好极了！”池宏非凑到了于笑薇面前，“哎，你妈不是给你邮了包葡萄干嘛？来来来，有福同享啊！”

“给你！”于笑薇见池宏非百般无赖，没有办法，只好从上衣兜里抓了一把给了池宏非。

“噢，你放在上衣口袋里了，我还以为你今天育肥长膘了？”池宏非来了个得便宜卖乖。

“去你的，”于笑薇飞起一脚，正踢到池宏非的小腿上，“你才是猪呢！”

“哎呦！”池宏非扮了个鬼脸，装出一副苦相对于笑薇“哭诉”，“谁知手中餐，粒粒皆辛苦哇！”

还没说完，于笑薇又飞来个包子皮，吓得池宏非赶忙夺路而逃。

不过，更令于笑薇不能容忍的是，池宏非竟拿她的葡萄干送人情，一半给了喻枫，一半给了曲直，他自己却一粒也没吃。

“你为什么把葡萄干送别人了？”于笑薇指着池宏非的鼻梁，气急败坏地问。

“人人为我……错了，我为人人，才能人人为我！”池宏非狡辩道。

“我看你是‘人人喂我，我喂人人’！”

“那为什么呢？”池宏非眯着眼睛得意地问。

“因为你才是猪，我不用葡萄干喂你，你怎么去喂别人？”于笑薇一阵反驳倒弄得池宏非鼻灰满面。

吴彤和吕杨坐在了一起，忙里偷闲地打开了吕杨随身携带的收音机，正播新闻联播呢！一圈人都竖起了耳朵。

“好么，真快要成了被忘的角落了！还有这么多的事儿我们蒙在鼓里呢！”吴彤边听边议论着。

“这哪是被遗忘的角落啊！这压根就是世外桃园嘛！”不知谁大声接了一句，引来了学员们拍手大笑。

六

大队长姜明在保障车前正训斥着炊事班班长。

“你看看，这也叫牛奶？”姜明拿了根筷子插进去，连点儿奶星都不沾，“你们还不如换白开水呢？”

“牛奶，牛奶都没了！”炊事班长支支吾吾回答。

“牛奶都没了，那食堂小灶里的牛肉是哪来的？”姜明火了，他每次进炊事班的小食堂总能看到一伙人在那吃鱼吃肉，“这桶牛奶先记你账上，中午要再做不出像样的菜我就把你领花摘了。”

“老姜，别生气，这个兵是军区营房处杨处长的亲戚，算了吧！”毕军想起上次到军区开会杨处长曾经给他打过招呼，正好那个班长也开着给养车去杨处长那了，所以，毕军只好上来劝姜明。

“羊（杨）处长，还狗处长呢？”姜明一听，更生气了，“学员不是人吗？他拿小心眼儿算计学员这点儿伙食补助费，连吃带占，把孩子们饿着怎么办？以后我也不在车上吃了，我要到学员中去吃！”

半小时后，“黑豹”大队继续起程。路越来越不好走了，尽是些碎鹅卵石，踩在上面咯的脚心直痛。走了不到一公里的砂石路，队伍来到了一个镇子。

“要说江南的镇子就是富裕，你看家家都是二层小楼，可比我们的河南老家强多了！”喻枫一边走着，一边和池宏非攀谈。看到镇子里宽敞的柏油路，他们感慨万千。

“是啊，乡镇都铺上了柏油路！”池宏非跟父亲下过乡，却没见过乡镇铺的大马路，今天终于开了眼界，“可比我们临川的乡镇强多了。”

突然，街拐角涌出了一二十个百姓，每人提着个篮子，装满了鸡蛋和橘子，跑上来往每个学员手里塞东西；有的还塞进了他们肩上的背包。

“解放军当得真不错，还有人给送东西！”闫岩笑着跟于笑薇调侃，但于笑薇却没有理睬他，只是一边走着，一边望着远处的那辆车。

“好像在哪儿见过。”于笑薇开始纳闷了，当她看到车窗里探出的那个脑袋时，她终于回忆起来了，那是刚才送牛奶面包的给养车！

大队长姜明无意中也看到了那辆给养车，当看到那个炊事班长在给镇上的老乡发鸡蛋和橘子，并指挥着他们把东西送到学员手里时，姜明气得浑身发抖，一切都明白了，这不是在演“猪八戒啃猪蹄，自己吃自己”的戏吗？

“走，毕军，咱们过去看看！”姜明生气地说。

“上哪儿？大队长。”毕政委疑惑地问。

“看看到底是谁送了我们鸡蛋和橘子？”

“还不是老百姓自发搞军民共建嘛！”毕政委的脸色有些难堪，但姜明却并没有察觉到。

“来来，你给我下来！”姜明飞身追上了调头要逃的给养车，又把那个炊事班长揪了下来。

“这些东西怎么回事？”姜明指着车上那些篮子中的鸡蛋和水果，厉声质问着。

“发给，……发给学员的！”炊事班长低下了头。

“有你这么发的吗？”姜明气得直跺脚，“你拉练后……不！中午送饭时就不用来了，我不管你亲戚是什么官儿，犯了错误，我一样管！”

“大队长，这件事不是我自己拿的主意！”炊事班长见姜明发了火，目光直往身边溜。

“是谁？你说吧！”姜明现在连看都不愿看那个志愿兵一眼。

“是我让他这么做的！”毕政委缓缓地说。

“毕军，怎么会是你？”姜明万万没想到，这场闹剧的幕后策划竟是新训大队政委，他的老部下毕军。

“新学员的思想是纯净的，但越来越多的拜金主义思想已经开始侵蚀他们的头脑了！”毕政委无可奈何地说，“我不这样做，学员们会认为是他们的价值取向有偏差，不然为什么那么多村民拿他们当戏班子来看，只为凑个热闹，图个新鲜，看个场面呢？”

“那你就这么做了？就这么弄虚作假？”

“这不是弄虚作假，这是在制造感动。不然过去那种军民鱼水情的场面离他们越来越远，离我们的部队也越来越远了！”

“老毕，我知道你的苦衷！但学员看不出来吗？为什么那些鸡蛋和橘子都是用一样的篮子的？连数量都一样！为什么学员不要，掉在地上任人踩踏；为什么有的老乡像扔石头一样把东西往学员身上砸？这不仅是浪费吧，我想念过十二年书的学习尖子们不会不知道吧！”

看到毕军不再说话，姜明降低了一点儿声调。

“老毕，我们在自卫反击战时出生入死，现在又在一起工作，也算是种缘分吧！就因有了这种感情我才会扯破脸皮说你！你错了，错就错在你仅仅把军民的情谊看成了一种我们付出之后的索取，所以你才会在得不到回报时人为地去安排这种效果。但没有感情投入的情节永远都只是在演戏！”

渐渐地，小镇的长街快要走到头了，大家刚才的那份兴致也被那辆仓皇逃走的给养车弄得兴味全无。毕竟当谎言被揭穿时，被欺骗的人总是最痛苦的。

突然，排头的班长刘毅高兴地喊了一声。

“你们看！”循声望去，大家看到了一群端着水碗的红领巾站在路旁，把那透明的凉开水递给每一位过往的学员。

水并不是很多，只有几个暖壶，所以每个学员大都只用嘴沾了一下碗沿儿，然后便用军礼表示感谢；而这些少先队员们也一样还以队礼。

刚才“掉队”的姜明大队长和毕军政委走在队伍的最后，当他们端起两碗水各自尝了一口的时候，毕政委突然问了一句：

“小同学，你们在水里放盐了吧？”

可是得到的答复却是一致的摇头。

这时，毕政委才发现前边每一名学员的眼圈都是红红的。——这，想必就是答案。

“老姜，你说得对！”姜明和毕军的眼眶也湿润了，“真情假不了，假情也真不了！”

七

刚出村口，突然两声信号枪响，接着就听到有人在喊，“敌机空袭，快卧倒！”

接着，离路边很远的水沟也炸得溅起了高高的水花。

五分钟后，空袭警报解除。各队调整了一下队形，继续赶路了。

又行进了不到五百米，负责指挥方向的教官突然把手指向了身边水网交错的稻田。

“走这边！”大家终于听到了最不愿听的命令。特别是对于北方的学生来说，稻田的确看到过，但要真让你走稻田埂，谁也不愿意。

吴彤这个黑土地来的男子汉也成了其中的一员。走着走着，他一直提醒前边的程艺轩小心注意，自己却一脚踏空，失去了平衡，掉进了稻田里！

“喂，怎么样？”五班一帮人大声喊着，“再来一个要不要哇！”

“不要了，不要了！”下身全部浸湿的吴彤一上田埂就喊，他生怕谁再开玩笑推他下去。

“哈哈，班头，你怎么湿身了？”连一向不苟言笑的程艺轩今天也灿烂的开心一把。

“说吴彤，要听好，你的故事真不少。

东聊西侃不留神，跳进稻田洗洗脚，

要是没有女同胞，早就脱光去泡澡……”

没想到曲直还弄了段打油诗讽刺吴彤，这使吴彤可真有点儿“一失足成千古恨”的感觉。在众人开怀的笑声中，吴彤臊了个大红脸。

中午时分，“黑豹”大队又在一个小村子落脚了，不过这次可不是在打谷场，而是在一大片刚刚收过的菜地里。

大队长的话还真管用，中午的伙食立刻有了起色：酱鸡腿、炖小排，加上不限量的米饭，这回才激起了一帮子军校学员的食欲。

“可早上的饭盆因为没水还没洗呢！”一个学员的抱怨传到了姜明的耳朵里。

原来早上在打谷场吃饭的时候，乡亲家里都没自来水，全村儿就两口水井。为了不耽误人家用水，就没把餐具刷成。

“跟乡亲们说一声，我们有偿用水！”姜明大队长找来唐林吩咐道。

没两分钟，村长却主动找上门儿来了。

“领导啊，咱们军民一家人，用点儿水不算什么，您可不能拿钱给我们，使不得！”

“不行，我们有规定！”姜明说。

“规定不就是你领导定的，你能定，就不能改吗？”村长还急了，“咱村儿倒是不算富裕，但洗碗水还总能出得起，领导你要是交钱，就明显是瞧不起我们！”

姜明看了看身边的毕军，无可奈何却又意味深长地笑了。

午休时间比较长，各个队之间便开始了拉歌比赛，池宏非是谭锋亲自点的将，成了拉歌总指挥，不过这次成了全队的拉歌指挥，他倒有点儿不好意思了，便提前清了清嗓子做准备工作。

“池宏非，咱队现在改名叫二中队了，左边是一中队，右边是三中队，记好了！”一个学员按谭队长的指示凑到池宏非面前面授机宜。

“没问题，记住了！”池宏非卷了下袖子，赤膊上阵了。

“一中队，你听好，你的架子真不小！”

“你的架子真不小！”池宏非一喊，全队的人便一起合着他的拍子。

“一中队的，一中队的。叫你唱，你就唱，扭扭捏捏不像样！”

“啪啪啪，啪啪啪，”二中队的学员同时鼓了几下掌，然后一起喊着，“扭扭捏捏不像样！嘿嘿不像样！”

“一中队不唱行不行呀！”池宏非突然尖声细气地学着女人的样子叫了起来。

“不行！”大家笑了一阵后拖起了长声回答。

“不唱行不行么？”池宏非这回不但噘起了嘴，还扭起了屁股，一副小脚女人的嘴脸。

“不行！”这回声音抻得比上回还长了。

“一二三四，一二三四，像首歌……”

一中队没办法，只好来了首《一二三四歌》。

三分钟后，各中队接到了大队通知：一点整开始午休，自由活动，两点半集合！另外，每班留一人看枪。

从凌晨两点就开始奔波的学员们终于盼来了休息的时间，他们或枕背包，或搂挎包，或是把迷彩服卷起来当枕头使，反正都找到了各自进入梦乡的捷径。

苏畅自认为精力充沛，便找到队长要自愿看枪。谭锋看他一副精神抖擞的样子，就同意了！谁知苏畅这家伙不但要看枪，更喜欢玩枪，只见他拎起一只 81–1 式的自动步枪，开始摩挲起来。

八

“吴彤，你说咱们这地方可能一辈子只来一次了！”吕杨一脸严肃地说。

“嗯，差不多吧，”吴彤觉得吕杨的话也的确有些道理，以后毕业分配跑到天南海北，哪还有机会回来，尤其是到这样前不接村，后不着店的地方，“估计以后我们不会回来了！”

“那咱们留下点纪念吧！”

“行啊，可怎么个留法？”

“我刚才洗碗时看到有家贫困户三间房子却只有老俩口。好像没儿没女的，家里有点二乱糟，咱们去帮着拾掇拾掇呗！”

“好哇！”吴彤一拍吕杨大腿，“杀猪切后鞧（屁股），咱可定（腚）下来了！”

“那就马上行动！还有程艺轩，别人就不找了！”吕杨咬着吴彤耳朵，两人会意地笑了。

跨越一排臭气熏熏的脚丫子，再从此起彼伏的酣声中穿过，吴彤、吕杨和程艺轩终于脱离了睡梦中的“黑豹”大队，开始了他们自己的单飞。

来到那个贫困户家里，吴彤果然看到了一副破败的景象：旧得褪了色随风飘摆的对联；几扇破木板子钉成的屋门；还有就是有黑有红的屋瓦。但是三间瓦房，却是各有各的规制，中间是厨房，左右各是一间卧室。

“吱呀”一声，三人推开了门，走进了仄仄的内屋。程艺轩一眼就看到了那张贴了不知多少年的毛主席像。

“大爷，大娘，你们好。”

“谁呀？”两位老人还挺纳闷儿，顺着窗户往外一看，才发现是三个戴着红肩章的年轻解放军，便起身来开门了。

“缸里有水，你们自己舀吧！”事先没沟通，他们还以为这眼前的三个红牌儿解放军是来要水喝的。

“不是不是，大爷大娘，我们是来帮您拾掇拾掇屋子的！”面对两位老人，程艺轩婉转温柔的声音自然是首当其冲了。

“不用不用，你们这些当兵的也挺辛苦的，走了很远的路，不容易呀！”老太太抚住程艺轩的手说，“我们这些年就习惯这布置了，一收拾完了还挺不习惯的。

“没事没事儿，我们就简单的帮您弄一弄！”吴彤见老人有推脱之意，便只有跳出来收拾局面。

“那……就让他们收拾收拾吧！”老头子看了老太太一眼，一摆手，缓缓地说。

不收拾则已，一收拾就觉得这里的寒酸：被岁月的更迭剥落了外漆的大木箱子；破了一半还满是灰尘的玻璃镜子；钉了好几块补丁还露了棉絮的破被；还有几件不知穿了多少年的破烂外套……

“叮——当！”突然，一枚金属的徽章从衣服的夹缝儿里散落出来，打在铺砖的地面上，发出清脆的响声。

“这是军功章啊！”吕杨跑过去捡起来一看，才发现那徽章的上面赫然印着“淮海战役纪念”的字样。

“老大爷，这是您的？”捧着奖章，吕杨用一种崇敬的眼光端详起眼前的老人来，这种隐姓埋名的神圣与崇高他从前只在书和电视剧里见过。

“不，这枚奖章不是我的！”老大爷一口咬定说，然后低下了头。

“老大爷，您别谦虚，我们会保守秘密的！”吴彤说道。

“你们还是听我说吧！”刚才还不怎么说话的老太太竟一步一步地蹭到

了吴彤三人的面前，“那枚军功章是他哥的！”

原来，五十年前打淮海战役的时候，眼前这位老太太还是老大爷哥哥的未婚妻。在战场上，哥哥中弹牺牲了，这个还没有拜天地过门的嫂子不但悲恸欲绝，还急得落下了病。是这个弟弟毅然支撑起了持家的重任，他辞了几门亲事，专心侍候自己的父母和嫂子。但是这两位老人，一直是相敬如宾、有着严格的道德界限的。

“爷爷奶奶，”程艺轩随口说了一句，“奶奶当初又没拜堂成亲，爷爷只不过用心理上这个嫂子的定义来衡量奶奶，其实在一起过日子没什么嘛？”

“是啊，您又不是改嫁……”心直口快的吴彤却惹了程艺轩白眼儿。

“你们三个在这儿啊！”教导员不知什么时候跑了出来，后面还跟着村长。原来刚才三人行动的时候被巡岗的教导员发现了，他怕三人走远赶不回来集合，便和巧遇的村长一块儿过来了。

吴彤一五一十地把刚才的事向教导员说了一遍。

“其实呀，我早就听人说起过你们的事儿了，”没想到村长倒是很开化，“真是两个老封建，我说你们……”

“村长，能不能听我说几句真心话？”老爷子表情突然异常严肃，他搬了个凳子，端坐在几个人的面前。

“我和大嫂就在这小院里生活了五十年，但是她过她的，我过我的，我们送走了年迈的爹娘，看到了身边所有人过上了好日子，现在我们自己也要算天过了。我和大嫂不是亲人、胜似亲人，就像亲姐弟，亲兄妹，这就足够了。人一辈子，我们觉得这种亲情更可贵。我大哥要是泉下有知，也会支持我这么做，他为大家的好生活命都不要了，我还把其他的东西看得那么重干什么？”

一时间，几个人全都默不作声了，他们才明白老人的意思，爱情虽好，总有淡然无味的时候，也许还真不见得能够长久。但是超越血缘关系的亲情，却有可能让大家今生相依，相伴到老。

几个人别过二位老人，和村长往集合地走的时候，村长突然止不住地流下了眼泪，他哽咽地说：“其实两位老人不是贫困户，他们把积攒多年的收入都捐给了村里建小学，我当时还以为他俩想让我们帮着操办一下正式结婚的事，所以刚才就想当然了。现在看来我真是鼠目寸光，人家做的，才是人间大爱。”

集结号响起，部队要出发了，大家突然发现了那对爷爷奶奶也拄着拐杖来为他们送行，教导员眼中噙着泪花，拿过了高音喇叭：

“二中队的，二中队的！注意了！来一首《说句心里话》，送给咱们的爷爷奶奶和全村的父老乡亲，一、二……唱！”

“既然来当兵，就知责任大……”在嘹亮的歌声中，欢送部队的爷爷奶奶和乡亲们一样，露出了灿烂的微笑……

九

尽管下午都是穿越荒乡野岭，但在一种和谐的氛围中，大家还是完成了步行近二十公里的路程。

傍晚时分，部队行进到一个小水库旁边。在就近的山坡上，姜明按预定计划下达了命令，“就地休息，晚上在此野炊宿营！”

五班临时分成了两组，班长带领吕杨、苏畅和两名女生搭行军灶筹办野炊，吴彤则领着剩下的几个铺宿营的行李。

相对来讲，吴彤这一组则是容易了一些，散开背包带，先在山地草地上摊开雨衣，再铺上褥子，最后蒙上军被，宿营地便算布置好了。

于笑薇和程艺轩的被子，则统一送到了山岗上的女生驻地，那里由大队长在亲自指挥。

“真是男女不平等啊！”

“没办法，阴盛阳衰！”

吴彤等几个老爷们儿开始了哀声叹气，一种心理极不平衡的状态表现了出来。其实他们是觉得没有女生活跃气氛，男生自己穷聊跟在宿舍里有啥区别。

“你们去附近拾些柴火来！”班长见吴彤他们任务完成得挺快，随手就把曲直和苏畅捡拾柴火的任务摊给他们几个。

要说人多的时候，供需矛盾总会暴露出来：不但选灶址得费一番脑筋，就是拾个柴火也不容易，大概百米半径内的柴火都让这群“饥不择食”的“黑豹”队员们搜刮干净了。

正在踌躇的时候，吴彤忽然发现了道路上一团团风干了的牛粪……

“听说人家西藏的朋友就拿这个生火，咱们也试试吧！”吴彤满脸喜悦地招呼着几个伙伴。在他看来，这些干牛粪就像在家时他搬的那些蜂窝煤一样好烧。

“真恶心！”另外几个人却一边扭着头，屏住呼吸，一边捧着牛粪艰难的前行。

“不行，我有洁癖！”肖可一个人站在那里大叫着。

“算了，算了，不用你了！”池宏非一副息事宁人的样子，但是心里面也是老大不愿意捡牛粪。

不过肖可还是承认了这干牛粪的火力，点燃起来的确挺有劲，一团顶得上一捧干柴火。

“用水怎么办？”程艺轩见没有送水的车，嘟囔着。

“在水库里舀水煮！”班长坚决地回答。

“什么？从水库里舀水？”肖可和程艺轩几乎是在同一时间发出了惊叹，因为不仅水库的水面上漂浮着杂草，而且他们分明看到对岸有一只大黄牛在水库边小便。

“不从水库里舀你还等天上掉下水来不成？”班长也挺火的，“现在你们就在乎这儿在乎那儿的，真要是打起仗来。这情况不是常有的事儿？”

说着，班长端着水盆真的从水库里舀了一盆上来，嘴里还反复说，“不干不净，吃了没病！”

看到班长那样子，程艺轩和肖可还是一个劲地摇头，他们还是觉得有些不靠谱。

这时，池宏非领来了统一下发的晚餐配料：切碎的大白菜和羊肉片，还有油盐酱醋一包调料。

“我看这些不够吧，来，我这还有火腿肠！”一向对吃有偏好的苏畅从兜里掏出了五六根火腿肠，“切了一起炒吧！”

“好啊，你居然藏了私货，还有什么都交出来。”刚说完，一群人一脸奸笑围住了苏畅，异口同声地说。

正在吃饭的当口，谁来下厨成了头等大事，不能浪费食材是前提，做得好吃是标准，结果自告奋勇的是美食爱好者曲直。

曲直先把豆油倒在了锅里，等到沸腾的时候又倒入了白菜片。这倒没什么大碍，但就在他把舀来的水倒了一点儿进锅的时候，肖可和程艺轩痛苦地闭上了眼睛，“这东西能吃吗？”

“没事儿，绝对卫生，绝对安全，绝对美味！”曲直拍了拍胸脯，胸有成竹地说着，一边又把羊肉片和火腿肠倒了进去，还煞有介事地用锅铲来回在锅里搅拌着。

羊肉片和火腿肠的入锅使得程艺轩和肖可彻底失去了最后一点儿开小灶的希望，换句话说，他们不吃下这大锅菜，今晚就得挨饿！

不过你别说，曲直的手艺还真不错，无师自通的炒菜技术也让五班这一伙人刮目相看，四溢的菜香吸引了周围不少羡慕的目光。

“来，我尝一口！”

曲直见身后有只手向锅里伸来，便拍了一下那人的胳膊，大声嚷嚷。

“一边去！馋猫儿，菜还没熟透呢！”

忽然，曲直听到了身后一阵哄笑。

“院长？首长好！”当他回转头，发现迷彩服上的松枝儿肩章时，当时就傻眼了，他哪想到院长会跑这地方来吃他做的菜，“对不起啊……”

“有什么对不起的，”院长笑了，拍了拍曲直的肩膀，“我可是馋猫啊，闻着香味就跑过来啦！”

说着，院长用筷子夹了一口菜，放到嘴里仔细地嚼了起来。

这阵势，不仅是曲直，就是刚才还忿忿不平的肖可和程艺轩也蒙了：

院长怎么也跟咱们蹭菜了，还是用的水库的水，这是什么世道哇？

“不错！”院长吃完了这口菜后，竟满意地对姜明说，“今晚我就在这儿开灶了！”

“什么？”不只是姜明，身旁那么多的校尉军官都迷糊了，“院长，您在这儿吃饭？”

“对，就在这儿了，哪儿也不去！”院长笑着跟随从人员们打起了招呼，“你们吃惯了下馆子的，也应该下来体验一下嘛！”

“不行，院长，您可得保重身体呀！”姜明想了想，便凑到院长面前小声地说，“您别忘了自己的胃病呀！”

“怎么了，有胃病就不许在这儿吃饭了？”院长笑呵呵地说。“是不是以后行军打仗都得等饭店开餐啊？”

三分钟后，院长也和五班学员一起，围着那盆羊肉烧白菜加火腿肠，蜷着身子，拿着馒头，大吃起来。

在程艺轩和肖可眼里，少将一直是个神圣的概念，它不单单包涵着他们军帽上的那条黄色的帽带，肩牌上那颗镀金的将星，更有一份行动的谲秘，好像是个个云里雾里，从不屑食什么人间烟火似的。而今天，在他们的眼前，他们的院长，一位刚毅矍铄的军职干部，却坐在他们身边，若无其事地吞咽着他们认为最肮脏的羊肉炒白菜，无比崇敬的心情驱使着他俩也拿起了碗筷。

“院长，问您一个问题行吗？”程艺轩考虑再三，还是把心中的想法说了出来。

“当然可以，小姑娘，你说吧！”院长在众人疑惑的目光中作出了肯定的回答。

“您说水库的水做菜……”程艺轩意识自己就要跨越雷池了，所以欲言又止。

“说吧，别有什么顾虑嘛！”院长用鼓励的目光注视着程艺轩。“咱们是探讨问题。”

“院长，我是说……您吃水库的水做出的菜，有没有感到不卫生？”当程艺轩话一出口，可以说不只是全班的十一个人，连人群不远的几个参谋在也紧张地关注着院长的表情。

“不卫生？不卫生的界定标准是什么？”院长听了程艺轩的问话，马上又反问了一句。

“至少水面上不应该什么都漂浮，岸边不应该什么东西都有吧？”程艺轩也确实心直口快。

“是吗？”院长把头转向了程艺轩，微笑着说，“你们这群年轻人生活越来越好了，标准也越来越高了，当然，这不单是指你，而是指许多年轻人，还包括我家里的晚辈。他们注重别人为他们创造了什么，却忽略他们为别人创造了什么。当年我在东北当兵的时候，羊肉都很难看得到呢！”

“小姑娘，我并不是批评你，生活条件好了，享受一点儿也没什么，没有消费，生产出来的产品干什么？但今天，我们是参加战斗，要在艰苦的环境中学会生存。实际上今天炒菜，火的温度那么高，细菌在高温下早就死了，你可知道，平时你们吃的蘑菇，还是特意用细菌培养的呢！作为军人，不仅知道讲究卫生，更要懂得适者生存这个道理。”

院长的一席话，说得程艺轩无言以对。

“哎，喻枫，你也在这个班啊！”借着行军灶中舔着的火苗，院长发现了灶旁脸被映得通红的喻枫，便微笑着向他打招呼。

“对不起，院长，我私自从门诊部跑出来了！”喻枫想起自己逃跑的经历，赶紧向院长承认错误。

“没事，我听说了，情有可原，情有可原！”院长一摆手，“是个当兵的就不该逃避责任，你阅兵时受伤了还坚持参加演训，那是你在履行责任；现在面对拉练你又轻伤不下火线，不也是为了完成把自己从地方青年转化为军校大学生的责任吗？只是以后不许不辞而别，留了张纸条就走，多让大家担心哪！”

“是，首长！”喻枫听了，激动得连忙打了个立正，向院长敬了个标准的军礼。

吃了晚饭，送走了院长等一众领导，姜明下了口头通知，“为消除一天行军的疲劳，各班组织大家烧水泡脚。”

不到半个钟头，各班便烧好了开水，掺和着凉水倒进各自的脸盆里，可是五班却只带了五个脸盆，这下刘毅可急了，出发前可没通知有洗脚这个节目。

“女生先洗，男生后洗，后五名先洗，前五名后洗，我自己就不洗了！”

班长有令，大家便遵照着执行了，可轮到池宏非时，他又不洗了。

“我不洗，你怎么也不洗了！”班长看到池宏非站在那里不动，便生气地问。

“我有脚气，怕传染同学！”池宏非冲着刘毅一挥手，然后便跑开了。

“池宏非，你给我回来！”刘毅突然想起出发前池宏非脚底破皮起泡这件事来，便冲着池宏非吼了一嗓子。

“班长，什么事儿啊？”池宏非看着班长又在添柴烧水，“我就算了。”

“你不用管。”刘毅头都没抬，“你先去把洗脚盆刷干净，再打一盆清水过来。”

“好！”池宏非照着刘毅的吩咐，把那几个洗脚盆刷洗了一遍，然后又打了一盆清水回来。

“把袜子脱了！”刘毅看到锅里的水开始沸腾了，便招呼着池宏非。

“干嘛！”池宏非看到班长往他眼前的洗脸盆里倒水，急了，“我不是说过不洗脚了吗？”

“今天你不洗也得洗！”班长摆出一副不容置辩的样子，“这是命令！”

实在拗不过，池宏非脱了鞋，但脚上的脓水已把他的皮肉和袜子粘连在了一起，一时分不开了。

“快，把脚先伸到凉水里！”班长突然俯下身，一把就把池宏非的脚拽到了另外半盆提前分出来的冷水中，然后像化冻梨一样慢慢地揉搓着。

终于，袜子和皮肉剥离开了。一时间池宏非张着双脚竟不知道说什么是好：在家的时候，只有母亲这样关心过他；而今天，跟他仅仅相识月余，年龄又比自己小的班长刘毅竟作出了如此举动，池宏非一时间怔在那里。

“喂，池宏非，”班长看他傻呵呵地坐在那里，不禁吼了一句，“别傻愣站着，快洗脚，一会儿吹就寝的哨子了！”

“嗯！”池宏非一抹眼眶，乖乖地把脚伸进了班长调好的凉热适中的水盆里。

“加点盐能消毒，这是我新训时班长教我的！”班长一边把剩下的几勺盐倒在了水盆里，一边自言自语地说。

蓦地，池宏非的眼角滴落了一滴晶莹的泪水，越过他脸颊和下颌上的坑坑洼洼，掉到了膝下的脸盆里。而这时，班长正帮他搓着脚。

“池宏非，这水热么？”班长看到水面上溅起的水花，抬起头对池宏非说，“汗都掉盆里了！”

“班长，水温挺好，只是我看到你忙来忙去，一紧张就出汗！”池宏非笑着搭腔，班长却没理睬他，而是拿着他的袜子去洗了。

“班长，袜子我自己洗吧！”池宏非嘟囔。

“你洗？你洗又拧不干，明天穿什么？”

“班长，我有脚气，会传染的！”

“脚气是脚气，我是用手洗”，班长跟池宏非逗趣道，“再则说了，要是传染了我就有手气了，那以后打牌什么的就都是赢家了！”

七点来钟，忙活完了手中的活计，班长把洗脚水全泼在剩点儿火星的行军灶里，确认没有续燃的可能后，跟池宏非收工。

“班长，谢谢你！”在路上，池宏非小声地说。

“屁话，谁让我是你班长呢！”刘毅笑着踢了池宏非一脚，“快走吧，回去该就寝了！”

到了宿营地，班长把池宏非那双洗净的袜子挂在了身边矮松树的松杈上，然后便叫上苏畅和喻枫去架枪了。

十

“傍晚的宿营地是怪吓人的！”池宏非望着那远处一片片摊开的白褥子，心里暗暗地想。

“池宏非，我正找你呢！”吴彤气喘吁吁跑到池宏非面前，“教导员找你！”

“干嘛？”池宏非跟吴彤还是保持着一定的距离。

“说是党员开会，我怎么知道？”吴彤抛给池宏非一句。在他眼里，池宏非是在明知故问。

“池宏非，你来得正好！”池宏非赶到教导员那里时，发现各班的党员都到齐了，“我们把今天晚上值班的事分一下工！”

原来之前预案没有考虑到机动哨兵，所以临时换上各班党员分工值班。经过协商，池宏非选择了凌晨一点半到两点半这段时间的岗哨。

“池宏非，你这不是脚伤没好么，所以我准备把你的那班流动岗撤掉，把下一班提前！”谭队长发现池宏非在那里抄时间，就把他叫到了面前，“我和教导员找你来，就是要告诉你今晚别去站岗了，还怕你有想法！”

“不行，别的党员站，我也要站！”

“但你是病人！”

“喻枫不也是病人吗？你怎么还让人家来拉练了呢？”说着，池宏非头也不回，便去找前后两班岗商量交接的程序了。

“这五班倔脾气还真不少！”谭锋对易资平笑了笑说。

“看看他们是不是光嘴硬！”易资平也笑了笑。

“喂，苏畅，你看今晚的月亮多圆哪！”肖可用胳膊肘捅了捅身边的苏畅，慢条斯理地说。

“圆，圆，是挺圆的。”苏畅翻了一下身，哼了一声，“不过啊，困死了，睡觉吧！”

“没情趣！”肖可推了苏畅一下，又把脸转向了班长这边，“班长，你睡了吗？”

“没呢。”刘毅刚查点枪支回来。

“班长，我这是第一次在野外睡觉，咋有点儿兴奋呢！”

“我也是，新兵连训练那阵子正赶上一个星期的大雨，都住在老乡家里！”

“班长，你说以后咱们还有机会到这儿来吗？”

“你们差不多还有机会，我就不行了，我年底就要退伍了！”

突然，一道柔和的手电筒光柱扫过班长的眼睛，他赶忙对肖可说：“大队长来查夜了！”

肖可半睁着眼睛朝光柱射来的方向看了一眼，果然是大队长和几个教官，用布蒙着电筒在检查每个学生被子盖得严不严实，防止着凉。

在他们身后，还有两个蹑手蹑脚的新闻报道员，拿着照相机，架着闪光灯，可能是在跟踪抓拍照片。

大队长向班长刘毅这边走过来，肖可马上紧闭上眼睛，还发出一阵阵隐约的酣声。

“你看，这个学生的手臂还露在被外！”大队长发现了肖可搭在被面上的手臂，连忙伸出手把肖可的胳膊塞进了被子里。

“咔嚓”，随着快门声响，闪光灯的一束强光瞬间照亮了夜的暗寂。肖可的眼睛被渗进的强光刺得好痛。

“你们干什么？”大队长指着那两个报道员说，“拍什么拍？”

“抓拍点生活素材！”那个矮一点儿的报道员说。

“你这么刺眼的闪光灯，非把学员都折腾醒不可！”大队长满眼血丝，愤愤地说。

“首长，不好意思啊，我这是准备投稿的，过两天准上军报！”

“是啊，是啊，我们就准备取《亲切的关怀》这个题目，您看怎么样？”高个子的也开了腔。

“我不管你什么开怀关怀的，赶紧闪一边去，别耽误学员的休息！”看得出，姜明十分生气。

“首长，我们是来宣传政绩的嘛……”

“你们赶快从我眼前消失，别在这添乱，不然一会儿让教官把你们的胶卷全部曝光！”没等矮个子说完，姜明就吼了起来，身边的参谋也示意性地向前迈了一步。

两个报道员一见碰了钉子，灰溜溜地跑出了宿营地，沿着小路向来时的方向走去，一边走还一边嘟囔着：

“没见过这种人，免费宣传都不要！真不识抬举！”

“哎呦！”正说着，矮个的突然绊到了一块石头，重重摔了一跤。

“喂，哥们儿，醒醒了！”不知什么时候，池宏非听到身边有个声音在轻轻唤他。

“哦，该我接岗了！”池宏非赶紧爬起来，接过电筒和枪，自言自语地嘟囔道。

白天还觉得天气炎热，晚上站在路口，再加上身上单衣、脚上又没有袜子穿，池宏非只好独自瑟瑟发抖。

“冻死个人，来点儿运动吧！”实在是冷得不行，池宏非开始演练起高抬腿跑来，不一会儿，汗就出来了，身上也升起了热气。

看到身边有块青石，池宏非坐了上去，一边端着枪，一边哼着当年最流行的靡靡之音：

“舍不得你的人是我，离不开你的人是我……”

突然，他听见身边的石缝里有“沙沙”的声音，尽管没什么危险，他还是捡了块石头，蹑手蹑脚的走到近前，喵准了朝缝里砸去——

“呀——呀——”原来是只乌鸦，扑棱着翅膀从石缝里冲了出来，还带着凄惨的叫声。

虚惊一场，池宏非擦了把汗，长吁了一口气，继续坐在青石上哼着他自得其乐的歌曲。

可没过多久，就在池宏非的身后，传一了阵阵拨动草丛的声音。

“哗——哗——”

那声音伴着一条黑影和渐渐向前倒下的野草，向他逼近！

“谁！”池宏非大吼一声，拉动了枪栓。但那黑影仍然借着夜色向他靠近着，还发出重重的喘息。

“怕死不是共产党员！”一时间，池宏非也不知从哪来的胆量，竟迎着黑影冲了过去。

“不许动！”就在池宏非与黑影交会的一刹那，他失声地大喊起来，一边不自觉地扣动了扳机。

“汪汪！”原来是只乡村野狗，看到池宏非叉立端枪，满脸横肉的样子，竟然吓得夺路而逃。

“要是个坏人，估计自己早就壮烈了！”池宏非看着手里那把没有子弹的自动步枪，不禁笑了起来，还用左手抚了抚胸口，压压惊。

“终于到了两点半了！”池宏非看了看他那只夜光手表，伸了伸懒腰，提了枪向回走去……

“嗨，哥们儿，注意安全！”交了枪和手电筒，池宏非还没忘多嘱咐一句，毕竟刚才夜哨惊魂让他的心境有了质的改变。

“天，就要亮了！”躺在铺上，池宏非仰望着渐蓝的天空和如棋子一样的星星，嘟囔了一句，然后便睡去了。

十一

早晨约莫五点半的时候，紧急警报又响起来了，而且还冠以一个十分动人的情节——

敌高空侦察机发现我方驻地，为防止敌对我进行跟踪袭扰，特命令全队转移。

“黑豹”大队指挥部

10月31日晨5时30分

第二天上午的旅途，就在这种清晨的雾霭中开始了，全大队的人绕过水库，爬过山岭，开始了行程。

刚爬过山岭，池宏非和全队的所有学员一样，都被眼前的景致惊呆了。据说这是一座叫作狮子岭水库的地方，说是水库，倒更像倚壁的深潭，一半是直插入水中的悬崖，一半是晨雾中湛蓝的水面，让人不觉流连。

而在一片雾的朦胧中，那水面更显得神秘，像是遮了银纱的蓝缎子，煞是惹眼。无论近处仔细端详或是远处抬眼张望，让人总不能把这景致归结成人工的开凿，倒更该算是自然的造化。

“瞧，多美呀！”程艺轩兴奋地指着那湖面泛起的层层波澜，对身后的吴彤说。

“是不错的，可风景再好，也得抓紧赶路！”吴彤见前边的一中队并没有停下来欣赏风景的意思，便催促程艺轩。

“你这个人，真是个榆木疙瘩！”程艺轩一时间兴致全无，便只好紧了紧背带，继续前行。池宏非呢，更有种偶像剧里主人公傻兮兮的感觉，他把手拢成筒形，大声地对着那片崖壁喊：

“我会回来的！”

“会——回——来——的！”没想到这崖壁竟有回音，发现了这一点，后面其他队的同学也纷纷效仿起池宏非刚才的举动来，竟然成了拉练的一景。

上午八点，在林场大院的空地上，大家开始了忙碌的早餐。

“十五分钟必须吃完！”大队长向各中队下达了命令，因为天气预报通知今天上午这十公里半径内，可能会有中到大雨。

听了层层传达的大队长指示，学员们也加快了就餐的速度，馒头加榨菜肉丝汤，再配一个咸鸭蛋，顶多十分钟就搞定了。

每个学员心里都很清楚，这回不是设计的演习了，这回是真在跟雷雨天气赛跑，跟时间赛跑。

不出所料，刚从林场走出来，天上便开始聚集起黑黑的片片云朵，渐渐地越压越低，越集越密，隐隐约约还能感到飘到了脸上的雨星。

“各中队学员穿上雨衣，准备跑步行军！”大队长下了命令。

“大队长，又穿雨衣，又要急行，这不是有点不大对劲儿吗？”

“学员还要走十几里的山路，我们不能叫车来，还要赶时间，必须急行。你瞧这天气，黑压压的云一看就不是小雨点，浇到了学员，大家都生病了怎么办？”

作训参谋不作声了，大队长的身旁又多了几个队干部，三个中队的队长已经到齐。

“大队长，您的命令我们收到了，但学员的反馈意见是：出来拉练，就是为了锻炼自己的，不能连点儿风雨都不能经历。所以……所以他们一致请求，只用雨衣裹住枪支行李就行了，该凉快点就凉快点儿吧！”一中队队长说。

“是啊，不经历艰苦的学员，永远不算是真正的兵！”三中队的队长一看就从野战军过来的。

“老谭，你的意见呢？”姜明看到谭锋一直默不作声，便主动点了他的名，“说说看吧！”

“要按我的意见，”谭锋故意拖起了长声，“如果既要急行军，又要保障行李不被浸湿的话，不如叫车来把学员的行李都拉走，然后再急行军。这样一是轻装上阵，行军效果更好；二是可以提高速度，从而达到急行的效果……”

“这可是个新的训练课题，不背行李，那跟五千米长跑有什么区别？”不知是谁提出了质疑。

“但我们在途中可以组织弄点儿新花样！”谭锋笑着说，“今天晚上就要赶回基地了，我可不希望我带的兵都睡水泡的被子！”

一时间，几个队长和干事参谋之间开始了争论……

“行了，行了！”姜明一挥手，示意大家全停下来，“我想拉练的目的是要训练学员……”

姜明看了一眼谭锋，继续高声地说：

“但学员也是人，我们要在高强度的训练中保证他们的健康。所以，为了晚上学员返回基地时能睡上一个安稳觉，我命令：迅速组织车队在一公里外的国道上集合，等待各中队转运行李，同时配合雨天作战需要，保留挎包、水壶及81式自动步枪，学员一律穿雨衣！”

在快步穿越一大片竹林之后，雨开始渐渐变大了，雨点砸在迷彩服上还能够听到“噼啪……噼啪……”的声音。在学员的视野中，公路上那一排上了篷布的解放卡车是越来越近了。

“谁押行李回去？”五班长刘毅问了一句，这份不用淋雨，不会感冒的美差应该说是轻松而又惬意。

但出乎刘毅预料的是，周围的十个人竟无人响应。

“苏畅，你回去吧！”刘毅抓壮丁一样抓到了苏畅，没想到一向好脾气的苏畅也倔了起来。

“班长，你为啥尽挑软柿子捏呢？”

“你这啥话，都是任务需要嘛！要不然都不回去，那我回去呀？”刘毅听到苏畅的回答，愣了一下，然后也迅速作出了反应。

“我还是得留下来！”苏畅缓和了一下语气，却依然固执，“不走完这拉练的路，我回去也没脸说自己是名军校大学生！”

“不行，你要服从命令。”班长也较起了真。

“班长，”正在双方僵持不下的时候，人群的末尾传来了一声低低的回答，“既然大家都不愿意，那就让我留下来看行李吧！”

也许谁不会想到说话的人竟是闫岩，所以当他向前迈步的时候，身前没人想到会给他让路。

“你，不参加奔袭了？”班长一时间也没转过弯来，惊奇地问。

“嗯。我看大家都那么渴望全程参加这次拉练，倒不如我留下来！”闫岩说着，苦涩地笑了。

“那……好吧！”没有办法再仔细思量，班长点了点头，然后对面前的其他同学说，“赶快搬行李！”

于笑薇偷偷掏出纸和笔，飞快地写了一句话，然后把纸条交给了池宏非，池宏非看了一遍后，折起了那张纸条，塞在了被子里。

“闫岩，我的被子中间有张纸条，你上车后打开看看啊！”池宏非一边把行李推给闫岩，一边低声说。

汽车开动了，不知是谁的带领，大家一起面向闫岩挥动着手臂，闫岩也在挥舞着双手。此时五班的每一个人，包括班长刘毅都在默默地沉思着：对闫岩，他们以前的认知是不是太片面了！

当汽车拐过了山口那个弯子的时候，闫岩掏出了池宏非被子里的纸条，轻轻的摊开后，他竟情不自禁低声读了起来：

“闫岩，我们谁都没忘记，你永远是五班集体中的一员……”

闫岩的眼睛不觉浸润在幸福的热泪之中——

轻装上阵的五班，开始了雨中的急行。这一回不只他们，全队的行进速度都有了质的提高。

“快，快！”在泥泞的林间小道旁，刘毅站在那里，一遍遍地催促着。这一次，他准备和吴彤调换个位置，由吴彤领头，他断后，照顾班上的两名女生。

“哧溜”一下，吴彤刚换到排头不久，就脚下一滑，摔在路上，为了不耽误后面的人前进，他竟连滚带爬蹭到了路旁。

“大家跟上，吴彤这我来！”池宏非高中时那股子热心劲儿早把他心底的自私和轻狂搅得一干二净，说着，他跑出了队列。

吴彤坐在地上，雨衣上划了好几道大口子，浑身沾满了泥。

这时，于笑薇和班长也从队伍中撤了出来，跑到了吴彤的面前。

“怎么样？哪伤着了？”刘毅关切地问，一边还用手擦抹着吴彤身上的泥。

“班长，你先带队赶路吧！”池宏非顶了一下班长的肩膀，“班级还需要你，我和于笑薇在这儿照顾，你就放心吧！”

“是啊！”吴彤咬着牙一字一顿地说，“实在不行，一会儿队伍后面还有队医呢！”

“那……好吧！”刘毅说完，突然脱下身上的雨衣，“这个留给吴彤，把他那个坏雨衣换下来，别让雨再把他淋着！”

“班长，不行啊！”三个人几乎同时喊起来，“这雨还不一定什么时候停呢？”

“不行，这是命令！”班长见大家一动不动，赶紧脱下雨衣，扔给吴彤，然后急忙追赶五班的大队人马去了。

只剩下三个人了，吴彤与池宏非的目光再一次碰撞到了一起，但这一次目光却是彼此间一种善意的沟通。

“等拉练回去，我可还要跟你争的！”为了分散吴彤对伤痛的注意力，池宏非笑着对吴彤说。

“那当然，我才不会放过你呢！”吴彤也笑了，忍着痛抽出手对着池宏非前胸就是一拳。“你不要以为于笑薇帮你我就怕你。”

“小心点儿，这有水坑儿！”

“小心点儿，这有石头！”

当班长刘毅追上班级队伍的时候，听到苏畅在排头不住地回头喊跟上跟紧，在他身边负责断后的，却是身高马大，体力充沛的肖可。

“吴彤咋样了？”看到班长追上来，程艺轩和肖可几乎同时问。

“还好，没大事！”

“医生，能不能不让我上收容车！”吴彤见面前的两位军医表情严肃，便嚷了起来。

“不行，你膝盖的伤口需要消毒，必须上车！”两名军医也毫不让步。

“吴彤，不是收容车，是救护车！”于笑薇见没办法，只好偷换概念，目的是劝吴彤上车。

“反正我是不能掉队的，”吴彤看到身边各中队的学员在雨中奔行的情景，情不自禁地竟翻身挣扎着站了起来，还用毛巾系住了左膝，“大夫，我求求你，哪怕我回去多住几天院，今天我也要坚持到最后！”

“吴彤，你能行吗？”池宏非和于笑薇几乎同时说道。

“没事！”这两个字好像是从吴彤嘴里迸出来的一样。

“那——”两位军医对视了一下，他们也都从这个年龄段过来的，便说，“好，但你必须先简单处理一下。”

尽管还是进了那辆救护车，但这回吴彤踏实，大夫给他擦抹了点药水，缠上了药布，便放过了他，让他和池宏非、于笑薇追赶大部队去了。

“这个小子真倔！”两名军医指着吴彤在雨中一瘸一拐奔跑着的背影，笑着说，“不过像小牛犊子一样！”

“谢谢你，池宏非！还要谢谢你，于笑薇！”吴彤被池宏非和于笑薇架着，说道。

“你别老像陆战坦克似的跟我装假（甲），”池宏非嗔怪道，“一家人不说两家话，咱们还是加快速度吧！”

而这时的班长刘毅，因为没穿雨衣，已经淋得浑身湿透，仍在继续紧跟着五班的队伍。在他眼前，一切突然显得那么朦胧，那么缥缈，他不知眼前的队列为什么变成了一模一样的两排，更不知身边的树丛怎么没枝没干，只剩下单调的一片绿，但他还明白自己的额头在一点点变得发烫，脑子在一点点变得浑沌。

索性，他脱下了帽子，任冷冰冰的雨滴打着他的额头，冷却着他的体温，那一注注雨水滑过他一缕缕板寸的头发，浸湿了他的迷彩服；大雨中，远远就能看得到他头上冒出的热气在渐渐升腾，但他仍努力地运动着双腿，生怕自己拉开了与五班的距离。

中午时分，雨停了，吴彤三人也赶到了集合地，而班长却在抬午饭饭桶时一头栽倒在地上，被送上了救护车。

没想到原本应是吴彤的“栖息”之所，现在却成了班长提前回基地的“载体”。

“吴彤，现在我命令你，由你代替刘毅班长的职务。”教导员见车上的刘毅一直发着高烧，便对身旁的吴彤说，“至少到拉练结束！”

“我能行吗？”吴彤推辞着。

“如果你不行，那我任命你干嘛？”教导员一边招呼着司机把刘毅急速送回基地，一面拍了拍吴彤的肩膀，“下午咱们还要急行军，而且要返回基地！你和五班好好准备吧！”

十二

在经历了短途的急行军之后，“黑豹”大队来到了离基地有五六公里的一个丘陵开阔地：这里四面平原，中央有一座不过三四十米的丘陵地；据说，这就是敌空降分队的驻守地。大家一会儿的任务，便是要拿下它，追歼敌军。

当学员们把五发空爆弹上膛的时候，才感觉到这场战斗意义的重大，不论是单兵战术，还是连排进攻，今天都要实践实践。

在教导员的望远镜中，吴彤还发现了山丘上那位扮演敌空降分队队长的唐林。尽管说这只是一个演习，但在五班看来一定要报刺杀操训练时的“仇”，尤其是池宏非，回忆起刺杀操训练和考核时唐林那态度，更是气不打一处来。

下午四点三十分，随着两声手雷的爆鸣，总攻开始了，五班被排在右翼进攻的序列中，班里从上到下都是心花怒放，更觉得果然是找到了一次“复仇”的好机会。

池宏非却跟别的学员不同，他并没一股脑地打完手中的空爆弹，而是小气地攒着，非要把这五发子弹留给唐林不可。

耳边，枪声不断，眼前，硝烟迷漫，但池宏非还是一马当先冲了上去，无论吴彤在身后怎么喊，他也没停下来。眼看着，池宏非拎着自动步枪就要追上唐林了。

说实在的，作为临时披挂上阵的假想敌，唐林也没想到学员上来得这么快。当他刚刚要撤出据点的时候，突然发现了眼前的池宏非正举着枪轻蔑地看着他：

“举起手来！”池宏非端着枪，一步步地走上前去。身旁几个扮演敌军兵士的教员们都傻傻地看着池宏非，哑口无言。

“你赢了！”唐林转身抛出了一句，同时他也听到了身后那五声急促的枪响。多亏是空爆弹，否则唐林早成了蜂窝；也正因为是空爆弹，所以唐林一群人才能违反演习规则，被人家俘获“击毙”还好意思乘着吉普顺利地逃走。

“追上没有？”两三分钟后，五班的大部队才跟上来，吴彤看到池宏非呆呆地站在那儿，劈头盖脸就是一句。

池宏非并没有言语，只是指了指脚下那五颗金灿灿的弹壳。

“追！”教导员仍按着预定口令指挥着，实际上池宏非早已经将敌军头目击毙了。因为这次长途奔袭涉及班队的名次，所以五班不敢怠慢，继续最后的冲锋。

吴彤是代班长，理所应当要照顾好女同学，而池宏非，也被他一个调令留了下来。为了不让其他学员误会，吴彤去照顾于笑薇，让池宏非去照顾程艺轩。

于笑薇是个好强的女孩，从不认错服输，最后的奔袭也不例外：她说什么也不让吴彤帮忙，反过来还帮病号吴彤拎枪，给吴彤时间，让他照看身宽体胖的苏畅，免得苏畅跑不动扯后腿。

“这于笑薇，还是个好斗的狠角色哩！”吴彤忿忿地想，但嘴上还装出一副男子汉的样子，“苏畅我不用管，两天的拉练他都能跑下来，最后的奔袭他要是拖后腿，那他还算什么男人！”

“嗯！”于笑薇没有作出迎合的表情，没给吴彤借题发挥的机会。

程艺轩和池宏非在一旁话却多了一点儿，因为程艺轩爱好写东西，而池宏非在初中当过文学社的社长，所以两人边走边谈；从琼瑶的言情，到金庸的武侠，再唠叨唠叨什么王朔、贾平凹等一个个当代作家，倒还算有共同话题。

不过苏畅可没他们那么幸运了，一百八十多斤的体重，却要像跑一百米那样速度前进，只能是疲于奔命；曲直见此情景，主动跑过来带他。

五班的行列里，最闲的算是喻枫了，他不用别人带，也不用带别人，是全大队第一个冲进基地大门的。

“噼里啪啦！”庆功的鞭炮响起来了，喻枫惊奇地发现后脑勺上的伤口竟已经在慢慢愈合中。激动之中，他摘下了插在花丛中的一杆红旗，跑到大门前猛烈地摇晃起来，“同志们，冲啊，胜利啦！”

根据事后统计的拉练结果，五班获得了全大队班级的第三名，一阵热烈的欢呼后，池宏非感到脚掌又在剧烈疼痛。

推开宿舍虚掩的门，大家发现了各自床上整齐铺着的被子，卷得整齐的背包绳，放在每个人的床头。

“闫岩呢！”池宏非刚要喊，嘴就被曲直捂住了。顺着曲直的目光，他发现了躺在上铺，累得已经睡着的闫岩，正轻微地打着鼻鼾，脚穿着鞋还搭在床架上，也没有脱。

“喻枫，你马上收拾一下，回本院住院！”教导员推门进来，说，“对了，还有你们班长刘毅！”

“刘毅怎么样了！”听到教导员的话，闫岩也从床上蹦了起来。

“没事儿的。不过基地的存药不够了，没办法给他继续打针。”

“他什么时候能回来？”

“放心，明后天吧！”教导员在外面表现的一向沉稳。

肖可晚上解手的时候，听到两个外队的新训班长谈论着他们明天返回本院的事情。一着急，肖可匆匆擦了擦屁股，提上裤子赶紧把这个消息告诉班上的同学。

第五章　放心去飞

一

确实，根据预定的新训安排，拉练后各班的代训班长立即撤回本院，返回原来的警勤岗位，时间就定在了明天：十一月一日。在最后的不到一个月的时间里，就需要吴彤带领五班开展班级工作了。

"班长要走了，我们送他什么做纪念呢？"曲直的提议得到了大家的纷纷响应，一番讨论后大家商定首先要开个欢送会，然后在会上送出一件有全班十人签名的背心，作为纪念。

可是买了东西，签了名字后，到了第二天上午训练结束也不见班长的影儿，还有喻枫，说好过两天回本院，现在却不知死哪儿去了，像是人间蒸发了一样。

"班长！"中午吃饭的时候，池宏非向饭堂门外一瞟，突然发现了和喻枫走在一起的班长；池宏非赶快扔下碗筷向门口冲去。

"一会儿千万不能哭！"池宏非一直在心里这样提醒自己；但一拉住班长的手，他的眼泪便像决堤的水，不可抑止。喻枫看着刘毅，竟也说不出话来，眼泪也跟着不争气地流了下来。

三个人进了饭堂，本来还想控制一下情绪的各班看到眼泪婆娑的池宏非和喻枫，还有也痛哭落泪的刘毅班长，情感爆发的导火索终于被点燃了。

大家都没怎么吃午饭就回到了宿舍。别离的愁绪一上来，大家哭得更凶了，尤其令班长意外的是闫岩这个经常遭他白眼的学生，竟也是泪流满面。

“五班长，一点四十到教室门口集合上车！”故作镇定的谭队长隔着窗子传达了大队的通知，他怕走进屋子也被情绪感染而落泪。

吕杨下意识地看了看表，还有十五分钟了，他连忙摆好每名同学的水杯，把肖可贡献出来的汽水给大家挨个倒满。

“好了好了，”刘毅擦了擦眼睛，举起了杯，“来，为咱们五班以后的发展干杯！为你们早日成为优秀军官干杯！”

“我们也为班长的事业干杯！”吴彤第一个举杯响应，“祝班长永远健康，愉快！咱们回本院再见！”

“班长万岁，万岁，万万岁！”在曲直看来，屋里的气氛太郁闷了，应该调节一下。

可就在这时，窗外传来基地广播站广播的歌声，是那首《我的老班长》……

我的老班长，你现在过得怎么样，

我的老班长，你让我学会了坚强……

响起的这首歌一下子就打开了大家记忆的闸门，每个人默不作声好像都在思考着什么：不只是刘毅在回忆着过去，全班十名同学也在回味着与班长共处的朝朝夕夕：吴彤想起了班长抛给他的雨衣，池宏非想起了班长帮他整理内务叠军被……

反正每个人都记起了与班长交往中最难忘的片断；还有闫岩，也没忘记班长是怎样把他的那盒中华烟丢出窗外的，当然他也记得拉练押运行李回来大家对他的鼓励。无论回忆的事是哪一桩哪一件，今天统统被班长的离去涂上了闪亮的银，成了一种很纯洁的颜色。

“来来来，干了！”屋里回忆的寂静首先被班长刘毅打破了，“以后我们回到本院再举杯！”

“为……”苏畅刚要提议，却听外面嘟嘟催促的汽车喇叭声，只好同其他同学一样默默地一饮而尽。

“兄弟姐妹们，我先闪了！”故作轻松的刘毅背着背囊，拎起迷彩包，起身向门外走去，那被雨淋得感冒的、仍然虚弱而苍白的脸上渗出了点点汗滴。

这时，同学们才想起来刘毅不仅是他们即将分别的新训班长，也是一个为班上十名学员日夜操劳的病号。

一瞬间，大家起身围了上去，抢过班长的行李，也在放慢着送行的脚步；是呀，再让班长看一眼那门上红色的五班标志吧……

在送行的人群中，池宏非却没发现于笑薇，“咦，于笑薇呢？”

“可能是太过于伤感，回女寝室去了吧！”池宏非尽管不知于笑薇去了哪里，但仍说了一句替她圆场的话。

正在这时，广播站的大喇叭又响起来了：

“下面请听二中队五班于笑薇同学为她的班长刘毅和其他的代训班长点播的歌曲《放心去飞》！”

随着歌声响起，大家发现从女生宿舍里冲出了一个熟悉的身影，正是于笑薇。

放心去飞　勇敢地去追
追一切我们未完成的梦
放心去飞　勇敢地挥别
说好了这一次不掉眼泪……

“嘟嘟！”汽车司机再次摁响了催促的喇叭，人群中的刘毅也成了最后站在车下的代训班长，他终于无法禁闭自己的情感，用力抱住了池宏非和吴彤。

“五班以后就靠你们了，好好干吧！”

于笑薇这时也气喘吁吁地跑了过来，她分开聚集着的不断向各自班长招手的人群，来到刘毅面前。

班长握住于笑薇的手，说了声谢谢，然后匆匆登上了那辆骊山牌的军用大客车。

“五班注意！”那时那地，吴彤下了他正式当上班长后的第一个口令，“向刘毅班长敬礼！”

顿时，五班十名学员个个肃立，庄重地举起了右手。

车上的刘毅看到眼前的情景，看到每名同学那红红的眼眶，肩上火红的肩牌，不禁也从大客车的座位上站了起来，庄重地向大家回敬了一个标准的军礼。

二

晚上，五班召开了班会，新官上任，吴彤提出了“调整，保持，发展”的下一步工作方针，指出要从老班长回归本院的情绪中解脱出来，认识到自己是一名军校大学生，需要努力学好余下的文化课知识，争取以一个崭新的姿态返回本院。

班会很短，不到一小时便结束了。之后，于笑薇把池宏非叫到了夜色中倍显宁静的操场。

“什么事儿又来找我啊？”池宏非有些情绪地说。

“是班长让我告诉你。”于笑薇并没有看池宏非，只是用脚踢着地下的石子。“班长说他把他的内务板送给你，作个纪念，就在你的凉席下面，他还说……”

于笑薇突然停了下来，因为她发现池宏非已经掉头跑回了寝室。

不知为什么，她和池宏非之间现在似乎是在故意拉大着距离，其实他们也只是一般意义上的好朋友，大不了也就是像哥们儿一样的无话不谈，但是绝没有跨越雷池的想法；但却经常听到学员的议论，而且这种舆论越造越大，恐怕不久以后队里还会找他们谈话。

池宏非回到宿舍，听到了一个好消息：喻枫后脑勺的伤好了，因为他的出色表现，被新训大队授予嘉奖，还领了个证书。

提到领证书，程艺轩也领到了一个，她的一篇随笔竟获得了江苏省一家杂志的征文一等奖，证书寄到了新训大队。

“走过青春，走过花季，曾有欢乐，曾有怅惘，但既然戴上了红肩牌，穿上了绿军装，就懂得了人生责任的厚重与生活的艰难；于是在深更半夜，我悄悄执起清漆剥落的旧笔，写下自己成长的轨迹，和着橘色的注着寂寞的柔光。曾几何时，有爬格子痴迷文学的痴迷轻狂，也有屡投不中，泥牛入海的黯然神伤。然而今天，手执钢笔在纸上摩挲生活，勾勒人生，其乐亦甚融融，人生无限风光，应珍惜平平凡凡一点点曾经走过的足印，因为那证明着我的曾经过往，于是我傻傻地伸出手，等待更多不同方向伸来的手掌，共同拍打出青春的喝彩，青春的音弦……”

在队点名会上，易资平教导员特意安排一点儿时间，让程艺轩朗诵自己的作品。那时那地，公主病附体的程艺轩充分享受着她个人价值的扩充与放大。但是，教导员这次给她上台机会也是理所当然，毕竟她为五班，为全队争得了荣誉。

吴彤早上刚收到家里的信，父亲来信说母亲下岗现在还没找到工作，他打算自己在跑长途运输的基础上再做点其他买卖，估计又是经常在外打拼，不能顾家。一家人分了三个地方，搞得吴彤心里也是十分闹心。

但是作为一班之长，吴彤表面上还要给别人个好形象。程艺轩刚结束范文朗读，他就第一个送去了祝福，但是程艺轩似乎不怎么领情。

“你呀，人家程艺轩都成名人了，你还贴什么贴？”肖可火上浇油地捅了一句，“我好像看到有个隔壁班男生给她送酸奶来着。”

不过这红得快，也就飘飘然。程艺轩在全基地成了有名的才女后，跟谁说话总喜欢摆出那惯有的口头禅，“是他呀，我知道，水平一般！”

弄得大家都说她是热气球，没火倒好，一火就膨胀得不得了，还飘起来了。上完手枪常识课后，易资平教导员把她叫到了队部。是教官打的小报告，说程艺轩装卸手枪是全大队最慢的，学习也不认真，经常开小差。

“程艺轩，你先坐，”易教导员先让程艺轩坐在沙发上，自己坐在靠窗的椅子上，“听说你今天上手枪常识课拆卸手枪速度挺慢的，是吗？”

“那是因为别人嫉妒我，嫌我比他们出色！”

“你拆枪装枪慢是因为比他们出色？”

“这是心理干扰，我知道！”

“那你听课溜号是因为什么呢？”

“当时大家都在溜号，我只不过是被抓典型罢了！”程艺轩一努嘴。

“那你以为自己是最优秀的吗？”

“跟队干部我没办法比，也没可比性；但在学员中间，我自己认为自己至少能排在前边！”

“那你知不知道孔雀为什么开屏呢？”教导员笑了。

“我才不像孔雀，互相那么好斗。我自己本来就比别的同学强了一点点，还是走自己的路，让别人说去吧！”

“那你自己那一点强在哪儿呢？”教导员笑了，没想到不爱说话的程艺轩还是如此自我的一个人。

“我写东西总比别人强点儿吧！”

“那在别的方面你怎么样！也比别人强吗？”

“这就不好说了，我只是说写东西我好一点儿！”

“既然你只是在一方面取得了点儿成绩，那并不代表你所有的方面都强，也不能是一俊遮百丑吧，”教导员抽丝剥茧地说，“你确实有自己的一方面特长，但特长是不好相互比较的，你写的东西不错，但可能你搞音乐就比不了于笑薇，你管理班级就可能比不了吴彤。每个人都有自己的优点，也同样有自己的缺点，你就没缺点了？”

“教导员说得对，你要没缺点你就成神仙，不食人间烟火？你那些伙食费还能省给我和教导员了呢！”谭队长也回到了队部，他怕程艺轩认为这是简单的灌输，便开了个玩笑。

“队长，教导员，我是有点儿过火！不过，人有点儿傲骨也不是不对呀！”

“但你那是傲气啊。”教导员声调高了起来。

“老易，我看你让她自己说！”谭锋看着委屈欲哭的程艺轩，说。“听听程艺轩的想法。”

程艺轩把她的想法说完后，教导员和队长才明白：她从小就受父亲的言传身教，有了一些积累，写文章曾多次获奖。现在跨入军校，她更想用成绩证明自己，让自己成为大家瞩目的焦点。但越想塑造自己超凡脱俗的形象，就越脱离周围的群众。

教导员表了态，肯定了程艺轩为队为班级争得了荣誉；但应该认识到自己不仅是名大学生，需要充分发挥个人特长，更应该知道自己是名军人，应该以锻造自己成为高素质军官为目标，戒骄戒躁，自觉融入团队中去。

“要说写东西，我也不妨给你看看！”队长叫过程艺轩，拉开自己的办公桌抽屉，一排排五颜六色各种类型的书都躺在那里，“这都是咱们的老学员写的，他们每个人写了新书都会签上名字，给我们邮来。闲暇时间，我总喜欢拿出来读一读。你看看，估计还有你认识的。”

程艺轩凑上前去仔细看了看，确实有很多都已经是军旅知名的作家和专家教授等等，她的脸突然有些发烧，原来这军政学院是如此卧虎藏龙。

“是啊，我们这些队干部何尝不希望自己带过的学员中多出几个著名作家、编辑记者、专家教授啊，以后谈起来我们也欣慰呀！”教导员用鼓励的目光看着程艺轩，“咱们这走出的著名军旅女作家现在还没有呢，程艺轩，你可要努力呀！你得把眼光看到外面的世界，不是这个新训基地，而应该是全军、全国，乃至于全世界……”

“是！队长，教导员，我懂了，请你们放心，我知道该怎么做啦。”程艺轩高兴地敬了个军礼，自信地推开队部的门朝女生宿舍走去。晚秋的风吹在她潮红的脸上，感到十分惬意。

三

随着新训最后几周各项考核的临近，池宏非身体素质差的弊病又暴露了出来，单兵战术，低姿、侧姿匍匐还可以说得过去，高姿匍匐老是慢；手枪端枪练习举不了多长时间，枪口就瞄到天上去了；还有……

这些情况被易资平发现了，便在训练场上对池宏非认真地“找碴儿”。别人休息他得继续练，别人练一遍他必须练两遍以上。

“教导员，我不行啦！”池宏非练匍匐双腿磨破了皮，流出的血粘在了迷彩服上，扯都扯不下来，便龇牙咧嘴向教导员诉苦。

“知道咱们新训大队‘流血流汗不流泪，掉皮掉肉不掉队’的队训吗？”教导员用手指狠狠地戳了一下池宏非的脑门儿，“你是党员，更应该带头做到，还好意思跟我诉苦，你那个起先锋模范作用的表态是嘴上说着玩的？！”

池宏非听了易资平的话，想到了自己身上的无形压力，所以也不敢抱怨了，只好在训练时更加刻苦认真，慢慢地也达到了良好的水平。

时间真快，转眼到了十一月中旬，步枪和手枪，夜间射击与投弹的考核都陆续开始了。在步枪的射击中，池宏非尽管一发脱靶，还是以 37 环的成绩得到了良好；一向开朗活泼的于笑薇，在手枪射击场上却发挥得异常沉稳：站在射击区她平稳地抬起了枪，只听“砰”的一声枪响，报靶员左右摇摆靶杆，十环。

接着，第二枪十环，第三枪十环，第四枪九环，第五枪也是九环！

“总分四十八环”，当验枪员验枪完毕后，于笑薇兴奋地吻了一下手中的五四式手枪，尽管那枪管有些烫人，但它创造了军政学院新训基地有史以来女子手枪射击的最高分，连大队长姜明知道后也来为于笑薇庆贺：没想到这些看起来手无缚鸡之力的军校女孩中，竟也有神枪手。

程艺轩在投弹中的表现就不大出色了。她的腕力太小，又十分紧张，投弹考核时仅仅扔出去不到十米。手榴弹爆炸的时候，迸发的冲击波掀翻了保护她投弹的毕军政委的帽子。

“好险哪！”毕军拍了拍程艺轩的肩，“要不然不但是我要脱帽，你也得为我脱帽了！”

就这样，脱帽的故事一夜之间在基地里广为流传，也成了五班寝室夜话的保留节目。

喻枫的眼神出奇的好，尤其夜间射击时，他的眼神完全可以赛过猫头鹰，当轮到他击发的那一枪时，他居然打断了夜射靶上的灯泡连线，造成了靶场的暂时“失明”。

再有就是地形学考核了，尽管是独立完成，但在提前的相互辅导下，五班的学员一次全部通过了考试。考试后曲直还在列入移交的公共课本上写了两句话：

“独立房，别猖狂，拿起标尺量一量；

独立树，别装酷，打开地图全拿住。”

时间一天天过去，新训的日子也渐渐接近尾声，不只是于笑薇和程艺轩这些黄花大闺女，连男同学也开始注意起自己的形象来了：肖可从仓库里翻出了防晒霜，吴彤天天照起了镜子，池宏非也知道用梳子蘸水梳梳他那长短不齐来自同学理发手艺的头型了……

在最后一节的海军知识介绍课讲完后，合同战术的考试开始了。闫岩坐在座位上，任凭身边的同学一个个交了卷纸，自己依然用笔在草纸上画着图，直到最后教室中只剩下他一个考生，监考的唐林教官忍不住走上前去，瞟了一眼他手中画的草图。

“哈哈！”唐林忍不住笑出声来，原来闫岩正在研究是步兵搭载坦克，还是坦克搭载步兵呢！想着，唐林快步走到黑板前，用粉笔在上面画了一辆坦克，再在坦克的炮塔边标了一个小人的图案。最后他又敲了敲黑板，说：

“同学们，请注意一下黑板上标明的考试时间！”

闫岩抬起头，看到了那幅歪歪扭扭的画，突然恍然大悟地自语道：

“对呀，是坦克搭载步兵嘛！”

填完考卷，他才发现考场中其实只剩下他一个考生。

闫岩满脸通红，不好意思地把考卷送到了讲台前。

“教官，谢谢您提醒！”

“不，我可没提醒，”唐林神秘地笑了笑，“是我随便画画，你的胡思乱想啊！”

“对，胡思乱想！”闫岩在从教室到宿舍的路上，一直念叨着这句话。

傍晚时分，在大队新训基地操场开始了男子五千米女子三千米的考试：曲直和肖可担任领跑，吴彤等人跑在队伍中间，池宏非则领着苏畅和两名女同学跑在最后，整个班级在跑动中一直融合成一个整体。因为这次考试同样也是由最后一名决定成绩的，所以谁也不能掉队。

“程艺轩，快跟上！”

当池宏非看到程艺轩体力不支，和队伍拉开距离的时候，一边大声喊着，一边让开内圈，好让程艺轩跟上来，于笑薇看到池宏非为了迁就程艺轩慢下速度时，冲着池宏非喊着：

“池宏非你先走，三千米就快到了，程艺轩这边我来带！”

看到于笑薇轻松的样子，池宏非放心了，连忙提高了步速，加快了步频，很快便追上了五班的大部队。这时他也发现程艺轩不像刚才那么软弱了，而是坚持和于笑薇并排向前跑着。

“有压力才有动力嘛！这才是竞争！”苏畅一边跑，一边笑着说。

“少说没用的，还是给你自己点儿压力吧！”池宏非字正腔圆地说。

没多久，二中队各班的长跑成绩出来了，五班获得了全队第一。

四

十一月二十二日，星期六，是回本院的前一天，这一天安排最紧凑，上午首先安排的是单兵战术考核，年轻好胜的本能使池宏非非要与吴彤在一块场地上一争高低；吴彤三种姿势的匍匐成绩一直不错，而池宏非经过个人的刻苦训练和教员们的细心点拨，成绩也有了飞速的进步。龙争虎斗的前两盘，在围观学员的欢呼声中，池宏非和吴彤在高姿和低姿项目上各胜一次，休息片刻，最后的决战——侧姿匍匐前进开始了。

从哨声吹响的那一刻，两人一直都是并驾齐驱，难分伯仲的，但到了最后，吴彤却脚下一滑，让池宏非抢先撞开了终点的红绳。

“吴彤，你故意让我，我可不领情啊！”当人群为最后获胜的池宏非欢呼的时候，池宏非却一脸搞怪地跑到吴彤面前，说，“下次，我也要像你一样狡猾（脚滑）。”

接下来是队列考核，学员们都换好了夏常服，穿好了三接头皮鞋，扎好了武装带，这是在新训基地的操场上新学员们要完成的最后的训练科目。所以大家拿出了压箱底的三接头皮鞋，还都仔仔细细地打了鞋油。

听到五班出列的口令后，吴彤带队跑步来到操场中央，在这里，他曾带队参加过三次大队的会操；而今天，他的职责就是把这三次会操失去的荣誉夺回来，为自己，也为五班三个月的军训生活画一个圆满的句号。

“向右看齐！”也许是吴彤那清脆而又仿佛金属撞击的嗓音征服了评委和观众，五班一出场就搏得了全场热烈的掌声。

“第一名！”吴彤眼睛目视前方，余光却扫着肖可。

“到！”肖可平日里沙哑低沉的嗓音不知为什么也变得高亢起来，连谭锋都觉得出乎意料。

“报数。”

“全体都有，齐步走！”吴彤正喊着口令，却发现程艺轩面前不知什么时候出现的一枚图钉却突然没了，一种充满负能量的预感笼罩着他，但从程艺轩清秀的脸庞上他却始终读不出有什么异常。

顾不得许多，吴彤继续专心致志地操练下去，但每操练着一个动作他总有种大家似乎都是打了鸡血的错觉，以前在某个动作上有孤僻动作的同学今天却完成的出奇地好，好像是把所有的精力和技艺都拿到今天来表演一样：曲直以前跑步的第一步总忘了前跃，今天却和其他同学一样跳得老高；池宏非正步训练常踢腿高度不够，今天却跟整体刚好平齐，还克服了踮脚尖的毛病；吕杨向后转走不爱停顿，今天却生挺着定格两秒；喻枫不管是成两列横队还是成两列纵队，以前完成后总是不向前看，今天却跟队伍达到了同步；闫岩以前踏步摆臂常左右摇摆，今天也学会了前后；苏畅日常训练看齐时，总爱腆个肚子，今天也知道挺胸收腹了；于笑薇更值得一提了，纵队的向前对正，以前常看到她半边脸，今天连鬓角的头发都瞄不到了；还有就是程艺轩，以前总是弱不经风，今天却稳如泰山。

“一、二、三、四！”当嘹亮的呼号伴着五班整齐的队列跑步离场的时候，训练场爆发了热烈的掌声；从基地领导和考核教官的笑容里，五班所有的同学也读出了希望，他们应该已经取得了十分优异的成绩。

是的，当教导员兴奋地向他们走来的时候，五班沸腾了，他们的队列考核平均分已达到了九十五，百分之百优秀，稳获这次考核的第一名了。

“让我们记住昨天和今天吧，这里为我们的军校生活留下了一个美好的开始，我们昨天获得中队的长跑冠军，今天又获得了大队的队列冠军！”在休息场地，吴彤高举着拳头兴奋地说。

大家沸腾了，又一次泪流满面，那是胜利的泪水，那是喜悦的泪水。而程艺轩的眼泪，似乎比别人多了许多。

教导员再次走来的时候，才发现程艺轩右脚下的那道血迹，是队列会操时穿透了程艺轩皮鞋侧面的那枚图钉，给她三个月军训生活留下了最后一点点酸楚的回忆，也给她赢来了敬慕的目光。

当晚，大队召开了新训总结会，姜明大队长和毕军政委作了总经发言；然后，新训表奖开始了，吴彤、池宏非获得了全大队的嘉奖，曲直、苏畅、于笑薇、程艺轩获得了通报表扬，吕杨、肖可和吴彤还领到了道德风尚奖。最后，姜明宣布本次队列会操的冠军，十一队五班上台领奖。

在易资平教导员的安排下，在全场热烈的掌声中，吴彤和池宏非走上领奖台各执锦旗一角，高高地举过了头顶。

十一月二十三日，星期日，结束了三个月军训生活的新学员们，伴着一路歌声告别了封闭的新训基地，告别了那片他们曾为之洒下血汗的土地，带着憧憬返回了本院。

“同学们，来首‘战友之歌’！”解放大卡刚驶入院门，震天的锣鼓响起来了；曲直兴奋地从车厢里站了起来“战友，战友，预备——齐！”

“战友　战友　亲如兄弟

革命把我们召唤在一起……”

当那熟悉的旋律飘出车厢的时候，夹道欢迎的老学员们用热烈的掌声表达他们对新学员新训归来的欢迎和对他们开始本院新生活的祝福……

第六章　砺刃成锋

一

解放牌大卡车停稳后，兴高采烈的学员们陆续从车上跳了下来，眼前的一切让他们感到如此亲切，都市的生活又让他们如此向往。尤其是苏畅，还记得三个月前他就是在这里告别送行的父母；而今天，他回来了，带回了自己作为一名合格军校大学生的自豪。

来到学员队门口，大家第一眼就看到了“欢迎新学员光荣返回本院”的黑板报：中规中矩的仿宋体字迹尽管没什么特别的个性，但那句话给了学员们扑面而来的亲切和温暖。

“我布置一下今天的工作，上午整理内务，打扫卫生；下午凭学员证自由外出，四点半前归队，五点准时收假！记住了啊，五点准时收假。”教导员布置完工作，还把每名学员存有津贴费的存折发了下去。

正因为大家有了明确的目标，所以整理内务，打扫卫生等劳动项目一会儿就干完了。大家开始了各自的休闲，有的铺上内务板打扑克牌；有的端出洗脸盆泡上了新训穿脏了的迷彩服；还有的忙着买电话卡给家里报平安……

队里的办公电话也成了炙手可热的热线，一直特别的忙，几乎是这边接完那边又来了。不知谁一着急，在电话机上贴了张“接电话不要超过五分钟”的字条，估计也是个接不着家里电话而深恶痛绝的人干的。

“曲直，你电话！”走廊里值班的公务员喊了一句，曲直连忙推开宿舍门朝队部跑去。

“喂，老爸吗？”曲直以为是家里的电话，便高兴地问着。

“曲直啊，我是你李叔，李志乾，还记得吧？”曲直一想，又是那个李志乾，那个总爱把手机别在腰上的家伙。

“李叔啊，有什么事么？”曲直心中的热情也一下子凉了半截。

“曲直啊，”一股酒腥味从电话里仿佛都能闻得到，“听说你军训结束了，下午出来吃顿饭吧，我请你大餐哈哈！”

“我们下午没时间，这边刚回来，要开会！”曲直随便编了个谎话。

“开会？别逗你李叔了，刚才接电话那个同学告诉我，你们下午自由外出，一点钟我坐车准时到门口接你，不见不散啊！”

“我看不用了……”曲直刚想搪塞，却听到电话的另一端已经挂断。

二

毕竟是回归本院第一次外出活动，灯红酒绿的南京城诱惑力的确不小，很多学员去食堂吃午饭都是无心恋战；教导员见此情景，不禁皱了皱眉头。

正午十二点半，外出登记的本子摆在了队部门口，学员们纷纷排队签上自己的名字和外出时间，然后换上便装，拿着如同通关文牒一般的外出证，活蹦乱跳地跑出了校门。

虽说是外出，吕杨选择穿冬常服戴军帽，而没有穿便装。在他眼里，冬装是大街上最能体现身份的装束了。还有那张储蓄存折，他放在哪儿都怕丢，索性就放在了自己的上衣口袋里。

出了校门，吕杨向同学问了路，便独自朝“大众超市”走去。

远远地，吕杨就看到了那家“大众超市”的门牌，十分显眼。突然，身后一个声音截住了他前行的脚步。

“解放军兄弟，您好！”

吕杨回头一看，是一个四十多岁的中年男人，一身有点儿褶皱的廉价西装，手里还拎了部大哥大砖头手机。

“你是叫我？有什么事吗？”吕杨试探着问。

“是这样的，你听我说，”中年男子开始娓娓道来，“我是上海崇明岛建筑公司的车队司机。刚刚在来南京办事的途中，对，就在长江大桥上撞倒了一个女孩，撞断了人家两根肋骨，我随身带的钱都给人家付医疗费了，而我开来的桑塔纳车也被扣在交警队了，我连吃饭的钱都没有了。解放军兄弟，能不能先借我点钱，我买点儿慰问品去看看那个被我撞倒的小姑娘，等下午公司来人我再找你还钱！”

“可我，也不知道您说的是真是假呀？”吕杨看那人央求的眼神，也没多想，说出了心中的疑惑。

“我可以拿身上任何东西给你做担保！”那人一听有戏，马上来了精神，“解放军兄弟，我以前也是当兵的，但没文化，没能耐当军校学员；对了，同志，你老家哪的？”

“哦，我山西的！”吕杨似乎开始信任眼前这个陌生人了。

“山西？我以前有个战友是那边的，以后有机会给你介绍一下！”那人说着，忽然想起什么，连忙拎起手机，熟练地拨了一个号码，然后把手机递给了吕杨，“看得出您还是对我不信任，那这样，我已经拨了我们刘总的电话，您跟他讲话吧！”

“喂，小吴吗？我是刘总啊。”接过电话，吕杨突然听到一个嘶哑的声音在问着，他连忙把手机递给了身边的陌生人。

“还是给你吧，电话找你！”吕杨已经开始相信起了眼前这个建筑公司的姓吴的车队司机；当他又接过手机和那位自称刘总的人通话之后，吕杨已经是深信不疑了。

“兄弟，时间不多了，我相信您一定会想办法帮助我的！”那个人看到吕杨已经掏出存折拿在手里。

“你先把联系地址告诉我吧！”吕杨暴露了自己最后一道心理防线。

“好的！”没想到这个吴司机竟真的掏出笔来写下了自己的通讯地址，邮编，还有手机和呼机号码。

“真谢谢你，等到晚上公司过来人，我们会到学校去找你，一定要让领导表扬表扬你，对了，还得请你吃饭哩！”那人拿到吕杨取出的两百元钱，还要了吕杨的地址，便甜言蜜语地说了一大堆好话，“唉，这世道，还是解放军好哇！”

“您先别谢，这是我应该做的！”吕杨听到那人的花言巧语还觉得十分高兴，尤其是听到要跟系队领导为他请功时，吕杨更是兴奋，热情地把中年男子送到了附近的公共汽车站。

三

再说曲直接到李志乾的电话，百般无奈，只好换了件便装上衣，穿着运动裤走出了院门，大门口，正遇到赶着去商场买鞋的于笑薇。

“你到哪儿去玩呀？”于笑薇看到曲直，问道。

“上次机场见的那个李总又要请我吃饭，说是艰苦了三个月，给我接风洗尘！”曲直无奈地看着于笑薇说。

“别忘了下午五点前归队！我先走了！”于笑薇冲曲直笑了笑，便沿着人行道向前走去。

“曲直，刚才那个跟你说话的女同学是谁呀？好像挺眼熟。”脑满肠肥的李总打开车门，让曲直上车，然后赶紧问道。

“哦，就是飞机场见到的那个女生，我同班同学，叫于笑薇！”曲直不经意地回答。

“于笑薇，于笑薇，四川的那个！”李志乾自言自语，“不错，有味道。”

然后，李志乾又跟曲直叨咕了一下上次他塞进车里的信用卡已经转送了曲主任。

“停车！”曲直觉得李志乾这么说，是对他父亲的极大侮辱，在他眼里，父亲是他的偶像和英雄。于是他突然歇斯底里对着司机喊，“李志乾，你那张破卡，我和我爸都不稀罕。我还有事，今天失陪了！”

司机车都没停稳，曲直就拉开车门跳了下来。

“曲直啊，不就是一张卡么，别激动。咱们要去全市最高档的月亮城酒店，你不想去开开眼界呀？”李志乾神秘地说。

“我不去！”说完，曲直“砰！”地关上了车门，顺着原路朝回走。

“不去更好，我这就够意思了，还以为你老爸在台上哪，真是的，我省的这个钱泡妞去！”李志乾嘟嘟囔囔地开车扬长而去。

李志乾路过汽车站的时候，刚好赶上于笑薇正要排队上车，他马上摇下车窗，伸出肥胖的脖子喊：

“于笑薇啊，来来来，上车上车，我捎你段路！”

“哦，李总，”既然人家打了招呼，于笑薇也没法不回话，“您好，咦！曲直不是跟你在一起来着？”

“啊，对，对！”李志乾眼珠一转，“他让我来接你！”

“接我干嘛？”于笑薇一阵莫名其妙，“我也没和他约啊！”

“不光接你！还那个池什么来着？”李志乾想起了那天机场上遇见的“刺儿头”，他觉得池宏非和这个于笑薇应该很熟悉。

“是池宏非吧？”一听池宏非，于笑薇笑了，“他刚才还在学校门口呢？”

“是啊，刚才曲直把他也叫上车了！”

“那他们现在在哪儿？”于笑薇想想，搞个聚会还这么神秘，索性开了车门。

“上车吧，他们在月亮城酒店等着啦！”看着于笑薇站在车门外似进非进的样子，李志乾嘴里垂涎的口水明显增多了。

“好吧！”于笑薇钻进了车子，刚要关门，却又嚷嚷起来，“不行，我还得去买鞋呢！”

“都等你呢，买鞋下星期再说吧！”李志乾很刻意地说，“不给我面子没问题，你也得给他俩点儿面子吧！”

“好吧！”于笑薇顺手关上了车门，一边躲避着反光镜中李志乾那猥亵的目光。

“咦？那不是曲直吗？”于笑薇指着正往学校走的曲直喊着，曲直也似乎听见了于笑薇的叫喊，回头瞥见了那辆车，还看到了贴在车窗上于笑薇那张清秀的脸。

“不会的，曲直在饭店，怎么会在这儿呢？”李志乾一边说着，一边给司机打了个手势，让他赶快提速，“你认错人了吧？”

“也有可能。”于笑薇还是选择相信了李志乾的话，毕竟这个人算是曲直的叔叔辈分，“不过那人确实太像曲直了！”

“哼，小于啊，你看我像不像刁得一呀！”李志乾因得意而扭曲的面部器官又挤到一起。

此时，曲直已经跑回了学校。他把刚才的一幕告诉了池宏非，池宏非又找到喻枫；三个人一起来到队部，跟教导员和队长一五一十说明情况。

“我也去吧，老易！”谭锋对着军容镜戴上了军帽，“这个事情很严重！”

“好，有情况，我们随时联系！”易资平一边说着，一边嘱咐公务员通知各班今天下午谁也不许在队部接打电话，保持通话畅通。

出了校门，四个人打了辆出租车，风风火火地赶往月亮城酒店。像这种涉及风月的地方，要不是找人，谭锋恐怕一辈子也不能去。

四

“池宏非，曲直，他们怎么不在？”于笑薇进了月亮城的一个包间，突然发现屋子里一个人也没有，她下意识地才警觉起来。

“笑薇啊，难道我们两个人在一起不好吗？”李志乾转身推上了门，“我们不妨在这里先聊聊！”

“李……李经理，你什么意思？”于笑薇这才发觉自己上当了，她大惊失色，喊了起来。

“你喊也没有用，于小姐，”李志乾身上的一堆肉，往于笑薇的座位前靠了靠，“这是私人会所，隔音效果很棒，而且没有客人的指令，服务员是不可以随便进来的！”

“你……你，你想干什么？”于笑薇的心渐渐平静了下来，她握住了桌上那只透明的高脚杯。

“我其实没别的意思，只是很喜欢你，清纯又漂亮，跟我以前认识的那些社会上的妞不一样！”李志乾色眯眯地说，“今天，咱们……”

“你这个骗子，你这个臭流氓！”于笑薇大声喊了起来。

“骗？这么难听！”李志乾干笑了几声，“我是流氓，这倒是没错，我是耍了点花招，还不是因为我想你吗？于小姐，不如我们谈笔生意吧？”

“什么生意？”

“你今天顺从了我，我就把这十万块钱送给你！”说着，李志乾还真的从手提包里拎出了十叠崭新的百元人民币，“有了钱，你把鞋店包了都行，而你付出的，也仅仅是这两个小时的时间，到四点半前，我一定把你送回去！”

“你这混蛋，给我滚！”于笑薇举起了酒杯，她突然想起曲直说过李志乾一直巴结他父亲，便喊道，“你要是不要脸，我就让曲直告诉他爸！我看你还敢动我一下！”

“我怎么不敢？”李志乾向前迈了一步，于笑薇急忙后退了两步，“你说那个曲主任哪？我实话告诉你，他完蛋了，他贪污受贿的事有人已经告到省纪委去了，马上就要进监狱了。今天要不是看他以前帮过我忙的面子上，我才不会去请他那个牛哄哄的儿子吃饭呢！”

“你，你，你真无耻……”于笑薇一边后退着，一边举着酒杯。

五

正在这时，谭锋一行四人也赶到了月亮城。谭锋带着曲直和喻枫冲进了大堂，池宏非正在等着出租车司机找零。

“先生，你几位？”一位招待走上前，问道。

“我们是来找人的！”谭锋三人闪开侍者，向二楼的贵宾包房走去。

“对不起，贵宾包房找人必须经过客人同意！”几名饭店保安也围了过来。“您请回吧，我们恕不接待。”

“你们都让开，我是军政学院的，来找我的学员！”谭锋吼道，想冲过去，却被保安拉了回来。

“很抱歉，除执行公务的公安司法人员，我们概不接受其他人员盘查！”侍者又是扔一枚硬钉子。

正在交涉之中，后进来的池宏非忽然发现自己穿的便装竟是他父亲的那件，来南京上学报到时他匆忙装了这件西装上衣，今天也许会派上用场，因为他父亲有随身携带名片的习惯。他从内怀里果然翻出来一张名片，上面写的是某某市纪委书记，他瞟了一眼就直接递给迎面而来的酒店前堂经理，略带几分傲气地说：

“我们陪书记来的，今天应李志乾经理的邀请来吃饭，请你们让路。”

前堂经理看到池宏非一身西装，卡了副金丝边儿眼镜，尽管脸黑了点儿，但官二代的架子拿捏得还比较到位，也没敢阻拦。

“只许你自己进来！”经理看了一下名片，马上变了脸色，把池宏非赶紧让了进去，但是其他人仍被拦在了外面。

“我也是李志乾经理的朋友！”曲直也上来说着，却被拒之门外。

“对不起，等这位先生过去找到李志乾先生才能让你们进去。”

来不及多想，池宏非一个人跑上了二楼。可二楼三十多个包间，哪间是李志乾订的呢？还好李志乾脑满肠肥的长相让服务员过目不忘，他才知道 208 是李志乾订的包房。

六

此时的208房里，正进行着一场激烈的搏斗，不过于笑薇明显处于劣势。

“小美人，别害羞，来吧！”借着中午还没散去的酒劲，李志乾扑向躲在角落的于笑薇。

“啪”地一声，于笑薇手中的高脚杯砸在了李志乾的脑门上，碎掉了，那圆滚滚的头颅上立即绽开了鲜艳的红花。

这时的李志乾更像是斗牛场上被斗牛士刺中两剑流血的公牛，见了血红之后更加野蛮和粗鲁，他猛地抱住于笑薇，重重地把她摔在了包间内的沙发上。

“嘶——拉”一声，于笑薇上身穿的长袖毛衣外套被李志乾扯开了，他像野兽捕捉猎物一样朝着于笑薇扑了过去。正在这时，李志乾的身后响起了震耳欲聋的吼声：

“李志乾，你今天是找死！”

“谁？敢说我……”李志乾愤怒地一回头，池宏非那双三接头的崭新皮鞋照着他面门就是一脚，可能是军训刚回来，火力全开，直接踹到李志乾的面门，本来就臃肿的脸更是像发酵的面包粉一样，马上就生发起来了。他顾不得揉搓脸，随手操起身边的落地灯座朝池宏非戳来。

池宏非一闪身，躲过了他的暗算；然后操起茶几上那只宜兴紫砂壶，照着李志乾的脸飞去，可李志乾头一歪，躲过去了。

李志乾躲过紫砂壶，再一次操起灯架，向池宏非横扫过来，池宏非连忙抓住了迎面飞来的灯座，使劲全身力气，用左脚朝李志乾的小腹蹬去，这是军训时学的“立枪挡驳侧踹”的姿势，现在活学活用，就是下脚太重，根本没有想过后果。

“啊！”地一声，李志乾像被高压电流击中了一样，痛苦地松开了手，肥胖的身躯撞开了山水屏风，重重地摔在了红木茶几上，当场昏死了过去。

于笑薇披上了池宏非的西服，眼里噙满了泪水，池宏非把她拉到了自己身后。

“李志乾，你赶紧醒醒，别跟我这装死。”

池宏非下手够黑，抄起暖水瓶打开盖子就朝李志乾身上浇，像是恐怖片浇汽油的感觉。李志乾被烫得龇牙咧嘴，连忙睁开眼睛，却看见池宏非的拳头还在自己眼前晃动。

“钱，桌上的钱……都给你！别打我了。”李志乾抹了抹脸上的血，望着池宏非哀求着说。

“别以为有几个臭钱老子不敢动你！”池宏非义正词严地说，“以后别再让我看见你，要不见一次我打一次！”

“没事了，没事了啊，”一边，池宏非还安慰着身边一直哭泣的于笑薇，“你看我英雄救美，不是赶到了么？”

正在池宏非和于笑薇说话的当口，怀恨在心的李志乾操起茶几边的玻璃烟灰缸，腾地扑了过来，直接向池宏非的头上砸去。

池宏非当时根本来不及躲闪，眼看着玻璃烟灰缸朝着自己的脑袋砸来。没想到就在那一瞬间，于笑薇直接推开了池宏非，玻璃烟灰缸重重地砸在她的后背上，嘭地一声沉闷地响过，于笑薇痛苦地倒在了地上，嘴角还流出了鲜血。

这时，谭锋和曲直、喻枫也冲了进来，还有一群保安也鱼贯而入。

“保安，保安，快把这几个人抓住，他们想害我！”李志乾仿佛是捞到了救命稻草，大声喊着。

“李志乾，你还是不是人？”池宏非根本没理睬身边的几个保安，直接操起一瓶没开的红酒，照着李志乾的脑门子就砸了下去。

正当时，派出所干警冲进了包间，看到李志乾头上红酒瓶的碎屑随着猩红的液体奔涌四溅的场景，连忙把池宏非按住。

在附近的派出所，为处理这个案子，谭锋、池宏非、曲直、喻枫和于笑薇五个人，还有月亮城的一干人等，录笔录一直到了半夜十二点，直到李志乾因为强奸未遂被拘留扣押。池宏非因为防卫过当，当天也不能回学校，需要被送到社区进行一天的劳动管制，但是不计入学员的个人档案。

七

于笑薇被玻璃烟灰缸砸得不轻，压抑的心情更是难以平复，想着李志乾说到曲直父亲要被送进监狱的那几句话，犹豫再三，还是一五一十地告诉了曲直。

“那我给家里打个电话问问！”回到政院已经是后半夜的事情，曲直揉揉惺忪的眼睛，便向路边的一个电话亭跑去。按说后半夜家里肯定有人，但是电话很久的无人应答，使曲直感到了恐惧，只是在队长和几位同学面前，他还是装作若无其事。

吕杨这时也没有睡，白天向他借钱的那个人到现在也没来个电话，真急死人了。他躺在床上，翻来覆去想着那两百块钱。两百块钱，至少还能买一次往返家和学校的火车票呢！他穿好衣服蹑手蹑脚地离开宿舍，来到门前的 IC 卡电话旁，迫不及待地拨通了那人留下的手机和呼机，一个是空号、一个是欠费。一切事实证明，他确实被人涮了。

由于事先统一了口令，谭锋、易资平还有于笑薇、喻枫和曲直回来都宣称是于笑薇打车出了点事儿，队里出面解决的。对于池宏非的夜不归宿，只是说他家里来了直系亲属。

很快，几天的时间过去了。曲直一直闷闷不乐，自打从于笑薇那里听说父亲现在可能有情况后，他就天天排着队打 IC 卡电话，往父亲手机和家里打了不知多少个电话，但总是没人接。最后，他通过 114 查号台查到了父亲单位的电话号码，拨了一遍后，他静静地等待着。

“喂，您找哪位？”等了四五秒后，一个陌生的声音滑入了他的耳道。

“请问曲主任在吗？”父亲办公室只有他一个人办公，怎么会有陌生人接听电话，曲直感觉到有些情况不对。

“他早不在这了！”那个人的语气中明显夹着几分强硬。

“那您能告诉我，他现在在哪儿吗？”曲直急切地打听着。

“说是已经被纪委‘双规’了……”仅仅五个字的回答，把曲直送入了北极的冰雪之中。他僵直地搁下听筒，连自己是怎样回到寝室的都不知道……

第二天，母亲的来信确实了这一消息。他的父亲曲云山因涉嫌收受贿赂，挪用公款，已被开除公职，他的母亲一气之下离了婚。为了怕分散曲直学习的精力，母亲没有给他打电话，只有给他写信了。

贪污腐败，在军校学员的字典里是多么肮脏的字眼，但今天曲直的父亲却要与此画上等号。

“为什么？”曲直站在长江岸边的下关码头，在初冬的冷雨中呼喊，为什么他曾引以为豪的父亲竟走向了罪恶的深渊，为什么当他刚刚走上军旅之路家庭就要偏偏遭受这么多不幸。从此以后，他就要永远戴着父亲是个腐败分子的镣铐面对同学、面对教员，面对系队领导了。

尤其是当教导员每周六党团活动组织学习的时候，总会提到“反腐败是关系党和国家生死存亡的一场政治斗争”的理论时，他更是抬不起头来。

曲直的这种表现，被池宏非发现了。一次课后的自由活动中，池宏非找到了曲直。

“最近你怎么了？”池宏非盯着曲直的眼睛问。

“没事儿，挺好的！”曲直的目光一直在躲着池宏非，看得出曲直有难言之隐。

“别瞒着我，肯定是你父亲的事儿。”池宏非没兜太多圈子，单刀直入。

“嗯！”曲直看四下没人，才原原本本地将事情经过告诉了池宏非。

“你父亲犯错误也不等于你犯错误啊，你何必去惩罚自己呢！”

“现在我情愿有一个贫困的父亲，也不愿有一个成了被人说成贪污犯、腐败分子的父亲！”

“但是，你不能不承认，你父亲对你是好的呀！”池宏非望着曲直咬牙切齿的样子，低声规劝。

“他对我好？”曲直冷笑了起来，“他对我好就不该用自己的人格作交易，跟李志乾这样的坏蛋扯在一起，他根本没考虑会给我带来什么后果！”

谈了一下午，池宏非也没做通曲直的思想工作，便在熄灯后敲开了队部的门，把情况反映给教导员。

“行，池宏非，不早了，你先回去睡吧！今天你做得很对，明天我找他谈谈！”教导员拍了拍池宏非的肩膀，“对了，有空你要关心一下于笑薇，她遇到李志乾这样丧心病狂的坏人，肯定是受到了一些惊吓。你应该代表队领导，跟她多沟通交流，解开心结。”

八

第二天下午上自习的时候，曲直被教导员请到了队干部的宿舍里。

“曲直，你不要有太多的心理负担！”教导员听了曲直的叙述后，端了杯水来到曲直面前，“就拿这水杯来说吧！倒进墨汁它就是黑水，但倒进糖它却依然是透明的水。虽然两杯水同根同源，是因为后天的条件发生了改变，所以一杯水浑，一杯水清。”

教导员把手中的水杯递给了曲直，“你父亲是犯了错误，受到处理，但他只是掺杂了一点墨汁的水，过滤一下，亡羊补牢、回头是岸也不晚哪！”

“我可以不在意他给我的负担，但我为有这样父亲感到羞愧！”曲直理解了教导员所说的前一半含义，却依旧认为他的父亲变成了世界上最憎恶的人。

“曲直，不要这么说，”教导员看着眼前的桌子上的水杯，循循善诱地说，“你父亲所做的一切，不都是为了你以后能有一个好的生活环境吗？只不过你父亲为了达到目的的手段是错误的。”

“我不能理解他的做法，按理说我们家的条件也不错了，三室两厅，他和我妈的月收入也差不多有几千块，可为什么还不满足呢？”

“人如果欲望无限膨胀了以后，这个黑洞其实是什么都难以填满的。

吸进的东西越多，它的密度就越大，吸力就越强！”

“所以，我爸的错误更是我不能原谅的！”曲直仍然对父亲怀有敌意。

“那好吧，曲直。”教导员伸出了手，“别的不说，至少希望我能成为你的朋友，别把我看作你的领导，你的教导员，以后有事，找我，找队长，让池宏非跟我们说也行！”

“教导员，谢谢你，这么关心和信任我！”曲直握紧了教导员的手。

九

吴彤看到吕杨像丢了魂似的样子，就找他出来谈心。

“唉，现在的人太坏了，”刚走出教室门，吕杨就埋怨起来，“口口声声正义，其实全是虚伪的！”

“为什么呢？”吴彤看着青筋突出的吕杨，问：

“因为有的人利用别人的善良作为自己行骗的工具，伤人感情，骗人财物！”吕杨用拳头狠狠砸了一下墙。

“没那么严重吧？”吴彤看出吕杨心中有话要说，便欲擒故纵。

“怎么没那么严重？”吕杨把那天在街上遇到那个骗子的前后经过都告诉了吴彤，“不光这样的骗子，还有那些伪装成要饭的坏人，装瞎，装瘸，要不就是满嘴父母双亡、妻离子散的，再缺德的招儿他们都能想得出来，骗完钱后自己拍拍屁股走人，眼也不瞎了，腿也不瘸了，也看到老妈了，也领着孩子了，一块儿还去下馆子呢！”

“但你不能说人人都是坏人，以偏概全哪！”吴彤一看吕杨瞪着眼睛那样子就知道这是个偏激的兄弟，“不还有什么各种慈善工程吗？”

“好人也不是没有，但良莠不齐，好坏不分，真假难辨，真让人防不胜防！咱们发那几百多元的津贴，还没等我给家里寄呢，就让那个该五雷轰顶的骗子骗去了二百元。”

“只能是‘吃一堑，长一智’了！”吴彤拍了拍吕杨的肩膀，“好人总会是一生得平安，坏人肯定是恶有恶报！”

“你说的也是啊！”吕杨苦涩地摇摇头，拉着吴彤又回了教室。

第七章 风的季节

一

曲直、吕杨的烦恼暂时冷却下来以后，队里的骨干编制调整也开始了。

世上没有不透风的墙，池宏非勇斗歹徒的事情还是传到了队里。选举时池宏非票数自然就高于吴彤，但出于对行政管理工作的全面考虑，易资平把军事素质更扎实的吴彤任命为区队长，相对来讲有些不够独立、开展工作有畏难情绪的池宏非被委任为本科队党小组长。

看到了不记名投票的唱票结果，池宏非本来以这区队长是自己囊中之物，不想煮熟的鸭子竟然飞了，自然心里不痛快，再加上这党小组长不在行政骨干之列，是一个没实权的官儿，池宏非越想越是窝火。

不久，矛盾的交锋搬到了选举班骨干的班会儿上。吴彤开口闭口就是一个吕杨，池宏非翻来覆去就是叨咕喻枫。

“吕杨同学出身清白，而且农家出身的他能够在艰苦的学习生活中取得好成绩；这名学员还很俭朴，在新训基地还得到了道德风尚奖！”吴彤推出了他对“死党”吕杨的一套溢美陈词。

“是啊，我再说两句吧，”肖可看了吴彤一眼，开始插话，“尤其是新训的时候，在体育项目上还为咱班争得了荣誉！”

“争得了荣誉？”曲直笑了笑说，“输了几十分也叫争得了荣誉，只不过是个精神安慰吧！”

话音未落，其余几个没发言的同学都笑了起来，安慰奖也值得提吗？

“占用大家几分钟，我说说喻枫同学吧？”池宏非觉得已经是时机成熟，连忙作出一本正经的样子，“首先，在新训基地第一个得全大队嘉奖的是他，头破血流纹丝不动；再有，那场足球对抗赛上他更是发挥了水平，真正为咱班争了光！”

说着，池宏非还不忘强调一下“真正”二字。

“再说了，喻枫出身军人家庭，对军队情况有很深的了解，当然也有着良好的身体素质、个人修养和出色的领导指挥能力。所以，我建议选喻枫做我们班的新任班长！”

“这个议题先不说了，今天班会到此结束。”代理班长吴彤看到班上的形势对自己十分不利；几乎除了他、程艺轩和肖可，再没人赞同吕杨当班长了，而喻枫则威望极高，一旦投票就差不多夺魁。

“队长，有件事我想反映一下！”队部里，吴彤打起了小报告。

“什么事儿，你说吧！”谭锋正在翻看条令，便随口说了一句。

“今天开班会时，池宏非公开组织喻枫和曲直跟我对抗，搞小帮派，还不服骨干的领导！”

“这池宏非做的就非常错误，不能搞山头主义、拉帮结派，我倒要看看。”谭锋一拍桌子，“吴彤，你先回去，我调查以后再说。”

紧接着，谭锋就开始调查起五班的事情来，他不仅找了五班学员了解情况，还找了同一区队的四班、六班了解情况。

调查结果，谭锋不得不接受这样一个结论：池宏非、喻枫和曲直的确经常在一起；但吴彤、吕杨和肖可也是一个圈子里的人。

二

“团结！什么是团结！不是几个人的团结，而是一个集体，一个班，一个区队，一个学员队的团结！”在全队教育的大会上，谭队长第一次提出了团结问题。易教导员出面，把吴彤和池宏非请到了队部，参加队长、教导员组织的四人座谈。

“谈什么呀？”池宏非坐了一会儿，不禁问了一句。

“谈别的也不痛不痒，那就谈谈团结吧！”队长云淡风轻地说了一句，眼睛却紧盯着吴、池二人。

“五班不团结吗？”两人几乎同时嘟囔了一句，然后几乎同时把矛头转向了对方，但眼神却明显是游离的，一个焦点瞄着奖状，一个焦点盯着小黑板上星期五晚饭后看电影的通知。

“看你们俩貌合神离的眼神，就知道五班不团结了！”易教导员一针见血地说，“要不然别人说你们俩各占山头！”

“为什么全队六个班，就你们五班连个班长都选不出来呢？”谭锋有点儿来了火气，“你们一个是党小组长，一个是区队长，磕磕绊绊的，就不能团结合作么？”

“教导员，男人就应该分出胜负，我们这是在竞争！”吴彤突然冒了一句。

“是啊，适者生存！”池宏非也挑明了自己的观点，“当初我们俩分到一个班可能就是错误的！”

“可不是么，如果当初五班没有池宏非，我的工作也就好开展多了！”吴彤听了池宏非的话，不满地说。

“如果没你四处给我找别扭，我的新训生活也是挺快乐的！”池宏非也是一肚子委屈。

“那就把你们俩调开吧！”教导员欠了欠身子，“省得你们俩老打仗！”

“我不走，班里还有我几个好朋友呢！”

“我也不走，班里还有我几个好弟兄呢！”

归根结底，两个人谁又都不愿离开五班。

“那你们两个各领一帮人，五班能团结吗？”教导员呷了一口茶水。

“怎么不团结？哪次扫室外分担区我们不是一起去的？”对于教导员的结论，池宏非作出了解释。

“对呀，团费我们也没拖欠哪！”吴彤也对自己的观点进行了阐述。

“可我说的是精神上的团结，团结一致地处理问题！”队长严肃说。

“我的意思是保留意见！”

“我的想法是求同存异！”

“但前提是要团结！”易资平说到这儿才发现面前的两个年轻人其实什么都懂，只是不愿挑明了说出来罢了。

“那你们觉得以后五班怎么发展？”

“大圈套小圈，取并集！”吴彤理科还算不错。

“先留班级的，再选圈里的，最后都是自己的！”池宏非政治课也是活学活用。

“那你们就老死不相往来了呗！”谭锋看着两个人分毫不让，真是又好气又好笑。

“你俩呀！”教导员摇了摇头，“如果我和教导员是你们多好！”

“为什么啊？”池宏非首先问了一句。

“那咱们队可开锅了，”吴彤接过了池宏非的话，“党支部开会队长跑了，开队务会教导员也不在了！”

“那队里不乱了套了吗？”池宏非问。

“对呀，那你们俩这么搞班级就不乱了？”队长一句恰到好处的问话弄得两人顿时哑口无言。

“其实竞争是润滑油，矛盾也是事物发展的动力嘛！”易资平适时打了个比方，“但是如果没有团结协作，车推都推不走，更别说什么加油助力了！”

“所以说嘛，共同进步，共同提高。团结是前提，在这个前提下你们俩爱怎么竞争就怎么竞争，只要手段光明磊落，带动五班进步就行了！”

当晚，五班又开了次特殊班会，吴彤，池宏非依次在班会上作了自我批评。弄得曲直、吕杨、肖可、喻枫这几个人也纷纷说出了自己的不是。最后，班会一致通过了由苏畅任班长，于笑薇任团小组长的提名，报队领导审批。星期三下午自习，队里集合开会宣布了新任骨干的名单，五班的提名获得了队党支部的通过。

三

新年快到了，当四面八方飞来的贺卡摆在学员面前的时候，大家“年”的意识变得愈发强烈，同样也意识到回家的日子一天天近了，所以无论是新生还是老生，无论是学哲学经济，还是学历史政工，大家都不忘买一身新行头，带回家图个新气象。

一天下了自习课，刚经过队部，公务员却塞给池宏非一张贺卡和一束鲜花，一边还嚷嚷着：

“嗬，邮政快递的，是你的小对象吧？真够罗曼蒂克的！”从那急促的声音中，池宏非读出了一点嫉妒的味道。

当池宏非捧着鲜花走过宿舍厅前的走廊时，吸引了好几个班级男男女女的唏嘘声和口哨声。

回到寝室，一群人好奇地围了上来。实在哄得没办法，池宏非拆开了那张香气四溢的贺卡。

池宏非：

请允许我为你送上一份新春的祝福！

曾一起走过的三年　是令我难忘的三年

以后的四年　你我将暂时独自走过

请不要忘记我们的约定

Best wish for you!

你的：徐晶

九七年岁末于西安

“是徐晶，来自西安的早春的祝福！”闻着那一束玫瑰花香，再看看眼前这些熟悉的字迹，池宏非的确是感动了；朦胧中，他仿佛又回忆起了自己高中时和徐晶在西安碑林里牵手吟诗的情景。

为了给徐晶买新年礼物，星期天，池宏非兴冲冲地跑上了街。在一家专卖店，他挑了条漂亮的围巾；然后又激动地跑到了邮局，写了张纸条塞在围巾的包装口袋里，作为新年礼物邮给在西北老家的徐晶……

徐晶：

西安现在是飘雪的季节，选条围巾给你！愿你的身边常驻温暖！

以前的迷糊：池宏非

同于九七年岁末

四

吕杨因为上次上街被骗，好几个周末都待在教室里，今天赶上快到新年了，又是全队集体外出，他也按捺不住回家的喜悦，借了套便装上了街。

真是冤家路窄，他居然又碰到了那个骗子，不过骗子这回换了件羽绒服，站在路对面进行行骗。

“吴彤，快过来！”吕杨看到正在等车的吴彤，便喊了嗓子，“就是他！”

“你走前面，我走后面！”等到吴彤来到吕杨面前，吕杨开始面授机宜，“你一定要上钩，抓到证据，我再来个人赃俱获！”

万事俱备，一切便开始按计划进行。

吴彤跟那骗子一接触，才发现这骗子居然仍然用在大桥上撞倒了女孩那个故事来骗人。吴彤演技绝对一流，那骗子不但对吴彤十分信任，还真的跟吴彤跑到中行营业厅去取钱。

当那骗子拿过二百块钱刚想溜走时，突然发现了眼前的吕杨和几个治安民警迎面而来。虽然吕杨换了便装，但是那面容在他眼里还是十分熟悉，他转身拔腿刚想逃跑，却被吴彤照着脸就是一记响亮的大耳光。

“啪！”的一声，吴彤的手掌结结实实地撞击在骗子的脸上，留下了非常春光灿烂的五个手指印。骗子被打倒在地，当场就什么话也说不出来了，只是大口地喘着粗气。

把骗子送进了派出所，吕杨也拿回了本应属于他的二百元钱，更出了口恶气。

一扬手，他对吴彤喊了嗓子：“走，一起吃顿火锅，我请客！”

五

于笑薇听说新年前各商场都打折，赶忙求池宏非当保镖，花二百多块钱买了双原价八百多元的女靴。

“漂亮的鞋，钱也花得潇洒呀！”于笑薇对身后的池宏非说。

“哎，我说哥们儿，”池宏非撇了撇嘴，突然大脑短路地开玩笑说，“那天在月亮城你要是拿了十万块钱这鞋架准能全包下来！”

“池宏非，你想死是吧？”于笑薇恶狠狠地拧了一下池宏非的胳膊，却又突然眉开眼笑，“这个事我还没感谢你呢，一会儿我请你喝茶。”

“你这么有情调哇？”池宏非刚吸到嘴里的可乐汽水差点儿没喷出来。

“想什么呢你，我在成都，没事天天泡茶馆！马上就要回家了，我得先做一下预习啊！”的确，对成都人来说，泡茶馆快成了职业了。

买完东西，他们还真找到了个叫“一品香”的茶社。红木窗，红漆门，屋顶的边角还弄出了飞檐，有点古香古色的。

“一壶西湖龙井，一碟开心果，一包薯条！”当于笑薇随口点了茶和茶点后，池宏非当时差点儿没钻到桌子下面去。

“龙井茶，开心果和薯条，是一路货色吗？”

“你懂啥，中西结合，才是另类。不然循规蹈矩，那多受束缚？”于笑薇的观点倒是蛮前卫的。

一喝上茶，池宏非更是恐惧起于笑薇这张嘴来，东南西北，海阔天空，比北京皇城根脚下的的哥还能侃；但也让池宏非感到了一种真诚。毕竟，从没听她跟别人说过这么多的话。

“那天，可真是谢谢你了！”不知怎的，谈着谈着，于笑薇竟降低了语调。

“应该的，谁让你我是军校老铁呢？”这时，不只于笑薇的面颊涂上绯红颜色，池宏非的脸皮也开始发烫了。

“对了，今年新年你表演什么节目吗？”池宏非马上叉开话题，打破了刚才的尴尬局面。

“我不打算参加，咱们是学哲学，玩思想的，哪有心思再摆弄那些东西了？”

池宏非每次单独约见于笑薇总是有种怪怪的感觉；想见面，见面却总是故意谈不到一起；不想见面，每天却总要偷偷在队列里瞄上人家几眼。

于笑薇对池宏非又是另一种感觉，想听他发表见解的时候，他不吭声；不想听他说话的时候，他却唠叨个没完。

其实，两个人都在小心翼翼地踩着朋友的边界缓步前行，谁都明白越过这朋友的界线，对自己都只会带来伤害，军校是明令禁止在校学员谈恋爱的。况且，池宏非面对于笑薇的时候，总会想起那个徐晶，那个和他一同经历高中三年炼狱后一同挤过独木桥的女孩。

六

一月十二日，放假的前一天，池宏非和吴彤被队长叫进了队部，分配了各自的假期工作：吴彤放假第一个星期留校值班，池宏非受委派跟随曲直去往广东，到家中了解情况。

十三日中午，在考完最后一科的普通逻辑后，池宏非和曲直把于笑薇送上开往机场的大巴车，然后两人一同踏上了南下的列车。

经过一天一夜的长途旅行，列车驶入了那个池宏非感到十分陌生的城市。坐在出租车上，曲直和池宏非默默地注视着窗外新近崛起的一座座高楼，谁也没说一句话。

费了九牛二虎的力气，终于打开那扇紧闭的生了锈斑的防盗门，池宏非惊讶这居然是曲直的家：四壁尘灰，屋里空空如也，除了一张硬板床，还有几座旧沙发之外，就看不到别的家什了。

两个人收拾了一个多钟头，屋里才真正有了点儿家的味道；但对曲直来说，他失去的更是家的温暖。

“给你妈打个电话吧？”池宏非不想也不敢在曲直面前提他爸爸，因为曲直一直在认为是他父亲带给了他心中不可抹去的自卑感。

曲直的母亲接到电话后，很快就打车来接曲直和池宏非到她现在租住的房子去了。住在那里好几天，池宏非都跟曲直的母亲一样，矢口不提他那个身陷囹圄的父亲。

就在离开曲直家的前一天，池宏非突然向曲直提出要到街上逛逛。

“广东我以前没来过，我们出去走走吧！”

两个人走在车来人往的街头，池宏非提出了一个似是唐突但却是精心准备的问题：

“我们去看看你父亲吧？”

“不，我不去！”曲直白了一眼池宏非，“你可以替我去看看他，告诉他我一定会把一切做得更好，一定不会辜负他对我的希望。”

“你既然有话说，为什么自己不去呢？”池宏非反问道，“难道你觉得父亲不爱你吗？”

“我知道他还爱我。但是过去的他已经死了，我会一样地挂念，因为过去的他给了我最美好的回忆；现在的他尽管活着，我也不想记得，因为他让我在别人面前抬不起头来！”曲直那不容置辨的声音让池宏非吓了一跳。但曲直的眼神，却始终躲着池宏非。

池宏非知道这父子间深深的沟痕是很难快速愈合了。所以，池宏非准备当天下午自己带些水果到市郊的看守所看望曲直的父亲。

通过几道检查岗，他来到接待室那扇厚厚的透明玻璃墙边，隔着玻璃墙，他见到了坐在对面那位面色苍白而表情严肃的中年人，想必他就是曲直的父亲曲云山了。

一阵塞喧之后，池宏非开始介绍起曲直在学院的表现了，“他很不错，很优秀，新训时受到了大队的表扬，回到本院做得也很好……”

曲直的父亲眼圈红了，池宏非的眼角挂上了泪痕。是啊，舐犊之情，谁不感动呢？

“是我对不起曲直！”

“不，曲伯伯，我想只要您把问题说清了，政府一定会宽大处理的！”

“我涉及的问题这么多，恐怕这辈子也无法洗清了！”

“坦白从宽，墙上不写着吗？咱们是法治社会，一定会依法查清这个事情的。像李志乾这样的人，才应该第一个抓起来！”

“李志乾，我知道是他拖我下水，又落井下石的。”

“是他指使别人写了检举材料？那您为什么不揭发他的丑恶罪行呢！”

“宏飞，你不懂得官场的内幕！”

“不，曲伯伯，我父亲也是地方领导干部，我想只要您认真交代问题，积极改造自己，你们全家一定会重新团聚的！”

“我现在除了曲直之外是一无所有了！”

“不，曲伯伯，如果你不把问题说清楚的话，我想曲直也不会原谅您的！”

“那，我……我再想想！”看得出，曲直的父亲正在进行心理斗争。

“曲伯伯，不要想了，难道您想让曲直因为您的过错而一辈子忍辱负重，影响前途吗？曲伯伯，赶快反省自己，检举揭发他们吧！”

突然，池宏非发现厚厚的玻璃墙上映出了一个熟悉的面容，是曲直，他也偷偷地赶来了。

“爸，我来看您了！”曲直满脸泪水，坐在池宏非的身旁，用颤抖的声音说。

“爸对不住你和你妈，我以为你已经不想认我这个爸爸了呢！”曲云山的声音也剧烈的颤抖了起来。

“本来我是不打算原谅您了，”曲直擦擦眼睛，说，“但看到非亲非故的池宏非都来看您，那我这个亲生儿子还有什么脸面不来看您呢？刚才在家，我看到我小时候和您一起照的相片，您紧紧地抱着我是那么的亲切！可是现在……”

“三零九，探监时间到！”身边的狱警高声提醒。

“爸，只要您早点把问题说清楚，您就永远是我的好爸爸！”曲直哭着对曲云山说。

曲云山站了起来，一边擦着眼泪，一边大声地说：“好，我知道了。”

父子间发自内心的呼喊，胜过别人的千言万语。

七

结束半年的军校学习生活，回到阔别半年的家乡西安，池宏非倒没有留恋什么路边的风景，他归心似箭，径直打车回到了家，才剥开一个橘子，电话铃便响了，是徐晶打来的。犹豫了一下，池宏非的母亲还是把听筒递给了儿子。

“喂，徐晶啊？我是池宏非！”

“我就知道你回来了，怎么样，没瘦吧……得了，不说了，明天上午你有空吗？”徐晶那激动得有些语无伦次的声音让池宏非感到了阵阵的熟悉和亲切。

“大概没事儿，”池宏非脸上泛起了一片红，“去哪儿？”

“来我家呗，明天上午十一点半，我等你！”说完，那边说话急匆匆地徐晶挂断了电话。

放下电话，池宏非便和父母上桌吃饭了。这一晚，池宏非有了种从地狱到天堂的感觉；因为相比之下，学校的伙食条件真是差多了，尤其是他最爱的油泼面，都半年没吃到了。

第二天上午，可算睡了次懒觉的池宏非洗漱一番后，还找来吹风机，特意弄了弄头发。收拾得差不多了，再换上特意在军人服务社买的马裤呢冬常服，缀上红肩章和领花，戴上军帽。喷了些香水，兴冲冲地出了门。

“池宏非，你可黑瘦多了！”一开门，徐晶的第一句话出乎池宏非的意料，本来他以为徐晶会对他发火的。

“是吗？”池宏非笑了笑，探头看了看敞着门的三个居室说，“你爸妈呢？”

“嗯，他们都上班了！”徐晶诡秘地眨了下眼睛。

“叫我来有什么指示？”坐在沙发上，池宏非看了看身旁的徐晶，穿着白色的羊绒毛衣却非要戴上那条他送的花围巾。

“为我们的重逢庆贺呀！”徐晶起身关上防盗门，又坐回了池宏非的身边，不过这次她的头紧偎在池宏非的肩膀上，“我们分别了半年，今天为了共同的誓言，我们不值得干一杯吗？”

说完，徐晶又到酒架上取出了半瓶法国白兰地和两只高脚水晶玻璃杯，放到了池宏非面前。

“这酒是上次接到我考上大学的通知书时开的，那时全家喝也没喝完，今天你陪我也喝一点儿吧！”

“你知道的！可喝酒不是我强项啊！”池宏非推辞着，一边脱下了军帽和上衣，挂在门口的衣架上，“你家这暖气是采煤厂烧的啊，咋这么热？”

“热了把外套脱了，正好凉快一些。”徐晶的脸上浮起了一朵红云，可是池宏非竟然没看见，“要说喝酒，我也不会嘛！这样，来段音乐就有氛围了！”

说完，徐晶摁了下录音机的播放键，是柴可夫斯基的《天鹅湖》，装作音乐爱好者的池宏非口口声声最爱听的曲子。

“为我们的事业与……不说了，干杯！”看到徐晶那份对爱记忆的真挚与执着，池宏非不禁陶醉地举起了杯。

“干杯！”池宏非喝下那大半杯的白兰地后，才真正领教了酒的烈性。

霎时间，两个人的脸全红了，徐晶还咳嗽了几声。而那悠扬的《天鹅湖》，依旧流淌着。

“到我的房间坐坐吧？”第一乐章结束后的间歇，徐晶发出了邀请，“暑假我请了你那么多次，你都不肯到我家见我一面，今天，你终于来了！”

阵阵眩晕的池宏非跟着徐晶来到了她的闺房，那墙上画有雪舍晨阳的壁挂，遮住窗子还散发着淡淡清香的绒布窗帘……一切，都流露着一种温馨。

“吻我！”关上了房间的门，徐晶转过身突然撒娇似的说。

池宏非忽然发现自己酒醉的意识已控制不了自己肉体的躯壳，他走上前去，狠狠地吻了一下徐晶的脸颊。

“宏非，你这个没良心的人，你知道我是多么想你吗？”徐晶发了疯一样地把雨点般的小拳头砸在池宏非的胸口。然后，她紧紧地抱住了池宏非，用嘴唇在池宏非的脸上搜索着，亲吻着。

池宏非并没有想到徐晶的感情竟如此热烈，渐渐地他的嘴唇也由被动转向了主动进攻，两个人抱得更加紧了。

这时的池宏非头脑中一片浑浊与空旷，一切都是模糊的、朦胧的，只有徐晶那绯红而动人的脸是清晰的，他感觉到自己的行动渐渐主宰了自己的意识，思维被肢体的接触而变得虚幻、缥缈。

“宏非，让我们一起燃烧吧，像火一样！”徐晶紧闭双眼那喃喃地细语仿佛是号令，也仿佛是召唤，点燃了池宏非心底那堆欲望的干柴，也升腾了他头脑中的热血。

像饥虎一样，池宏非把徐晶扑到了床上；而徐晶的消极防守更给池宏非带来了酒后的冲动——他剥去了徐晶上身那件白色的毛衣。

徐晶也顺从地解开池宏非衬衫的钮扣，期待着，期待着同样亢奋得即将超越理智的她能够得到人生的第一次洗礼。

只剩最后一件薄薄的背心了，隐约地，池宏非甚至感觉到了身下徐晶那随急促地呼吸而剧烈起伏的前胸，正像波涛一样拍打着他的神经。

“来吧……”伴着那轻轻的呻吟，徐晶竟配合着冒险的池宏非张开了双臂。

一瞬间，池宏非撩起了徐晶的背心，即将突破她的最后一道防线……

“啪！”一个响亮的耳光惊醒了正甜蜜等待着的徐晶，她定睛一看，原来打池宏非耳光的不是别人，正是池宏非自己。

“池宏非，你干什么？”徐晶好奇地看着池宏非那渗满汗珠的额头，嗔怪着。

“不，我不能这么做，这样只能害了你！”

“这是爱的升华，是男人和女人真挚的交流，怎么能说谁害了谁呢？”徐晶不满地坐了起来，穿着那件贴身的背心，“难道只有柏拉图那种精神的恋爱才是好的吗？”

“不，我是说这样做不好。”仍然在血压升高的池宏非暗自庆幸自己已渐渐恢复了理智，“徐晶，正因为我喜欢你，所以我不想伤害你！”

“伤害？这是种快乐好不好！”徐晶喊了起来，一边穿上了那件白毛线外套，“高中时咱班上谈朋友的那几对，现在哪两个不是用这种快乐的交流来巩固爱情的。只有你，池宏非，才是真正的懦夫，因为你一直在逃避我们的爱情！”

“徐晶，我们还小，还年轻，很多事情你我都不懂！”池宏非的话语带有些许不满。

“不懂！谁不懂？你分明是在欺骗我！”一气之下，泪流满面的徐晶竟把池宏非从自己的闺房推到了门口，并拿过来池宏非的帽子和那件还留有余香的军装上衣，猛地摔给了池宏非，“你走，再别让我见到你！现在你自由了，你去找你身边那些漂亮的女学员吧！”

说完，徐晶使劲把池宏非推出了门。

池宏非站在楼道里，听到了厚厚铁门里传出的阵阵哭声，心里很不是滋味；但他还是一咬牙，三步并作两步飞快地跑下了徐晶家的楼梯。

回到家第一件事，池宏非便郑重地向家人宣布：“这个假期所有女同学找他的电话一律不接！就说池宏非去乡下亲戚家了！”

整整一个假期，池宏非一直窝在家里，哪儿也没去。

八

相比之下，吴彤寒假一个星期的护校可真是种艰苦的放松了：四个人站二十四小时的岗，二小时一班，每人每天得轮三次，够辛苦的。但这种值班也有乐趣，开始几天相互不熟的时候是按班轮流，后来干脆变成了四小时一班。最后因害怕分配不均又变成了六小时一班；这六小时一班就有事儿干了，因为六小时之后所有的时间都是自己的了，可以在宿舍睡觉或出去逛街。吴彤喜欢晚上站岗，岗上有电话，有时接到家里打来的电话，听到父母的声音，他感到是件非常快乐的事，况且晚上九点到第二天早上七点打电话的长途话费最少也有五折优惠。

“丁零零——”站在教学楼门前的值班室里，吴彤听到电话响了起来。

“喂？这是政院东门门岗，您找哪位？”

“是吴彤吧？”一个细细的女声回答，“猜猜我是谁？”

“猜不出来！”吴彤摇了摇头，无奈地说。

“你再猜！”那个女声不依不饶，“不会连我也听不出来了吧？哈哈！”

“还是猜不出来！”吴彤觉得挺好笑的，那人拿腔作调，明知自己猜不出，还戏弄人，“我可不耐烦了，你再不说，我就要挂断电话了！”

“好，好，我说了你准想不到！”那女声柔声细气地说，“我是程艺轩，这回你知道了吧！”

“哦？程艺轩啊！”吴彤说着，右手下意识地握紧了听筒“你……你还好吧？”

“挺好的，只是假期太闲了，没事儿可做！”

“那你怎么打到门岗来了？”吴彤惊讶地问。

“问呗！”程艺轩咯咯咯地笑声顺着听筒涌进了吴彤的耳道，“想找你，还在乎浪费电话费不成？”

“别的同学，你也打电话了吧？”

“嗯，大概可能……还没打呢！”程艺轩顿了一下，缓缓地说，“你是第一个，也可能是唯一一个！”

“有什么事儿？”吴彤抑制不住心底的激动，随口问了这么一句时，便觉得后悔了，多唐突而不礼貌的一句话呀。

“没事儿，只是想找你聊天！”

两个人打开了话匣子，天南地北、海角天涯地无所不聊，真有种聊到天昏地暗，海枯石烂的势头。

“行了，都唠了一个来小时了，我们假期回来再谈吧，不然电话线都烧着了！”吴彤一看表，连忙跟程艺轩说再见。

“那……”程艺轩停顿了十几秒，然后开腔了，“好吧！提前给你拜年了！”

“The - same - to - you！”吴彤卖弄地说。

“什么？你说什么？”吴彤的北方方言英语含混不清，晦涩难懂，难怪程艺轩没听明白。

“英语！同样祝你新年快乐！”吴彤美滋滋地对着话筒大吼了一声，然后挂断了电话。

第八章　相约九八

一

第一个短暂的寒假就这样过去了，留给学员们最深的记忆大概就是各种年夜饭的海吃海喝和那首一夜走红的《相约九八》。带着新一年生活的憧憬，大家又返回了这所并不宽敞的军政学院。

对于池宏非来说，假期那幕痛苦的回忆似乎还没结束；面对公务员送来的十几封徐晶寄来的信，他真的没了办法；那天去徐晶家，从喝的一大杯烈酒，到走进徐晶的卧室，到做出了几乎越轨的事，大概都是徐晶预先想到的。而支走父母，挂起窗帘，相信更是她精心策划好的细节，只为了能和他确定关系，让他以后不至于离开她。一想到这儿，池宏非就觉得一阵反感。为什么他们之间的感情不能循序渐进呢，为什么这种称之为爱情的东西要用这种发生男女关系的方式去维系呢？池宏非觉得应该找个人好好谈谈。但跟同学中像曲直、于笑薇这样的朋友说了，他怕人家笑话，一不小心传出去还会弄个满城风雨；跟队干部说，他又怕不好启齿，再加上也容易影响形象。想来想去，他忽然想起了在新训基地讲授思想品德修养的梁优老师，便拨通了梁老师家里的电话，约他星期天中午到学院大礼堂门口谈谈心。

没想到，梁教员不但记得他，还爽快答应了他的邀请，告诉他一定按时赴约。

星期天中午，阳光灿烂，江南早春和煦的暖风吹拂着，两人坐在礼堂门口的石阶上，开始了坦诚的对话。

“其实我又何尝不是这样呢？”当梁教员听完池宏非的一番倾诉后，不禁也深有感触地说，“我特招入伍之前，是在地方大学上学的，那阵子我也有一个女友，当她得知我要到部队当教员的时候，向我提出两种选择：一是与她分手，去当我的优秀军校教员；二是和她一起出国，去见识国外的灯红酒绿。当然，后来的结果你知道了。池宏非，你以后可能也要面对这样的选择，所以我想你还是提前为自己考虑一下吧！”

“那我该怎么考虑呢？您觉得我和徐晶……”现在一提起徐晶这个字眼儿，池宏非说话都觉得十分吃力。

“那天你并没做错，控制自己，把握自己，在危险的诱惑面前作出了正确的选择。但徐晶也没做错，她只是对你占有欲强了一些。不过你们在没有面对深层次矛盾时的和谐并不意味着以后就会走到一起。我想你不论试探也好，证明也罢，都应该跟徐晶谈谈未来的发展，看看你们之间到底合不合适，到底有没有继续的可能，有可能的话就细水长流，走‘可持续发展’的道路，如果不行的话，我想长痛不如短痛，快刀斩乱麻也许是更好的方法！”

“而且，池宏非你要记住，”梁优起身又补充了几句，“我并不是要让你走像我一样暂时独身的道路，我只是想告诫你：面对不确定的感情，事业永远是第一位的。当你真正投入到所追求的事业中去的时候，对于爱情，你把握也好，舍弃也好，最重要的参考前提是你所要达到的人生目标，是你要实现的人生价值，我想，你的人生目标不会是‘二亩地，一头牛，老婆孩子热炕头’吧！”

“是，梁教员，您的话我记住了！”池宏非说着，羞涩地低下了头。

这时，两个人都咧开了嘴，相互谈笑着走向阳光最灿烂的地方，池宏非肩上的红肩牌，也在正午太阳的照射下显得更红，更艳……

当晚，池宏非开完每周例行的班会，到自习室给徐晶写了一封长信，谈了他对两个人未来的一些想法，他还透露了一个心底的秘密：那就是他志愿戎边，想在世界屋脊留下自己绿色人生最美好的记忆。所以，他希望徐晶了解这一点，也能支持他。趁夜晚没人，他把信投进了队部门口寄家信的军邮信箱里。

二

开学以来心情最不好的是闫岩，他的英语一级考试竟然没有通过，当他看到成绩单上红笔写的五十八分的成绩时，心里就像打翻了五味瓶，什么感觉都有，相比来说，只有甜的味道是麻木的，感觉不到。

“我不会得这么少分吧？”想想高考时英语一百二十五分不算低的成绩，闫岩一时竟不敢想信自己的眼睛，当他确认了最后的成绩后，只好吁了一口长气。

也许可以去复查，队长曾讲过，认为考试分数有出入的，可以到教务部复查。但闫岩没那胆量，他想如果复查结果他的分数还是不及格怎么办？不但要面对同学的白眼，还有可能会惹怒英语教员，那以后的英语考试岂不要吃锅烙吗？

可这英语一级挂红灯可不光彩呀，况且自己是队领导批评过的学员，有前科。他害怕队领导会借题发挥，便想着主意去弥补一下，最好能改判个及格，这样也算有点儿面子。

想来想去，他却决定铤而走险，便给英语教员买了两条玉溪香烟，夹在书包里，想趁着晚上天黑给教员送去，争取胜利大逃亡。在他的印象中，英语教员最大的特点就是每节课课间休息时，总要在走廊里点上一支烟。

在说明了来意之后，英语教员拒绝了闫岩的请求，也并没有收闫岩的礼品。

“教员，其实我也只想交您做个朋友，”闫岩被礼送到门口，还满脸堆笑地说，“您不收下这两条烟，可就是不给学生面子了。”

说完，闫岩竟推开门，扔下两条香烟，一溜烟似的跑下了楼。等到英语教员追到楼下的时候，早已不见了闫岩的影子。

闫岩刚气喘吁吁地跑回寝室，就被吴彤逮个正着，“嘿，闫岩，正有事找你呢！”

“啥事！”闫岩盯着吴彤的眼睛，紧张地判断着他的表情究竟代表着什么含义。

“哎？你害什么怕呀？”吴彤看着闫岩那恐惧的样子，不禁呵呵地笑了直来，“我是问问你假期里做没做什么好人好事，也好做个记录嘛！”

“咳，这事儿呀！”闫岩擦了把汗，环顾四周，见只有肖可在屋里，就赶忙说，“你问肖可吧！我可没什么英雄壮举！”

说着，闫岩脚下抹油，还是溜了。

这回只剩下肖可一人面对吴彤了，吴彤自然要把话点得透彻一些。

“肖可，你有没有做什么好人好事呀？”

“没有，”肖可抬起头看了看吴彤的神情，“不过就是又能咋样？”

吴彤看了看门外，然后关起门神秘地对肖可说：

“这回选优秀团员，看就看这个好人好事，优良品质的表现；然后才看学习成绩呢！所以，这次申报很重要！”

“那优秀团员也不给奖金，没用！”

“其实要是当上优秀团员，那参加入党积极分子学习班和入党，优势可就比别人大多了！咋样儿，知道重要性了吧？”

“哦，那……倒是有一件事儿！”肖可犹豫了一下，低声说，“不知算不算？”

“那你说说看。”吴彤一边说着，心里一边想，这肖可做了好事还隐姓埋名，还回得好好挖掘挖掘他。

“我放假回家那天，在火车上逮到了一个小偷，然后我就把他押给乘警了。”肖可低着头喃喃地说。

“这好素材，你咋不早说呢？”吴彤兴奋地用力拍了拍肖可的肩膀，“无名英雄，你也太高尚啦。”

说着，他就按着肖可叙述的经过写了下来……

三

提到“高尚”，就要再扯到池宏非身上来了；当天中午，他收到了徐晶的回信，打开信封，摊开信纸，还没扫到两行就发现了两个刺目的字眼——“高尚”：

池宏非先生：

您好！

您的信我已认真拜读过了，我终于发觉了您的高尚与伟大，的确不应与我为伍。

以前，我一而再，再而三地主动找你，你总推脱我；而当你假期真正踏入我家门槛时，却留给了我一段非常伤心的回忆。我恨你，你知道吗？但我不会像泼妇一样骂你，我的修养不至于低到那种程度。的确，这种事情无法说谁对谁错，要怪只能怪我自己不应该爱上你！

你说的话究竟是真是假我也不想去追究，你也大可不必以“支援边疆”的托辞来搪塞我。即便你说的是真的想法，我也不想远隔千里和别人谈精神恋爱，和平年代不再需要英雄了，要不然那么多人削尖脑袋往大城市里钻是为了什么呢？不过，说实话，我的确很爱你，但你不能给我爱的快乐，也便有了今天的结局。

其实，我们家庭的差异注定了我不可能为你未来的仕途助一臂之力，所以这种结局也是必然的。当你打自己耳光的那一刹那，我也发现了你是个聪明人，你知道做什么事对你有用，做什么事对你无用，你是个典型的实用主义者。

感谢你在高中，尤其是在高三给我带来的快乐，真心的感谢你呀！你的信，从第一封到今天这最后的一封，我都保留着呢！尽管没用。

从假期见面你那得意的笑容中可以看出你在政院一切都很好，我也为你高兴。凭着你的天赋，你的聪明，你的家庭，将来你一定是我们同学中最出色的一个。

随着我的这封信，我为你而留的长发已经落地，我决心忘记过去，一切重新开始，你也一样，放下令你烦心的包袱吧，找你那些父亲是军中高干的女友吧！你为她们投身军旅，矢志不渝吧！

最后，我要改变以往的傻气，跟你说我们最后的一句话吧：希望你以后永远没我幸福！

一个痛恨虚伪的人：徐晶

一九九八年三月一日

读完了长长的信，池宏非终于看到了自己最不愿看到的结局，那就是他和徐晶的分手，但信中既然挑明了一切，那这泼出的水也必定收不回来了，正好应验了梁优教员的结论。

所谓长痛不如短痛，池宏非也拿这句话做一个自我安慰。没什么情深缘浅的说法，只能怪他和徐晶本来就不应坐一趟车，只是彼此挤错了车，又都隐藏了车票。

今天，隐藏的车票终于暴露了，他们南辕北辙的爱情也走到了终点；没说再见，池宏非就要在绿色的车厢里目送徐晶下车远去的身影了。

结束了，在早春三月温暖的阳光伴着和煦的风中，池宏非和徐晶终于把两个人向前流淌着的故事凝成了回忆中永冻的坚冰。

四

英语补考刚刚结束，闫岩被请到了队部。他刚推开门，便发现了桌上放的那两条玉溪香烟，不禁眼前一阵眩晕，因为半年前在这里曾放过他那四瓶五粮液白酒。

看到队部里只有队长一个人，闫岩默默地走过去，等待谭锋的发落。

“闫岩，知道这两条烟的来历吗？”谭锋那闪烁的布满血丝的眼睛，使闫岩感到恐怖，他不禁吓得后退了一步。

“知道！”闫岩只好从头至尾重新向队长复述了一遍。

“闫岩，你太不像话了！”谭锋这一拍桌子，差点儿没把闫岩吓了一个跟头，因为他已领略过谭队长的脾气，“要不是英语教员把烟送来，我真没想到你会这样！”

“队长，我错了，我请求处分！”

“处分？我应该让你在全队做检讨，多丢人啊！你知不知道？”谭锋的语气火药味很浓，“你知道上次新训基地为什么表扬你吗？就是因为你们班同学的联合提名，不然我也不会把你报上去！而且，在上学期回本院后，你也一直表现不错，可是现在你……”

“队长，”闫岩激动地说，“那次拉练搬行李，池宏非被里的纸条就给了我重新奋发的决心，我也这样去做了，但是，期末考试没及格该是多丢人现眼的事儿呀！”

“不及格咋了？不就是个英语一级么，准备补考呗，也比走后门光彩！”谭锋给闫岩搬来个椅子，示意他坐下，“我们这儿培养的是高素质军事人才，品质第一，成绩第二，做人都做不好还上什么军校啊？闫岩，你也老大不小了，可别丢了人格啊！”

“队长，我怕班上的人笑话我，说我风凉话，”闫岩低下了头，“我高考时英语一百二十五分，现在却这么差，别人一定会瞧不起的！”

“为什么下降这么快？你要从自己本身找原因，这说明你没用心学或是不适应这种学习环境，以后要认真刻苦地学，把成绩搞上去。谁说什么闲话，你让直接到队部来找我，我找他谈！”

队长的话，由硬到软，队长的脸，由阴转睛，闫岩高兴地接受了队长的批评教育，并主动找到英语教员承认了错误。

五

一波未平，一波又起。教导员接到了一区队几名河北籍学员的举报，说肖可乘坐 66 次车回家时根本没有做过什么见义勇为的事迹，好人好事纯属虚构，目的是为了骗取荣誉。

为避免同学议论，产生不良影响，晚自习课时，教导员把肖可叫到了操场。

“肖可，你对荣誉怎么看？”教导员在通过一大段的言语铺垫后，切入了正题。

“有没有无所谓。是我的，谁争也争不到；要不是我的，我想得也得不到。”肖可这几句话在当代年轻人眼里可是挺时髦的。

“那如果有一份荣誉摆在你面前，得到它你就会有进一步的收获，你怎么看？”

“教导员，您这是什么意思？”肖可这么敏感的学员，立刻就听出了教导员的弦外之音，“既然您不信任我，我先走了！”

说完，肖可果然扭头消失在夜色之中。

易资平自己走在运动场白色的跑道上，一圈、两圈……当他感到脚下有些酸痛时，也意识到肖可心中的脆弱：这么美丽的谎言一旦揭穿，那他岂不是等待着人人指责吗？

“对，有办法了！”当教导员到队部一看到桌上放着的三条巷小区社区居民委员会送来的关于在青年学员中聘请政治辅导员的邀请通知后，终于有了主意。

“肖可，你可真行啊！还当上辅导员了嘿！”第二天吃过早饭回来，一群五班的和外班的学员围住了肖可。

“什么，辅导员？”肖可惊讶地问。

“你是真糊涂还是假糊涂？队部门口，红纸黑字儿，可是写得清清楚楚的。”不知哪个学员抢先说了一句，“喏，还是三条巷小区社区居委会聘的呢。”

肖可越听越奇怪，便分开人群，跑向了队部。在门外，他一眼便在通知上看到了自己的名字。他怀着兴奋和不安的心情敲响了队部的门，他要问个究竟。

“教导员，为什么要给我安个这差事呢？”

“因为你抓了小偷，是学员们学习的榜样。”

“可抓小偷又不是什么大事，有什么值得声张的？”肖可心里开始发慌了，手心也出了汗，嘴上却是一副不以为然的样子。

“以小见大，平凡才看得出有壮举嘛。”教导员半真半假地拍了拍肖可的肩，“古人云，‘勿以恶小而为之，勿以善小而不为’，你这是个好开端。”

“不过，教导员，我，我，我真的去不了。”肖可没想到自己本想为入党积累点儿政绩，可却把事情扩大到这么大范围。

“不行，你就不要推辞了，我相信你的能力。”教导员不紧不慢地说着，像针刺一样刺激着肖可的神经，“你能行，去吧。”

“不！”肖可别无选择，便道出了实情；但他也的确没有别的目的，只是想在入党的问题上，走走不切实际的捷径。

“教导员，我看我就不去当什么辅导员了吧？”肖可说出了实话，却有了如释重负的感觉；但对于这个辅导员，他也知道自己没有希望。

“不，你还要去当，而且要当好！”教导员笑了，“肖可，你要珍惜这次机会，也算是将功补过。你是第一批，后面还有，我希望诚实的你，优秀的你，能为咱们学员队打开局面，为队争光，也改变一下别人对你的看法！”

“好，我愿意接受这个挑战。”这并不多见的机遇对肖可来说不仅是次考验，更是崭露头角的好机会。

要说肖可办事也的确风风火火，他和队里其他两名同学去了两次就为社区带来了不一样的变化：写板报、搞讲座，还把政治教育宣传内容编成了快板书、小品等等的节目，通过组织文艺晚会表演的方式进行宣传，可以说至少已经在社区里打响了第一炮，而且还拥有了不少固定观众。

不久，教导员收到三条巷小区社区居委会专程送来的感谢信。他不但在周日的点名会上对肖可提出了表扬，还把感谢信贴在了公告板上，供全队学员学习。

这回，肖可真正成了模范了，但他仍没忘记以前弄虚作假的事儿，又找到了教导员。

“以前的事，过去了就不用再提了！”教导员大方地摆了摆手，“不过你要记住，真的假不了，假的也真不了！”

六

接下来的好长时间，五班一直很平静，但是平静得让人感到总会有什么事情即将发生。

果然，月末的一天，曲直接到了一个以曲云山名字寄来的包裹单，让他去邮局取一个包裹。他很诧异地跟队里请了假，拿着学员证向校门口走去。

机警的喻枫看着曲直的背影却觉得不大对头。他一时找不到人手，便跟队长做了汇报，队长谭锋正在值班，听了喻枫的质疑和分析后觉得很有道理，想象着曲云山还在看守所，怎么可能寄出来包裹，是不是李志乾搞的阴谋诡计？

谭锋也不能随便妄下判断，毕竟只是个陌生的包裹单，还没见到李志乾本人，报警也没有把握和证据。仔细想了想后，谭锋喊了苏畅、吴彤，池宏非还有喻枫一起走出院门，尾随着曲直到邮局看看。

找遍了邮局内外，就是不见曲直的人影儿，问了服务员，她们也说没见过穿军装，戴红牌的学员来过。

“走，分头去找！”谭锋这下可着急了，曲直的突然失踪一定是和李志乾有关系。当务之急，一定要找到曲直。

“不好了，杀人了！”谭锋刚把喻枫几个安排出去四处找人，就看见一个民工神色慌张地从邮局旁边的建筑工地里跑了出来。

“怎么回事？”谭锋赶忙抓住了那人的手，急切地问，“是不是有个穿军装戴红肩章的在里面？”

“是啊……是啊……”那人喘着粗气，指着跑来的方向说，“快去吧，他们六七个人，正用菜刀追着砍人呢！”

谭锋见形势紧迫，也顾不得再去喊喻枫几个了，自己孤身一人冲进了工地。

“住手，你们这群混蛋！”谭锋这一吼，起初倒真震住了那六七个地痞；但当他们发现谭锋只有一个人的时候，便发起了淫威。

“砍一个不少，砍俩还赚一个，哥几个，顺道把这当官儿的也废了得了！”一个领头儿的地痞恶狠狠地说了一句。

说着，几个人便一起冲向了谭锋。四五把菜刀和两根钢筋一齐砸向了谭锋。谭锋一闪身，躲过了菜刀，但却被一条钢筋重重地砸在了后背上。

情急之下，他踉跄地捡起地上的一把破铁锹，抡了起来，有一下正拍到一个靠前的地痞头上。那地痞顿时脸冒鲜血，跪在了地上。

“上，他不也挨了咱们一棍么！”领头的一看谭锋也受了伤，更是猖狂，捡起钢筋就向谭锋的头部扫去，谭锋一低头，军帽便随着钢筋飞了出去。

“哈哈，你个臭当兵的，找死啊！”一个地痞把谭锋的帽子捡起来挂在了钢筋上，炫耀着。“来，老子好好陪你玩玩。”

“队长！小心啊！”倒在血泊中的曲直挣扎着挺起了身，用微弱的声音喊着，又倒了下去。

突然，从谭锋的身后又冲出了四五十个民工，一个个拎着钢筋、铁锹和板砖，向谭锋围来。

谭锋下意识地认识到自己的危险处境，他明白今天恐怕是不能站着走出这片工地了。

“弟兄们，冲啊！”谭锋听到身后一声怒吼，便作出了最后一搏的姿势。

当人群接近谭锋的时候，他才发现这些人不是冲着自己，而是向那几个地痞扑了过去。这时，他突然感到背后有一只手在拍他的肩膀。

“首长！”一个包工头儿样子微胖的中年人面色坚毅地注视着谭锋，“您受伤了，得先休息。”

“谢谢你们，我没事儿，只是我那学员……”谭锋也没顾得许多，倒是掂记着曲直。

“那个学员已经让几个民工弟兄送到医院了。”包工头儿面向谭锋说了一句，又冲着前边跟那几个流氓打斗的工人们喊了起来，“咱们现在虽说退伍了，但当兵的挨欺负就不行！什么地痞流氓，给我狠狠地打！”

钢筋、铁锹和板砖像暴雨一样倾泻在几个地痞身上。当“110”警务车和其他学员一起来到现场的时候，几个地痞已经瘫在地上的血泊里不能动弹。

几名干警冲上前去铐住了那几名亡命的歹徒，拖到了警车上，仔细辨认，才发现他们里面居然还有正在通缉的黑恶势力犯罪团伙成员。

夜半时分，缠了绷带的谭锋和曲直在几个学员的搀扶下走出了派出所的大门，谭锋第一眼就看到了刚才的那位包工头，他连忙一瘸一拐地快步上前，握住了那人的手。

“谢谢你！今天多亏了你们啊！”

“应该的！”包工头握紧了谭锋的手。

“那该怎么称呼你们呢？”池宏非问。

“什么称呼？我们都是退伍兵嘛！”说着，那位包工头指了指身后那四五十个整齐肃立的建筑工人，满怀自豪地说。

“战友们，谢谢！”谭锋、曲直和吴彤几人正了正军帽，立正军姿，向眼前的战友敬了标准的军礼，向这群退伍兵致以最深的谢意。他们的眼角，在夜色中五彩霓虹的照射下，闪烁着晶莹的泪光。

第二天一早，吕杨听到了收音机里的最新消息：那个李志乾，广东飞华房地产开发公司的总经理，本来强奸未遂被判了一年，这回又被查出行贿、贪污和组织黑社会性质的社团组织，数罪并罚，估计再出监狱的大门得20年以后了。

七

五四青年节就要到了，传出了风声说最近队里面要发展一批党员。而在五班，好像人选已是尘埃落定，那就是吴彤。在这次同时进行的还有预备党员转正，池宏非也即将成为正式党员。

队里进行了不记名投票，结果不出所料，二区队的区队长吴彤众望所归，成为97级学员中发展的第一批党员。而池宏非也顺利转正，还成了吴彤的入党介绍人。

学院学术报告厅内，预备党员的集体宣誓正在进行，吴彤面对火红的党旗，同别人一样高举起了右拳，一样满怀激情地高喊着入党誓词……

我志愿加入中国共产党
拥护党的纲领
遵守党的章程
履行党员义务……

宣誓结束后，吴彤正在高兴地接受着池宏非的诚挚祝愿，接受着程艺轩那满怀鼓励的目光时，教导员却通知他：简单收拾下行装，马上回家。家里有急事，需要他回去处理。

一时间，吴彤真的有些不知所措了，当他接过教导员提前买好的回家车票，接过那张需要他亲笔签字的请假单时，他有了种不详的预兆。

当全班学员送吴彤到校门口的时候，教导员回头摆了下手，对送行的人说："所有人先回去，我送他。"

"教导员，到底什么事这么急？"吴彤看着那二十天的假期，平静地低语着，"说吧，我能挺得住！"

"到火车站再说吧。"教导员突然低着头把吴彤推出了学院大门，塞进了去火车站的出租车。

到了火车站军人候车室，坐在一个偏僻的角落，教导员才把事情的原因告诉了吴彤。

"吴彤，你父亲……去世了。"易资平红着眼圈缓缓地说，一边还望着吴彤的表情。

"什么？"吴彤简直不敢相信自己的耳朵，"是真的吗？我没听错吧？"

"是真的，"易资平垂下了头，"你父亲在黑龙江一个林场运原木的时候，赶上路滑又有雾，车子不幸掉进了山涧……"

"我……知道了。"吴彤咬着牙，强忍着心中的悲痛，但上身的那件运动服被他痛苦地扯开了两条口子。

在吴彤家里，他的父亲可算是顶梁柱了，现在父亲走了，家中谁来支撑？这二十年人生道路，是在父亲的呵护下走过的。现在，自己却永远失去了父爱。

吴彤进了站台面无表情送别教导员之后，终于又忍不住哭了起来。但父亲已经走了，毕竟是与他阴阳两隔。现在，他只能想象自己如何去安慰母亲了。

八

二区队，吴彤的区队长职务由三个班长轮流兼任。但每次做事，大家都觉得他们仨不像吴彤那样能把一切都做好。

五班，也陷入了死一般的平静。池宏非也觉得自己无聊了许多，早知如此的结果，他当初为什么还要跟吴彤争斗？有什么价值呢？他陷入了深深的自责之中，难道他自己不知道亲人的生命是最宝贵的吗？难道他不知道吴彤也是个非常出色的骨干嘛？池宏非啊，池宏非，你为什么要无休止地与吴彤对抗呢？

约莫吴彤已经到家一天了，池宏非和程艺轩一起来到电话亭拨通了他家的电话。在一阵儿待机的等待结束后，池宏非听到了吴彤那略带疲惫的嘶哑回答，但语言中还流露出了刚强。

池宏非代表五班全体学员委婉地向吴彤的父亲致哀，并告诉吴彤，程艺轩就在眼前，要和他讲话。

“喂,吴彤吗？”程艺轩压低了声音,“我非常难过,我知道你更加难过！”

“程艺轩，别说那么多了，我深深地感谢你，特别是在这个时候！”

“不，我只是想听听你的声音，知道你没事就好了，我也放心了！”

“我没事，你们也不必，尤其是……别为我担心！”吴彤一不小心差点儿说走了嘴。

“你母亲还好吗？”程艺轩的声音也略带了些嘶哑，“代我问候她一下，好吗？”

“谢谢你的关心！”程艺轩那体贴的声音一点点扣击着吴彤的心扉，“我妈现在还好，你的问候我一定转达到，希望你快乐、平安！”

“吴彤，节哀顺便，注意身体，我……我们都等你回来！”程艺轩有点儿语无伦次地说着，却给吴彤那焦躁的心注入了几丝凉爽的安慰。

“谢谢你，我会尽快处理完这边的事，赶回学校去。”

当池宏非和程艺轩并肩走在归队的路上时，池宏非忽然发现了程艺轩脸上的道道泪痕，那是程艺轩真实情感投入的证明，真没想到千娇百媚高傲的她竟也有动容的时候。

想到这儿，池宏非也有了几分失落，与徐晶分手后的他一直封闭着自己的情感，以致他发觉自己和于笑薇自从开学到现在两个多月了，闲谈也没超过十句话。不过好就好在池宏非并没把自己和于笑薇的关系做太多的联想，所以也不会有那么多麻烦的事儿。

吴彤回家料理丧事的日子，五班没了什么生气，大家整天除了看书、复习、预习，就是各自闷头听音乐。看到每个人百无聊赖的样子，池宏非发现，五班已经是一个密不可分的整体，缺一不可。

曲直家里那边传来了好消息；李志乾一案已经作出了终审判决，李志乾被判有期徒刑二十年，而曲直的父亲曲云山因积极退还赃款并能主动检举揭发其他犯罪嫌疑人，被判处有期徒刑五年。

九

时间过得真快，转眼就到了周末，五班的九个人统一乘车到市郊欣赏秀美的自然风光。在这次全队组织的第一次集体外出活动中，只有吴彤一个缺席，所以大家多少都有些遗憾。

游览了湖光山色之后，正午 12 点，在湖边一个叫定山居的饭店里，五班的九个人开始了第一次大会餐，虽然在食堂就餐经常有荤腥，但真正让肚里捞点儿油水，那这还真是大姑娘上轿——头一回。

上了四五盘菜之后，大家开始推杯换盏了。但这第一杯酒，却是谁也没有喝，因为池宏非已经首先提议了：

“让我们向吴彤的父亲表达最真挚的怀念！我提议,我们共同敬一杯！”

说完，池宏非轻轻地把酒洒在了地上，接着，其余八人也依次把酒洒了下去。

动起碗筷，大家才发觉各自的战斗力都是那么强。十几个菜，几乎是上一盘，光一盘，最后不得不又加了三荤三素六个菜，凑了个二十整，才算堵住了嘴。

渐渐地，一箱啤酒也告罄了。这时，面红耳赤的闫岩突然从兜里掏出了手机，大声喊了起来。

“我提议，我们每个人都跟吴彤讲句话吧！”

当按着通讯录的电话号码小心翼翼地拨通了吴彤家电话之后，大家静静地等待着。

“您好，您找哪位？”大家突然听到了吴彤那熟悉而低沉的声音，但在池宏非看来，吴彤的精神要比上次他和程艺轩打电话时好了一些。

“我是闫岩，我希望你早日归来！”闫岩说完，把手机递给了池宏非。

“吴彤吗？我是池宏非，我可等你回来共同打天下呢。”说完，池宏非又把手机递给了曲直。

就这样，小小的手机飞快地在五班每个人的手里传递着；最后，程艺轩接到了手机。

“喂，吴彤吧！我是程艺轩，祝你和你母亲平安、健康！也希望你早日回到我们身边！”

“喂，喂，程艺轩，讲清楚了，到底回到谁身边啊？”调皮的肖可现在可是政治辅导员了，目光敏锐，对语气的捕捉也十分精确。

“去你的，别胡说！”程艺轩一边把手机递给闫岩，一边冲着肖可挥起了拳头。

“心照不宣，那就心照不宣了！”肖可倒闹起个没完来了，不过也让其他的同学都听出了其中的弦外之音。

十

一个天色阴沉的下午，吴彤回来了，左臂上还戴着黑纱。刚到队门口，就被几个正打羽毛球的学员围住了。

“兄弟，咱妈还好吧？”大家异口同声地问。

“谢谢大家，事情都处理完了，感谢大家惦记！”吴彤拱手致谢。

“程艺轩……你还好吧？”在五班寝室门口，吴彤正好遇见了要跑出去看他的程艺轩。没等她开口，吴彤便抢先问了一句。

“还好！你好我也就好了。”程艺轩竟主动向前迈了一步。端详着二十天后吴彤的模样，关切地问，“你真的瘦多了。”

刚说到这儿，五班寝室的门开了，原来是屋内的苏畅和曲直听到动静，迎了出来。

“赶快进屋坐吧，五班才是咱的家嘛。”曲直这一语双关的话弄得程艺轩满脸通红。

乍一回到集体里，还在悲伤中的吴彤带来的仍是一种沉默，而且它也成了种传染病，波及五班的每个人，以至于谁也不愿在寝室里多说话。

“哎，听说美国总统要访华了。”吕杨拿着收音机从门外冲进寝室嚷嚷，被身边几双怒视的眼睛逼得哑口无言。吴彤的父亲刚刚去世，哪来那么多的新鲜事供大家作为谈资？

这时的吴彤却没意识到自己带来的郁闷，只是认为自己有必要静下心来去想一些事，做一些事了，仿佛在一夜之间，他成熟了许多。

星期五晚上看集体电影时，易资平叫过了正要请假去教学楼上自习的吴彤，准备跟他谈谈心。

当得知了吴彤并非意志低沉而是自我感悟时，教导员呷了一口茶，说。

“吴彤，你知不知道你的一言一行都在影响着你们班所有的人呢？”

“我想我不会有那么大的能量吧？”

“不，你只是源头。不知道你感觉到没有，你们五班最近情绪都不是很高。”

“是有那么一点儿，不过这跟我有很大的关系吗？”

“是的，跟你有很大关系。”教导员开始向吴彤分析这种现象产生的原因、过程和结果。

“吴彤，如果你能逐渐从失去亲人的阴影中走出来，我想这对于你自己，对于你们五班，甚至对于整个学员队，都是有好处的！”易资平把吴彤送到门口，意味深长地说。

第二天，学校礼堂放映一部外国喜剧片，据说挺招人笑的，吴彤便掏了四十元钱，买了十张票，把五班一群人又召集在了一起。

电影当中每当有笑料抖出的时候，大家便都能听到吴彤爽朗的笑声。几次下来，每个人也都放开了，大家一起开心地笑了起来。

经历了失去亲人的痛苦之后，吴彤又以一种积极的态度投身学习和工作之中。尽管他戴着黑纱，但对每个人来说，吴彤却成了一种动力，而且永不休止。就像他那给人鼓励的笑容，永远挂在嘴角。

十一

池宏非近来惹了大麻烦，高中时徐晶同寝的七个女生于六月一日分别发来了檄文，声讨他与徐晶分手的“卑劣行为”。

有的甚至仅仅寄来了一张白纸，来向池宏非表达最强烈的抗议。

更令人费解的是他和于笑薇在新训基地的一些诸如给咽喉片、贴创可贴之类的旧故事再加上去年年末在月亮城大酒店池宏非英雄救美的新情节，竟成了四处流传的大众谈资。

“队长，我有点儿受不了了！”池宏非在一片议论声中不得不推开了队长宿舍的门，一五一十地把他和于笑薇的事讲清楚。“而且我想于笑薇也面临着比我更大的压力！”

“我代表队里表个态，我们是你的坚强后盾，谁要是再瞎传瞎说，我们队领导直接找他。”队长坚定地说，“身正不怕影斜，脚正也不怕鞋歪，你池宏非又没做什么错事，种地还怕蝲蝲蛄叫不成？”

当天下午，队长又找到了于笑薇，重复了和池宏非说过的话。

满城风雨的最终结果还是把于笑薇调到了一个只有四个人，而且还是不同年级，不同专业的混寝之中。由于上早晚自习各专业带回寝室时间不同，所以于笑薇也没了多少和别人交流的机会，渐渐地就孤立了起来，也十分寂寞。

于笑薇调走后，程艺轩也好像没了生气。尽管身旁不乏有人常常褒扬她，但没了于笑薇那张咬住她尾巴不放的刀子嘴，程艺轩心里还有点儿失落。

后来，索性程艺轩也申请调到了于笑薇的那个混寝。尽管两人一见面仍不免磕磕碰碰，但在程艺轩的印象中，当面说坏话的人总比当面说好话的人要可靠得多。

再说池宏非和于笑薇的“绯闻”，越闹越大，越编越邪。易资平也认识到了事态的严重，便和谭锋研究着进行一次教育，而且主要是针对这些造谣中伤和影响同学形象的自由主义。

“这不仅是个纪律问题，而且是个道德问题！”

谭锋在教育中说到这些不齿的行为，气愤得直拍桌子，“你给别人造谣，中伤别人，那就是犯罪！”

从此，池宏非和于笑薇减轻了不少的舆论压力。

十二

但是随后不久，程艺轩和吴彤的关系问题暴露了出来……

原来他们自习课成双成对出入图书馆的行踪被很多其他学员队的学员发现了，渐渐地，另外一些雨中撑伞漫步或是晚自习到操场谈心的细节也一件件被人披露了出来。

关于他们的风言风语也传到了队长的耳朵里。队长起初却并没有相信，因为以讹传讹的事太多了，况且又涉及区队长这一骨干职务，所以他并没妄下结论。

但舆论毕竟也有真实的一面，当星期六晚上队长在教学楼前偶遇坐在台阶上的他们时，谭锋便觉得这事情并不那么简单。当晚，他便找到池宏非、喻枫和苏畅三人到队部谈话。

不出所料，池宏非和苏畅这两位老骨干是一言不发，新上任的副班长喻枫也东牵西扯，故意回避正题。谭锋急了，这是五班的互相团结还是互相包庇呢?

但三个人仍然是统一口径，谁也不对吴彤事件发表任何看法，而且还对谭锋队长有了抵触情绪：吴彤的父亲刚刚去世，不过是找程艺轩说说话、谈谈心，你谭队长的做法该不是落井下石、雪上加霜吧?

没办法，谭锋的调查谈话只好无果而终。

就在这时，九八世界杯开幕了，五班的三位铁杆球迷：池宏非、喻枫和曲直自然不能错过，每晚的电视房里总能看到他们鬼鬼祟祟的身影……

“马尔蒂尼带球，你带呀，怎么让人断了呢……”

“罗纳尔多像骡子一样，跑得就是快……”

“要不怎么说贝格汉姆是帅哥哩，那头型……”

本来每星期三谭锋总要检查就寝情况，可这星期四他却来了个突然袭击，而且是在约莫熄灯一小时以后。

果然，他刚出队部就听到了电视房里的动静，便走了过去。

星期四，正赶上中央五套晚上有《足球之夜》。场上激战正酣，场下的几名铁杆球迷也心潮澎湃……

“你们，不睡觉看什么呢?”谭锋见有几个学员在后排还光着膀子，更是气不打一处来。

“嘿，进了吗?”这时曲直正好上厕所摸黑回来，进了门就拍了一下谭锋的肩膀，吆喝着。

“哈哈!”尽管刚才气氛十分严肃紧张，但曲直这非常可乐的动作，大家还是被逗得笑了起来。

“笑什么笑?你们犯错误还有理了?”谭锋严肃地说，“每人五千字检查，明天晚上看电影前交给我。”

就这样，第二天的自习课，成了“感到愧疚”“自我要求不严”“生活散漫”一类词汇泛滥的时间。

当晚，大家每个人还真的拿出了五千字的检查，齐成一叠放在了队长的办公桌上。

星期六上午，谭锋在每周队会上不但提出了晚上有学员偷偷摸摸地看球的事，还把池宏非和喻枫叫到台前，代表所有违纪人员读了检讨书，有点杀一儆百的味道。

“其实，我并不反对你们看球。”谭锋的一句开明话真是语惊四座，兴奋的曲直还在眼前打出了胜利的手势，“但第一，晚上看球第二天不能集中精力听课，再加上有的学员光着膀子，像排骨队似的戳在那里……”

讲到这儿，台下传来了一片哄笑声，那几个前天晚上光着膀子站在后排看球的同学羞愧地低下了头。

“第二，咱们都是中国人，应该看看中国队踢球，世界杯都是洋枪洋炮的，你跟着起哄有什么劲儿呢？”

“中国队太差劲儿了！”学员们大声说出了心里话。

“那还要那么多的中国球迷干什么呢？”易资平从队长身后走了出来，“中国队是差，再差也代表咱国家。外围赛时在大连二比三输给了卡塔尔，谁不生气，谁不眼红啊！但我们要看到希望，也要给队员们希望。就像你们一样，虽然现在是红牌学员，但谁能说好二三十年后，在你们这群未来的知识栋梁中，不会有专家、不会有教授、不会有顶天立地的将帅出现呢？我和谭队长就是你们忠实的球迷观众，你们跌倒了，我们会用掌声鼓励你们爬起来；你们胜利了，我们更会用心为你们喝彩……”

话音刚落，台下爆发出了雷鸣般的掌声。

“停！”队长突然一挥手，“经我和易教员研究决定，每天中午午休和晚上看新闻前的休息时间电视尽开放，让你们看球……”

又是一片热烈的掌声，回荡在活动室狭窄的四壁之间，久久不散。由此，池宏非几人看球的地下活动也转向了公开，得到了队干部的认可。

十三

“哎？那不是程艺轩和吴彤吗？”星期六下午，易资平到市场买菜，偶然瞥见程艺轩和吴彤走进了一家咖啡屋。一种责任心的驱使使易资平拎了个空空的菜篮子跑向了那家叫作“情侣园”的咖啡店铺。

刚一进门，易资平就看到那个不起眼的角落，程艺轩在桌旁正为吴彤擦汗。但易资平穿着便装，又只是侧影一闪，他们两个就没怎么在意……

“先生，您要点什么？”服务员突然问话引起了吴彤和程艺轩的注意：一瞬间，他们发现了店门口拎着空菜篮的教导员……

“一杯美式咖啡，我跟他们俩是一桌的！”易资平指了指他那两个手足无措的部下说。

“教导员，您好。”吴彤躲避着易资平的目光，支支吾吾地说，“您一个人来的吗？”

“是你们啊，坐，坐呀。”易资平示意他俩坐下，又转向程艺轩，“哦，都是碰巧。”

“碰巧遇上，碰巧遇上，就一块儿来喝杯咖啡。”吴彤连忙出来“救火”，“学习太累了，压力很大。”

“对，压力很大。”易资平看着面前两个人那尴尬的样子，不禁笑出声来，“我这个爱国者可是跟踪了好长时间才拦到你们两个飞毛腿呀。”

“教导员……”程艺轩低着头应了一句，却被易资平空中划过的手势打断了。

“你们不用解释，我都知道。”易资平坐了下来，很神秘地看了两人一眼，说。“谁没从年轻的时候走来过？”

“教导员，我们之间其实没什么。”程艺轩争辩着，脸却成了红苹果。

“不忙解释，刚才的情节我可都看到了。”不用说，这话一定指的是擦汗的镜头了。

“教导员，是我不对。”这吴彤，还没屈打就已经招了，“我做错了事，我检讨。”

“不，教导员，是我的不对，跟吴彤没关系。”程艺轩见吴彤揽过一切责任，也站了出来。

“这有什么不对的？”易资平一边摇着调羹，一边说，“再说你们还年轻嘛！”

“吴彤、程艺轩，我并没有批评你们的意思。因为出了校门，我想我们三个之间便是朋友关系。所以你们两个也不必紧张。”易资平的几句开场白让两个人放下了心中的包袱。“感情这东西不是说来就来，说走就走的，它需要一个过程，但我不想反对你们，因为以前军政学院有过许多例子，现在的教员里也有许多夫妻二人是在校时的同学。当然，说这话有些过于超前了。”

“我不会干涉别人交朋友，因为你们也是二十岁了，已经成人。但要把握分寸，注意影响，而且千万不能把这学知识的四年荒废掉，否则多少年后你们会为自己曾经的军校生活后悔的。吴彤一直是优秀的骨干，程艺轩也为咱们队添了光彩，所以我希望你们能走回集体，从同学的角度相互学习，相互促进，也许你们会发现有比爱情更重要的东西……”

“谢谢教导员！我们明白了！”响鼓不用重锤，听了易资平的一番话，程艺轩和吴彤对视了一眼后，作出了各自的回答：

“那好，为我们达成的共识喝口咖啡。”易资平拿起眼前的咖啡杯，与吴彤和程艺轩作了次悦耳的撞击。

“好苦啊。”专注听易资平讲道理的吴彤竟忘了给自己的咖啡加糖，所以喝下去后，他的脸扭曲了起来。

第二天一早，吴彤接到了程艺轩的一张纸条——

吴彤：

不管我们走的是条平行的路还是两条总有交点的叉路，我想余下的三年大家都应该只留下各自追寻梦想的脚印，而不只是摘到路边酸涩的青苹果！你说对吗？

学友：程艺轩

拿着在轻风中洋溢的纸条，望着程艺轩那带有淡淡苦涩的笑靥，吴彤终于点了点头。

一场风波又被平息在了初始的地方。

十四

当世界杯决赛即将开赛的时候，军政学院也放了暑假，池宏非和曲直看来只有在各自乘坐的火车上预测法国队与巴西队谁能最后问鼎了。第二天中午才能乘车回家的喻枫在电视里看到了光头罗纳尔多与秃顶达内的激情碰撞，也看到了队长德尚高举大力神杯的那一刻。

喻枫看到法国队通过不懈的努力终于圆了百年的梦，自己也突然萌发了一个冒险的想法：作一名和平年代的军校大学生，也应该在什么地方实现一下自身投身绿色的价值了。

他想起了今年长江地区的抗洪抢险，那是最前线，也是最锻炼人的地方。回家后，经过几天的死磨硬泡，他终于获准以见习排长的身份跟父亲所在的师一起参加九八抗洪抢险。但有一个条件，他必须待在二线。

穿上提前就准备好的迷彩服，再戴上刷了几遍的红色软肩牌，喻枫打点好行李便随父亲的部队一同出发了。

可是到了湖北荆州的抗洪前线，喻枫才发现这儿的条件到底有多艰苦：前线住的是在大堤上搭建的不时就漏雨的帐篷，后方指挥部住的是蚊虫肆虐的活动房。

喻枫亲眼看到父亲住在这里第一个晚上，身上被咬了二三十个包。一气之下，喻枫抓起一打稿纸就拍死了墙上七八只蚊子，嘴里还不住地嚷嚷：

“大校你也咬，真是不想活了！”

可中午吃饭的时候，喻枫又得到了一个确切消息：这蚊子真是胆大包天，不但是师长、政委它不放过，连喻子秋隔壁某军副军长也被咬得满胳膊是脓包，还涂上了消毒水。

“好么，你们这群蚊子成精了，不打你们，是不是上房揭瓦啊？”晚上，喻枫一边在活动房里打蚊子，一边不住地唠叨。

只待了两天，喻枫就没了兴趣，因为父亲不让他随便乱跑：为了他的安全，更因为怕他妨碍别人的工作，所以只允许他拎着高倍望远镜，整天远距离地捕捉长江江面的巨浪滔天。

“爸，我也不是炮兵，整天离一线这么远不是浪费时间么？你让我到前线扛俩麻包呗，也算我没白来呀。”

“喻枫，你老实在那待着。”喻子秋训斥了一句，“这片水域水文状况比较复杂，防控形势比较严峻，你去一线只能添乱。”

“可我已经长大成人了，也是一名军人了。”喻枫对父亲的观点提出了异议，“再说，你手下的那些兵，有的比我还小好几岁呢。”

“别说了，就是不行！”喻子秋心里其实也想让喻枫去锻炼锻炼，但现在来了一浪高过一浪的洪峰，大堤的安危，官兵的安危，当然如果喻枫去了就更麻烦了，笨手笨脚，再给人家添乱，那可不是闹着玩的。“在我眼里，你永远是个孩子，所以，你没资格提什么条件，老实在这待着。”

没办法，喻枫只好整天在活动房里摆弄那架当初住院时班上同学送他的苏 –27 模型，或是拿起望远镜看远处大堤上热火朝天的劳动场面。喻枫也想偷偷溜走，但是父亲找了几个轮休的战士看着他，他是一步也动弹不得，但在他心里，上一线的欲望不但没有减小，却越来越强烈了。

终于，机会来了……

这天阴天，风大浪急，几个战士轮休结束，急迫地从后方的卫生所跑回了抗洪前线，也就没有人手再能“看护”喻枫这个光杆的见习排长了。

喻枫瞅准了机会，也混进了冲锋的行列，跟随着那几个轮休结束的战士深一脚浅一脚地踏过泥泞的田间土路，来到了大堤上。

上了大堤，登时喻枫就被人遗忘了，好像是隐形人一样，没人看他一眼，也没人跟他说话。个个都忙着填土、装麻包、扛麻包，个个上满了发条在拼命地干。

蓦地，喻枫发现了身旁那面写有“人在堤在”四个大字迎风招展的红旗，不禁也来了精神。他卷起裤腿，脱下迷彩服上衣，跳下了堤，投入加高加固大堤的奋战之中。

“排长，你是蹲办公室的吧？”喻枫刚扛起一个湿漉漉的麻包，就听身旁有个兵冲他喊。再看看自己白皙的肩膀和那人黝黑的脸，喻枫明白了其中的含义。

“我是政院的学员，来当见习排长的。”喻枫说到这儿，才感觉到肩上麻包的重量，那草绳的经纬早已勒得他皮肤通红，四肢打战。

但在这群兵面前，喻枫觉得有必要树立一下自身的光辉形象了。他忍着肩旁上皮肤摩擦的疼痛，一步一步吃力地向前移动着脚步……

突然，脚下一滑，喻枫倒在了湿滑的泥地里；身旁的几个战士连忙跑过去，把他扶了起来。

“兄弟，没事吧！”不知哪个兵问了一句。“你就不应该干这活儿。”

“没事，我能行！”喻枫吐出了嘴里的泥汤，又逞能地背起了麻包。

终于，他把这第一袋麻包送到了大堤的前沿。刚把麻包放下，他就腿一软，坐在了大堤内侧的土坡上，大口大口地喘着粗气，满脸的泥水顺着脖子往下淌，手上的血泡也突兀了出来，像是在向他示威。他索性取来那件崭新的迷彩上衣，抹去了脸上的泥水。

猛地，他发觉到了屁股有一股倏然的凉爽，穿透迷彩裤，刺激着他的神经。一回头，他才发现那是坡上的一个小手指粗细的小洞，在汩汩地向外涌着水。

“快来人啊，这里有管涌。”水柱越来越急，喻枫凭自己的判断大喊了起来。马上，一个少校带着几个战士扛着麻包急匆匆地跑了过来；正好到大堤巡查的喻子秋也急匆匆地赶了过来……

“你乱跑什么？”刚一看到喻枫的影子，喻子秋就吼了一嗓子。

“爸，我来参加抗洪啊。”喻枫低下了头。

“你能干什么？还不够添乱！走，跟我回去！”喻子秋刚要发作。

“喻政委，您等等。”喻子秋刚拉住喻枫的手，就被刚才的那位赶来排险的少校喊住了。

“这个新排长是谁呀？”那少校惊奇地问。

“哦，这是我儿子喻枫，在读南京军政学院，假期来实习，给你们添麻烦了吧？”喻子秋很礼貌地说，“不好意思啊。”

“不，我们还得感谢他呢。”一个新兵插了一句。

“为什么？”不只是喻子秋，连喻枫都愣了。

“他刚才发现管涌太及时了，不然这大堤，就有溃堤可能。”看到那个少校认真的回答，喻枫真没想到自己竟立了大功哩。

“爸,怎么样,儿子争气吧。”回指挥所的路上,喻枫还没忘跟父亲吹嘘。

“臭小子，把你美的，”喻子秋轻轻拍了一下喻枫的屁股，“行，我决定了，以后你跟我去一线，但是不许乱跑。”

“是，喻政委！”喻枫打了个立正，向父亲敬了个军礼，“人在堤在，保证完成任务。”

这一晚上可把喻枫兴奋极了，一想到明天跟父亲到第一线，他就高兴的不行。

第二天一早，喻枫和父亲来到昨天封堵管涌的地方，他不禁吓了一跳：大堤上人少了一些，频率却比昨天快。

天上下起了雨，浪也越来越大了。

“喻枫,给你!”喻子秋把一副白线手套拿给了喻枫,“戴上,省着磨手。”

但是真正行动起来，喻枫却是暗暗叫苦，在烂泥塘里穿行，脚下滑还不说，单说那些破树枝就让人难受。来回没几趟，喻枫就感到肩头发烫，脚脖子也被那些树枝划了几道深浅不一的口子。

“团长，原本在水里护堤的小刘虚脱，没人顶了。”喻子秋忽然听到身旁有人在说话，自己连忙毛遂自荐。

“你们别动，我去！”喻子秋说完，便头也不回地奔向了大堤。

“政委……”那个团长马上也跟着跑了过去，不想被喻枫拦住。

“团长，我去把我爸追回来，你先替他坐阵吧。”

这样，喻枫跟着他的父亲喻子秋跳进了齐腰深的洪水之中，和战友们手挽手，共同抵挡浪头对新加固堤坝的冲击。

“喻枫，你怎么来了，快回去！”

喻子秋发现在自己身旁的竟是儿子，连忙喊了一句。

“不，你回去我才回……”喻枫刚说完半句话。父子二人便淹没在迎面打来的一个大浪之中。

“喻枫，喻枫。”浪过之后，喻子秋连忙呼唤自己的儿子。

“爸，我没事儿。”喻枫甩了甩头，扬起四溅的水花，他冲父亲笑了笑，然后吐了一口水，“只是这水太脏了。”

这时，父子背后响起了一声清脆的快门声，是一个穿着印有“解放军报”背心的军事记者，摄下了这动人场面。

十五

此时百无聊赖的闫岩，正在家里收看中央电视台的赈灾义演晚会。

“妈，咱们也捐点儿钱物吧！”

“咱家又不是开银行的，你哪来这股子大方劲！”

“妈，当初咱这受灾，别人不也捐了吗？”

“那，你就捐两千元钱。”闫岩墨迹了半天，终于母亲觉得他说的也有道理，便答应了。

“谢谢妈！”闫岩见母亲松了口，便随声逢迎地说，“您这可是国际共产主义精神啊。”

“对了，”闫岩刚准备回屋取钱，又被母亲喝住了，“你要是捐钱，就送到电视台或是报社去，要不两家五五分成，你各捐一千也行。”

“那多折腾，直接送民政局的捐款办不就行了吗？”

“唉，傻孩子，”闫岩的母亲开始讲起实用哲学，“人过留名，雁过留声，不捐新闻媒介，这两千块钱不白打水漂儿了吗？你看那些影视明星，不都是捐给电视台，故意曝光么？”

“妈，咱捐款又不为了名，哪那么多讲究？”闫岩争辩着，“当初别人给咱一碗水，现在咱还别人一碗油，还图什么别的啊？”

第二天，闫岩真的就揣了两千块钱去了民政局……

十六

没想到入校一年的时光这么快就过去了。当暑期结束大家又从四面八方赶回军政学院，见到院门口那块改成了“欢迎98级新学员来院学习深造”的大黑板时，每个人已经意识到了，自己是大二的师哥师姐了。

又是送新生去新训基地的时刻，苏畅也赶到了列队上车的地方。当他再次看到那一个个送别儿女的父亲母亲眼中溶着亲情的泪花时，他不禁也感动得眼圈通红，一年前，他的父母也和这些父母一样。

此时的喻枫，再次成了军政学院人人学习的榜样，因为他和父亲共同抗洪的那张照片，上了《解放军报》的头版。

“这小子真行！”改任学院训练部部长的姜明拿着《解放军报》啧啧地地称赞着，“老连长是虎父无犬子啊！”

与此同时，进修系的新任政委毕军也给易资平打去了电话，让他向喻枫转达自己的祝贺。

不久之后，学院的院长和政委也分别在院办公会议上提到了喻枫，使喻枫一夜之间又成了军政学院家喻户晓，远近闻名的人物。

这时，有人开始说喻枫的被子质量不行了，有人开始说喻枫的军姿不整了……

而这个人，不是别人，却是吕杨。

说实在的，吕杨跟喻枫并没有什么太大的矛盾，只是当他得知“十一”有可能发展喻枫入党的小道消息后，为自己鸣不平。想想如果喻枫的父亲不是师政委，而是一个农夫，他能上《解放军报》头版？想想如果喻枫不是在本院运动会上而是在基地的操场上被人劈了后脑勺，他会连院长都能惊动？想想如果他的父亲不是军人干部，队里会提他当副班长？想想如果喻枫……一个个的疑问使吕杨越来越陷入了自我封闭的怪圈。

吕杨开始讨厌起喻枫来，他没意识到自己因为嫉妒心理认为喻枫成了他前进的绊脚石，而是认为自己在激浊扬清、除恶扬善。

他的这些举动被谭锋识穿了，他和易资平交换了一下看法后，认为吕杨的状态有可能诱发他的心理障碍，所以必须及时悬崖勒马。

“吕杨，其实你没必要对喻枫这样。”在经过了一个多星期的心理疏导和沟通后，教导员易资平对吕杨发起了总攻。

“他不就是个干部子弟吗？”吕杨气呼呼地说，“你们队领导怕他，我可不怕！”

“我们带了这多么届学员，什么样家庭的没有，有亲戚是军委领导的，有父母是少将大校的，还有地方干部的子弟。但一旦出现问题，队里不还是一视同仁吗？”

“那……”吕杨迟疑了一下，“他现在取得的荣誉都跟他的家庭出身有关系！”

“吕杨，现在这个时代已经没有什么家庭出身论了，你要看到他自身条件的优秀。”

“我看，他自身条件没什么出众的地方，但却常常偏得许多荣誉。”

“可能有一点点的机遇在里面，但他的能力就在于他把握住了，他的身上也一定有不少的缺点，但我们不能一叶障目啊。去抗洪抢险，常常会有生与死的较量，他作为志愿者参加抗洪斗争，说明他是有胆量和魄力的；参加运动会出意外他表现沉着得了嘉奖，但如果他再挺十几分钟或是那棱刺再劈得深一点儿，我们也不可能再活着见到他，他当副班长也是基于他的上述优点，再加上他从他父亲身上继承下来的军人气息浓，做事认真等等的优点。”

“那……那……反正地方上有什么权钱交易，卖官鬻爵，军队里也不是一片净土！”

“是的，不管是地方，还是军队，都有一些不良的现象存在。但是，你也要看看国外，比如所谓民主代表的美国总统，他不腐败，他那几亿美金的竞选资金从哪儿来，靠每月几千几万美金的工资吗？还不是得从企业家、大老板那里拿钱？但他还过吗？他不过只要投桃报李，给那些公司一点政策上的优惠就行了，而那些公司正是看中了这些比他们的付出高几倍几十倍的回报。那这个过程，跟行贿受贿又有什么区别？”

“不过，他们的媒体也很客观公正啊？”

“是吗？像‘美国之音’，就是归他们的国家机关控制，必然会有政治倾向吧？再有就是他们那套传播手段，总是用‘据某国不愿透露姓名的高层官员透露’一类的话，你看着挺真实，还保护了说话人隐私，但你能肯定他们这条新闻的消息是源于事实吗？比如我们今天的这些话经我一加工，也冠上一个某某人名传播出去，那也有人会相信的。”

“但我就是喜欢针砭时弊。”吕杨激动地说，“我就是看不惯社会上的那些丑恶现象。”

“吕杨，我不是反对你崇尚激浊扬清。但是，你自己必须要有一个清醒的头脑，更要有辨别是非的能力，”说到这，易教导员的语气渐渐严肃了起来，“青年学生容易激进，也容易激动，这我很了解。大家总想把社会引向一个好的方向，但有时会头脑发热产生幻想；而你们，这些军政学院学政治学哲学的青年学员，如果自己都不能认清身边形形色色的潜流暗涌的话，就更不能坚守我们的思想阵地，更不能作到永褒红旗不褪色了！”教导员拍了拍他的肩，继续说了下去，“所以吕杨，有青春的冲动并不是坏事，它表明你渴望进步，但你要擦亮自己的眼睛，要能控制自己，能拒绝身边的误导和诱惑，我相信我这些啰唆的话总能让你的脑子有点启发吧？”

“教导员，谢谢您。”吕杨动情地说，“您让我在看到白纸上存在瑕疵的同时，更认识到白纸自身的价值。”

十七

根据学院教学大纲的要求，九七级入学的学员可以参加本学期期末前举行的大学英语四级考试，时间是九九年第二周的周六。

得知这一消息，大家兴奋极了。毕竟英语四级关系到学位的授予，过不了四级，那以后毕业时就拿不到学士学位证。若是这次过了四级，不但学习压力减轻不少，也给以后过六级打下了基础，还能方便考研。对闫岩来说，他更关注的则是如果通过了这次四级考试，他一级英语补考的历史记录就会被抹消，这样他也达成了咸鱼翻身的希望。

为了通过英语四级考试，五班上下开始了大规模的“军备竞赛”：应试教材、辅导读物、听力磁带随处可见，模拟试卷、综合习题和分类解析也堂而皇之地走进了写有“军政学院”校名的黑色手提书包。

“战斗就要打响了！”早点名后，当易资平看到各班宿舍内抱着、捧着英语书晨读的同学时，无不感叹地说。

但面临考试的吴彤和池宏非，都无法真正把全部精力投入到英语复习中去：吴彤是区队长，三个班的里里外外大事小情，哪点不需要他的指导和管理？再加上一些区队与区队间的协调工作。有时，还要协助队长、教导员对学员进行一些疏导和教育。此外，他也不能把时间过多地投入到英语迎考的事情上去，因为还有几门公共基础课和专业课期末也要考试。

池宏非是“墙里桃花墙外红”，队里抽调他接替肖可，担任三条巷小区社区居委会的政治辅导员，任期是一年，刚刚走马上任的他更不能怠慢。再有就是一些党小组的内部事务，像组织思想问题讨论，策划个什么墙报宣传等活动，一般也要由他来张罗。所以，他也没多少时间放在英语的复习上。

在学霸于笑薇和程艺轩眼里，英语四级考试却是根本没威胁：英语听力她们从初中时学校就开始有目的地训练了，而且做了那么多套英语试卷，平时的分数也一直在七十五分以上，所以过英语四级对她们来说也许仅仅就是个考试时间的问题。

喻枫没有于笑薇、程艺轩英语学习那样出色，但担任副班长的他除了分配打扫卫生、整理内务一些的事务外，空余着许多时间。再加上他刚刚作为院里参加98抗洪的杰出代表作了事迹报告。荣誉给了他无形的压力，也给了他不少的动力。

在学习中时间过得飞快，不知不觉，1998年已临近尾声，而大学英语四级考试也只剩下了一两星期的时间，大家都在像蜜蜂一样辛勤地忙碌着。

十八

池宏非突然接到了一封寄自老家的匿名信，大概意思是让他转告父亲在开展纪检监察时小心点儿，否则将有人对他开刀。

看过信，以前还在劝曲直不要紧张的他现在自己却成了热锅上的蚂蚁：写信人是谁？他说这些话到底什么目的？但他最关心的，则是自己的父亲作为地方的领导干部，究竟有没有什么涉案的情况。

情急之中，他拨通了家里的电话，对面传来的是母亲的声音，起初他想隐瞒收信的事情，不想母亲却主动问起了他。

"小非，你收到匿名信了没有？"

"什么匿名信？"池宏非握着听筒的手突然颤抖了起来，"没……没……没有！"

"没有就好……"母亲叹了口气，说，"没有就好……"

"那信里是什么内容啊？妈！"池宏非试探着问。

"是反映你爸一些涉案问题的，现在省市领导办公桌上人手一份。"

"啊？！妈，那我爸现在怎么样了？"池宏非最怕听到"问题"两个字了，况且又是说他父亲的。

"他在参加市里的纪检巡察，半个月没回家了，手机不开，问司机也不知道，只听说是巡察下面县区的时候查出一些违纪问题，涉及了一些市县在职领导，人家要报复他。唉，急得都火上房了，他也不回个电话。”

池宏非一直最佩服母亲的沉着，但今天却明显感到了母亲心中的焦虑与不安，就像他此刻的心情一样。

第九章　九九归一

一

一九九九年新年的钟声敲响了，池宏非迫不及待地再次拨通了家中的电话，这次是父亲接的。

“爸，祝你和妈新年快乐，也代我向家里的亲戚们问好。”

“小非，你自己也要保重身体，好好学习。”父亲的声音低缓而沉重。

“爸，那封信……我也收到了一封。”池宏非知道自己不说，父亲绝不会首先提出信的事情的，“那信上说的是真的吗？”

“小非，身正不怕影子斜，你要相信爸爸，我是共产党的干部，既然敢查别人，也不怕别人来查我。”

“曲直的父亲，不也是共产党的干部吗？”池宏非突然感到父亲在回避着什么，便加重了自己的语气，“爸，你可不能做出什么坏事啊？”

“小非，难道父亲是在骗你吗？如果每个党员干部都在为钱让路，都在为个人利益大开方便之门，那还用别人搞颠覆吗？咱们自己就可以颠覆自己了！”

尽管听了父亲坚决的回答，池宏非的心里还是忐忑不安。尤其是他听说省纪委已经组织了调查组，准备对举报信反映的父亲的问题进行调查，心中更是火烧火燎般着急。不知不觉地嘴里也起了大面积的口腔溃疡，痛得说不出话来。

二

新年伊始，吴彤更挂念家中的母亲。因为父亲的突然去世，家中的重担就都交由母亲承担了，她那体弱多病的身体能挺得住吗?

元月一日的晚上，当他听到话筒那边传来母亲因感冒而抽泣的鼻息时，他哭了，他知道母亲也哭了。相依为命的母子此刻身隔千里，只有靠心灵的感应相互安慰。

“妈，”当吴彤看到身后那些排队准备给家里打电话报平安的同学们都在眼巴巴盯着他的时候，他收回了自己放纵的情感，“我身后还有许多的同学等着打电话，我先挂了，您可要多保重身体啊。”

“小彤，好好学习，不用担心妈妈。”

三

在新年第二天，学习压力过大的闫岩住进了学院的门诊部。吴彤为了减轻班上其他同学的考前压力，主动承担了护理的任务。

“我这次真是太想过四级了！”闫岩自言自语地说。

“闫岩，我理解你！”吴彤看着药水缓缓滴落的输液管，又望着闫岩的眼睛说，“但身体是最重要的。四级这次不过，以后还有机会；而且这次也只是预考，适应一下环境嘛。”

“可是，吴彤，你知道我一级还补过考呢，这次一定得打翻身仗。”

“翻身仗是要打好，但你现在也不能拿身体开玩笑啊。”

结果，一星期以后的英语四级考试，闫岩还是挣扎着来到了考场，当他眼前的试卷突然变得一片模糊时，闫岩的脑中下意识地感到：

“完了！”

四

经过一个多月的焦急等待后，英语四级的成绩也于二月中旬公布了出来，而这时，大家还都在各自的家中过着千年的最后一个寒假。

五班的英语四级通过率超过了百分之五十，于笑薇、程艺轩、曲直、吕杨、喻枫和肖可都顺利过了关，程艺轩还考出了八十七分的好成绩。而其他的几位，则要参加六月举行的下一次四级考试了。

对于正在家过年的池宏非来说，他的兴致却并没有因英语四级的失利而沮丧，因为经过省委纪委工作组的调查，他父亲没有任何问题，而且还被群众评为“廉政公仆”，受到了省、市的表奖。

“爸，您真是我的好爸爸！”在池宏非回校前的家庭饯行宴上，池宏非举起了酒杯，说出了一句酝酿已久的话。

“不，应该是咱们的好户主才对。”母亲也举起了酒杯，“要不然还主持什么纪检巡察呀？”

五

此时此刻，吴彤也即将踏上南行返校的列车。在飘雪的站台上，吴彤看着身后寒风中坚持要为自己提行李的母亲，眼圈不禁泛起了一阵阵红。

“妈，您多保重身体。”上车找到了座位，安顿好了行李之后，吴彤把母亲送回到了站台上。

“小彤，快回去吧，行李还得照看呢。”

“妈，那您多保重身体，没事儿就让二姨家的小哥儿来帮您干点活儿啊。”吴彤站在车厢口对母亲说，“我一定好好学习，把英语四级过了。”

“小彤，学习归学习，注意身体。”即将开车的汽笛已经响起来了，母亲仍不忘嘱咐着，“要跟同学搞好团结啊。”

乘务员重重地关上了车厢门，列车也开始缓缓地移动了，但在那临近站台一侧的车窗前，母亲却并没有找到吴彤那张熟悉的脸。

其实吴彤何尝不想列车开动后再见母亲一面，但他怕自己不争气的泪水会随着情感的爆发而自由坠落，那样母亲就更会伤心。所以，他躲在两节车厢间的结合处逃避着。

对于吴彤和池宏非来讲，英语四级考试的考验这才刚刚开始，而以前，他们只是仅仅停留在了一种遥远的认识上；经过一个假期的调整，闫岩回到了学院，准备再次冲击英语四级考试；对于苏畅来说，英语四级却好像离他越来越远，假期他在听英语二级听力磁带时，都感到有些似是而非，似懂非懂了。为了不给他增加压力，他的父母在他放假回家之后几乎绝口不提“四级英语”这几个字眼，只是有意无意督促他好好学习。

开学伊始，又一轮的学习热潮开始了。为了减轻池宏非和吴彤的工作压力，队里决定由曲直暂时接替池宏非去三条巷小区社区居委会担任政治辅导员职务，由喻枫暂时接替吴彤担任区队长职务。

“唉，没过四级就是不同啊，你看看，海瑞被罢官了。”一副惺惺相惜样子的池宏非刚碰到吴彤就发了一通感叹。

“别说了，”吴彤脸上写满无奈，“你五十七，我五十五，你还比我多两分呢。”

“算了，算了，往事不要再提。”喻枫从背后搂住他们俩的肩膀，“教导员、队长在队部等着你们呢。”

“还有谁？”两人几乎同时产生了一样的敏感。

“还有……还有于笑薇和程艺轩。”喻枫那游走的眼神弄得面前的两个五班的“高干”丈二和尚——摸不着头脑了。

“什么？”两人面面个相觑，大吃一惊。

“不知道今天我找你们四个来干什么吧？”谭队长的语气很平和，但平和中更有一种神秘。

“不知道！”四个人几乎同时摇摇头，但谁也不敢往身旁望一下，因为他们之间的故事在队长那里可是件件在案的，所以连回答的表情都要小心翼翼。

“是这样，”教导员望了望这四个噤若寒蝉、低头不语的五班同学说，“考虑到本学期吴彤和池宏非面临英语四级考试，经队里研究决定，由程艺轩和于笑薇二人分别负责辅导他们的英语学习，结成互助对子。”

“这，这不好吧？”吴彤首先低着头提出了异议，因为这样会引起更多的议论。

“不好？以后过不了英语四级更不好！”队长回答道，“考虑到你们平时接触很多，彼此熟悉，才这样安排的。”

“不过，这东传西传出去，容易……”池宏非也说出了自己的想法，却被易资平的话打断了。

“容易什么？容易只是你们自己的联想。又不是一朝被蛇咬，干嘛十年怕井绳呢？你们的认识上存在着误区。队里信任你们，才这样做，你们自己连自己都不相信吗？”

“教导员说得对！”谭锋笑了，“如果你们觉得尴尬，那就错了，学习是你们的目的，如果你们俩个骨干这学期通不过英语四级，在同学中势必会降低威信，在日常生活管理上也会遇到更大的困难。”

“教导员……我……”池宏非刚要申辩，又被队长给喝住了。

“事情就这样决定了！不只你们，其他没过英语四级的同学我们也会安排帮扶对子，而且，你们这两个对子是表率，要带动其他同学的。所以，不要辜负队领导的期望啊！”

“我再补充两句。”易资平接着谭锋的话题说道，“我们要争取这一次考试全部通过四级，不留死角，至于结对子的事队里今晚会作出通知，除了固定安排的你们四人，别人都按自觉自愿自由搭配的原则找帮扶对象！”

“教导员，那我们……”于笑薇打破了沉默，喃喃地说，本意想推脱，却被易资平误解了。

“哦，你们晚自习就可以调桌了。”易资平以为于笑薇是助人心急，便说，“于笑薇调到池宏非同桌，程艺轩调到吴彤同桌。”

当晚，队里真的开了会，传达了党支部关于开展英语互助学习的意见，结果苏畅和肖可、闫岩和吕杨分别结成了互助对子。

六

第二天早上上课之前，座位调动完毕。

第一节课是新开的马克思主义哲学原理，没想到却成了吴彤和池宏非的新派“同桌秀”，大家的目光都不去注视黑板，而是落到两人不断升温的脸上。

“吴彤，”任课教员看到吴彤低着头，红着脸，好像在开小差，便把他叫了起来，“你回答一下哲学这一名词的本意。”

吴彤正在考虑下课后一定要找教导员换座的事情，不想却突然被任课教员叫了起来，便支支吾吾，一时回答不上来。

“爱智慧，爱智慧！”肖可隔着两三个人还在那里低声地提醒着，脖子也快要伸成长颈鹿了。

“爱——”吴彤听得不太真切，便断断续续地说。

“智慧呀！智慧！”程艺轩见同桌面红耳赤的样子，只好假装自言自语地提醒。

“对了，对了，”吴彤好像来了精神，极为肯定，不加思索地回答，

“是爱滋味！”

当“爱滋味”的三个字从吴彤的嘴里喷涌而出的时候，教室里洋溢起了响亮的笑声。

事情传到队里的时候，教导员只是微笑了一下，仍没有同意吴彤调座位的请求。

池宏非进入状态比较快。虽为避免风言风语他和于笑薇前一阵子曾疏于言谈，但因为曲直的穿插搓和，两人还保持着很好的联系。再加上有队长上次队会上的承诺，他们更是减少了许多拘束。

“于笑薇，你说这题为什么选这个呢？”

“哦，拿来我看一下再讲给你吧……”

经常可以听到池宏非和于笑薇这样的交谈，毕竟两个人同属那种外向型的学员。

吴彤起初的尴尬也渐渐地随着同学们对他和程艺轩关注的冷却消失了，他也开始踏上了英语学习的正轨。经常地，还能听到程艺轩像老师一样地在课前盘问着吴彤：

“什么样的句子用倒装？”

“虚拟语气的句式是什么？”

要说最出色的“老师”，应该首推吕杨了。他并不是有着英语学习天赋的那类学生，而是属于肯学勤学的那种。所以，他对知识点和结构掌握的也十分牢靠，再加上上高中时为减轻家里的经济负担，他还曾在学习之余做过寒暑假的初中家教。所以，闫岩在他的帮助下，英语学习便有了飞快的长进。三月份的三次模拟考试，都超过了六十分，这便是吕杨实力的验证了。

肖可当英语辅导员可就不行了：一是他生性毛草，其实英语四级成绩也只不过是六十分刚出那么一点头，让他讲题，说理自然很困难，再加上这是碍于苏畅的请求，他自己并不情愿，所以投入的精力也少得可怜。

苏畅自己对自己首先就缺乏了信心，加之肖可辅导的不认真，就更没有了学习英语的热情，所以成绩一直上不来。

七

谭锋看到最近三次队里统一组织的英语四级模拟成绩表后，对苏畅成绩的裹足不前十分不满。先后找了他和肖可谈话，还是没起多大作用。

肖可看到班上几个没过英语四级的学员玩了命地加班加点学习，便有点儿骄傲了：有了英语四级证书就等于有了半个学位，再加上自己又有学习文科的好底子，怕什么拿不到学位呢？肖可也开始放松起来，早上做寝室小值日经常不涮拖把，有时还不去拖地；食堂帮厨时总是说肚子疼，或是找不到人影儿；最可气的就是提前半年过了英语四级的他，开始厌倦了教员讲授的英语四级解题技巧之类的学习方法，开始逃课跑到图书馆看起课外书来。

纸终究还是包不住火的，有天上英语课前肖可刚溜走，训练部便来抽查出勤情况。

结果不用多说，肖可自然是榜上有名了，而且还是在这周的全院工作简报上，赫然排上了肖可英语课旷课的名字。这可惹恼了作风严谨还在乎名誉的谭锋，他当晚便把肖可叫到了队部，劈头盖脸地训斥起来。

“肖可，谁让你逃课的。”

“我过了英语四级，不用再浪费时间学英语了。”

“那为什么别人不走偏偏你特殊呢？”

“他们还想过六级，我是‘知足者长乐’型的，过了四级就满足啦。”

“那你就能置学校纪律于不顾。擅自作主张，违反规定了？”

“我承认我违反规定，触犯了纪律，但我在图书馆同样也在学习呀？”

“你不用说了，”肖可不负责任的话点燃了谭锋的怒火，“你不是学习时间充裕吗？把纪律条例上的处罚和奖励条款背下来，过两天我不定时抽查。”

“队长，你这是变相体罚吧？”肖可本来想找个委婉点儿的回答，但无奈词汇贫乏，只好用了这个非常难听的字眼。

“什么？我变相体罚？”听了肖可的这句话，谭锋更是气不打一处来了。他心想下级服从上级这规定暂且不说，做错事后学习条令相关条款这是犯错学员必须进行的补课。肖可自从英语四级通过以来，学习也不认真了，作风也变得散漫了。这次他正应该多学一下条令，吸取点儿教训，而自己只是提醒了他一下，督促了一下，又怎么能说是在变相体罚呢？

肖可并没回答，气冲冲地径直出了队部的门。

“肖可，你给我回来！”谭锋跑到走廊喊着肖可的名字，那声音吸引了不少同学从寝室钻出头来，纷纷想看个究竟。

但此时的肖可没回寝室，而是跑到别的队给系领导打电话，说说自己的想法，也是想要一个说法。

系里值班的高主任在电话里否定了他的申诉，认为队长的做法合情合理，可能态度不好，但作出的相应处罚是理有据的。

肖可本想在系里面讨个说法，却不想又多挨了批评，心里十分不满，于是便对队领导的工作有了抵触情绪：先是谭锋找他去队部谈话他不去，然后是晚点名点到他他不回答，再有就是第二天早上出操他又没参加，不知跑哪去了。

中午午休的时候，高主任和蔡政委来到了十一队，就昨天肖可反映的情况进行调查。当他们得知昨天以来肖可一系列干扰队领导工作的行为后，让五班的喻枫和曲直把肖可找了回来，在队部里对他进行了一番教育。

“肖可，你有意见可以提，我们也给你申诉的机会，但你不能妨碍队里的正常工作呀？”蔡政委离肖可最近，他先说道。

“政委，我做的并没有错，我不想机械地去背条令，那样是对我的鄙视。”

“那你不参加早操，晚点名到了不答，队长教导员找你谈话你不来，你又是在鄙视谁呢？”高主任也说了几句，“肖可，入伍以来你还是要求上进的，学习比较认真，体育上你又有自己的特长，为什不去积极发挥呢？”

“队里并没有给我多少的机会！”肖可不满地说。

“那去三条巷小区社区居委会担任政治辅导员，你是被我强迫的啰？”

教导员的问话使肖可顿时哑口无言。

“肖可，我批评你时态度不好，我自己有错误，我向你道歉。”谭锋对自己的脾气暴躁作了检讨。

“队长，你……”肖可原以为眼前的几个两杠几星的领导是来压制他，逼他就范的，没想到队长竟首先向他道了歉，他渐渐感到自己再固执下去就是强辞夺理了，但还怕自己承认错误面子上过不去，便稍缓和了点儿语气，强作镇静地说，“你错了也好，对了也好，我都不十分在意，只是我想说我自己没什么做错的地方。”

“是吗？肖可。”高主任笑了，“根据咱们学校学员条例的规定，无故旷课累计超过四个学时者，是要受到警告处分的；而超过八个学时，则视为自动退学处理，那你呢，难道这次被抓是偶然的吗？”

“肖可，你可知道谭队长是怎样维护你，不让你受处分的吗？”蔡政委严肃地说，“这一点，我还应该批评他呢！”

“反正我在工作简报上被点了名，够寒碜了，那还能怎么样？”

“肖可，你以为你这个错误只是犯在自己的头上了吗？你这是在为十一队抹黑，你不知道受处分学员所在的学员队，取消当年先进学员队的参评资格么？而你，现在早该受到全队学员的臭骂了。”蔡政委严肃地说。

“什么？”肖可并没有想到自己犯的一个错误竟带来如此严重的后果：如果给他自己一个处分也没什么大不了的，关键是这给他们整个十一队带来了损失。所以，肖可一时还没有接受这一事实。

“不可能的，你们说得太严重了。”

“严重？如果你认为蔡政委是在给你制造恐吓的话，那你自己看看那边墙上的学员队管理细则吧。”

说着，高主任指了指离肖可不远贴满了学院各项规章制度的公告栏。

固执的肖可连忙走了过去，从那白纸黑字的规定中确实看到了刚才蔡政委说的那项规定，一时间，肖可的头嗡地一下子，他知道这一切意味着什么，也知道如果不是队领导护着他，他将会面临着什么。

“我要向全队同学道歉！”肖可惭愧地嘟囔了一句。

“那倒不用，肖可，”高主任掷地有声地回答，“你应该首先向队长和教导员道歉！”

百感交集中，肖可低下了他曾自为高贵的头，几乎是一字一顿吐了一句：

“队长，教导员，对不起！”

第二天上午前两节正好是自习课，肖可只身一人来到了训练部部长办公室。经过了一番自我介绍之后，肖可和姜明部长谈起了上次英语课人员抽查的事情。

“姜部长，上次抽查十一队，我被抓到了逃课。”肖可硬着头皮说，“您看……”

“不用‘您看’，你是被写到了工作简报的通报批评名单里的，应该受到处分。”

“可您不能把我们学员队的先进评比资格也取消了？”肖可急了，“我无所谓，你们给我什么处分我都无所谓，甚至是退学！”

尽管肖可说“退学”二字时声音轻了一点儿，但那声波依然传到了姜明的耳朵里。

“犯错学员自己受处罚与学员队受的处罚是不同的，你想把责任都往自己身上揽，那是不行的。”

“错误是我犯的，干嘛还要给十一队记账呢！”肖可急了。

“肖可，你激动什么？”姜明示意肖可坐在沙发上，“别忘了你属于十一队这个集体。你是这个集体中的一员，这个集体的荣辱兴衰关系到你的成长，你的荣辱兴衰也关系到这个集体的发展！”

“肖可同志，我把话说到了这里，相信你也应该明白我的意思了，但我最后还要送你一句话：做错了可以改，失败了可以再来，但千万不要被同一块石头绊倒两次！我想你一定能做好。”

肖可走出院部办公大楼的时候，特意在一楼门厅里的军容镜前停留了一会儿。

“从今天起，我不能再糊涂了，我应该重新做一个对得起自己，对得起大家的人。”肖可对镜子中的自己，自言自语地说。

八

没想到，刚接替吴彤担任临时区队长的喻枫就和一名外班同学吵了起来。

原因是在刚才上自习的时候，那名同学去厕所忘了带自习室的钥匙，便用力地拍了一下门，那“啪，啪，啪”的拍击声影响了屋内同学的学习，也造成了他和喻枫的争执。

“别以为你是区队长就了不起，别忘了你只是个临时的！再说了，你当区队长有管人的瘾啊？”

那名同学的讥讽不仅深深刺痛了喻枫的心，也让后来得知消息的吴彤非常气愤。

当晚，他和喻枫便在晚自习前做了简短的发言。

先是吴彤上台。他刚走上讲台，便看到了那名同学有些不屑的目光。

“是的，我现在不是区队长了。但是我想就事论事，说说区队长的职责。区队长是大家选的，也代表着大家的利益，我想如果区队长做错了，批评错了，大家应该也必须让他有个说法；但如果区队长批评的对，那也希望当事人别有什么怨言，因为区队长的批评是对事不对人的。我想作为前任区队长，我认为喻枫做的并没有什么不对，只是他不应该发那么大脾气。这是他以后应该注意的地方。下面，我就不喧宾夺主了，让喻枫上台说两句吧！？”

在一阵唏嘘声中，喻枫站在了讲台的中间。

“首先要对我自己刚才的粗暴争吵向各位同学致歉，也向那位同学致歉……”

话说到这儿，大家的目光刷地一下子都聚到了刚才那位同学的脸上。不觉地，他红着脸低下了头。

“我是同学们选的，是民选的区队长，虽然是临时的，这权力也是大家给的，我在此感谢大家，我想说的就是大家既然给了我这种权力，我就应该去维护这个集体的利益，也是大家的利益，而不是个别人的利益，尤其是当个人利益与集体利益有矛盾的时候。再多说点，那就是我所顽固不化坚持的那种硬死板的个性，它造成了我的固执。所以曲直曾说过我，说我并不是什么“刺猬”。因为刺猬遇事能蜷身子竖起了硬刺就躲过去，而我不能；池宏非也说过我，说过我喜欢苏 –27 却不能像苏 –27 那样灵活，能做好眼镜蛇，机动地和人兜圈子。我想自己就是这样个性子，也改不了了。但有一点我能改，那就是当我说错了，做错了的时候，我以后一定不会再犯类似的错误，尽管我是临时担任区队长的职务。我还是要在这短短的任期里给大家一个承诺，那就是当我真的说错了，做错了，损害了区队长这一代表大家利益职务的形象时，我会负担起我应负的全部责任！”

池宏非第一个越位似的拍起了手，接着几乎在同一时刻全教室内的所有同学都鼓起了掌。刚才那名与喻枫发生争执的同学也自觉地抬起了双手，在为喻枫的话鼓掌，也在用另一种方式向喻枫和全区队的同学表达着自己的歉意。

正在这时，肖可用自己的门钥匙打开了门，当他看见全区队所有人都在微笑着鼓掌面对他的时候，他产生了种错觉，以为大家是在用掌声向他表示原谅。所以，他面向全班深深地鞠了一躬，然后向自己的座位走去。而其实，除了五班的几名知情人，其他的人谁也不知道他鞠躬的含义。

此时此刻，通过池宏非的眼神，喻枫会意地鼓起掌来，而且十分卖力。

“喂，刚才肖可进来时你傻乎乎地鼓什么掌呀？”被池宏非的举动搞得莫名莫妙的于笑薇刚一下课就小声地问她的新同桌。

“那是一个美丽的错误！”池宏非满脸陶醉地看着于笑薇那双疑惑的大眼睛，动情地说。

“我没说你，别自作多情。”于笑薇说着，拳头砸在池宏非的肩膀上。

九

五月的江南，烟雨绵绵，见不到旭日晴天，但曲直在每周六和周日还是坚持到三条巷小区社区居委会为那里的居民进行思想政治教育。而他每次去做讲座之前，还经常要多翻翻报纸，找找资料，写一个比较详尽的提纲，不打无准备之仗。

星期五的下午，他按约定又来到了三条巷小区，准备在居委会会议室开展时事政治的宣传答疑。

突然，有两个拿黑色手提包的人鬼鬼祟祟正想进会议室，他便抢先了一步，挡住了他们的去路。

“请问，你们是几栋几号的，做个登记吧！”曲直急中生智，掏出了圆珠笔，连同手上的一叠白纸递了过去。

“我们是……我们是……”正在两人支支吾吾地准备做自我介绍时，居委会主任从会议室里走了出来。

“曲辅导员，大家正等着呢，赶快进屋吧！”

一听这话，再看看曲直便装上衣下的那条军裤，两个人撒腿就跑。

曲直顾不得许多，连忙和居委会主任一同追了上去，居委会主任年龄较大，腿脚也不灵便，渐渐就追不上了；但曲直不同，他以前是练短跑的，所以没几步就揪住了一个人的脖领，一个扫堂腿那人就摔倒在了地上。

“你干什么的？”后面追来的住户围住了坐在地上的那个人，大声地问。

曲直拿过了那人手中的黑色手提包。打开拉链一看，尽是一些花花绿绿的传单，曲直随便抽了一张，拿在手上看了起来。

原来是邪教的练功布告，说世界末日就要到了，人类无法解救地球了，只有师傅才能拯救人类，拯救地球。

“真挺神的，是吧？”曲直白了那人一眼，说。

“哎？这不是张辅导员吗？”突然人群中有两个六七十岁的老太太，大声尖叫了起来，“您怎么在这儿？”

“是这个魔怪。”那个张辅导员突然指着曲直喊道，“他想取走师傅放在我肚里的照妖镜！”

“走，保护师傅！”两个老太婆冲开人群就想向曲直扑去，却被自己的子女强行拉住。

“妈，您别练了。”不知哪个老太太的女儿哭喊着，“跟我回去吧。”

“我是师傅的大弟子，无儿无女，和你们有什么关系？别拦我，我要去护法，斩除魔障！”一个老太太口中念念有词，还想向曲直身上扑。

这时，那个张辅导员却趁着人群的混乱钻过人们的胯裆，跑了。但那只黑色的手提包，却落在了曲直的身边。

当晚，曲直就把黑色手提包里一本宣扬邪教理论的书和两盘录音带连同一叠传单送到了易资平那里，还把今天下午事情发生的前前后后对教导员叙述了一遍。

“这几天老听人提附近出了什么邪教，到底是个什么玩意，我倒要看看！”说着，谭锋走上前去，也拿了一张传单看了起来。

“哈哈！”还没看两分钟，谭锋就笑了起来，“真没想到，还有比我侄子能吹的。我侄子也不过是在他的作文里说自己要拯救中国足球，没想到这里还有一个要拯救地球的，真新鲜。”

根据曲直的叙述，谭锋和易资平意识到了这个邪教继续发展的严重性。所以，刚看完新闻，他便和曲直一起去了系部，向蔡政委汇报情况。

蔡政委看了看眼前的传单和书，想了想又拨通了政治部主任的电话。

“尽管现在该组织中央并未定性，但根据其组织表现和所宣扬内容来看，基本上可以确定为是一个邪教组织！”

十

在几近深夜的时候，曲直怀着一颗忐忑的心，睡去了。

明天，他还要去三条巷小区社区居委会补上今天下午该他讲的那节课:《科索沃战争与我国当前面临的国内国际形势》。

南斯拉夫已经遭受了连续几十天的空袭了，国际的调解和联合国的斡旋，都未能收回以美国为首的北约手中挥舞的战争大棒。而我国在科索沃战争引起国际局势微妙变化的时候。如何准确把握，如何冷静分析，又如何妥善处理和解决国内可能出现的种种情况等等，曲直都作了大胆的预测和分析。

“无论发生什么事情，稳定都将压倒一切！”

不知凌晨几点的时候，睡梦中的曲直被叫醒了，是谁他还真没弄清，只是稀里糊涂地跟着进了电脑房，那新浪网主页上的醒目信息立刻搅醒了他挥不去的倦意……

“什么？中国驻南使馆被美国炸了！”这回他看清了身边的人是谁，是闫岩和苏畅，他们原本是在电脑房通宵加班看英语的，正赶上凌晨队里值班的队长已经睡觉了，苏畅便用闫岩的手机和自己的网卡上了网。但没想到，刚打开网页便看到了这个消息。

“不可能，绝对不可能。”曲直简直不敢相信自己的眼睛，“网上经常瞎传新闻，编的。”

“那再看看别的网站吧！”苏畅点击了好几个门户网站，结果也得到了同样的消息，这回，曲直可相信了。

五月八日白天，在市里的各个主要街道，包括军政学院门前的马路上，出现了一些示威的群众，他们高举着标语牌，向以美国为首的北约空袭我驻南使馆表示强烈愤慨和抗议。

“教导员，今天三条巷的讲座，我就不去了吧？”曲直走进了队部。

“不，根据院部首长的指示，你不但要去，还要讲得彻底，讲得明白，就按你原先设计的，‘稳定压倒一切’。”教导员严肃地说，“我也换便装跟你去看看，免得有什么情况！”

八点左右，曲直和教导员易资平二人来到了三条巷小区居委会的会议室里这里坐满了人，正在收看中央电视台播放的《东方时空》早新闻，有的人还拿着本子做着记录。

“易教导员，曲辅导员，你们来了！”看到门外站着的曲、易二人，居委会主任马上迎了出来。“我以为今天出了这么大的事，你们不会来了呢！”

“不，正因为出了大事，我们军政学院更要来人讲一讲科索沃的问题。”易资平斩钉截铁地说。

在众人注视的目光中，曲直缓步走上了讲台。今天台下来了这么多人，的确是他所始料未及的。曲直首先讲了科索沃问题的起源，接着讲了科索沃近年来企图分列的种种活动，然后他又介绍了科索沃战争爆发的前前后后以及南联盟及北约的力量对比，当曲直刚要讲科索沃战争与中国关系时，突然他看到了后面一只高举的手。

“请问，中国会不会卷入科索沃战争？”

“就目前形势而言，应该说是不会的。”曲直的回答赢得了易资平赞许的目光，“我们从主观上讲自己要发展，要建设，所以一直是致力在和平解决国际问题、国际争端上。对于这场争端，我个人认为我国政府将坚持通过和平外交的手段从中斡旋，以求和平解决。当然，从客观上讲，科索沃距我国有万里之遥，并不存在城门失火的可能。”

“那你说中美会不会打起来呢？”一个十四五岁中学生模样的男孩站起来问。

“我认为不会，我们现阶段的首要目标是发展经济。所以要以稳定为前提，中美之间都清楚如果爆发战争将造成的灾难性后果，相信我们中国政府有能力运用和平的外交政策来解决这一问题。”

“和平，和平，没有战争哪来和平？”一个胖胖的中年男子突然站起来嚷道，“我们要政府给个说法，到底打还是不打？”

“对，到底啥意思啊？是可忍孰不可忍啊！”

胖男人的话像平静湖面上投进的石子，顿时激起了台下大大小小的议论。

“哗——啦！”突然，飞来的一块砖头打碎了会议室窗户上的玻璃。

“瞧见没，这是威胁咱们老百姓啊，走，上街游行去。”胖男人好像事先预见到了这块砖头的飞行轨迹，居然躲过了四溅的碎片。然后，他径直跳到椅子上煽动大家的情绪。

“大家静一静，我出去一下！”曲直瞪着那个胖男人，喊道。然后又低声对居委会主任说：“看住刚才发言的那个胖子，他外面有同伙。”

易资平也发现了那胖子发言时招摇的手势，像是招呼窗外什么人的。

胖子煽动完大家，就起身想溜，却被几个戴着黄胳膊箍的大妈团团围住了：

“还没散会呢，谁也不许走！”

两个青壮年小伙子按住他的时候，胖子顿时像泄了气的皮球，瘫在了椅子上。

与此同时，易资平和曲直正奔跑在楼群中追逐刚才窗外闪过的那个扔砖头的身影，在他们身后居委会主任也气喘吁吁小跑着跟了上来。

那瘦削的身影转瞬间在一个楼门口前消失了，易资平和曲直使了个眼色，曲直上去找人，易资平则守着楼门口。

从一楼跑到顶层，又从顶层跑下来，曲直还是没找出个人影儿来。

“人呢？”居委会主任上气不接下气地赶到易资平面前，问道。

“就在这楼里，就是找不着。”易资平无奈地摇摇头。

“那好办，不就是在这楼里吗？”居委会主任看着满头大汗的曲直，说着，从腰间皮带上取下了个高音喇叭，“看我的！”

不一会儿，扩音器的高音响彻了二十七栋楼二单元整个楼道。

“二十七栋二单元的住户注意了，我是居委会主任，有一名潜逃的小偷跑到了咱们单元，请各家各户在我们敲门时把房门打开！我再重复一遍……”

三个人和后赶来的几名居委会干部一起从一楼开始，挨家挨户查起了房。还好，正赶上星期六，每家都有人，也都挺配合的。

当查到六零三房的时候，摁了半天门铃却没有人出来开门，好像屋里没人的样子。

“不可能。”曲直几人刚刚上到七层，曲直突然想起来刚才他自己跑上来的时候，六零三门口有一块放鞋的毯子，现在为什么只剩下光溜溜的水泥地了呢，“他一定在这儿。”

“今天除非你从六楼跳下去，要不然就乖乖地从门里走出来。”曲直接过居委会主任手中的高音话筒，顺着门缝就往屋里喊。

五分钟之后，那个换上了红衬衫的人满脸沮丧的开了门，曲直马上认出了他。

“我以为是谁呢，原来是张辅导员，咱们又见面了，”曲直冷笑着说，“上次让你溜了，这回你可是插翅难飞。”

回到了会议室，胖男人见这个张辅导员也让人给抓来了，便只好交代了某邪教在本市的分站站长传达的“忍无可忍，各行起事”的师傅指令。

“同志们，这回大家看清国外反华势力和国内敌对势力相勾结的丑恶嘴脸了吧？”曲直指着窗外被民警押上警车的两名嫌疑犯，回到会议室里继续进行讲座。“他们不惜利用种种手段，制造混乱，制造恐慌，为的就是扰乱我们的社会秩序，让我们出现内乱。”

此刻，在军政学院十一队的会议室里，谭锋刚刚传达完文件，正在组织大家讨论，并带头发了言。

“同学们，我们作为军校大学生，应该怎样才能以实际行动抗议北约的暴行呢？只有努力学好科学文化知识，掌握过硬的军事本领，才能真正实现报效祖国，强国强军的希望。”

“现在有人希望我们发脾气，但如果我们不发脾气呢？最后沉不住气的是他们。所以，说句实话，现在学到知识是最主要的。你们都是人才，以后等咱国家有了高尖端，管他什么航母，管他什么隐形，统统给他打掉。”

十一

经历了这场风波，大家又开始把精力投入紧张的学习生活之中。相比以往，闲谈的人少了，读书的人多了，连以前最嘈杂的图书馆的书报阅览室，现在也变得安静许多。

吴彤和池宏非，分别在程艺轩和于笑薇的指导下，进行着英语四级考试前最后一个月的强化训练。

根据各自的英语学习情况，程艺轩给吴彤定的计划是系统地分类复习，最后统一做几套仿真题，因为吴彤习惯于分区域记忆；而于笑薇给池宏非做的安排则是多做套题，“以赛代练”，因为池宏非更善于叠加类记忆。

有了吕杨的指点，闫岩更是进步飞快，他现在不仅是遇到单词有问必答的“活字典”，英语写作十五分钟之内一百二十个单词也是一蹴而就。

但对于苏畅来说，一切仿佛只是在盲目的混时间。因为尽管肖可竭尽全力的辅导，但苏畅的英语底子实在薄弱，系统的复习又没时间，所以成绩始终上不来。

五班的每个人都收到了英语四级或是六级的准考证，抚摸着那张薄薄的小纸片，看着那上面一长串的阿拉伯数字号码，每个人不知道自己这次考试的命运又能如何。

十二

“池宏非，给你！”星期天上午八点半，于笑薇把两套考试用的铅笔、直尺和橡皮装进了自己的笔袋，递给了池宏非。

“带这么多干嘛！”池宏非看着笔袋里的文具，惊讶地问。

“以防万一！”于笑薇笑着低下了头。

“那你呢？”池宏非问道，“你考英语六级的文具放哪儿了？”

“反正我有文具，也有地方放。”于笑薇迎着早晨的阳光抬起了头，在灿烂阳光的衬托下，她似乎比以前成熟多了，也稳重多了，“池宏非，你可一定要考个好成绩，不能对不住我这个专职老师的辛勤培育。”

九点十五分，英语考试正式开始，在不同的考场，不同级别的考试中，池宏非、吴彤、程艺轩和于笑薇在进行着他们各自的拼搏。

十一点二十，四个人面带轻松的笑容走出了教学楼。

“谢谢你，程艺轩！”吴彤倒挺诚恳。

“别说那么多了，”程艺轩很平静地笑了笑，“考试成绩还要一个多月才能出来呢。”

“那我也该感谢你。”吴彤低下了头，说道，“你让我学到了许多从书本上学不到的东西。”

“拜托，在哪里学的这么土味的话，”程艺轩突然咯咯咯大笑了起来，“不要跟我说这种七八十年代的口头语好不好？”

“于笑薇，你等我一下。”池宏非看到于笑薇那轻盈的身影从眼前一闪而过，连忙叫住了她。

“干嘛？可别谢我哦，还没出成绩呢。”于笑薇站在那里，一副自鸣得意，大功告成的样子。

“你的文具你拿回去吧，我这人不喜欢用铅笔。”池宏非一副恩将仇报的样子。

“什么？你连谢谢都不说，还说我的东西占了你的地方。”于笑薇一把抢过笔袋儿，嘴里愤愤地说。

“我刚才是骗你的，现在我要真心谢谢您，于老师！”池宏非见于笑薇真的生了气，连忙鞠了个躬，“礼品就在笔袋里，是我妈出国时买的。”

“什么稀罕东西，还从国外买？”于笑薇装出一副很不在乎的样子。

但是，池宏非的身影刚消失，她便迫不及待地拉开了笔袋。

“真香！”原来是一小瓶蓝色的香水，嗬，名牌。其实是池宏非放假时，从妈妈那里拿的，一直放在内务柜的最深处。

其实，这种水果味的淡香型香水，也是于笑薇喜欢的，她外出时，偶尔会喷洒一点。

十三

“吕杨，走，我请你吃饭去！”闫岩刚从自习室里取出书包，便叫住了走在他前面的吕杨。

“算了吧，还是去食堂吧，中午还得集合站队呢。”吕杨笑着说，因为他的英语六级考得也不错。

“那这东西送给你呗。”闫岩从兜里掏出了一个蓝色的纸盒子，塞在了吕杨的手里，“谢谢你帮助我，也为曾经对你的不尊重向你表示歉意。”

“闫岩！”吕杨刚要把闫岩拽住，却不想他飞快地消失在了走廊的拐弯处。

这时，吕杨发现了走廊另一头垂头丧气走出的苏畅：他的手里还拎着那只英语教员的耳机。

那还是在昨天，英语教员发现苏畅把自己的耳机弄丢了，一时正处在焦急之中，便找到英语科代表吕杨，让他把耳机送给苏畅。

“怎么样？”吕杨低声问了一句。

“不好。”苏畅摇摇头，“肯定又过不了。”

“那不一定，说不定能蒙过去呢？”

“我作文写得太差了，前面蒙八十分也没用。”

“那你以后准备怎么办？”吕杨关切地问。“再考下去？”

“能怎么办？”苏畅一副无奈地样子，“破罐子破摔，考时再听天由命吧。”

“你就这么自暴自弃呀？”吕杨用非常气愤的目光瞪着苏畅。

“没办法，肖可说我的词汇量还不到一千二呢。”

“他说？他一个一个给你查的么？谁说都不如你自己说。你怎么不说你自己学不进去呢？现在这样怨谁呀，还不都怨你自己？”

“我底子薄，脑子也笨。”

“别说了，底子薄不薄，脑子笨不笨，下学期我帮你就知道了。”

“真的？”苏畅并没想到还有人主动请缨，要帮助他这个英语老大难。

“君子一言，驷马难追，谁让你是我五班战壕里的战友呢？”

吃过饭，吕杨把闫岩叫到了操场。找了个僻静的地方，吕杨掏出那只蓝色的盒子，又递给了闫岩。

“我没启开，也不知里面到底是什么。你把它拿回去，自己留着用吧。”

“没什么，就是几百块钱的卡西欧表，你帮了我这么大的忙，留给你做个纪念。”闫岩笑了，又把表盒推给了吕杨，“你不拿就是看不起我。”

“我要是拿了，不是让人看不起我吗？”吕杨来了脾气，“你要是非给我不可，那我以后还像刚入学时那样看不上你。”

“可我已经在改造自己了嘛。”闫岩解释道，“社会都在发展，我自己能不发展吗？”

“我帮助你也正是看重这个。”吕杨拍了拍闫岩的肩膀，“我家庭条件不好，但我帮助你并不是为了要你多少报酬，我看你入学后经过一次次磨炼，正在一点点改变，我倒觉得有这个义务帮助你。”

“我在变吗？”闫岩自言自语地说。

“不是啊，还记得拉练回来时你帮我们提行李的事儿吗？池宏非他们的开导是一方面，但我想更主要的是你自己去做了。你知不知道，当我们奔袭回来看到你把每个床的床铺都铺好了，自己却累得穿着鞋睡在床上时，在场的每个人都挺感动的。”

“是吗？”闫岩回想起那情景，说话的声音也压低了。

“闫岩，我知道你家里条件好。但我希望你能明白，很多东西是没法用钱去买到的，就像你在同学心目中的印象，如果没有那一次的真诚打动了大家，我想你今天早被五班学员和队干部赶到学院的大门外了，你知道吗？”

“吕杨，这确实只是我想留给你的一点儿纪念而已，你不要想那么多呀！”闫岩慢条斯理地说道，“吕杨，我一直希望能用什么东西来见证我们的友谊，所以我才选中了这块表。”

“哦，见证友谊的纪念是吧？我想想。”吕杨考虑了一会儿，说，“那不如我们找个机会合张影，洗两张，我们每人一张，然后写上祝福的话送给对方吧。”

“那……也好！”闫岩拿起了表盒，又面露难色了，“这表，怎么办？”

“凉拌呗！”吕杨打趣地说，“或是你退了，或是你自己戴，你自己掂量着弄，反正我不要。”

十四

大二暑期，按照军校四年的学期安排，九七级学员要到基层部队体验生活，完成实习。几百名学员分赴安徽境内的两个步兵师，学院领导的目的是为了让他们尝一尝真正的兵味。

作为军政学院的学员，在基层部队里享有很高的威望，在部队战士的眼里，那是他们心目中的军中北大。所以，到了部队，这些学员受到了贵宾般的待遇：早上不出操，床铺不用叠，洗脸水有人打，还不用参加小值日等等，这群红牌学员可算是充分认识到了自己的“地位”和“价值”。

不巧的是，易资平和谭锋抽查时发现了这一点，对于从普通一兵经历走过来的他们来说，尽管眼前是一群军校学员，但如果他们不沾上兵味，那就是到这白来一趟了。因此，谭锋决心改造一下十一队的实习学员。

基层连队不好意思说实习学员，谭锋就单独进行抽查，出现了不好的情况，马上着手解决，很快队风就有了明显的好转。

1999，中华人民共和国成立50年大庆，又是澳门回归的年份，这群军政学院的学生俨然可以媲美陡然走红的“明星”，搞讲座，作讲演，开晚会，哪一样都缺不了他们的参与。而且，还有许多其他的驻皖部队派车来接这些实习学员去他们那里讲课。

十一队讲课讲得最好的应该算是曲直了，他的讲座几乎是次次轰动，场场爆满，而这手艺得益于他担任三条巷小区居委会政治辅导员时的锻炼。

要论表演节目，则应该喻枫排前了，这家伙现在学会了快板，又自学了评书，几乎能把半个曲艺团的节目都挂自己嘴边。一时间，连队里不论是官，还是兵，没事儿还都能想起一句两句喻枫编的段子，时间长了，也就把段子里说的事记了下来。

这一个半月的实习时间太短暂了。曲直和喻枫还陶醉在“连队名人”称号的喜悦中时，回院的日期已经到了。

为了答谢三十四师对政院十一队全体实习学员的关照，易资平决定办台像样的文艺晚会，献给这些朴实可爱的官兵。

场地、道具、灯光，甚至连观众都是现成的，十一队只要出演员就行了，所以报名参演的学员特别多。尤其是五班，几乎是倾巢出洞了。

于笑薇的节目是电子琴独奏《春天的故事》，程艺轩的节目是配乐朗颂诗《就恋这方绿色》，曲直这回要和池宏非合说相声，喻枫则还是他那档子快板，肖可要唱首流行歌曲《把根留住》。最后才是五班全班出动，合唱他们的“班歌”——《风向正南》。

五班真的是名副其实的文艺特长班，所有的节目全部通过预审，进入了最后的彩排，尤其是他们的“班歌”——《风向正南》，还成了其中的压轴节目。

正式演出的那天，节目的进行一直很顺利，台上台下都热情高涨，台下的掌声、喝彩声和台上业余“演员”们的精彩表现达成了正比。

但在最后一个节目“风向正南”上演之前，台上的麦克风却坏了。这可急坏了负责协调的易教导员，临时一时还找不到可以替换的话筒，压轴节目，还必须要演，这可怎么办？

“教导员，话筒坏了，我们就清唱吧？”吴彤代表五班学员向教导员易资平立下了军令状，“五班全班学员向您保证，演出一定成功。”

“好，一言为定！”易资平悬着的心终于放下了。

“行吗？”舞台离观众足有七八米远，再加上操场空旷又不拢音，谭锋有些不放心，“能听得到吗？”

十五

最后一个节目上场了。不过不是在台上，而是在台下，每个连的后面，都有一名五班学员唱着歌，缓步前行。他们手中，端着盛着蜡烛的高脚杯，那杯中闪闪的烛光映着他们年轻的脸庞，烘托着他们那清脆的歌声。

第一段终了的时候，十个人终于聚齐在简陋搭建的“舞台上”。首先由程艺轩朗诵了第一段歌词，由于笑薇口琴伴奏，而后面那八个大男生，则用手中的蜡烛在空中不断摇曳着，变换着造型。

朗诵结束后，于笑薇吹起了第二段的前奏，八个男生和程艺轩又站成了两排，准备进行二部轮唱。

基本没有走音，二部轮唱进行的非常顺利，到最后合唱的结尾时，曲直从第一排队列里向前跨一步，喊着：“大家一起唱，一、二……”

对于“风向正南”这首歌来说，无论是新兵老兵，只要是南京军政学院的兵，大概都已是耳熟能详。再加上今天场上这么火爆的气氛，台下的官兵们唱得就更起劲儿。尤其是得到营长的允许后，大家还掏出了各自的打火机，点亮如星火般的光，配合着台前那团团闪动的烛光。

教导员适时拉灭了场上的灯，原本满天的星火便泻在了大地上。

当一曲终了，教导员再次推上电闸时，全营的官兵几乎同时发现了五班每名同学手中都举起的十面白底红字的牌子，每个人手上的字拼成一句话，就是：

“向你们致以诚挚的谢意！”

在那潮水般的掌声中，联欢晚会结束了，十一队的暑期基层部队实习也落下了帷幕。

十六

随着九月的“秋老虎”光临江南，五班的学员也和九七级的所有学员一样，进入了大三的学习。

再一次看到新生奔赴新训基地的时候，五班几乎由上而下有了同感：铁打的营盘流水的兵，老学员在一届届走向毕业，新学员也在一级级走入校门，只有军政学院的院名，依旧醒目地刻在校门两旁。

十一队，掀起了“多写理论作品，写好理论作品”比学赶帮的热潮。

在大家都忙于笔耕的时候，于笑薇却在构思年底的千禧年文艺晚会。在这次系里组织的活动中，她既是策划，又是主持，还得在晚会上参与演唱、演奏，基本上凡是她熟悉的都要展示一下。晚会又赶了个千年岁尾，世纪阅兵、澳门回归，反正九九年的大事真不少，她还得一一都涵盖到，真够忙的。

但是，于笑薇也有个“隐藏”的后台。不用说，那就是池宏非了，他高中时当过团委宣传部长，这些东西也曾参与过，所以让他辅助于笑薇，正好合适。

曲直、肖可也忙得不亦乐乎。以前学习紧张，这回大三稍轻松点儿，他们报名参加了十月底举行的学院运动会。曲直参加 100 米和 200 米短跑，外加 4×100 米接力；肖可参加跳高和跳远，乐观估计都能进前三名。他们还拉上池宏非和吴彤，让他们参加 4×100 米接力和投弹。

程艺轩现在也成了忙人，她不但要写国庆征文，还得帮队里写篇升旗前的讲话稿，因为“十一”过后第一个星期一，学校的例行升旗轮到十一队了，所以她也不敢松懈。

吕杨可是说话算话，马上“十一”休息还要给苏畅补英语。按他的话，苏畅的英语要“打碎一个旧世界，建设一个新世界”了。

喻枫也没闲着，天安门广场要阅兵，军政学院“十一”后也搞一次阅兵，队里准备让他担任方队的领队，也过一把阅兵瘾。

十七

只是闫岩，一直无事可做。他是学理科出身的，写论文并不擅长，尤其是一遇到自由发挥的语句，他总是写得条理性太强却不吸引人。不过前几天家里打电话说他父亲从美国飞回来了，同行的还有他读MBA的表姐。

一提起闫岩表姐，他的自豪总是溢于言表。想想以前表姐以优异成绩保送清华那阵子，他就以她为学习的榜样，后来表姐几乎以满分考取哈佛的MBA时，闫岩更是喜不自胜。那时的他想着自己一定要和表姐一样在商海劈波斩浪，做弄潮儿；但谁想自己却阴差阳错地来到了军政学院。尽管现在也算比较适应这里的环境了，但他那份少年时的梦想却仍无法泯灭。

"这回表姐的回国，将给我带来什么样的讯息呢？"闫岩看着墨绿的黑板，冥想着。

"英语四、六级成绩出来了！"正想着，一个外班的学员兴冲冲地冲进了教室，手中还扬着那张电脑打印的成绩单。

不出所料，除苏畅外，五班相应的参考人员都通过了四级；在另一个战场，程艺轩、于笑薇、吕杨和曲直则过了六级。

这时的苏畅，尽管有了一点儿淡淡的失落感，但毕竟还有通过英语四级的机会。吕杨一直在给他辅导，昨天程艺轩也主动提出要给他讲讲题什么的。只是苏畅要想通过英语四级，不但要付出时间上的消耗，更要付出超过别人几倍的努力。

"吕杨，我忘了，这是咱俩的合影照片。"刚考完英语四级时的承诺，闫岩这才想起来兑现。

"那咱们互相签名，装一次名人吧！"吕杨掏出口袋里的笔。

"闫岩，快别写了，你爸来看你了。"闫岩刚拿起笔，刚要在照片背后留下自己的祝福，却被公务员的呼唤打断了。

闫岩的父亲是有名的企业家，经常国内外来回飞。在队部的门口，闫岩见到了他的父亲和表姐，甭提心里多高兴了。特别是父亲送他的礼物，一台 IBM 的笔记本电脑。这可是原装奔腾Ⅲ的处理器，硬盘也有 15G，这在当年的国内，市场价大概得两万块。闫岩拿到了这份大礼，真是爱不释手。

“领导同志，我是闫岩的父亲，这次过来看看他，”闫岩的父亲走到了队长谭锋的面前，礼节性地握一握手，“感谢你们对我家孩子的照顾和培养，我带闫岩出去吃个饭。要不咱们一起去吧？”

“闫总啊，不客气，我们学员队事务多，失陪了啊。”谭锋见是家长来探亲，自然是照顾人之常情，准假外出。

谭队长接过队里的公务员开具的特殊外出的假条，递给闫岩，“难得和家里人见面，和家人好好聊聊吧。”

十八

“闫岩，你姐也有样东西要送给你。”父亲刚和闫岩姐弟俩在西餐厅里坐下，便迫不及待地说。

“什么东西呀？这么神秘？”闫岩看到姐姐从随身的挎包里掏了卷证书样的东西，问道。

“你自己打开就知道了。”闫岩的表姐把那纸卷递给了他，微笑着。

“哈佛大学！”尽管闫岩只是英语四级水平，但“Harvard”这个世界通用的单词他还是知道的，“这东西，干什么用的？”

“这是入学邀请，相当于录取通知书，是给你的！”父亲用力点了点那张盖有学校印章，写有校长签名的纸说。

“可我也没参加什么考试呀？”闫岩十分纳闷。“不是要考 GRE 和托福么？”

“傻弟弟，这是姐向导师给你推荐的，还有半额的奖学金呢？”表姐笑了，看着仍在疑惑的闫岩，接着说，“人家美国的大学都是宽进严出，这段时间我给你包装一下，人家一听就十分感兴趣，马上安排了。同时你还能得到每年最低两万美元的奖学金。”

“可我，现在正念军校呢。”闫岩嘟囔着。

“军校，军校有什么稀罕的？”表姐满脸不悦的表情，“你本来是搞理工的料，还偏要学什么文科，赶明儿出了国咱去西点军校再上个研究生不就得了？”

“可军人出国受限制，不让啊？”闫岩一直最崇拜表姐了，再则说表姐又开出了如此具有诱惑的价码，他的确有点怦然心动。

“这好办！”表姐出乎意料的轻松，“你不要军籍，不要学位，毕业证也可以不拿，大不了给学校补个十万元的培养费，够了。”

“可到那我学啥呀？”闫岩听到这话，心更活了。

“跟我一样，经济管理啊。”表姐笑了笑，“先把本科学了，再读个硕士研究生。如果你不想赚大钱，就想搞科研的话，我推荐你去读博士，那更轻松了。”

“赚什么大钱，咱家不缺钱，”闫岩的父亲沉默了半天，终于说话了，“我们老闫家就差没有学到博士的了。”

“糟了，”闫岩一看表，快九点了，连忙自言自语道，“不行，我得赶紧回学校，九点半就熄灯了！”

“没事儿，打个电话不就行了吗？”闫岩的父亲面露不悦，“家长来了还不让在酒店一起住一晚上吗？”

“不行，这是纪律。”闫岩无奈地摇摇头，似乎想起了当年超期报到被批评的情景，“要不然就得受处分。”

“外甥女啊，你看见没有？”闫岩的父亲一副气急败坏的样子，指着闫岩对他表姐说，“这军校管的这么严，聪明人也会被管傻的。”

“舅舅，您别说了，一码归一码。”闫岩的表姐劝道，“别让闫岩犯错误，毕竟他现在还归军校管嘛。”

“那么……好吧！”闫岩的父亲点了点头，“这样，我和你表姐马上要去北京参加一个中国国际贸易交流促进恳谈会，估计十月二日从上海飞旧金山，走时我再给你打电话，到时你自己知道怎么做。”

还好，刚吹熄灯哨，闫岩就跑回了寝室。在黑暗中他蹑手蹑脚地收拾了床铺，脱了衣服，也和大家一样睡去。

十九

第二天下午自习，闫岩便提着他那台笔记本电脑，到任电脑课教员那里取经去了。在教员的帮助下，他换装了全套的中文 Win 98，还安装了诸如 Word 2000 等等一系列的办公软件，这回处理什么文件他都不怕了。

苏畅也是学理科的，见到闫岩玩笔记本自己心里也就一阵痒痒，所以每当闫岩开机的时候，就是玩最没劲的蜘蛛纸牌，他也总要凑上前去看上两眼，找一点自我慰藉。

“苏畅，你还想不想过英语四级了？”吕杨看到苏畅总围着闫岩屁股后头转，忍无可忍，冲着他就嚷嚷了起来：“你要是再闲着没事儿不学习，我可不管你了！”

但苏畅就是抵不住笔记本电脑的诱惑，经常往闫岩那里跑，没事儿还玩个电子游戏什么的。

万般无奈，吕杨找到了闫岩。

“闫岩，你以后别常玩电脑了。”

“可我得帮咱班同学打稿子啊？”

“那我怎么老看到苏畅到你这玩游戏？”

“没办法，同学嘛！”闫岩微笑着摇了摇头。“说到头上还能不借啊？”

想来想去，吕杨一咬牙，趁着周日外出的时候，上街给苏畅买了盘“趣味过英语四级”的光盘，给了闫岩。

“他要再来玩，你把这光盘给他，让他玩这个！”

“吕杨，你这是真下血本啊，这正版光盘一张一百多元；你津贴多了怎么的？还帮他买？”闫岩坐在椅子上，拿着光盘的包装看了一眼，不解地说，“你也不是没看出来，他就是破罐子破摔。”

“不，闫岩，”吕杨说着，一只手搭上了闫岩的肩，“我们回头算算，都共同走过两年的时间了，这也算是缘分吧。想想我们能在一起多不容易，不说咱们这届全国有多少考生，单说军政学院六七个专业，咱们这届又有多少学员？能分在一个班也是不容易呀？像苏畅，他再像孩子，再无法约束自己，我们也该帮他，我们是一个集体，缺了谁，落了谁，大家心里都不好受，你说对吗？”

“嗯！”闫岩点了点头，不禁又想起了自己，他又何尝不是在珍惜这两年来和同学们共处的点点滴滴呢？不然他本可以一口答应表姐的要求，哈佛大学啊，多少人的梦想。可他舍不得五班，因为这里给他留下了各种各样苦辣酸甜的记忆，这里有他人生中不可缺少的财富，也坚定了他继续走完这四年军校生活的信心。

第十章　跨越世纪

一

万众瞩目的，1999年“十一”世纪大阅兵终于来到了，易资平和谭锋组织学员们收看振奋人心的阅兵庆典电视直播。

通过玩电脑，苏畅和闫岩玩得挺熟的，膀大腰圆的苏畅便在靠前的位置坐了下来，还给闫岩占了个近水楼台的座位。

上午时分，当二十一响礼炮鸣放完之后，国庆五十周年庆典开始了。

“比我以前看升旗的时候人多了去。”苏畅对天安门升旗耳濡目染，但今天国庆庆典，三军仪仗队这么多人出马，二十年来他也是首次见到。

闫岩更是目不转睛地看着三军仪仗队的威武行进，他总觉得看了世界那么多国家仪仗队的录像，就咱中国三军仪仗队的弟兄们长得帅，走得齐。吕杨一看到仪仗队紧握的镀银礼宾枪，便又想起了自己以前憧憬驻港部队的事情来了。

看完中央首长检阅受阅方队之后，易资平打趣地说了一句：

“同志们，过几天咱们院阅兵时你们也要这么大声回答院长啊！”

“首——长——好。”不知谁喊了一嗓子，接着四面便传来开心的笑声。

在焦急的等待后，气势磅礴的阅兵仪式开始了。三军仪仗队作为第一个受阅方队正步走过天安门城楼，闫岩和身旁的同学情不自禁高呼起来。

方队横平竖直，简直就是用尺子划出来的一样，而那些军营中锤打出来的血气方刚的男子汉，从正步与地面的拍打声中由远而近，一直钻进了闫岩的脑海。

闫岩感到骄傲，自己所投身的这片绿色净土人才济济，威武雄壮。

坐在后排观看阅兵式的喻枫却在那对着电视学敬礼，这个职业病一会儿分解来一遍，一会儿连续来一遍，不过他还是没有吸引到同学多少的目光，因为马上镜头就投到了海军院校的受阅方队上面，人家那一身雪白的装束和十分整齐的步代，可比喻枫的哗众取宠“魅力得多”。

“池宏非，看看你，再看看人家，你是不是觉得挺自卑的？”于笑薇指了指屏幕上大连舰艇学院两个标致威武的领队，戏谑地说。

顿时，池宏非的四周爆发了一阵哄笑。

“好像——有点儿。”池宏非推了推眼镜，被于笑薇这样拿来开涮，真是无地自容，只好搪塞了一句，心里充满了不平衡。

不过，他很快也找到了报复于笑薇的办法；当白求恩军医大学两个英姿飒爽的女军官、军中姐妹花正步走过主席台前的时候，池宏非来了精神：

“于笑薇，你也不行啊！看看人家，再看看你，天壤之别。”

这回男同学们笑得更厉害了，感觉是扳回了一局。

“你也只配看看……”气出个大红脸的于笑薇狠狠地在桌子下面踩了池宏非一脚。

“哎呦，脚趾都肿了啊，”池宏非疼得咧开了嘴，“我跟你说，那可是我梦中情人，还是偶数呢。”

谁料话音未落，池宏非身边的男同胞们却纷纷倒戈，支持起于笑薇来。

“池宏非，净胡吹，

还敢把那少尉追。

一箭双雕想要俩，

忘了好友于笑薇……”

曲直的一句顺口溜又引起了一阵前仰后合的哄笑。

“就到这里，休息！休息！”池宏非看到于笑薇满脸胀红地去追打曲直，连忙学着日本动画片一休的腔调做了个暂停的手势，并马上把脸转向吴彤。

“哎？吴彤，听说这姊妹俩是你们辽宁的？”池宏非故意把话题叉开，引火烧身找到吴彤，得以平息刚才的喧闹。

“哦，鞍山的……”吴彤刚说完，便瞟见了好几个女生的白眼，立刻就改口说道，“不认识，确实不认识！”

苏畅向来喜欢武器。所以当坦克方阵刚刚出现在屏幕的一角时，他就来了精神，滔滔不绝地讲述着这个炮塔，那个裙板的，坐在他身边的闫岩也听得津津有味。

“苏畅，你就像个坦克……”肖可的话还没说完，苏畅的拳头就打了过来。

“哎哟，还是穿甲弹呢！”肖可故作呻吟，“把我的心都打穿了。”

“苏 –27，苏 –27 呢？”也许是喻枫刚才练敬礼运动太多，抓紧方便去了。刚回到电视前，就拍了一下吕杨的肩膀，“到苏 –27 出场了吗？”

“被打下来了，”吕杨笑了笑，指了指眼前的电视屏幕，“没看见那么多的地对空导弹吗？”

喻枫无奈地耸了耸肩，说：“刺猬也有掉入人民战争汪洋大海的时候。”

“喂，喂，我的苏 –27 呀。”正当苏 –27 编队飞过广场上空的时候，电视电源突然不知被谁给碰掉了，喻枫马上伤心地大叫了起来。

“喻枫不就是苏 –27 吗？”谭锋站了起来，微笑着说，“我提议大家把他架起来游街，让他做飞行表演。

“好！”大家热烈的响应立刻吓得喻枫夺路而逃。

二

吃了午饭，睡了午觉后，大家觉得“十一”节每个人还应做点有意义的事情，为国庆献礼，便又忙碌起了各自的工作来：

池宏非帮于笑薇整理曲直送来的他和喻枫合说的相声段子；肖可、曲直各自张罗打“国庆杯”的小场篮球、足球比赛；吴彤带了两个手榴弹模型到操场练投掷去了；程艺轩正在写下周一升旗的讲话稿；喻枫更是神经，跑到教学楼正门的军容镜前练敬礼去了。

吕杨正在给苏畅讲解昨天做的一套英语模拟题，履行他提高苏畅英语水平的承诺。

“苏畅，有句话我想问问你。”吕杨给苏畅判完了卷子，分数不高，他便忍不住问了一句。

“吕杨，你说吧。”苏畅起初并没怎么在意。

“你英语基础不好，我都看见了，那一、二、三级英语考试你怎么通过的？”吕杨说出了一个心中一直困扰着他的迷团。

“这个……你得替我保密。”苏畅见吕杨并没有什么恶意，便环顾走廊四周，低声说了一句。

“那都是我照肖可抄的！”苏畅低下了头。

“那你帮他什么？”

“我帮他洗衣服，他经常打篮球，脏了衣服也不洗，我就帮他搓两下。”

“你呀，你呀。”吕杨真不敢相信两个人还有这种交易，“你怎么不靠自己的真本事呢？”

“我怕考试不及格拿不到学位啊！”苏畅小声嘟囔着。

“这样你拿到学位就好了，你就是人才了？”吕杨气得把卷纸摔到了走廊的水泥地上，“苏畅，你是过了一、二、三级英语了，但就凭你这态度，你的四级考试怎么办，还靠别人吗？”

“当然不行。”苏畅叹了口气，“可就我现在这烂水平，怎么过四级呀？”

“你自己连自信都没有，我劝你连考都别考。”吕杨平静了一下心绪，捡起了地上的卷纸，又放低了语气，“你知不知道，这次做的题，很多以前都讲过，都做过，可你还是错了！”

“我实在是记不住啊！”

“那你就挤时间学。别人学的时候你得学，别人玩的时候你还要学，我就不信你英语四级就难过上青天了吗？”

三

这个时候，易资平正和闫岩在操场上谈话。

“闫岩，听说你想离开部队，出国上学？”走了两圈，易资平才首先捅破了窗户纸。

“这个……您怎么知道的？”闫岩不禁心中一惊，因为这件事他自始至终没跟任何人提起过。

“是你父亲今天给我打了电话，问我军校退学条件时我才知道的。”易资平放慢了语速。

“是啊。”闫岩叹了口气，“表姐给我联系了哈佛的MBA，而且差不多能拿到半额的奖学金。”

“那你自己的想法呢？”易资平看了一眼闫岩。

“我想这也可能是我人生的转折点吧，哈佛大学也还说得过去……反正人们羡慕的东西我都将拥有。”闫岩抬起了头，“但我也明白，我也将失去很多东西，至少我的军旅生涯结束了。”

“那你可以给自己一个考虑的期限么？然后再做决定。”

“但我爸和我表姐不给我期限。”闫岩苦涩地笑了笑，“明天晚上七点，她就会给我打电话，询问我最后的决定！教导员，你说我该怎么办？”

“闫岩，路要由你自己走，我们都尊重你的选择。虽然无法告诉你该怎么办，但我可以说说我的想法。”易资平放慢了脚步，“自从你入学以来，你没感到作为一名中国的军校大学生，会有一种特有的骄傲和自豪？”

“以前不太敏感，但看了今天的大阅兵，我觉得我所投身的这片绿色是生机盎然，富有朝气的。”

“那么你认为财富和地位是衡量个人价值的标准吗？”易资平问道。

“不，就拿今天三军仪仗队里的那些战士们来说吧。他们大概每个人都不如我家庭条件好，也不像我能走进军政学院这样的军校，但他们的人生价值却比我提前实现了，因为他们不仅代表着自己，更代表着我们的国家。而我，出国了只能代表我自己，脱下了军装我又成了一个没有归属感的平民百姓。”

“闫岩，转眼你来军政学院已经两年多了，最初四处招惹是非，现在群众威信却挺高，其实大家一直都是平等地看待你的，只不过从错到对需要一个变化的过程，而这个过程就是你和你们五班这个小集体与十一队这个大集体甚至是和整个学院的融合过程。前几天我和谭队长回忆你们刚入校的情景时，我们都很受触动，因为大家能来这里，在一起学习生活是不容易的，每个人都成了整体中的一部分，集体也是凝聚了你们这些个体而存在的，缺了谁也不行，喻枫住院那阵子，你们应该有深刻的感受。”

“教导员，我的确渐渐爱上了军队，爱上了军政学院，所以我在努力地改变着自己，我知道自己是生活在一个有感情而且是情商很高的群体中的。”闫岩动情地说，“但我又确实不想放弃这样一个深造的机会。我不是想飞皇腾达，我只是想学到更多的知识。我是学理科的，其实对文科我根本就是深恶痛绝。来到这里，我觉得自己很不适应。这次我是想换一个环境，学更多适合我的东西，如果可能，学成后再回来。”

“但你付出的代价太大了，这简直是冒险。你不但要受到处分，还要开除军籍，在人生的履历上写下不光彩的一笔，太不值得了。”易资平摇了摇头，“我承认，部队还有很多不尽如人意的地方，至少待遇跟地方比起来就不行。但是我们为什么仍然想扎根在这里呢？就是因为部队也是一方培养人才的沃土。而你，已经拥有了这么多宝贵的人生财富却要在瞬间之中把他们统统抛弃，去重新寻找一个可能是虚无缥缈的希望，你又为了什么呢？无非是想去圆一个少年时代曾追逐的梦罢了。可是人的一生只有一个梦想吗？不是的。人的一生的梦想很多，但却不可能全都实现。所以，闫岩，你应该更实际一些作出选择，找一个最接近现实的梦想，努力去实现它！”

四

“爸，我想好了！”第二天晚上七点，闫岩父亲的电话果然打到了队部，闫岩也飞快地跑过来，抓起了听筒。

“怎么？跟我一起走吧！”声音中带着一种不可辩驳的催促。

“不，爸爸，帮我给表姐代好吧，我不出去了。”闫岩很镇定地说，“人各有志，我当初既然选择这条军旅之路，我就不想回头。”

说完，闫岩流着泪挂断了电话。

同时，一只温暖的手臂搭在了他的肩上。他知道。那是教导员。

“闫岩，你的选择让十一队所有的战友们都感到欣慰。”

“是，”闫岩向易资平敬了一个标准的军礼，“教导员，我想军旅之路才是我的最佳选择！”

“那就是坚持走下去。”易资平紧紧握住了闫岩的手，“我们都会支持你！”

五

星期一清晨，由十一队组织的学院升旗仪式在操场隆重举行，随着军乐队嘹亮的国歌演奏，闫岩手中的五星红旗也迎着朝阳冉冉升起。谁能想到入学时几乎背上处分的他，经过两年多来军校生活的艰苦磨炼，今天竟作为优秀学员的代表光荣地成为升旗手。同样，也是在这次升旗仪式上，程艺轩那篇《国旗在我心中升起》的献辞也受到了全院教职员工和广大学员的一致好评。

三天后，程艺轩的散文诗《献给五十岁的母亲》获得了学院“国庆征文”的一等奖。

赞美您　五十岁的母亲
您的慈爱编织成我身上衣衫的经纬
您的关怀化作了我心中血肉的纵横
…………

当程艺轩再一次站在讲台上朗读自己的作品时，已没有了以前的那种倨傲，而是发自肺腑地娓娓道来，赢得了全队学员真正赞许的掌声。

六

经过一个星期的训练，军政学院的阅兵开始了。这次可是公元1000年到2000年之间，一个千年里的最后一次阅兵了，院长也在开篇的动员讲话中提出了“继往开来新发展，奋发图强跨世纪”的要求。

对于喻枫来说，最令他振奋的则是今天他将作为领队，和队长谭锋一起担任十一队受阅方阵的领队，其实在昨天下午，他就已经早早地把一切准备就绪了：武装带又紧了紧，白手套又搓了搓，红肩牌又刷了刷，政院校徽又正了正，还有那双三接头的制式皮鞋，他也精心地打了几遍油，只等正式阅兵时大放光彩了。

上午九时，军政学院九九年秋季阅兵仪式正式开始。在嘹亮的解放军进行曲中，各个学员队迈着整齐的步伐缓缓前进了。

“齐步——走！”喻枫刚喊起了第一个口令，身后的九排八列七十二名学员便整齐地向前移动着。

“向右看！”当十一队受阅方阵走过正步区的白线时，喻枫昂首挺胸，用最嘹亮的口号指挥着，十几天来的敬礼训练终于派上了用场，那挥动的白手套在空中优美地摆动着。

“记得两年前，他差点儿没急出我的心脏病。”院长笑着对政委说，“现在却成了领队。”

姜明和毕军看到喻枫那英姿飒爽的样子，也欣慰地抬起了手臂，为喻枫鼓掌；同时，他们也为老连长喻子秋能有这样一位出色的儿子感到高兴。

七

在阅兵仪式举行的两个星期后，军政学院的第二十届田径运动会拉开了帷幕。

运动员出身的曲直和肖可跟别人就是不一样。曲直的速度连宝马740都能追上，更别说跑一百、二百米了，两项冠军都被他拿下；肖可既然能摸管灯，弹跳自然厉害，尽管跳远三次踏线犯规被淘汰出局，但在跳高的比赛中，他却超水平发挥，不但拿回了第一名，还破了学院保持十二年的跳高纪录，同曲直一样，也为系里得了十四分。

池宏非和吴彤则没那么能耐。池宏非的4×100米临时被系里换了更有实力的选手，他成了场外的替补，几乎没了参赛的可能。可谁知有的学员不知道，偏偏写了赞美池宏非的广播稿，还播了出去，弄得池宏非没脸见人，跑到运动员保障组那里逃避风声。

吴彤参加的投弹项目更甭提了。本来是养兵千日，用兵一时，谁想他运动会前不知抽什么风偏偏想起了打篮球，一不小心把右手手腕子扭了。没办法，系里只好是紧急派人来救火，谁知这个冒名顶替投弹的学员竟投了个第二名，结果是奖品给了那个学员，证书吴彤自己却厚着脸皮留下了，上面写的是他的名字。

运动会结束，系里的表彰大会上突出表彰了曲直和肖可，给他们授予系嘉奖，而且还提到了吴彤和池宏非，尽管这对难兄难弟并没有什么骄人的战绩。会后，曲直连忙把自己获嘉奖的消息打电话通告了千里之外的母亲；肖可也拨通了父亲的手机，把自己取得的成绩向家里汇报了一遍。

其实曲直一直有个愿望，那就是赶快让他的父母复婚，因为当初逼到离婚这一步也是因为父亲犯了错误。但父亲曲云山一天不出狱，他就一天没法沟通这件事，想来想去，这个千年只好这样，新千年再做打算吧。

吴彤家里现在倒是不错，母亲刚刚来信说她开了个清洁公司，其实就是几个下岗女工一起搞的家政服务项目，诸如擦玻璃、洗餐具，掏下水道，擦油烟机……，凡是跟“清洁”二字着上边的活她们都干，因为薄利多销、童叟无欺，所以也有了不错的收入。

金色的十月，在每个人不同收获中悄悄地翻页了。

八

“哎，现在什么都在更新换代，听说湾湾的战斗机也更新换代了。”晚饭后，五班的谈天茶座又开张了。

“对呀，就是那几百架的 F–16 和幻影 –2000，苏 –27 能对付得了吗？”

“听说咱们要买苏 –30 吗？”

正在这时，喻枫拎着满满两暖瓶热水进了寝室。

“说曹操曹操就到。”曲直嚷嚷了一句。

“要不怎么说专家权威呢。”闫岩也在那儿见缝插针。

“干嘛？干嘛？”喻枫搬个马扎坐下，迷惑地问。

“说苏 –30 和 F–16，幻影 –2000 比起来，哪一种更好？”

苏畅一边翻着单词本一边说道。

“什么苏 –30，就拿苏 –27 比好了。”喻枫对苏 –27 可是绝顶行家，这是众所周知的秘密。

“不行！”喻枫的话明显引起了曲直等一部分群众的不满，“人家的 C3I 都进化成了 C4I 了，你苏 –27 就不能变成苏 –30 吗？”

“这个……好吧，”喻枫突然摆出了一副工程师的架子，说道，“我们就从机动性能、发动机性能、机载设备和武器系统把这三种飞机作一下比较。”

“首先是比机动性能，苏 –30 有矢量推力的发动机，所以什么‘跃升转身’啦，‘吊钟式半滚倒转’啦，‘眼镜蛇’转身啦，‘眼镜蛇’机动啦它都能完成；再说湾湾买的幻想 2000–5 型吧，它没有矢量推力的发动机，最大的优点是能从急剧的水平状态转入垂直飞行状态；再说 F–16 飞机，要说它的最新型 F–16D 倒有点东西，但像湾湾买的那 150 架 F–16A/B，比垃圾强不到哪儿去……”

“喻枫，队长让你去队部。”正讲到兴头上，喻枫的演讲却被队长的调令打断了。

“不好意思，回来再讲，回来再讲。”喻枫一边嘴里向大伙儿赔不是，一边摸着自己的领花，自查一下军人风纪。突然，他想起来队里通知要开骨干会的，结果他跟人家吹牛苏 30，把正事忘了。

一进队部，喻枫便发现自己已是最后一个赶到的了，他瞟了一眼身旁吴彤手中的笔记本，大概已记完两三页的样子。

没过十分钟，会议便结束了，没抓到虎头却只捞个蛇尾的喻枫马上留了下来，站到了队长的身边。

“队长，今天的会儿……”喻枫欲言又止。

“喻枫，你可迟到了，”谭锋看了看手中的笔记本，严肃地说，“今天的会儿你听了多少？”

“大概十多分钟……”喻枫低着头，不敢正视谭锋的目光。

“那你知道今天骨干会的主要内容吗？”

喻枫没有回答，只是轻轻地摇了摇头。

“第一，经队党支部研究，决定发展几名党员；第二，队里准备实行见习骨干制度，设置见习队长和见习教导员。”谭锋的话每个字都在刺激着喻枫的神经，因为这两个内容都和他有着重要的关系。

“都是苏–30惹的祸，要不然哪能忘了开会的时间呢？”喻枫心里恨恨地想。

“喻枫，”谭锋接着说了下去，“你身上的缺点可要认真改正一下。”

“是啊，”易资平也走了过来，“喻枫，队党支部已经拿出意见，决定提名你为预备党员发展对象。但发展对象可不是表明你已经跨进了党的门坎儿，你要加倍努力呀；还有就是这学期二区队的区队长仍由你担任，不过不是临时，而是见习，你要努力工作，多出点儿成绩。”

“是！”喻枫霎时间觉得自己成了世界上最幸福的人，这么多荣誉带给他的是一份美好的憧憬。

晚上，他做了一个美丽的梦，梦见自己驾驶着苏—27战斗机，正在天空翱翔。

九

又一个周六，又一个党团活动的时间，队党支部开始对新发展的几位党员进行表决。

喻枫看了看身旁的几位候选人，他惊喜地发现了曲直的脸庞。其实连曲直自己也没想到，父亲犯了错误，自己竟能获得党员的提名，而当让他谈谈对入党的认识时，曲直的话语哽咽了：

“首先，我感谢党组织对我的信任。我的父亲走了弯路，犯了错误，支部还能给予我这么大的支持，我想自己说的不只是感激二字，今天我无论能不能成为预备党员，以后都应该提高自己各方面的能力水平，向党员的标准看齐，向我心目中的高尚人格看齐……”

当几名候选人退场，由正式党员进行举手表决时，曲直和喻枫都得了满票顺利地通过了。

在电视房，正在召开全体团员参加的团支部大会。会议的具体内容就是选举团支部书记，还列了候选人名单，其中也有于笑薇和程艺轩。

当组织会议的学员宣布唱票开始后，竞争便在于笑薇和程艺轩之间展开了。在那狭小的黑板上，两个人的“正”字交替增加，到底谁能夺魁，全场都在拭目以待。半小时后，选举的结果出来了，两人票数都是三十三票，但是按照发出去的票数，还有一张选票没有上交。

等了半天，这张缺失的选票就是不冒头。根据规定，将进行第二轮的选举。

但就在这时，程艺轩突然叫住了身旁走过的会议主持人，小声地说：

“这还有张票，给你……”

说着，一张折了好几折的纸塞进了主持人的手里。

也许是她的举动过于隐蔽，所以只有主持人那双惊诧的眼睛在看着她，别人都全神贯注地盯着黑板上那两排密密麻麻的“正”字。

“等等，这还有张选票。”主持人赶紧扬起了手中的纸，几乎是哑声地喊了起来。

程艺轩偷偷地退回了座位上，表情十分平静。

这句语惊四座的呼喊引起了全场六十多个学员的惊讶，都把目光聚集在了主持人手中那个握得有些潮湿了的折纸上。

“于笑薇！这票是投给于笑薇的！”当主持人打开那纸团的时候，的确大呼意外，这表示着程艺轩主动让出了团支部书记的位置，主持人向程艺轩投去了敬慕的目光……

可于笑薇却并不知道这其中的秘密，她只是站在台前，挥舞着手臂，洋溢着自信的笑容迎接着来自大家的祝福和掌声。

“你别把这事儿告诉别人，要保密，”当担任主持人的学员把最后的选举结果以及程艺轩让票的内幕告诉教导员时，易资平低声嘱咐着，“否则对她们俩影响都不好。”

十

星期天晚上，进行队点名的时候，谭锋公布了关于实行见习骨干制度的通知，并宣布由吴彤担任见习队长，池宏非担任见习教导员，喻枫理所当然地成了二区队的见习区队长。

各班见习骨干则由学员轮流担任，任期一个月。五班选出了吕杨和闫岩担任正副班长，正好也让原任班长苏畅腾出更多的精力去学习英语。于笑薇提任团支部书记后，她原先团小组长的位置也便由程艺轩接替了。

“好呀，大小领导都是咱五班的喽。”肖可兴奋地说，因为这回他可以松散一点儿，自由一点儿了，尤其是他和吴彤关系又不错，感觉是干什么事更好开后门了。

于是，他不修边幅的生活又开始了，被子窝窝囊囊，床铺满是皱褶，书架的书也横七竖八的，几次检查都被挑出了毛病，进行了批评。

“这算什么了不起的大事？”吴彤原本是来批评肖可的，没想到肖可不但不接受，还顶了他一句，“别老像搞阶级斗争似的。”

“可你这样损害了咱班的集体利益。”

“损害？我是损害咱班的利益，还是损害你的形象？你当了见习队长，成了领导，就不理我了是不是？”

“肖可，你这是什么话，咱们都要遵守纪律。我是什么领导？不就是见习吗？可是见习我也得管事儿呀，哪有不对的事情我也得管哪！”

“哼，天下不对的事情多了，你怎么不都管了呢？你这就是拿兄弟开刀，捏软柿子。”

“肖可，你……”吴彤话还没说完，肖可就夺门而出，气呼呼地走了。

“肖可，你没戴帽子，上哪儿去呀？前面有纠察。”从自习室回宿舍的吕杨正和肖可走了个碰头，他看肖可气呼呼的样子知道其中一定有什么缘故，所以就迎了上去。

“没事儿，你别问了。”肖可头也不回地向操场的方向走去。

若在以前，肖可这么要脾气，吕杨这性子绝对不会管；但现在吕杨是见习班长了，就算是一天的任期，写着一脑门子官司的肖可他可不能不问。

吕杨没吭声，跑回寝室取出肖可的帽子，又向操场跑去。

肖可这时已被院内巡逻的几个军人风纪纠察逮到了。

“同学，你是哪个队的？”一个高个儿纠察问道。

“你算老几啊，管得着么？”肖可正在气头，便顶撞了一句。

“同志，请把你的学员证拿给我看看。”肖可的无礼激怒了那名纠察，他原本是想教育一下就放行了，可没想到肖可如此蛮横，便摊开了登记本，准备给肖可记录在案，然后全院通报。

“纠察同志，别误会。这是我们队的，他的帽子丢了，这不，我刚从别的队取回来的。”尾随上来的吕杨见事不妙，便迎上去扯了个谎。

“不行，他无礼顶撞执勤纠察，应该到风纪整训室去学习条令！”那个纠察的态度很坚决。

“小汪，怎么回事？”突然，一个熟悉的声音传进了吕杨和肖可的耳朵，他们惊讶地回头看去。

“班长！？”两个人几乎不敢相信，出现他们身后的竟是五班的老班长刘毅，他还是那样的瘦削，只是肩牌已换成了一级士官的。

“报告班长，这名学员军容不整，不戴帽子，还顶撞我们。”刚才负责盘问的那个纠察指着肖可说。

“这个学员交给我处理，你们继续执勤吧。”肖可听了刘毅的话，心里顿生暗喜，感觉着自己终于逃过一劫。

“是！”当纠察的背影渐渐走远的时候，肖可更是喜出望外，赶紧拉住了刘毅的手。

“谢谢班长！”肖可想起刚才的事，这回才后怕了。如果真把他逮到风纪整训室，不但耽误了课程，更丢人现眼，他的名字会登上违纪通报传遍全校。

“你少来这套，”刘毅突然板起了面孔，“公是公，私是私，虽然我让他们不抄告你违纪，但不代表你没犯错，不代表我这个老班长可以让你放任自流。”

“班长……”肖可刚应了一句，又被刘毅打断了。

“肖可，你心直口快，生性直爽，这其实不错；但你处事上也不能太自我，生活上也别太随意，这是军校，不是菜市场，你对自己要有点儿纪律约束，别忘了，你出来是代表十一队，代表五班形象的。”

“班长，这是吴彤跟你说的？”肖可听了，认为是吴彤打了小报告。

“吴彤，他还是班长么？”刘毅听到吴彤的名字惊奇地问，话语中明显有着好久不见的意味，“你的事儿，是那天碰到谭队长时，我打听五班现在的情况，他跟我说的！”

“队长也对我有意见吗？”肖可一直认为队长谭锋最关心他，今天刘毅这么一说，他倒愣了，“我也没错做什么呀事儿呀？”

“你没做错什么事吗？你翻一翻条令和学员守则，对照一下就知道了。”刘毅看了肖可一眼，继续说道，“肖可，谭队长这是恨铁不成钢，你懂吗？”

“嗯！”肖可似懂非懂地点了点头。“也许，可能，是我错了。”

“既然你落在我手上，那我借着押送你，正好回五班坐坐，吕杨要没事，也一起回去吧。”刘毅说道。

“班长，我和肖可要去外队联系打比赛的事，您先回班，我们马上就到。”吕杨把帽子递给了肖可，一边使劲递了个眼色。

“是啊，我们去去就来。”肖可看了吕杨一眼，也随声附和着，“半个小时后在五班碰头好不？”

“行，待会儿班上见吧。”说完，三人朝着各自的方向走去。

“肖可，你知不知道自己做错了？”坐在跑道旁的石阶上，吕杨问道。

“我哪里错了，怎么每个人都说我做错了？”

“你做得对与错，我想你自己心里明白！”

“我不明白！”肖可转过头，看着吕杨，“我不就是做得差了一点儿吗？”

“不是差了一点儿，而是差了很多！”吕杨说着，把他与苏畅用考英语抄答案和洗衣服作交易的事也点了出来。肖可听了，脸马上就红了起来。

“其实谁都有讨厌纪律约束的时候，但没了纪律约束，那杀人放火，不是想干什么就干什么了吗？”

吕杨一阵子开导，终于使肖可认识到了自己的错误，还主动表了态。

“行，吕杨，你这么说，是我的不对，咱们回班吧。我跟吴彤道个歉！”

“班长，你不是说要退伍吗？”回到班里肖可见刘毅还在班里，连忙打招呼问他曾在新训基地时说的那句话。

“原本是打算退伍的。”刘毅笑了笑，说出了他在因训练成绩优秀被转为一期士官的事。

“班长，那你干嘛不回来看我们？”于笑薇嗔怪着，一脸不满意。

“太忙，太忙了！”刘毅有点儿羞愧地说，“谁想后来又跑到新训基地带了批新学员，把新学员送走了，又带了一批新兵。再加上听说你们还要考英语四、六级，就没来打扰。怎么样，四级都过了吧？”

“我还没过呢！”苏畅低着头喃喃地说。

“苏畅，英语是硬件啊！”刘毅拍了拍苏畅的肩膀。“不只是过四、六级的事情，学好外语可是终身受益呀。”

“班长，谢谢你！”池宏非抽出自己军被下的那块内务板，这是老班长刘毅留给他的纪念。“您的礼物我还留着呢。”

“这回被子叠得行了吧？”刘毅瞧了瞧池宏非那床叠得还说得过去的军被，然后才接过了池宏非递来的内务板。板子背面“刘毅”两个大字还隐约可见。

“对了，班长。”于笑薇突然想起了今年由她负责的千禧年文艺晚会，想起了她准备花样翻新重新编排的那首《风向正南》，“过新年时我们开晚会，你可一定要来参加，还得当演员呢！”

“什么节目啊？”刘毅笑着问道。“我五音不全，没有娱乐细胞啊。”

“全新推出，闪亮登场，摇滚劲爆版《风向正南》。”于笑薇说得天花乱坠，吸引了五班一众老爷们偷听。

“好，那我就回来充把歌星，别忘了让我领唱啊。”刘毅就这样爽快地应允了，“摇滚摇滚，不是摇就是滚。”

十一

都说时间就像流水一样，这话的确不假，一眨眼的工夫就到了一九九九年十二月十九日的晚上，五班这一帮子和全队学员一起，守着电视一直看完了澳门回归祖国庆典的现场直播。十二月二十日早点名的时候，学员们尽管个个满脸困意，但仍旧是喜气洋洋的。

“这回赌个钱都不用出国了。”闫岩开玩笑还没说完，就被吴彤踢了一脚。

“说什么呢，说什么呢。再胡扯，把你当筹码押了。”

“唉，就剩湾湾还漂着了。”喻枫区队长政治觉悟极高，他拉过了曲直说道，“咱们应该写思想汇报了。”

“应该应该，一定要把对祖国的热爱，把对新千年的展望都写进去。”曲直满脸激动地说。“主要是留个纪念，给 20 年后的自己。”

十二

这时的程艺轩，正在队部指挥着十一队本科班的女生学唱的《七子之歌》。尽管她不如于笑薇音乐悟性那么高，但事事都在尝试，而且看得出来，于笑薇对她的指挥还特别服从。于笑薇虽然是学院千禧年晚会的导演和主持人，忙得一塌糊涂，但是她也挤出时间来，帮着程艺轩，发动了全体女生，“承包”了这次千禧年文艺晚会的女生小合唱。

队部的一角，程艺轩举起指挥棒，全神贯注地排练着：

“一、二、三……起。”

你可知Macao——不是我真姓

我离开你太久了——母亲……

随着她忘情地指挥，歌声也涌出了队部的房门，四处荡漾开去……

“行啊，歌唱得不赖！”

“哎，有味儿！过去听听！”

全体女生要登台献艺，在这个男多女少的军校校园里还真的是散发出了无穷的魅力。几个班的男生听到这悠扬甜美的歌声，都赶忙从寝室里跑了出来，你推我搡地挤在了队部门口。

十三

随着千禧年的临近，学员们都是忙忙火火，想把这个千年的最后几天过得更有意义。池宏非中心工作就是买贺卡，给远方的亲友们送去新千年的美好祝愿。为了方便，他到邮局买了六套七十二张的新年邮资明信片，回到自习室便冥思苦想了起来，“该送谁呢？”

思来想去，他决定把所有跟自己有关系，现在也能联系上的人都列在一个名单上：首先是父母，然后是小学、初、高中的老师，然后是方方面面的亲戚，然后是同学，然后是……

“徐晶？”不知怎么的，池宏非的脑子里又蹦出了这个名字，其实他一直在逃避，但想想自己和她现在已各行其路，便掏出了一张贺卡，飞快地写下了自己的祝福：

徐晶：

当所有的故事已化作尘封的记忆，我仍愿站在世纪的门槛，为你祝福：

祝你新千年的每一天幸福、快乐、平安！

你的朋友：池宏非于千禧年

五班的寝室门上，不知谁贴出了一张千禧年最后一刻五班十名学员最想做的事儿的预测：

首先是程艺轩，她最想做的事是“写点儿什么”，然后是曲直，他最想“讲点儿什么”；然后是苏畅，他最想“吃点儿什么”；然后是喻枫，他最想“管点儿什么”；接下来是吕杨，他最想“教点儿什么”；于笑薇呢，则想“跳点儿什么”；池宏非则想着“唱点儿什么”；肖可是想“玩点儿什么”；吴彤最想“弹点儿什么”；闫岩则被戏称为最想“送点儿什么”。

十四

在阵阵欢歌笑语声中，翘盼已久的千禧年文艺晚会在学院大礼堂拉开了帷幕……

当于笑薇穿着一身戎装演出服宣布晚会正式开始的时候，全系师生们眼前一亮，礼堂里响起了一阵热烈的掌声。

“老高，听说这场晚会的总导演就是那个女主持人。”坐在台下的蔡政委指着于笑薇，对高主任说道。

“是叫于笑薇吧？我知道。”高主任笑了，“她是十一队团支部书记。”

随着时针的不断转动，晚会的一个个精彩节目也陆续留在了每个观众的记忆之中：尤其是五班的几个节目，像曲直和喻枫合说的相声，池宏非的独唱等等，都引起了一定的轰动效果。程艺轩指挥的女生小合唱《七子之歌》，也有着独特的韵味。这几个口口声声不爱红妆爱武装的花木兰，今天一换上连衣裙、化上演出妆，那种女孩子本有的柔美与娇媚便显现了出来，令这群男子汉们顿觉耳目一新……

也许是因为千禧年有特殊意义的缘故吧，这一次于笑薇也一改以往的羞涩，不仅担任了晚会主持与策划，还演了她的看家节目。

“老谭，你们队这个于笑薇很厉害呀！”高主任笑着问谭锋。

“她是音乐世家出身，听说高中毕业时北京有个什么音乐学院要特招她她都没去，一心就要考咱们南京军政学院。”

“是吗？”高主任没想到自己这个系里还有如此一只“金凤凰”，“那她得过什么奖没有？”

“确实不少，”谭锋实话实说，“我看过她的档案，奖励那一栏国家级的都填满了，估计省市级的会更多。”

“那她怎么不考军艺呀？”

“记得她说先把文化基础学好，其他的艺术门类还都是爱好。”

“看出来她这专业水平确实不错，可以考军艺的研究生嘛！”高主任笑了笑，“我有一个战友现在在军艺当领导，可以把她往那儿推荐。”

这时，经过重新编排的十一队五班保留节目的《风向正南》上场了。

按照设计，礼堂所有的照明灯源悉数关掉。然后一个追光，打到了后排的刘毅那里，他拿着无线话筒一边唱着，一边慢慢地从台下走到了台上。

接着，全场的灯光亮起。吴彤和喻枫从后台走出来，现学现用，弹起了刚刚学会的吉他，其他几个则快步地从上下台口跑上了舞台。

“哎？那个于笑薇不是五班的吗？”蔡政委想起了在新训基地观看“十一”晚会时的情景，那时于笑薇好像是手风琴伴奏。

于笑薇在伴着歌声跳舞，也在伴着掌声展现着自己的成长。一曲终了，她的笑容也伴着演出成功的泪水和汗水肆情绽放，全场响起了热烈的掌声，那不仅仅是对她精彩演技的肯定，更是对她策划的这场千禧年文艺晚会的肯定。

演出结束后归队的路上，于笑薇说出了一个秘密，原来那天五班门上的纸条是她写的。

“我说别人不敢再说我‘送点儿什么’了？原来是你的杰作。”闫岩一副恍然大悟的样子。

“哦，原来你把我们联欢会上要演的节目提前透露了。”吴彤摸了摸脑袋说。

“不只是透露了节目，还说出了大家的特点。”喻枫开始定性发言。

“赔我名誉损失费！”苏畅被定位为“饮食专家”，自然老大不高兴。

“还说呢，我不也让他说成了喜欢‘管点儿什么’了吗？”喻枫趁机落井下石。

“我来说句公道话吧。”吕杨一向被大家认为是不苟言笑，今天板着面孔，一副神秘的样子，却是打趣：

“喻枫啊，你的确是个‘官儿迷’。”

说完，吕杨第一次在大家面前完整地露出了他那一口刷得白白的牙齿，也博得了大家会心的笑。

“我怎么‘官儿迷’了？要讲证据啊。”看得出，喻枫还挺不服气。

“你什么都管，连地上有个粉笔头你都要捡起来问问它的出处。”曲直的话真是一针见血。

“吴彤是见习队长，我看你比他管得还多呢。”肖可见“墙倒众人推”，也麻溜插了句。

“吴彤是统领全局抓宏观，我是深入局部抓微观嘛。”喻枫对此还念念有词。

第十一章　千禧暖阳

一

二〇〇〇年一月一日，算是新千年的初始吧，十一队又组织了次集体外出。这次五班可是大团圆了，不但十个兄弟姐妹聚在了一起，连老班长刘毅也“回归”了。

中午，在一家宽敞明亮的饭店里，十一个五班的同志聚在了一起，话旧谊，迎新禧。

“千年新禧，百岁迎春，我谨以个人的名义祝大家在新的千年里事事如意，学业有成吧！”论资排辈，刘毅自然第一个举杯提议，没想到他还真的文绉绉的弄出了几句词儿。

“好！呱唧呱唧！”池宏非喊了一嗓子，也得到了大家的热烈响应。

可轮到程艺轩提议的时候，她却支支吾吾，半天说不出一句话来。

“叫你提，你就提，千万不能要赖皮！”

“那我就说两句吧！”曲直的话还真让程艺轩把压力转成了动力，她高高地举起了手中的酒杯：

“为我们跨越千年，见证生命的新辉煌干杯！”

当大家共同举杯的时候，每个人都注意到了吴彤眼角滴下的泪水。

“没事儿，没事儿，大家一起喝呀。”尽管吴彤嘴上说没事，但谁都看得出刚才程艺轩的提议勾起了他悲伤的回忆。因为就在去年的这个时候，吴彤的父亲在黑龙江运货的途中不幸发生了车祸……

吴彤没有多说什么，微笑着把杯里的酒一饮而尽。

二

又一次的英语四六级考试过后，新千年的第一个寒假来到了，这次大家都有了各自有意义的打算。

喻枫要去空军某基地参观苏 –27 飞机；闫岩则想飞到哈尔滨去看雪和冰灯；吴彤想去帮母亲照看她的那个“保洁公司”；吕杨则要回山西老家村委会给村民讲反对迷信、相信真理的讲座；肖可要到深圳这个改革的窗口“吹吹风”；于笑薇则要到成都电视台做业余主持人；池宏非想着当回侦探，查找给他父亲写匿名信进行诬谄诽谤的人；就连这次大概还过不了英语四级的苏畅也盘算着搞一个个人的网页。

程艺轩这次选择了去西藏，她要在世界屋脊上聆听新千年的召唤。自己曾多少次梦寐以求亲吻那洁白无瑕的雪山和波涛翻滚的雅鲁藏布江，多少次梦想着去走一走艰辛的朝圣路，这回可好，刚下飞机就高反了。

曲直说服了母亲和他一起到狱中探望服刑的父亲，一家三口可以在新千年伊始相聚在一起了。

结果这些有意义的计划也都依次顺利地实现了：喻枫不但看到了苏 –27，还和它亲切地合影留念；吴彤帮母亲搞家政服务，自己还有了“小金库”；吕杨做的“破除邪教，反对迷信”的报告还上了山西新闻；肖可呢，不但到深圳吹了吹风，还顺便跑了趟珠海；于笑薇更是了不得，做了一个月的业余主持人被四川电视台请去策划并主持了三期节目，还上了卫星频道，她还忙里偷闲地跑到川西，特地看了一趟那个肖洁弟弟；苏畅也把自己“Su chang 520”（苏畅我爱你）的网页搞了出来；还有闫岩，他在哈尔滨五彩缤纷的冰灯中迎来了千禧龙年。程艺轩也实现了自己的夙愿，尽管怕高反不敢去珠穆朗玛峰的珠峰大本营，但至少还是到了拉萨的大昭寺，翻了翻手抄的《格萨尔王传》，尽管那上面的藏文她是一窍不通，但至少她得到了人家送她的哈达，所以也是满心欢喜。

曲直探监的事也很顺利，由于他父亲曲云山表现突出，还允许探亲假回家和他们母子吃了顿年夜饭。据管教干部说，曲直父亲在狱中表现很好，大概率有减刑的可能。

池宏非这个假期可待业了，本来想当侦探的他想不到父亲被匿名诽谤的案子已经告破了，那个在市里当着什么局副局长的写匿名信的人已经投案自首了。一追查原因，简单得很，是那个副局长在局里安排了自己的一个所谓的亲戚，那人是一个只有初中学历的农村女青年，副局长帮她伪造了大学本科学历和干部籍，让她摇身一变成了行政事业编。这事儿群众意见很大，池宏非的父亲进行纪检巡察，接到举报后直接进行处理，把女青年给开除了。那个副局长为了打击报复，写匿名信诬谄池宏非的父亲，却不想自己引火烧身先进了班房。

三

又一个学期开始了，随着“大四”的临近，保送研究生的人选问题也提到了议事日程上来。

按照专业课不低于七十分，各科平均分不低于八十分，必须通过大学英语四级考试，必须品学兼优，德才兼备，政治面貌为党员或党员积极分子的标准，五班进行了初步的筛选，结果于笑薇、程艺轩、曲直和吕杨获得了提名；而按照学习成绩再进行排名的话，程艺轩和于笑薇分列前两位，然后才是吕杨和曲直。

于笑薇心中还很不服气，她时常跟同桌的池宏非发牢骚，表示自己对程艺轩排名第一的不满。

“你学习成绩不如程艺轩，当然要往后排了。”池宏非听了，只好费尽口舌跟于笑薇解释。

“那还说品学兼优干嘛？我是团支部书记，她是团小组长，我工作哪项不比她多啊？”于笑薇就是听不进去，还生气地说，“准是她给队领导灌了什么迷魂汤，要不为什么一提队里谁学习好，保研谁最有希望，队长和教导员总提她呢？”

“是啊！”说到这里，连池宏非自己也给弄迷糊了：自从上学期期末谭锋要去了于笑薇的个人简历和获奖证书复印件之后，一提到保研的事情，队里便只把程艺轩的名字挂到嘴边，而只字不提于笑薇，莫非趋势真的要把程艺轩确定为保研的最终人选了？

“不行，我可不能袖手旁观！”池宏非的个人英雄主义又来了，“于笑薇是我哥们儿啊，要是她被人给‘黑’了，那咱也得拨刀相助啊。”

在池宏非眼里，于笑薇是有实力和程艺轩竞争这个保研名额的，可队领导为什么偏要把机会留给程艺轩呢？该不会是有什么“暗箱操作”吧？为了解开这个谜团，池宏非准备中午进队部试探性地跟队领导探听一下消息，也好作个判断。

中午时分，池宏非刚进队部，就发现了易资平身边的于笑薇，她已经在和易资平谈关于保研的事了。

“教导员，有件事我想咨询一下！”于笑薇绕了一大堆圈子，终于说到了正题上来。

“你说！”易资平看了于笑薇一眼，说道。

这时，池宏非只好回避，退出了队部的门。

“教导员，你说保研光凭学习成绩能不能录取？”

“当然不能了。保送研究生和你们入校前录取一样，主要是挑选德才兼备的优秀学员。保研是要全面衡量各方面素质再确定名额的。怎么，你有什么想法吧？”

易资平从于笑薇躲躲闪闪的目光里觉察出了一点儿隐情。

“嗯……没有没有。”于笑薇吞吞吐吐地回答着，一边却在用眼角的余光瞟着队部内的各个角落，好像是要看看哪里有录音机或者监控探头。

“于笑薇，没事，有啥想法你说吧。”易资平说着，还向于笑薇投了鼓励的微笑，“有则改之，无则还加勉呢。”

“嗯，我就是说程艺轩，”于笑薇看了一下易资平的脸色，鼓起勇气说道，“程艺轩她是不是被确定为保研的候选人了？”

“差不多吧！”易资平笑了笑，“经各班民主评议，她现在的支持率还挺高的，而且她本人各方面工作做得也不错。”

“可她……好像只是学习成绩好了一点儿！”于笑薇一边说着，一边盯着易资平的表情。

“不，很多活动她都参加了，去年系里的千禧年文艺晚会……”

“可那台晚会是我策划的呀？”于笑薇听易资平提起了那台晚会，更是气不打一处来。因为众所周知，千禧年的文艺晚会是她的优秀创意。所以，于笑薇下意识地争辩了一句。

“原来你是觉得队里在偏袒程艺轩啊？”易资平一脸恍然大悟的样子。

“我不敢确定，但我不希望出现什么‘暗箱操作’。”于笑薇一副据理力争的样子。

“那你是不相信队领导了？”易资平正说着，谭锋推门进了队部。

“哟，于笑薇，我还正要找你呢。”还没等于笑薇站起身，谭队长倒先跟她打起了招呼。

“队长，什么事？”于笑薇无意间瞥见了谭锋手里那个严严实实的档案袋，上面写的却是系里高主任的名字。

“你拿去看看吧，是军艺来的通知！”谭锋冲着于笑薇走了过来，并把那个档案袋递给了她。

“军艺？！”当疑惑的于笑薇接过档案袋看了一遍里面的内容时，真是喜出望外。

原来里面装的是申报军艺研究生特招录取的表格，下面还打着标有“解放军艺术学院招生办公室”字样的红戳。

接着，谭锋又把高主任那天看晚会时和他说的话一五一十又向于笑薇叙述了一遍。

“没想到学马列的本科生还能推荐上艺术的研究生，奇迹！”

谭锋带了多少届的政院学员，跨校、跨系、跨专业上研究生的学员这也许是第一个。

当然，这个“也许”就取决于于笑薇是否想在这张表格上填写她自己的情况了。

“怎么样，于笑薇同志，这回知道队里为什么不找你谈保送本院研究生的事情了吧？”易资平笑着说，“我们是先和你家中联系后才作出决定的，你的父母都支持你去军艺深造。”

“可我自己还没想好呢。”尽管这个机遇对出身音乐世家的于笑薇来说的确有点像天上掉下了馅饼，但它的突然降临却让于笑薇一时间还接受不了。“队长，那本院自己的保研呢？”

“咱们队一共有四个保送名额！”谭锋笑着说，“你们区队有两个。如果按成绩排，你和程艺轩平均分都超过了九十，在区队里应该是遥遥领先的，只是你比她稍差了一点儿。工作能力上你比她有优势，但是在其他方面你比她有所欠缺……”说完，谭锋把近三年来五班所有的班、团小组会议记录放在了于笑薇面前，还从抽屉里拿出了一封信，放在了于笑薇的面前……

“看看这些你就知道自己欠缺什么了！”

于笑薇不想重新翻开那落满尘灰的历史记录。尽管在那里她和程艺轩受表扬的次数是不相上下的，但她比程艺轩的缺点却多得多，这连她自己都无法否认。

所以，她捡起了记录本里夹着的那封信。

刚拿过信封，看到上面“队长收”的字迹时，于笑薇便能断定这是程艺轩的字了。

轻轻地，于笑薇怀着一丝惊奇抽出了那页字迹清秀的信……

谭队长：

您好！

很冒昧给您写这封信，主要是想谈谈学校保送研究生的问题。

首先，我很感谢您和易教导员日常给我的关心和鼓励，这给了我复习考研的动力，也支配着我不断前进，争取获得入院后第四个优秀学员的奖励。

但同时，我想就保送研究生这件事谈谈我自己的几点想法：

第一，尽管我现在的学习成绩可能是区队的第一名，但我更想通过考试证明自己。可以说除了高考，从小学到中学，从中学到高中我都是没经历过正规的统一考试，一直是保送入学。所以，我更坚定了参加研究生入学考试的信心和决心，希望你们能够支持我的选择。

第二，我不参加保送研究生的提名，也可以给我们区队其他同学多增加一个机会。我并不是想说自己考研是十拿九稳的，但我在成绩上还是有一定的优势，所以我更希望自己在真正的大风大浪中锻炼自己，充实自己，因为人的一生中要经历的考试还有很多，为什么要放弃呢？

第三，我想向您推荐一个人，那就是于笑薇。其实在我眼中她才是近乎完美的。所以我才会嫉妒她，和她相互竞争，而她却好像一直在让着我，迁就着我，还作出很多令我感动的事情。当她搬到混寝的第一天，我才发觉自己真正地离不开她了。真希望她也能上研究生，和我一起延续着竞争，更延续着友谊，我想也是这种你追我逐的竞争，让我们更紧密地走到了一起……

看到这儿，于笑薇无法再往下读了，因为她不断涌出的眼泪已打湿了手中的信纸，模糊了上面的字迹。

“教导员，队长，对不起！”于笑薇冲着易资平和谭锋分别鞠了一躬后，飞快地跑出了队部。

四

“于笑薇——”池宏非本来在门口焦急地徘徊着，突然发现于笑薇冲了出来，还满脸泪水，便喊了一句，跟上了她……

“于笑薇，你怎么了？”池宏非追到女生宿舍门口，终于叫住了于笑薇，“谁欺负你了？”

“我……我找程艺轩去。”于笑薇抹了一下脸上的眼泪，就要往女寝进。

“姑奶奶，你可别冲动啊。”池宏非看着于笑薇喘着粗气的样子，生怕出什么闪失，连忙拽住于笑薇的手。“君子报仇，十年不晚嘛。”

“什么呀？你搞错了。”于笑薇赌气似的甩开了池宏非的手，钻进了女寝，还不忘回头跟池宏非解释了一句，“放心，我是去给她道歉。”

“什么？道歉？”池宏非看了看太阳，也不是从西边升上来的呀：怎么这个一直视程艺轩为眼中钉、肉中刺的于笑薇今天却想起给人家道歉？

“对呀，去问队长，”池宏非想起了刚才于笑薇从队部跑出来的情景，心想，“解铃还得系铃人。”

谭队长也没隐瞒，他把这件事的前前后后都告诉了池宏非，还把军艺的那些资料也递给了他。

“解放军艺术学院是咱们部队唯一一所培养文艺人才的正规院校，在国内外也久负盛名，于笑薇到那里深造一定会有更大的发展，你的任务就是劝她把这张表格填了！”

此时，于笑薇都和程艺轩坐在了阅兵观礼台的石阶上，谈起了两人的关系。

“程艺轩，以前我有很多做错的地方，对不住你，请你原谅。”

“于笑薇，你说哪儿去了，谁又能没错呢？还记得我骂过你多少次吗？”

“过去的就过去了，重新开始吧！”于笑薇叹了口气。

“我们再竞争也只有一年的时间了，你就要去军艺了。”程艺轩笑了笑，说道，“到时候互相说声珍重吧！”

“不，我要留在本院考研究生。”于笑薇的决定竟出乎程艺轩的预料。

“胡扯，人家请你去你不去，偏要在这儿凑热闹，你图什么？”

五

傍晚时分，于笑薇又被请进了队部。队长谭锋刚一见她影儿，就气不打一处来。别人打着灯笼都找不到的好机会，她却说不要就不要了。

“我就是想留在这个政院里，因为这里有我自己选择的路。”于笑薇也没示弱，回敬了一句。

“这丫头，行！”当谭锋阴沉着脸，夹着那个寄自军艺的档案袋来向高主任汇报情况的时候，没想到高主任却笑了，“于笑薇，有个性！”

高主任也不想轻易地把系里的“系花”拱手送人。想想要是于笑薇这样一个文艺骨干留下来，系里以后的文体活动就更好开展了。

“好，我就把这个于笑薇留下！”

六

而这时的程艺轩，不但自己在准备复习考研，还主动找到了刚刚在又一次英语四级考试中铩羽而归的苏畅。

“怎么样，这次多少分？”程艺轩关切地问道。

“五十四，太低了。”苏畅又一次低下了头。

“那上次呢？”程艺轩随即便又问了起来。

“四十九，更低。”苏畅看了程艺轩一眼，说道。

“这一次次不还是在进步吗？”程艺轩满脸欣慰地说。

“程组长，你讽刺我吧？”

“不，我想你再加把劲儿，下次你就有希望了。”

“可我尽了最大努力，还是这个样儿。”苏畅无奈地看着程艺轩，“单词本我都背烂了。”

“背烂了也不一定全都掌握得了。”程艺轩说道，“那不如这样，吕杨这学期要忙着复习考研，我来帮你做四级的复习。”

“你不也考研吗？”苏畅疑惑地问道。

“我帮人的同时，自己不也复习了英语吗？”程艺轩笑了。

“那需要多长时间我才能学会呢？”

“看悟性了。”程艺轩笑着说，还带了分神秘，“快则一个月左右，慢则半年，只要你用心了，我包你没问题。”

就这样，苏畅又转入了程艺轩的门下，开始钻研“程氏英语教学法”。

“给你，这是我的程氏秘籍。”程艺轩从书包里掏出一个记得密密麻麻的小本子，递给了苏畅。

“记的是什么？好像是大大小小的知识点？”

“对，那是我总结的英语四、六级易错题。前一百页是四级的，后五十页是六级的，你从前往后看起，争取一两个月看完。”程艺轩不无自信地说，“那时候，过四级绝对小菜一碟儿。”

七

不知不觉，“五一”快到了，部队换装的传闻也渐渐得到了证实，从量身高，量尺码到各队试穿，种种迹象都表明新式陆军夏装将在军政学院强劲登陆。

自从换了新装的短袖上衣，绿色贝雷帽之后，每个人的兜里都揣了套梳子和镜子，没事儿就那么梳啊、照啊，不厌其烦，还自得其乐。

但要说真正忙的，还要说是苏畅了，他不但要准备英语四级的复习迎考，还要查找资料，整理学年论文；计算机和其他课业还不能停下来；再加上上周刚刚取消了见习制度，他又要当班长了。

种种无形的压力使他不堪重负，终于在一天早晨出操的时候休克了。

“大夫，他没大事吧？”在宽大的玻璃窗前，每个五班的学员都发现了苏畅那张惨白的脸。

“没事儿，只是需要休息！”

“苏畅怎么样了？”队长和教导员也急匆匆地赶来了，谭锋腰上的武装还没有解下来。

“没事儿，医生说需要休息。”吴彤回过头答道。

“那你们先回去吧，我来照顾苏畅。”谭锋冲吴彤他们几个一摆手，“你们可别耽误了学习。”

“老谭，你也回去吧。”易资平见学员们走了，便按了一下谭锋的肩膀，“你一个多月没着家，嫂子该有意见了，我可负担不起。”

“没事儿，她脾气再大也不如我大。”谭锋的话让人总感觉有种背后吹牛的味道。

“老谭，咱就别争了，我护理过很多学员，有经验。”

“不行，你一提这个我更来气了。上次喻枫有病的时候，就是你护理的，还把他放跑了，搞得我挨了批评。”

终于，谭锋还是支走了易资平，自己坐在苏畅的床前，等着他醒来。

两个小时后，苏畅醒过来了。

“我怎么会在这儿？”苏畅惊讶地问道。

“早上出操时你昏倒在了训练场上。”

“不行，我得回去做习题，还得去上课，今天的《战略学》要放海湾战争的资料片，我还兼着课代表呢。”

“苏畅，你哪也别去，就在这儿好好休养两天。”谭锋用鼓励的目光注视着苏畅，“多休息，病才会很快地好起来。你的学习压力太大，所以导致暂时休克，你要放松心情，缓解自己的心理压力。”

“嗯！”苏畅使劲儿点了点头，把被子又往前胸压了压。

也许是因为苏畅的心绪好转比较快的缘故。两天之后，他便出了院，重新回到了五班的集体之中。

“苏畅，我帮你补《经济学原理》。”

“苏畅，我给你讲讲《毛泽东军事思想》的要点，争取答个好成绩。”

“苏畅，这是《市场经济学》的笔记，你先拿着，有不清楚的找我。”

……

在这种互助的集体中生活，苏畅感到了倏然惬意，他还发现自己的英语成绩在随着对程艺轩、吕杨两套学习方法的综合运用中逐步提高了。只是英语写作，他还差点儿火候。

又一次四、六级英语考试来临了，苏畅很小心地安装着耳机里的电池，尽管他的兜里还有两节备用的，直尺、橡皮也都是于笑薇拿给他的，说是让他沾点儿人气。

十一点二十苏畅走出考场的时候，他那灰白的脸色让人有些放心不下。

“唉，作文没底。”他还是说了自己的症结所在。

“看吧，不行下学期我再给你对症下药！”程艺轩比比画画，还真挺像那么回事儿。

八

又一个学期匆匆忙忙地结束了，大家都想痛痛快快地回家玩最后一个暑假，因为明年的这个时候，每个人就要奔赴各自的工作岗位，还有的要去读研究生。

于笑薇天天在家看各种复习迎考的学习资料。在此期间，最令她欣喜的是，她资助的那个肖洁，今年也考上了军政学院，他们即将在下个学期见面。

程艺轩却觉得考前的放松更是主要的，所以她又到四川游览了一圈，什么乐山大佛、峨眉古刹、武侯祠、卧龙自然保护区等等的自然或是人文的风光名胜，……最后在成都双流机场准备坐飞机飞长沙的前几个小时，她还找到于笑薇还蹭了她一顿饭。

曲直家里那边传来了振奋人心的好消息，他的父亲曲云山已获准减刑，将于明年三月刑满释放，这是亲情的一次伟大胜利。而那个李志乾，企图越狱被抓获归案，数罪并罚，罪上加罪，被改判了无期。

吕杨回到家后，没待两天就被高中母校找了去，让他给假期补课的新一届高三学生打打气，后来他又自办了个免费的英语补习班，既给自己的考研打点儿基础，也为了使村子里更多的农家子弟都能走进大学的校门。

吴彤则跑到了肖可家，在河北的冀中平原上走了走燕赵的名胜古迹。半个月后，吴彤也回了家，在市里的报社当特约通讯员，忙得不亦乐乎。吴彤走后，肖可又跑到大西北玩了一圈，四处宣扬自己是为了提前考察一下西部大开发的现状。喻枫跟着父亲又回了趟军政学院，没想到十多年后在军政学院的大门口，父亲见到了当年边境自卫反击战时他的指导员和副连长。

闫岩跑到江南走了一个来回，从扬州到南京，从南京又到无锡，从无锡又到苏州，从苏州又到了上海，从上海又到了舟山群岛，从舟山群岛再回到杭州，最后在西子湖畔他圆满地结束了自己的行程，却发现自己随身带的银行卡都是江苏省内通兑的，在杭州没法取。最后，他只好用身上仅剩下的五十多元钱买了张无座票，又饥又渴地挤回了家，自己还总结出了个“旅游就是遭罪，幸福就是挨累”的人生信条。

池宏非这个假期一直在家留守，因为他的父亲通过干部考核，被调到省里当领导了，而他原先在市里的家，也要一同搬去。所以，收拾家什便成了池宏非的主要任务。

一个飘雨的夏日，一个熟悉的声音在池宏非的耳边响起。

“喂，请问是池宏非家吗？”

“你是……徐晶吧？”这也许是池宏非最大胆的猜测了。

“你能出来一下吗？到市里中心大酒店的888包间，我有话要和你说。”

“有那么要紧吗？这还下着雨呢。”池宏非尽管嘴里嚷嚷，但还是穿好了衣服，下了楼。临行，他还拿了一把伞。

按照徐晶电话中所说的，他来到了那家可能是市里最大的饭店。随着服务员的指引，他缓步走到了二楼的888包间。

“嘿，我们的准将来了。”不知是谁的吆喝，他高中时的同班同学们都迎了出来。

池宏非这才发现一切原来是徐晶设下的善意骗局，为的是“引蛇出洞”，把他套出来。

“知道今天是什么日子吗？”没想到当着这么多的老同学，徐晶竟主动走到了池宏非面前。

“不知道啊。”在快速的记忆搜索中，对今天日期的主题查询却没有答案。七月二十二日，这究竟是个什么日子啊？

“今天是咱们毕业三周年的纪念日。”池宏非没想到他高中时的班主任从人群中走了出来，“三年一晃就过去了，现在想想多快呀。不过快也好，也让我看到了你们即将成才。看看在座的同学们，我就合不拢嘴，你们有的已经走上了工作岗位；有的大专马上毕业，就要成为人民警察、护士和老师；有的是明年本科毕业或是考研，或是也将有自己的工作。所以，我想世上最幸福的人应该是我了，因为我有这么多好学生。”

一时间，包房里响起了老同学们热烈的掌声。

“池宏非最后一个来的，不能让他跑了，罚酒！”循声望去，是以前班上最调皮的“包子”，他拎着酒瓶来到了池宏非面前。

“好，我自罚三杯！”热烈的氛围中，池宏非主动提议，“向大家表示歉意。”

喝完酒，池宏非被安排到了徐晶身边的一个座位上，看来，这位置也是事先留好的。

“我还是换个地方吧。”池宏非以为可能有的同学还不知道她和徐晶分手的事情。为避免尴尬的场面出现，他便要选择逃避。

“池宏非，你怎么不坐啊？”好几个人问了起来。

“我，前些日子被徐晶骂惨了。”

“你也就是吹吧，池宏非！”徐晶以前的寝室室长戳穿了池宏非的谎话，“人家徐晶刚刚考过GRE，拿了全额奖学金，前些日子正办签证呢！哪还要你这样个不要脸的跟屁虫儿？”

“哦！”池宏非没想到徐晶曾经的梦想已经走到了现实的一步，便激动地端起酒杯，举到了徐晶的面前，“祝贺你啊！”

“同样也祝贺你！”徐晶笑了，“过了一个千年，把很多不愉快的事都忘了吧，毕竟我们还是老同学，也很高兴你还记得我。”

“当然记得，你不但自己写信把我骂得狗血喷头，还授意几个在座的姐妹给我写无字天书呢。”

“不过现在看来还是你对的，”徐晶略带苦涩地望着池宏非，“我们现在这个状态挺好，不然今天彼此也许会承担更痛苦的结局……”

“喂，你们俩有完没完，这么酸，大家都等着喝酒呢。”池宏非看到了高中时的班长在那里嚷嚷。

“哎？我们来可不是看电线杆子的，快喝。”不知谁又催促了一句。

“那就为我们高中同窗三年的美好记忆和明天各自辉煌的前程干杯吧！”在清脆的碰杯声中，两个人都噙着泪水却面带笑容地喝干了杯中的酒。

不久后，家搬到省城的池宏非，在最后一次看完了自己十二年求学生涯中遇到的各位老师后，也踏上了返回政院的列车。

九

在愉悦的氛围中，最后一个学年的学习开始了。

但对于苏畅来说，一切并不轻松，因为在六月二十二日的英语四级考试中，他再次以五十九分的成绩被挡在了成功的门外。

“没事儿，下次再来！”同学们都纷纷安慰他。

“我还有几个下次了？”苏畅悲观地回答，因为听说下一次的英语四、六级考试提到了十二月份，这回他的复习时间需要论秒了。

而于笑薇在把肖洁送上了去新训基地的卡车之后，和程艺轩走到了一块儿，两人在抓紧课余的点滴时间复习迎考。

“阶级产生的原因是什么？”程艺轩拎起宿舍里的暖瓶，随口问道。

“生产资料私有制的形成。”说着，于笑薇又帮程艺轩戴上了军帽。

“对了，衡量生产力水平的客观尺度是什么？”

“是劳动工具的状况吧？”程艺轩说着，又递给于笑薇两个暖瓶，“对不对呀？”

“完全正确，加十分！”于笑薇笑了笑，一边接过了程艺轩递来的暖瓶。

两个人走在打水的路上，还在相互研究学习。

在保送研究生的候选人上，队里还是把程艺轩、于笑薇一同报了上去。

“这次保研，你必须参加，那可是一条唾手可得的捷径啊。”吴彤受谭锋委托，来劝程艺轩。

“不行，我就要考一下试试，这是我自己的选择，别人无权干涉！”程艺轩看来主意已定。

“那好，你跟队长去说吧，我支持你。”吴桐向程艺轩投去赞许的目光。目前的情况是，易资平去新训基地带肖洁这届新学员了，队里的工作由谭锋一个人负责。

这时，程远帆的电话也打到了队部里。

“谭队长，我家女儿艺轩长大了，她选择了一条能证明自己的道路。我想我们做家长的不要干涉她，希望你们也给予支持。”

谭锋接完了电话，心中好阵疑惑：程艺轩为什么非要参加统一考试而拒绝保送呢？

不过这个疑团很快就由程艺轩自己说破了。

“队长，谁都知道保送研究生能省去不少麻烦！但在十一队，至少在我们二区队，我的总成绩和平均分都是第一名，所以，我要在真正的入学考试中捍卫自己第一的地位！”

谭锋聆听着眼前程艺轩掷地有声的话语，不禁暗暗佩服起她的个性来，十一队的领头雁并没有让他感到失望。而且，隐约中谭锋也预感到这一次程艺轩在如此放松的心态支持下，可能会取得更好的成绩。至少凭她的信心和实力，就让人望其项背。

不过对于于笑薇来说，她在着手于做两手准备，一边要参加保送研究生的竞争，一边也要做好应对一月份全国大学研究生入学考试的准备。所以，对二者取其一即可入学的她来说，一切也没有特别大的难度。

其实于笑薇的保研希望蛮大的。程艺轩的退出给了她排名第一的有利位置，而且她的工作成绩也是有目共睹的，马上“十一”发展党员她还排在了候选名单上。再加上她自己的多才多艺也起了不少的衬托作用。所以，这些优越的自身条件也赢得了全队学员的支持。

“于笑薇，我们都支持你啊！”

“谢谢，谢谢！”望着队里同学们一束束热切的目光，于笑薇感动得连连拱手致意。

“不过可有条件啊，你得请我们吃饭啊。”

“没问题，有多少人我就请多少人。”

十

池宏非这时忙着迎接体育达标。上肢运动是他的弱项，他得加紧练习，至少得混个及格吧？想着，他又抓紧了手中的双杠。

“你，来个三练习！”一听这严肃而沙哑的声音，池宏非紧张得心都快飞出来了。

“谁呀？”不用回答大概也猜得出教官唐林的名字，那个刺杀操训练时蛮横的“法西斯”。

其实大一从基地新训回来就应该由他代上十一队男生的军体课，但由于解放军广州体院来了个进修的名额，池宏非才躲过了他的“追捕”。

两年进修结束，唐林刚回来就被军事基础教研室领导分到了毕业班，让他主要“照顾”几个军体“后进生”。在这些“后进生”里，池宏非也有一号。

一瞥见唐林，池宏非就想起野营拉练最后那次奔袭时的情景，他端着枪第一个冲上了山头，对着扮演敌军指挥官的唐林打光了弹夹里所有的空爆子弹。

今天，他可要栽在人家手下了。

“池宏非，喊一下‘到’！”点过了几个外班的同志，这回轮到池宏非报告了。

“到！”池宏非低着头躲避着唐林的目光。

“哎？你害什么羞哇？金枝玉叶看不得怎么的？”唐林见池宏非的脸在他面前躲来躲去，生气地说，“把头抬起来，是男人就得有个男人的样子。”

池宏非犹豫了一下，万般无奈地抬起了头。

“哦，是你呀，孤胆英雄。”唐林看见池宏非，不觉眼睛一亮。

池宏非看到唐林在冲自己微笑，心想这下可完了：“唐林要是想起以前的事，能不给自己穿小鞋儿么？”

事实也好像的确如此，自从唐林发现池宏非之后，就专门给他开了小灶，别人十个引体向上，他池宏非得十五个，还威胁地说如果他做不下来就用背包绳把他缠在上面；别人每节课轮上三、四次练习就休息了，他池宏非不但体育课上要练，周二、周五的课外活动时间也被唐林拉出来单训。

“唐教员，我看你训我，你比我还累呢。”训练间歇，池宏非疲惫地伸了伸腰，凑到唐林眼前不无讽刺地说。

“是吗？”唐林白了池宏非一眼，“那我就找找平衡，再给你加点儿量。”

“唐教员，您听错了。”池宏非连忙解释，“我不是嫌量少，我是觉得稍稍大概可能就多了那么一点点，一点点……”

好汉不吃眼前亏，池宏非再装硬汉，也害怕这个听说是全院投掷第一人的唐林。

“那好，我也舒展舒展筋骨，”唐林甩了甩胳膊，“也好让你平衡平衡。”

“唐教员，我绝对比不上您啊。”池宏非可不迷糊，唐林这体格儿谁比得了。

“那这样，你做一个我做两个。”

“唐教员，一比四吧？”池宏非还讨价还价。

“行！”唐林还挺爽快，真的一口答应了，“但我也不能白陪练哪？”

“怎么？唐教员还要搞‘腐败’，索贿呀。”

“不不，不是‘腐败’，只是得分个输赢。”

“唐教员四个，我只一个，明显是让我，怎么好意思分出个输赢呢？”

“没事儿，要那么说我是军体教员，你是青年学员，大家还不应该在一起练呢？”

“那……好吧！唐教员承让了。”池宏非明着谦虚，暗地里却满心欢喜；自己现在单械引体向上差不多能做十个，可听说教工组纪录最高才四十，讲好的一比四，他唐林要破纪录不成？

“不过，可不能让他耍赖。”池宏非心里想着，话也到嘴边了，“唐教员，要不找个人来当下裁判吧？”

“行！”唐林刚说完，池宏非就找到了操场上一个穿T恤衫跑步的教员家属，让他断个是非。

“池宏非，光比赛还不行，得有个奖惩办法。”

“唐教员，您开价儿吧？我全盘接受。”

“那这样，你要是输，就一定要跟我一起练，直到你过关为止！”

“那你要是输了呢？”池宏非不忘维护自己的权益，“不会有什么下不了台阶的事吧？”

“这样吧，要是我输了，”唐林想了想，笑着说道，“到时候考军体时我让你不考也全及格！”

“一言为定！”池宏非伸出了手。

“驷匹马追不上！”唐林也伸出了手和池宏非的手在空中拍打在了一

起，发出清脆的响声。

“开始！”随着“裁判员”的口令，两个人非正式的比赛开始了。不知怎的，今天池宏非的状态出奇地好，他一连拉了十六个，这成绩让谁知道了都会惊讶不已，因为以前连八个都撑不起来的池宏非今天连优秀都超过了，真是令人刮目相看。

“十六乘以四等于……六十四！”当池宏非做完了自己的那份时，他开始算起了最简单的加减乘除。

当他得知唐林应该做的要超过院教工纪录二十多个的时候，池宏非笑了，因为胜利即将属于他。

不过看来今天唐林发挥得也挺出色的，不一会儿他做完了四十个，不过脸上开始渗出了汗珠，脖子上的皮肤也红了。

“还有二十个，看他发挥再好，也做不下去了！”池宏非心中暗自窃笑，虽然唐林今天做的引体向上数目已超过了院纪录。

“五十八，五十九……五十九！”当做到第五十九个的时候，唐林满脸是汗，张着双臂吊在那里，嘴里还在念叨着他现在的数目。

尽管局势有些紧张，但在池宏非眼里，唐林今天超级限的发挥也该在两个动作之内结束了。两三分钟过去了，唐林还是吊在那里，一动不动；嘴里却大声地喊着：

“五十九！五十九！！五十九！！！”

这回池宏非却不敢掉以轻心了，他试探地问着：“唐教员，怎么样啊？”

唐林没回答，却突然用起了劲儿，把身子挺了起来。

“六十三，六十四……”听到“六十四”的喊声时，几乎所有在操场参加课外活动的学员们都跑过来围观。

而池宏非，则张着大嘴，惊呆了。

“唐教员，再来一个就赢了！”一帮子学员就站在池宏非身旁，大声地喊着。

“六十四了吧……”池宏非发现唐林在说话的同时已经开始屈臂了，身子也慢慢地上移。

突然，池宏非发现唐林在下颌接近单杠平面的一刹那松开了手，纪录最终定格在了六十四个。

“不行，不行，手上汗多，太滑了……”唐林一副惋惜的样子，低头抱怨说。

“最后结果，双方打了个平手！”当“裁判员”作出最后的决断时，围观的学员哄地一下子跑开了，嘴里还都叫着：

“平局，没劲！”“太没劲了！”

但心知肚明的池宏非脸上却一会儿红、一会儿白。

“唐教员，你干嘛让我？”一起往回走的路上，池宏非忍不住问道。

“不，是你自己出色！”唐林冲池宏非笑了笑，说道。“十六个就不错了，青年学员中接近最高水平。”

“我自己出色？”池宏非愣了，“我自己要是出色的话不也拉六十四个了吗？”

“你记不记得第一次做这个动作练习时的成绩呢？”

“记得！也就一两个吧……”池宏非回忆起了他第一次考核，握杠时自己笨拙的样子，“可你那时也没教我呀？”

“没教不可以问吗？”唐林笑道，“别忘了你自己可是政院的名人啊！”

“名人？”唐林的话让池宏非好生疑惑，他看了一眼这个唐教员，说，“什么名人？”

“你忘了自己在月亮城大酒店英雄救美的事了吗？”唐教员好像还挺崇拜池宏非，“剑胆琴心，果然是江湖大侠，有情有义。”

“唐教员，别逗我了，再说，那都是以前的事情了，好汉不提当年勇。”池宏非说着，“像你今天做了六十四个，把院纪录超了，我哪有那两下子呀？连想都不敢想。”

“院纪录？教工组的引体向上不让我们军体教员参加。”唐林的一句话点出了其中的原委，也把池宏非气得瞪起了眼睛：自己差点儿被这个不具代表性的院纪录给骗了。

“不过你也很不错，”还有几步就到十一队口了，唐教员拍了拍池宏非的肩，“这么短短的两年从一两个到十六个，你的进步比火箭还快呢！今天你要再做一个，我就肯定累吐血了。”

“不，唐教员，我还要跟着您多学多练，我的功底还浅得很呢。”池宏非临走不忘抓紧奉承唐林一番。

“别，你千万别。”唐林赶忙摆摆手，“那天军训演习要不是空爆弹，我还不早进烈士陵园了？”

说完，在初秋凉爽的风中，两人会心地笑了起来。

十一

“喻枫，姜部长叫你到他那儿去一趟。”喻枫听见有人唤他，便从寝室里走了出来，正跟回寝的池宏非走了个碰头。

“张干事，姜部长什么事还让你特意跑来了？”喻枫一看眼前那个中尉，便笑了，原来暑期他和父亲回政院时，一直是这个姜明身边的张干事围前围后，办这办那的。

“我也不知道，你去应该就知道了。”张干事朝喻枫耸了耸肩，一副无奈的样子。

大约一刻钟之后，喻枫的身影出现在了姜部长的办公室里。

“姜伯伯，您找我有什么事呀？”关上门，喻枫便换了更亲近的称呼。

“哦，是这样，”姜明示意喻枫坐下，“你们现在已经大四，马上面临毕业分配了……”

“姜伯伯，有事儿您就直说吧。”喻枫见姜明似有隐情，便说道，“我能接受现实。”

“哈哈，好个接受现实。”姜明端起了他的保温杯，呷了一口水，“可你要接受的现实可是多少毕业生梦寐以求的‘现实’啊。”

“什么现实？莫不是……”喻枫说道，眼睛却看到了姜明办公桌日历上记着的一个北京的电话。

“喻枫，你听我说。”姜明打断了喻枫的猜测，但又验证了他的猜测，“我的一个老首长刚调到总部当上了某部的部长，身边缺个秘书……”

“姜伯伯，可我也不行啊？”喻枫想推辞，因为上次在参观苏 –27 的那个空军基地，他跟父亲透露了自己想当空军的愿望。

“喻枫，你可别认为姜伯伯是走后门给你跑分配。”姜明朝喻枫笑了笑，“别多心，我任亲不避嫌，因为你的确是个很优秀的政工苗子。”

“政工苗子？”喻枫好奇地说，“我又不会做报告，也不会稿调研，哪像政工苗子的样子啊？”

“喻枫，你可以到总部渐渐培养自己，在磨炼中成才嘛。”

“可我更希望到空军，看着那些战鹰飞向蓝天。”

“看来我那老首长的电话是没法回了。”姜明皱了下眉头，指了指刚才喻枫看到的电话号码，说道。

“姜伯伯，我是一个向往白云，向往蓝天的人，我最大的愿望就是去空军工作，哪怕从最基层做起都没有问题。”

“可在我这位老首长身边你会更有发展。因为论资论辈，他可是德高望众啊！再说，你也不能太理想化了，以后工资、房子、地位什么的，你不考虑考虑么？”

“其实，不想当将军的士兵的确不是好士兵，但想踩在别人的肩膀上当将军的士兵更不是好士兵。”喻枫激动地说，“姜伯伯，您的关心我很感谢，但我不能答应您，因为我想即使我去不了空军，见不到苏 –27，苏 –30，即使我回到一个基层连队当排长，我也会凭着自己的实力，一步一个脚印地走出来。”

“而且，姜伯伯，有句话我也不怕触怒您。您变了，变得不像在新训基地时那样的正直无私了。”喻枫说完，拉开了房门，“姜伯伯，如果没事儿，我先走了。”

“喻枫，你给我站住！”当喻枫回头的时候，他突然发现了姜明脸上那欣慰的笑容。

接着，他看到姜明按着日历上的号码拨通了北京的电话，还示意他坐在沙发上。

几秒钟后，电话通了，一阵低声地寒暄后，姜明突然故意放大了嗓门，激动地说：

“老战友，喻枫已经通过考核了！”

“姜伯伯，我不是说过……”喻枫刚想说下去，却发现姜明在招呼他接电话。

没怎么多想喻枫便接过了听筒。

“首长好！”喻枫也不知如何称呼，便模式化地问候了一句。

“什么首长啊！我是你爸爸……”

“爸，你怎么……”喻枫说着，眼睛却瞟见了姜明那狡黠的笑。

“原来喻子秋前几天刚被抽调到总部学习。当他得知军政学院的毕业生分配工作即将开始时，便打了个电话给姜明，让他问问喻枫到底对自己的分配有什么想法，持什么态度，自己也好有所了解。刚才这个电话号码，正是他住的总部招待所的总机号码。”

“那你为什么不直接打电话问我呢？”

“小枫，你从小就是心眼多，有主意，万一爸爸被骗了怎么办？”

“爸，这么说您同意我的个人选择了？”喻枫等着父亲一锤定音表态。

“我服从你的分配诉求！”喻子秋笑着说，“对了，你姜伯伯还有事儿要跟你说，咱爷儿俩先说到这里吧。”

说完了电话里响起了忙音。

“姜伯伯，父亲说您还有事跟我说，是吗？”喻枫暗暗佩服起姜明的这招“引蛇出洞”来。

“是有事儿和你说。不过这是个教训。”

“过几天驻皖空军某基地将来这里预先考察一个干事的名额。如果你有意思想去，可以去竞争一下！”姜明继续说，伸手还抽出了一张表格递给了喻枫，“想去的话，你先把这表儿填了！”

“姜伯伯，这不是暗箱……”喻枫刚说了半句，就被姜明抢白了。

“暗箱？这表格印了一百多份，要是偷偷发，恐怕暗箱早挤破了。”姜明说道。“再加上你父亲早有指示，不许帮你搞不正当竞争！”

没过几天，那个空军基地的政治部主任还真的直接带着几个干事来，而且指定在训练部会议室做接待室，对九七级准备毕业分配去他们那里的学员作面试。

竞争直到白热化，也没分出应该录取谁。因为门里门外排的大部分都是学生骨干和有“优秀学员”奖励的先进分子，可以说喻枫与他们势均力敌，什么条件都大同小异。

最后，政治部主任决定加试“毕业学员对空军知识的了解”一题，看看谁最适合成为蓝色方阵中的一员。

号称苏–27“刺猬”的喻枫果然不负众望，他不但把“苏”系列的战机介绍了一遍，还把“米格”系列的战机也做了介绍，当他要介绍我国“歼”系列战机的时候，却被那个基地政治部主任打断。

“小伙子，不用说了，就是你了！”

但现在才大四上学期，基地还不能正式把喻枫调走，不过临走时发了话：

“明年七月毕业，你直接到我们那报到就行了！”

十二

曲直天天在日历上画着天数，等待着，其实他不是在盼毕业，而是在盼父亲出狱那一天早日到来。百无聊赖的时候，他还常翻翻书，复习一下，因为他没进入最后的保研候选名单，需要参加全国研究生入学考试。

考研不是曲直眼里的最佳选择，他更想在家附近的部队工作，也照顾一下父亲。他便把这个想法告诉了谭锋。谭队长听了他陈述的原委后，向他提出了自己的建议：

“曲直，你的最佳选择的确应该是回家。但我想你最好做一次‘双保险’，既报名考研，又参加分配，哪一样运作好再做决断也不迟。”

这天晚上，谭锋突然接到了易资平从新训基地打来的电话，说是马上“十一”了，让队里的大四学员准备几个拿手的节目，也给新学员们露两手。

“这还不容易？”吴彤听了队长的叙述后，不以为然地说，“尤其是给咱新生演节目，让我们班于笑薇、曲直和喻枫三人出马就没问题了。”

“不，这次要推陈出新！”谁知道谭锋什么意思，竟点了名要吴彤和肖可、闫岩搭档。

“这不存心让我们三个出丑吗？”闫岩生气地说，“挑谁不好，把我们三个不会打枪的支到前线了。”

“谁说让你们出丑的？”正说着，谭锋突然推开了寝室的门，“挑中你们三个，因为你们在文艺活动组织创演方面锻炼太少，以后如果分配到部队拿不出东西，叫不响咋办？”

接着，三个人便开始进行了漫长的思考，什么节目类型，什么思想方向，什么主要内容的，理了半天连个头绪也没理出来。

“有了，搞一个军营劲舞！”望了天棚一眼，肖可突然蹿了起来，“咱三人不都包括在里面了吗？”

“不错，穿着迷彩服，配上作战靴，再戴上墨镜，‘酷到死’的感觉！”闫岩也进行了形象设计。

“我看也行！”吴彤这官腔一直不改，“不过上身最好穿上圆领紧身背心，更动感一点儿。”

“那就这么定了，我去找服装，闫岩去搞伴奏带，吴彤负责请队长审看节目，借个队部场地等一类的公关业务。”肖可对各人的任务进行了硬性“摊派”。

“没问题！”三个臭皮匠终于又胜过了诸葛亮。

“不过，谁教哇？”闫岩突然想起了最关键的问题。

“我！”肖可突然举起了手，“肖可·杰克逊！”

起初吴彤和闫岩还对肖可的大话嗤之以鼻。但看他活动了几个片段后，两个人又要刮目相看了。

“没办法，现在很长时间不练，手有点儿生了！”

“肖可，得了吧。”吴彤调侃道，“说你胖，你还喘上了？”

就这样，这个叫《军营劲舞》的节目真上了“十一”晚会的台，还博得了全场的热烈掌声。

“哎？你们也不错嘛！”三人刚表演下到后台，队长就来祝贺演出成功。

“队长，您这不是变相夸自己吗？”肖可笑着说，“不是您逼着我们，我们能想出这损招儿？”

“推陈出新，出其不意，这才是高明！”谭锋笑着说道，“你们呢，也是急中生智了！”

“笑薇呢，于笑薇来了没有？”突然刘毅在台下喊了起来，这次他又来基地带新学员军训了。

“班长，干嘛？”跟车来看肖洁的于笑薇看到了正向她招手的老班长，连忙冲了过去。

“‘风向正南’，唱‘风向正南’！”刘毅看来挺怀念这首能引起五班共鸣的心曲。

“对呀，这次‘风向正南’怎么没唱啊？”赶来观看演出的院长经刘毅这么一提醒，不禁也回忆起来了。

“可五班人来的不全啊！”于笑薇着急了。

“那你伴奏，我们六个新训班长也得上去唱。”刘毅说着，又不无得意地补充了一句，“都是我给教会的！”

新训班长们联合表演节目，这在基地历史上还不多见。所以观众们热烈的掌声便伴着那发自心底的歌声在篝火中升华，在夜空里荡漾……

十三

学院下发了“关于教唱《军人道德组歌》的通知”，谭锋授命学员队团支部书记于笑薇在电视房教唱这几首歌曲。

刚开始,学员们学的不大认真,所以经常有人喊着:“于笑薇,再来一遍。”

“来，大家跟我一起唱。”这时于笑薇便投入地组织着，

“一、二……跟我走——”

头顶边关月，情系天下安，

当兵走四方，时刻听召唤……

“停，停！”学员们正唱着，于笑薇突然打了个手势，“‘召唤’的‘唤’是平声，不是去声。来，再来一次。”

这样教了一个星期，于笑薇的嗓子就哑了，任凭草珊瑚、西瓜霜或是什么咽喉片的都没效果。

“于笑薇，你先休息休息，我再让别人教吧。”谭锋见于笑薇不断咳嗽，便上前劝道。

“队长，十一月初就要验收了。”说到这，于笑薇又干咳了一声，“咱们队可得争个名次。”

“于笑薇——”谭锋看到于笑薇尽管说话吃力但仍继续努力坚持的样子，不禁关切地说道：

“你起个调子，我来指挥吧！”

“行！”于笑薇冲着谭锋队长会意地笑了笑，艰难地喊着：

“《官兵友爱歌》，预备——齐！”

你呼唤我　我呼唤你　军号把我们集合在一起

不论官　还是兵　队列里都是“一、二、一”……

此时此刻，谭锋也站在于笑薇的身旁，伴着节奏激昂地挥舞着手臂。而同学们在看队长指挥的同时，也看到了不断咳嗽的于笑薇……

十四

于笑薇在军人道德组歌合唱考核的前一个星期，被池宏非“押”到了门诊部。

“这是取药单，”医生表情严肃地看着于笑薇，“记住，一定要息声，嗓子过度疲劳以后你就再也不能唱歌了。”

随即，医生又开了一个假条，递给了池宏非：“在一个月之内，别让她喊口令。”

排练厅的讲台前，临时换成了另外一名同学教唱，但是临阵换将，大家却总找不到那种感觉，还经常串调儿……

“还是我来吧！”于笑薇挣开了池宏非和程艺轩的阻拦，来到台前……

“军号嘹亮，预备——唱！”

在于笑薇那因疲劳而嘶哑的口令中，在她那随旋律而挥舞的手臂间，大家看到了一种精神，更激发了一种感动，——这感动化作无形的动力，激励着在座的每个人发出了心底的最强音。

“于笑薇，不行，你这样是透支自己。”池宏非想了那张病假条，便找了出来：

“我去找队长，给你请假，假条我都开好了。”

说着，池宏非拉开了门。

“池宏非，你给我站住。”于笑薇停顿了一下，接着说道，“假条谁开的？拿给我看看。”

“这是什么字，有点儿模糊了，像是李什么医生。”池宏非转过身，把病假条拿到了于笑薇的眼前。

突然，于笑薇抢过来池宏非手中的那张病假条，把它撕得粉碎。

“于笑薇——你？”池宏非急得叫了起来。

“池宏非，要把我还当弟兄就替我保密。”当池宏非望见于笑薇哀求的眼神时，他知道自己已经无法拒绝。

十五

二〇〇〇年十一月八日，正是中国第一个记者节。当天上午，学院大礼堂举行了《军人道德组歌》的验收考核暨歌咏比赛……

结果十一队在于笑薇自强不息精神的感召下，夺得了比赛的优胜奖。

比赛刚结束，于笑薇也在谭锋陪同下，被程艺轩等几个女生架到了门诊部，护花使者池宏非随后也飞奔而来。

“大夫，于笑薇咋样了？”

“你还好意思问我？我不是让你把假条交队里边吗？”又是那次看病的大夫，她一看见是池宏非，便开始数落起来，“现在好，正在手术呢。”

尽管不是大病，但一听“手术”这词儿，池宏非脑袋就嗡地一下子炸开了。他连忙向手术室跑去。

“于笑薇，她怎么样了？”池宏非顾不得满头大汗，连忙问门口凳子上焦急等待着的程艺轩。

“队长在里面，大概是切了。”程艺轩以为池宏非知道于笑薇是什么病症，随口说了一句。

“切了……啊？”对于根本不知情的池宏非来说，这又是“手术”，又是“切了”的词汇太恐惧了。“于笑薇，我对不起你。”

一时冲动，他竟推开了手术室的门。

队长发现池宏非突然闯了进来，脸上还淌着汗，便低声问道：

“池宏非，你怎么进来了？”

“我……我……”池宏非看到谭锋队长的样子，一时支吾起来，“我听说又是手术，又是切除的，就闯进来了。”

“你呀你，”谭锋笑着把池宏非推出了手术室：

“人家是动了个扁桃体手术，发炎化脓出现了病变，切除了。”

正说着，五班其他同学也来到了于笑薇的病房，把各自的祝福送给她。

“谢谢你们！”于笑薇望着病房里聚在这里的所有五班同学们，心中的千言万语也只能化成了这四个字。

“不，大家都该谢谢你。”池宏非拿过刚刚取来的《组歌》歌咏比赛优胜奖的证书放在了于笑薇的面前。“整个政院就两个优胜奖。”

“不！”于笑薇轻轻推开了池宏非递来的证书，镇定地说，“这证书上的荣誉属于我们队的每一个人。”

十六

于笑薇刚出院没几天，保送研究生候选人的选拔考试开始了。

“怎么样，怎么样？”于笑薇刚走出考场，五班一帮人就呼呼啦啦地围了上来，因为自从程艺轩退出保研的选拔之后，于笑薇便是唯一的希望了。

“放心，没事儿。”于笑薇自信的笑容给大家带来了轻松，“没了扁桃体又不是没了心，我现在啊，一切感觉良好。”

保研考试后的第二天，军体达标测试也全面展开了。原本是后进的池宏非竟笨鸟先飞，单双杠的练习都达到了优良，身高体胖的苏畅经过努力也涉险通过了大学四年最后一次的军体测试。

十一月底，又一届的政院田径运动会召开了。

本次运动会十一队排出了历史上最强大的参赛阵容。由于运动会因雨一再推迟，他们也终于等到了与一年级新生胜利会师的日子。

这次五班是全线出击。于笑薇、程艺轩、吴彤三人负责广播稿的撰写收发；苏畅、闫岩和吕成为后勤保障员；喻枫、池宏非当上了径赛的裁判；曲直和肖可有参赛项目，他们要把胜利的微笑最后一次定格在政院的田径场上。

“曲直，追上他！”十一队的学员们在为力图卫冕200米桂冠的曲直呐喊助威，在他前面不远处是一名一年级的新学员。

曲直的确尽力了，但他的起跑比别人落后了一步。最后，曲直只得尾随其后，屈居第二。但是，连于笑薇也不曾想到，这个跑第一的新生竟是肖洁，是她资助的那个农家少年。

“笑薇姐，我跑得快吗？”领完奖品，肖洁便跑到了于笑薇面前。肖洁对于笑薇的称呼由“阿姨”改成了“姐姐”，因为他现在也已经成为一名南京军政学院的学员了。

“肖洁，你就像一阵风一样，太令姐姐吃惊了。”于笑薇拍了拍肖洁肩膀，“不过你得跟我去看看你的曲直哥哥，你把他打败了，估计他正抑郁呢。”

曲直垂头丧气地从地上爬起来，正要到休息区，猛然发现了那个打破他蝉连桂冠梦想的新学员就站在自己的面前，一时间十分尴尬。

“曲直哥哥，很高兴能跟你同场比赛。”

“啊！你是于笑薇的弟弟？”听了于笑薇的介绍，曲直自我解嘲地说，“难怪那么难追呢，原来和你姐一样。”

曲直突然想起他和肖洁原来是一个队的，又破涕为笑了，“毕竟咱们都是十一队的，肥水不流外人田，我也欣慰了。”

“对呀，曲直，”于笑薇拍了一下曲直肩膀，“下午你们俩还要一起参加4×100米的决赛呢，咱们队的荣誉就靠你们了。”

“别的不敢说，拿第一没问题！”肖洁信心十足。

“拿不了第一，我们俩一起跳长江。”曲直更是一副不成功便成仁的架势。

下午三点多的时候，男子四乘一百米的决赛开始了。肖洁起跑快，被安排到了第一棒，曲直后发制人，成了压轴戏。的确，强强联合太容易造成规模优势了。当曲直接到接力棒的时候，前棒已经帮他拉开了十米的距离，形势一片大好。但曲直没有忘记上午二百米失手的教训。接过接力棒后，他用尽全身力气向前冲去。风声和喝彩声已被他抛在了身后。现在唯一的目标，就是前方终点的那道红线。

这时，他与身后的第二名已经拉开了二十多米的距离。他发现自己距离终点越来越近，兴奋的他高高跃起，几乎是用脚踢开了那条红色的终点线。这也是他庆贺胜利的最霸气的打开方式。

“喂，破纪录了。”裁判反复看了一下时间，兴奋地喊道。

“破纪录了！”喻枫突然意识到了这个辉煌的瞬间已经成了永恒。

当会场的大喇叭播送了这条消息后，几乎全场所有的人都惊呆了：

十二年前由军区体工大队四个来政院进修的短跑运动员创造的男子 4×100 米纪录竟被四个名不见经传的青年学员打破了。

“精彩！值得庆祝！”当裁判席再次确认成绩统计无误后，高主任不禁感叹了一句。

什么都不能永恒，只有信念。当曲直和肖洁担纲的十一队 4×100 米团队勇创佳绩的时候，肖可也按预定目标拿到了跳高的第一名，还无心插柳地摘走了跳远的桂冠。

运动会结束了，肖可和曲直也完成了自己的心愿，把胜利的微笑留在了他们在政院四年时光最后一次参加的运动会上。

十七

苏畅的最后一次大学英语四级考试即将来临。回首这几个月来，程艺轩、吕杨两人对他进行了全面的辅导，队里也取消了他所有的公差勤务，还腾出了个小仓库供他晚上加班。

“谭锋，都实行淘汰制了，你们该淘汰的也别藏着掖着了。”一个教务部的干事晚上打电话给谭锋，针对谁确实不言而喻。

“当他还在坚持着，没有被最后证实是个弱者的时候，我们还是要支持他。”谭锋看了看日历，距离苏畅要参加的英语四级考试还有两天。

“老谭，苏畅这次的压力可想而知。”易资平看了看谭锋，说道，“怎么样给他缓和一下呢？”

“可还有不到48个小时，他就要上战场了。”谭锋仿佛是自言自语地说。“缓解压力，也是无从下手。”

“报告队长，苏畅他……”正在这时，吴彤突然急匆匆地撞开了队部的门，这也是入学四年他第一次行为如此鲁莽。

“他怎么了？”易资平和谭锋都猛地把头转向了吴彤。

“他……他休克了！”

“马上送到门诊部急诊，快，快！”

易资平接通了车队的电话，让他们马上派车来。

三分半钟以后，苏畅躺在了门诊部急诊室里的病床上。易资平和谭锋一左一右地站在了苏畅的身边。

门外两排靠椅上也坐满了五班的人。他们焦急地等待着，不时还透过急诊室的门缝看看苏畅的情况。

“没大事。可能还是他的学习压力大了一些。”值班医生记忆力不错，“上次来的不也是他吗？”

“大夫，那他得几天能出院？”五班的人都凑到了医生的面前问道。

“少则个把星期，多则……看情况吧。”

“可他还要参加二十三日的四级考试啊。”程艺轩不希望自己的“学生”失去这最后一次机会。

“不行，”医生的态度很坚决，“如果他当场又休克了，那怎么办？我们必须对病人的身体负责。”

送走五班的学员之后，易资平和谭锋在床前睁着眼睛守了苏畅一夜。

天亮的时候，他俩睡去了，苏畅却醒了。当他看到自己身处病房，左右又趴着队长和教导员时，他明白了昨晚发生的一切。看看队长表上的日历，他更是大吃一惊，今天已经是十二月二十二日了。明天将是他最后的一次机会。

“喂，那个学员，你不能走！”当苏畅悄悄地下了床，要偷偷溜走时，正在洗漱的值班医生发现了他。

“苏畅！快站住。”听到医生的叫喊，易资平和谭锋也醒了，他们四处找寻着苏畅的影子。

此时的苏畅也被值班医生拽了回来。

“医生，我的病好了，让我走吧！”

“去哪儿？”医生瞪着眼睛看着苏畅。

“回队里，明天我还得参加英语四级考试呢。”

“四级？八级也不行。”医生把嘴噘得老高，“药还没打完呢。”

“可这是我最后一次机会了。”苏畅失声喊道，“考完我再回来。”

“但是，你想过没有，谁对你的安全负责？你以为休克是做切除手术呢，一次醒了下次就休克不了了？”

“可我不能放弃！”苏畅一字一顿地说，“如果不参加这次英语四级考试，我不仅仅对不起我自己，也对不起我的家人，更对不起关心我的队领导和同学们。”

也许是被苏畅的真诚打动了，医生同意他参加明天英语四级的考试，但在他参考的第五考场门外，安排一个三人组成的急救小组，准备在特殊情况发生后进行紧急处理。

考试就要开始了。苏畅偷偷掏出了一张他和全班同学的合影照片，仔细端详起来，从脸颊到嘴唇，再到嘴里的牙……

苏畅希望这张照片能带给他好运气，还能唤醒他心中沉睡的智慧。

考试期间，他感到一阵阵头晕，甚至是恶心，他真想举起手，因为医生说那样他就会被紧急救治，然后就会躺回医院白色的床铺上。

但他还是坚持一次次地清醒过来，他不能放弃，因为他现在已经有了通过四级的实力。他更不能辜负吴彤、肖可、闫岩、吕杨、程艺轩等人对他接力式的精心辅导，不能辜负队干部对他的关心帮助，也不能辜负他的家人，尽管他们不说，但苏畅更明白他们心中的期望……

“咦？”他忽然发现有道阅读理解竟是吕杨给他辅导的原题，这个题就是十五分。最后的作文怎样在面试中给人留个好印象也和程艺轩让他背的十篇范文中的一篇大同小异，所以，又多了二十分垫底儿。基本是手到擒来的 35 分拿到手，更增强了他的自信。

“我一定能赢！”苏畅一边做题，一边不住地给自己以鼓励。

十一点二十，收卷铃响起的时候，苏畅尽管仍感觉在些迷糊，却也面带笑容地走出了考场。

“我成功了！”当苏畅高举起手臂向五班的同学们致意的时候，五班的同学开始了兴奋的呼喊。

然后，不出意外地，苏畅被医生又拉回门诊部病房输液了。

同样的情景还出现在第二天中午，当于笑薇看到自己的名字写在保研的录取名单上时，她面对着祝贺她的学员，同样说了一句：

“我成功了！”

十八

不知某些外国的科学家到底是不是通过进化才到了今天的样子，居然又信誓旦旦地说二〇〇一年才是新世纪的开始。97 级的学员们想象着反正这也是在政院过的最后一个元旦，所以就相信了他们的研究结论，所以五班的兄弟姐妹们又开始策划起跨越世纪的这几天怎样做才有意义。

“马上进入二十一世纪了。”本来 1999 年的最后几天也是这么说的，但是 2000 年的末尾这句话又被人们挂在嘴边。其实就是为了过两次节，进行两次庆祝罢了。

恰恰在这个时候，程艺轩也心血来潮，准备写一个世纪寄语的小册子。

十二月三十一日，她从晚上九点就开始对表，连续对了六次终于确立下来，自己要标在世纪寄语册上标准时间。

没想到去年于笑薇贴在门上的话真的“不幸而言中”了！程艺轩果然要为新的世纪写点儿祝福话儿了……

我的至爱：

当你翻开这本留言册的时候，时空的指针一定不再属于二十世纪了。那么，就让我给你讲述一些二十世纪的故事吧，关于我，关于我所生存的这个时代和我生活的这个群体！

都说明天，新一个世纪即将开始，新一轮朝阳照样升起，但它已属于二十一世纪的时空，所以，我兴奋，我骄傲，我送走了眼前二十世纪的最后一抹余辉，也将迎来二十一世纪第一个灿烂的早晨；所以，我开始手舞足蹈，开始语无伦次，开始精神恍惚，开始在现实与朦胧中勾勒一个个属于新世纪亦真亦幻的梦。

无论我过去怎样，无论我曾经历坎坷与坦途，无论我曾收获荣誉与耻辱。别为我欢喜也别为我哭泣，因为那已经也必然成为过去，成为不可追忆的回忆，代表着我的往昔。它写在二十一世纪的门外，也写在二十世纪终结的那幕朝夕……

我不愿为自己辩驳，我的亦深亦浅，亦重亦轻的脚印给你刻画了一个怎样的我；我只想说过去即是过去，我不在意，别人也无须刻意。

所以，请我们共同珍惜，珍惜那跨越世纪彼此的一幕幕心曲：只要你我并非空虚……

写到这儿，程艺轩郑重其事地看了看表，然后颇有介事地在册子的末尾署上了落款：

“程艺轩于两千年十二月三十一日二十三时五十五分！”

正在此刻，电视房里的其他五班同学们发出了源自心底的欢呼，因为中、日、韩三国学生刚刚创造了世界多米诺骨牌的新纪录。

“这就是团结的结晶！”不知谁说了一句，然后不算宽敞的电视房里便响起了跨越世纪的热烈掌声。

“是啊，我们共同走过了一个千年，一个世纪，能不自豪吗？”程艺轩写完《世纪寄语》，也从后排走了上来。

接着，大家相互之间便开始互致新世纪的问候。

“五班的，都过来！”突然，正用笔记本上网的闫岩喊了一嗓子，“咱们在网上建个同学录，以后天各一方，凭着这个就能找到彼此了。”

这个提议很快得到了大家的响应，不一会儿便纷纷围了上来，留下了各自的“帖子”。

“五班万岁，万岁，万万岁！”

“无论天涯，无论海角，新世纪每一天大家心中都将有着一点儿灵犀！”

“恭喜发财，吉祥如意；年年有余，儿孙满堂！”

……

在世纪新始会心的欢笑中，大家都在用无孔不入的网络传达着自己的一份祝愿……

第十二章　共同渡过

一

“这是我们十一队九七级学员在学院度过的最后一个假期，我谨代表易教导员，向同学们致以最真诚的祝愿，祝福你们在假期里平安、健康、一切顺利！”

在放假前的动员会上，谭锋把队干部的新春祝福送给了每名学员。

考完了最后一门课程，大家各自踏上了归家的行程；但吴彤却要在学院里住上几天，因为他还没有买到回家的火车票。没办法，中国人春节回家的观念太浓厚了，造成了一次次车票紧张，一年年的春运高峰……

不过吴彤也没闲着，他攥着攒了半年的几百块钱津贴上了街，准备给辛劳持家的母亲买点儿东西；父亲过世后，母亲一个人也的确很不容易。

听说保暖内衣是新产品，吴彤想想北方天寒地冻的，正好用得上，便掏了二百多块钱，给母亲买了一件。

不久，车票的事儿也有了着落，正赶上车站有到沈阳的硬座退票，吴彤马上掏出了学员证，花了九十多块钱买了一张。

大年除夕的前一天，吴彤赶到了家。刚下火车他就看到了母亲满面春风，微笑着向他走来。而在她身边，还有一个穿着军大衣的中年人，大概有五十多岁的样子，也在冲着吴彤有点儿机械地摆手。

“这位是？”和母亲寒暄了几句后，吴彤看了一眼穿军大衣的人，冲母亲问道。

“哦……你陈叔！”母亲扭了下头，绕开了吴彤投来的目光，脸上略带绯红，轻声细语地说，“你们……认识认识吧！”

“陈叔您好！”吴彤礼节性地与那个陈叔握了握手，打了声招呼。

接着，一路上吴彤便听母亲说那个陈叔怎么样帮她开“公司”，帮她忙里忙外的“事迹”。慢慢地，吴彤也开始注意起这个陈叔来：

他浓重的眉毛，还有点儿络腮胡子，有些苍老的脸颊上布满了岁月流逝留下的印痕；嘴里的牙不是很白，但看起来多少能给人点儿亲切。

回到家，吴彤放下行李，一眼就看到了客厅里那满满的一桌菜，还有两瓶并排摆好的啤酒。

“吴彤，今天把你陈叔找来，大家吃顿热乎饭！”脱下各自的外套，吴彤的母亲张罗了一句。

“陈叔，你在哪个单位工作呢？”吴彤仿佛嗅到了空气里有什么特殊的味道，便又开了话头。

“单位？我给你妈妈打工呢。”说完，那个陈叔转过头看了吴彤的母亲一眼，憨厚地笑了。

一边喝酒，一边吃菜，这顿饭就在不冷不热的气氛中进行着。吴彤也越来越怀疑起这个陈叔的“身份”了。母亲喊自己“小彤”那是儿时的昵称，可喊他“伟民”那是什么意思呢？

但和这个陈叔保持界限地交谈了一会儿，吴彤却发现他并是不那种全靠出卖劳力的大老粗，至少他能谈到一些国际和国内的时事政治。

“吴彤，妈有点事儿要跟你说。”把陈叔送走后，关上房门，母亲喊住了刚要睡觉的吴彤。

“妈，我困了，明早再说吧。”吴彤心里已经猜到了八九分了，便故意推脱。

“小彤，”母亲勉强地从嘴里挤出了几个字，“是我和你陈叔的事……”

“妈，您说吧！”吴彤转过身拉开把折叠椅，坐了下来。

“小彤，你觉得陈叔人怎么样？”

“还好，挺朴实的。”吴彤随口回答。

“那……那你看他说话唠嗑儿什么的怎么样？”

“知道的挺多的，我还真没想到。”吴彤看着母亲那企盼的又有几分顾忌的眼神，也暗自决定先发制人，单刀直入了：

“妈，有什么事儿您就直说了吧。”

“妈的意思……想和你陈叔……”说到这，吴彤的母亲不再说下去了，只是用手轻轻地掩住了半边的脸。

“妈，还是您说吧，不说我也猜得出来了。”

“小彤，我想着……和你陈叔结婚。”尽管吴彤已预先知道了答案，但母亲的决定还是让他一时难以接受。毕竟，他父亲过世不过才两年啊。

“妈，我先考虑考虑再答复您吧。”在母亲充满期待的目光中，吴彤走进了那间属于他自己的小屋，而进屋第一眼，他就看到了写字台上自己幼时与父亲在动物园里看骆驼时的合影。可谁想转瞬之间，自己竟和父亲诀别两世了。

躺在床上，他怎么也无法睡去，母亲受尽操劳却孤身一人；自己求学在外又不能回家照看。她的确需要一处可以停靠的港湾。但是吴彤又一转念，父亲养育了他二十多年，给了他不知多少的关怀与呵护；如今却要一个素昧平生的男人代替，他如何逃避那时时刻刻让他感动的回忆？

不过，长途颠簸的疲惫还是超越了他矛盾的心绪，促使他终于在夜半时分进入了梦乡。

第二天就是除夕了，看着别人家张灯结彩，团圆喜庆的样子，吴彤却只有自己上街买对联、挑“福”字了；他的母亲今天还要继续工作——家政公司是越到年关越忙碌，因为就在这个时候都是父母期待着游子归乡，忙着准备饭菜，所以才会找人打扫卫生。

冷清地坐在空荡荡的屋子里，吴彤有种说不出的寂寞和失落；如果有可能，他更希望自己现在是在军政学院和班上的同学一起联欢，但毕竟想象不能代替现实，吴彤只好坐在写字台前看高中时同学的留言簿……

下午时分，母亲才拖着虚弱的身子回到了家；在她身后，却少了昨天的那个陈叔，那个和她一同在火车站站台上等吴彤的人。

“陈叔呢？”吴彤见母亲一个人带上了屋门，问道。

“我让他回了。”吴彤的母亲怅然若失地说，“今天是除夕，他来也不方便。”

“他家里……还有谁呀？”吴彤试探地问道。

“就他自己，前几年他老伴跟他离婚了，女儿也嫁人了。”

“那他家在这儿没啥亲戚了？”

“有啥亲戚呀？他老家是外地的。”

“妈，那你啥时候认识他的？你了解他吗？”

“去年春天，他到咱家的清洁公司里来，起初我们觉得一个大老爷儿们能干这活儿，后来才觉得他心还挺细的。”说这话时，吴彤看到了母亲嘴边的笑容。

“妈，那我倒要问问您了。”吴彤一边和面一边说道，“去年暑假时我回来怎么没见到他呀？”

“唉，”母亲叹了口气，“我就是怕你接受不了才没让他跟你见面……”

“那现在不还是见面了吗？”

“不是时间长了吗？”母亲看了吴彤一眼，“你父亲一晃走了两年了，我支撑这个家也不太容易。再加上以后你分配了工作能回几次家呀，还不得我一个人生活？”

“所以呀，我就渐渐注意起了他，他也挺愿意和我在一起。”吴彤的母亲缓缓地说道，“他憨厚、老实，心眼儿又好，而且对妈也挺关心的。这不，就等你回来跟你说……”

“可爸刚走了才两年多……”吴彤不想再说下去了。

“是啊！”说着，吴彤母亲眼泪刷地就淌了下来，“所以斗争了挺长时间才敢跟你提。”

“你爸走了，妈也不容易。小彤，我想你也能理解……”

说完，母亲抽泣了起来，眼泪滴落在她手中那个装着饺子馅儿的盆里。

沉思了好一会儿，吴彤终于伸出手来，拍了拍母亲的肩，一个白面的印记清晰可见。

“妈，我们去找陈叔叔来家里包饺子吧。”

“小彤！”母亲把吴彤抱在了怀里，“妈妈对不起你！”

“不，妈，别说了！”吴彤看了一眼母亲眼角爬满的分明的皱纹，哽咽着说，“我理解您……”

世纪初年东北的冬天特别的冷，天黑以后更是冷得出奇，也正是在这零下三十多度的气温中，吴彤和母亲在北风凛冽的街头一步一蹭地走着。路面上积雪凝成的冰，像镜子似的反射着来往车辆的灯光。

“为了共同的新一年，为了我们以后美好的生活，干杯！”新年钟声敲响的时刻，吴彤举杯说出了他曾考虑已久的祝愿。

“对了，妈！”吴彤突然发现了角落里的保暖内衣，便起身拿了过来，送到了母亲的手中：

“今年是您本命年，我给您买了套红的！”

二

“喂，程艺轩吗？我是苏畅，我的四级通过了！”当程艺轩放下煮元宵的锅刚拿起听筒。就听见电话那头苏畅兴冲冲地声音。

“太好了！”程艺轩真高兴自己的辅导并没白费，但她更钦佩苏畅坚持带病上阵这种顽强的精神。

“你十五日考研的分下来没有？”苏畅兴奋之余，更没忘了问程艺轩参加研究生入学考试的情况。

“估计没问题！”程艺轩“嘿嘿”地笑了一声，“今年的考研题还不算难，看能不能得高分吧。”

“那我再给吕杨打个电话吧，表示感谢。”

“是啊，苏畅你可得好好感谢人家。”程艺轩听着苏畅激动的声音，没忘了给他提个醒。

“老吕家听到了吗？老吕家听到了吗？你家吕杨的政院同学来电话了，快点儿来大队部接电话。”

吕杨家里本来新装了电话，但是忘记给苏畅留电话号码，苏畅只好四处查号打了村委会的电话。

“吕杨，我英语四级过了！”尽管老式电话通话效果比较差，但吕杨还是听到了他最想听到的消息。

“祝贺你呀……喂，喂！这破电话！”吕杨刚说完前几个字，电话就掉线了，气得他站在那里冲着听筒直喊。

三

于笑薇这假期倒挺用功读书的，而且她还应邀在一家市内的音乐学校当声乐老师。当看到孩子们那天真的笑靥时，她自己也欣慰地笑了。

“于老师，听说您是个解放军阿姨，对吗？”

课间休息时，在于笑薇的身后突然冒出了个怯生生的童音。

回头一看，是个七八岁的小男孩，她便开心地回答：

“看看于阿姨，不像吗？”

“于老师，我们也要当解放军，拿着枪，抓坏人！”不知什么时候，于笑薇的面前突然又围上来几个小朋友，一字一顿地说。

“好！”于笑薇这下子更高兴了，“不过你们也不需要扛抢，到艺术学院去学文化艺术就行了，那里好大好大，可漂亮了。”

不可否认，于笑薇确实见到过北京的解放军艺术学院，不过那只是路过，在 808 专线公汽上，那个叫魏公村的站点附近。一个多月前，她本来有可以到那里深造的机会，却被自己亲手谢绝了……

但她毕竟有所收获，因为她现在已经通过了保送研究生的选拔考试，提前成了南京军政学院二〇〇一级的研究生；而将要辅导她的导师，便是系里的头面人物，对她的才华倍加赏识的高主任。

四

肖可的假期居然选择在学校的所在地——南京先旅游两天，虽然经常外出，但是真正了解南京却是在这两天。提前做好了旅游攻略，就坐着公交车把这个六朝古都游玩了一遍。之后，他准备坐车返回北京，不想正赶上春运时民工回流的高峰，买不到车票。

万般无奈下，肖可只好花高价在“黄牛”手里买了张去石家庄的长途客车票，准备在京沪高速公路上度过夜晚短暂的十几个小时。

“都起来，你们都给我起来！”半夜大概两点多的时候，汽车轮胎扎了钉子，停在了四面漆黑的山野中，接着便听见有人在恶狠狠地喊着。

肖可眯着眼睛朝声音传来的方向瞥去，是几个拎着匕首、锤子的歹徒，在逐个座位抢劫乘客的财物。

“也许要殊死一搏了！”肖可在黑暗中伸手摸索着行李架上自己的旅行包，终于，他找到了在紫金山游览时买的那根木拐杖——本来是要送给年迈体弱的爷爷，不想在这个危急场合却派上了用场。

“钱呢！快拿出来！”

“别他妈装蒜！没钱把首饰摘了！”

歹徒见无人反抗，更加肆意妄为，四处狂野地叫喊着，像遇到羊群的狼……

“小姐，你的钱呢？”那个留长发的歹徒突然蹿到了身边一个二十来岁的女青年身旁，喊道。

“没有，没有！”那女青年惊慌地张开了空空的手，两只大眼睛充满了对歹徒的恐惧。

“没有？没钱就把人搞了！”说着那个歹徒上去就拽住了女青年的外套。“大过年的，咱也开开荤。”

“对，劫不着财劫色也行！”另一个歹徒也发出了狰狞的淫笑，还把罪恶的手伸向了女青年的裤腰带……

“住手！”肖可从座位上蹦了出来，手里还拿着那根木拐杖。

“呦，还穿着迷彩裤子，是个当兵的吧，这架势是出来送死的，”为首的歹徒看到肖可的迷彩裤，不无嘲讽地说，“想当英雄了是吧？想立功了吧？”

“少说废话，你们这群畜生。”肖可说着，拐杖也用力地戳到了那个为首歹徒的脸上，脸颊顿时就肿了起来。“来吧，尝尝棒子的滋味。”

“他就一个人，给我上！”

说完，后面的几个歹徒推倒了那个女青年，也操着家伙冲了上来，不过肖可的拐杖在他们的眼前不断晃来晃去，谁也不敢贸然前进。

这时，一个刚刚下车解手的歹徒突然拿着匕首从大公共的后门溜到了肖可的身后。尖刀刺进肖可的腰间时并没有什么声响，多亏还有冬天的毛衣和秋衣，延缓了尖刀的行进速度。肖可只是觉得瞬间一阵冰凉，接着便是刺骨的疼痛了。一怒之下，肖可掉转了拐杖，用尽全身力气砸向了刚才捅了他一刀的歹徒。“咔嚓”一声，拐杖折了，那歹徒也被打昏在地。

“这回再看你‘卖拐’，老子今天灭了你！”对面的一个声音狠狠地说，其余几个歹徒也涌了上来……

肖可手无寸铁又躲闪不及，被歹徒打翻在地，接着，匕首和锤子凶狠地向肖可的身上飞去。

“救人啊，大家快救……”看到肖可被打的情景，刚才被威逼的那个女青年高声喊了起来。

“救你妈个腿儿！”一个站得靠后的歹徒冲到女青年的面前，使足力气给了她一个耳光。女青年像断了线的风筝，坠落在了地上。

车厢里的人仍然各自安祥地做着无情麻木的看客，看着肖可在被这群歹徒肆意围攻。

这时的肖可身上已经沾满了鲜血，大概已被捅了七八刀的样子。不过他身形灵活，四处躲闪，他们没刺中他的要害，所以他还有知觉，还在拼命地挣扎着。

肖可一边奋力的抗争，一边还断断续续的喊。这时的他眼中只有数不清的匕首和锤子在舞动。

“你们让开，看我不搞死他！”那个匪首模样的歹徒喊了一嗓子，众歹徒便自觉闪开了一条路。

“去见你祖宗吧！”歹徒头领举起手中的锤子向肖可的头上砸去……

“狗日的，拼了！”突然，车上一个六十来岁的老人站了起来，他捞起行李架上的一只大皮箱，从后车门向那个拿锤子歹徒的身上抛去……

“哎呦，老不死的，今天我宰了你！”结结实实地挨了这么一砸后，那个带头的歹徒恼羞成怒，向车上那个六十来岁的老人扑来。

“大家上啊……”好像是一种默契，前后排都站起了几个人，涌下车朝歹徒冲去。

出现这种情况，这几个歹徒倒是真没想到。他们原以为迫于自己的淫威，没人敢反抗。没想到不但出了肖可这样的混不吝，现在又蹿出了十几个男女老少。

“逃吧！”有个歹徒怯怯生生地嘟囔着，一边和别的歹徒一起向车的前方退着步。

原本平静的旷野开始噪动起来，尽管乘客们畏惧歹徒手中的凶器而不敢靠近，但有些人已经开始盘算着逮住这几个歹徒了。

“喂，110吗，这里有抢劫犯，对对！”一个看起来像是老板模样的竟从座椅的夹缝中掏出了藏了好久的手机，喊了起来。

听到有人报警，慌张的歹徒们更不知所措，他们准备逃跑。

“你们谁也别想走！”浑身是血的肖可突然挣扎着站了起来，双手还抱着一辆不知是谁的童车，直接拍到匪首的头上，那歹徒直接应声倒地。

几个歹徒被眼前的肖可惊呆了，谁能想到一个挨了十几刀的人还能那么坚强地站起来？况且突然群龙无首，更是慌乱。

肖可的举动也给全车人一个信号，大家都从座位上涌了出来，有的抱住歹徒的腰，有的摁住歹徒的胳膊，还有的揪住了歹徒的头发。

“让你们害人！”一个农民大伯冲上来把自己正抽着的烟头摁在了一个歹徒的脖子上，只听到一声惨叫；一个三十来岁的妇女分开人群，拎着刚脱下的高跟鞋朝歹徒的脸上猛戳；还有一个乘客更是出奇愤怒，他拎起一暖瓶热水朝歹徒的头上浇去……

仅仅是几分钟的时间，车上的形势却发生了逆转，这是谁都没有预料到的。当几个歹徒被车上人们打的奄奄一息的时候，有人想起了血泊中的肖可：“刚才那个解放军兄弟，他怎么样了？快，快送医院啊。”

当肖可醒来的时候，发现自己已躺在了医院的病床上，身旁还挂着输液吊瓶。

“我这是在哪儿？”肖可不禁问道。

“你昏迷了两天，刚醒过来。”一个跟他年龄相仿的女护士走了过来，认真地看了看肖可，说道。

“不，我得回家，就要开学了。”

护士小姐没有接茬儿，她拉开了病房的门，在门外的走廊里，密密麻麻地站着等待他苏醒过来的人们。他们是那样焦急，焦急的目光都有些游离，他们是那样安静，安静得连针掉在地上的声音都能听得见……

“小伙子，好样的！”看着身边涌来的那么多镜头和闪光灯，肖可才发觉眼前走来的这个人应该是当地的市领导。

“应该的，应该的。”肖可艰难地颤动了一下嘴唇。

“不要谦虚，你是人民的英雄，我们学习的榜样！”

话音刚落，肖可就被眼前众多闪光灯闪得一阵眩晕。

五

政院时光的最后一个学期开始了，肖可因为养伤，要推迟报到的时间。按惯例，除极特殊的情况，学员是不能超假的，但院长听取了谭锋对肖可见义勇为事迹的汇报后，很爽快地同意了，还特意嘱咐了一下谭锋：

“这名学员的事迹很突出，学院应该作出表彰！”

结果，在第二天的院党委例会上，学院党委常委一致决定：给肖可记三等功一次。

给学员记三等功，在军政学院的历史上并不多见。所以，消息刚一传出便不胫而走。而在十一队，个别学员得知了这个消息后，第一反应都是“肖可得三等功，他行吗”？

接着，有的学员便举出了他作风散漫，不修边幅等等的缺点，对肖可的个人历史表现提出了异议。

“同学们，大家不要以一成不变的眼光去看待问题。”谭锋在队会上严肃地提到了这个问题，“你们都是学过哲学的，辩证法应该比我懂得多，什么是用发展的眼光看问题也应该比我清楚。肖可以前有过错误，有过缺点，这些我都不想再提，谁没有走过弯路呢？但我们如果一叶障目，只计较他的缺点，而忽视了他的优点，或是只看到他的过去，而忽视了他的现在。那就是犯了更大的错误，肖可能在人民生命财产安全即将受到巨大损害时，临危不惧，挺身而出，这本身就是一种军人最崇高的品质，是我们每个军校大学生都应该学习的榜样！”

六

半个月后，肖可回来了。当载着他的绿色切诺基吉普车驶入院门的时候，肖可听到了震耳的军乐声。透过车窗，他还看到了楼门口站着的一群人，为首的是几个黄帽圈的领导，不用说，那就是政院的院领导了……

“小伙子，你给政院争得了荣誉，你为我们的军旗增添了光彩。”刚下车，院长就握住了肖可的手，激动地说道。

“首长，我只是做了自己该做的。”肖可一直敢说敢做，现在却腼腆起来。

接着，在院里的表彰大会上，院长亲自为肖可戴上了金光闪闪的三等功奖章，并由政委宣布了记功的通令。

“肖可，你有什么要求吗？”表彰大会结束后，学院政治部主任悄悄地把肖可拉到了一边，低声说道，“比如下一步毕业分配，我们可以协调解决的。”

“谢谢首长，我只想立即投入自己的学习生活中去。我已是大四的学生，马上就要离开政院，我更希望自己能多学点知识！”

“有出息，”政治部主任亲切地握住了肖可的手，“我们期待你的好消息。”

“谢谢首长！”肖可向主任庄严地敬了个军礼，然后摘下三等功的勋章，放到了口袋里。他更习惯的，是那个平凡的自己。

“喂，肖可，你当时怎么想的？”当晚熄灯后，寝室的“卧谈会”又增加了“焦点访谈”的内容，肖可也很自然地成为这次的焦点。

“想啥呀？时候不早，睡觉正好。”肖可回避着。

“肖英雄，你可得实话实说呀。”曲直跟肖可开了个玩笑，“是不是对那个被抢的姑娘有什么不良企图呀？”

“得了吧，还姑娘呢！长得像大妈似的。”

肖可的一句话像扔在水潭里的石头，漾起了阵阵欢笑，笑得惊动了值班的谭队长。

“笑什么，再笑一起挨刀子！”队长也忍不住说了一句玩笑。

七

随着大四下学期专业实习的一天天临近，大家也意识到了共处的时间也越来越短了。以前论月论年的日子，现在都要倒计时读秒了。以前嘻嘻哈哈觉得分开一个假期无所谓，现在却连星期天见不着面就要开始怀念了……

以前从不铺张浪费的五班这学期也有了新的规定：上半年过生日的必须按原日期请客；下半年过生日的必须改到上半年自定日期请客。

于是乎，有限的星期六、星期天成了酒瓶泛滥的时间，也成了每个过生日的学员挨宰的日子。但被宰的人却觉得开心快乐。毕竟这是自己最后一次被宰的机会，所以大家都留够了津贴，也留够了肚子，还互相攀比了起来：他一顿饭花了一百块，我怎么的也要花一百五，要不然岂不让人笑话我小气吗?

不久，这个情况被谭锋发现了，他看到五班的学员一到周六、周日的中午，小值日总不打饭，便寻思着这其中一定有什么缘故。

的确，有一个周日的中午，他跟随着五班学员来到了招待所的餐厅，当他看到满桌的菜肴和六七瓶赫然在目的啤酒时，一切都明白了……

当晚，在队里的行政例会上，谭锋指出了这个问题：

“我们队有的班出现了一种不好的现象，就是为了过生日讲排场、搞攀比，大摆酒席，吃吃喝喝。我认为：这种风气必须刹一刹！”

听到队长掷地有声的话语，五班的每名学员都有种头皮发麻的感觉；因为队长说的不是别人，正是他们自己。

会后，谭队长把吴彤、池宏非和于笑薇叫到了队部，准备和他们谈谈五班现在暴露的问题。

“队长，我想我们大学四年马上要毕业了，应该吃点喝点，庆贺庆贺，留个纪念嘛。”听完队长的话，池宏非第一个表了态。

“是啊，队长，”吴彤也接了一句，“再过几个月，我们这些人就要各分东西了。”

“那你们吃吃喝喝，互相攀比，大手大脚花钱就有理了？”谭锋生气地说。

“队长，要说这也不算是攀比，”于笑薇说出了她自己的见解，“想想大学四年就要结束了，谁不想有点儿深刻的记忆？拿我来说吧，我前一个是曲直，他花了二百多块，那我要掏一百块钱请客吃饭，面子上不也过意不去吗？”

“深刻的记忆，海吃海喝，弄得云山雾罩就是深刻记忆了？”听了于笑薇的话，谭锋更觉得气不打一处来，“就算你们一个月两百块的津贴，这饭钱也得家里倒贴吧？再者说，吃吃喝喝就是有意义了，那每一届学员毕业我这个队长得吃多少次饭？喝多少回酒？”

听了这话，三个人不好意思地低下了头。

“有意义的事情其实就在你们身边，只是你们没有发现罢了……”易资平放下了手中的笔，补充了一句。

八

队部前的告示板上突然贴了一条征集“金点子”启事，内容就是针对大四即将毕业的学员们怎样做才是最有纪念意义的方案进行征集。

出乎五班人的预料，仅仅一个多小时，意见和建议就交上差不多上百条，最后经筛选选中了如下几条：

一、全队毕业学员为北京申办2008年奥运会集体签名，以示支持。

二、以班级为单位参加希望工程，救助失学儿童，并长期坚持下去。

三、在校园种下各班捐赠的友谊树。

四、去长江边投放世纪漂流瓶。

……

五班自然而然地参与了活动，而且主动要求组织支持北京 2008 年申奥的集体签名活动。

在三月的春风中，在十一队宿舍的走廊里，摊开了一条长十多米的白布，上面还有一行红色的大字：

“祝北京 2008 年奥运会美梦成真！”

十点钟，签名正式开始。突然，于笑薇发现了一个同届的老乡，他是外队的学员，今天也来这里参加签名。

“让全院的毕业生签名不是更好吗？”当于笑薇把自己的想法向队领导作了反映后，立即得到了支持：

“这个办法不错，马上向院里请示。”

在得到院里的批复同意后，十一队在操场组织起了这次全院范围的毕业生签名支持申奥活动，从星期六上午八点到十点，政院大大小小各专业的学员几乎都在那条十米红布上签下了自己的名字，还附上了各自美好的祝愿：

“好运北京，好运中国！”

“龙腾新世纪，中华傲百年！”

“祝北京心想事成，一顺百顺！”

……

今天，面对这长长的支持申奥签名，五班人又有了新的感触；正洋溢着搭上通过四级末班车喜悦的苏畅便非常兴奋地喊道：

“等北京办奥运的时候，我在家请大家吃饭。”

九

“吴彤，池宏非，我有个想法！”又一次的班会时间，程艺轩说了一句。

“什么想法？”吴彤问道。

“我想把咱们的学习生活拍下来，作成VCD送给班上每个人。”

“好哇！你是南政电视台文艺部主任，当然你导演策划加制作了。”池宏非非常赞同程艺轩的想法。

“可我不会摄像啊？”程艺轩抱怨道。

“那好办，借到机器我来录！”于笑薇以前在市电视台实习做主持的时候，曾经摆弄过那玩意儿，自然是自告奋勇了。

“行，就这么定了。”在五班全体赞同的表决后，大家各自开始行动。

导演程艺轩就不用说了；摄像女的是于笑薇，男的是苏畅；闫岩负责用电脑打脚本；池宏非和吴彤便是制片人，因为到时候跟队里的协调都要他俩出马；曲直和肖可体力充沛，号称“剧务”，其实就是跑腿儿打杂儿的差事……

分工确定后，正式的拍摄制作也开始了。女寝的幽默小品由于笑薇主拍，像什么程艺轩晚上打呼噜的情节也被她揭露了出来，男寝负责的苏畅更是胆大心细，谁晚上有个大事小情的一样逃不过他的镜头。他们的拍摄更偏重于学员们的整体生活，五班的队列和内务成了拍摄的重点；再加上院里的各项比赛，只要是五班人参加的，都记录了下来。

一个星期之后，十四五盘的素材带被程艺轩拿到了学院电视台的编辑室。大略地看了一遍后，程艺轩才发觉很多平凡琐碎的情节一旦搬上了荧屏，总有那么一点点的情趣。

十

这时，学院的网络中心也建成了，什么长城网啊，军网啊，一时间成了学员们光顾的热点。

苏畅和闫岩都是理科出身，再加上拍完班上的生活片又感到百无聊赖，便都跑到了网络中心，寻些开心。

苏畅和闫岩不但坚持在网上查阅新闻，还喜欢走进聊天室，在一切虚拟的情况下进行开心的交谈……

闫岩化名“石头”，苏畅化名“咕咚”，两个人好像都在各自寻找着可爱的“美眉”；可不想一天，两个同班学员却在网上莫名的相遇了。

“我是咕咚，很高兴认识你！”

“我是石头，也很高兴认识你！”

“你是个女生吗？你长得漂亮吗？”

“你猜呢？我想你一定很漂亮？”

“其实我觉得我们在网上相识的确很有缘分！”

“当然了，我掉进水里，就发出像你一样的响声，‘咕咚’，‘咕咚’，‘咕咚’可好听了！”

就这样，两个人开始了不知多久的长谈，闫岩看了看表，时间不早了，便准备跟这个“咕咚”联系一下，见个面儿；

“咕咚，我是石头，你星期天有空吗？”

“我星期天闲得很，你呢？”

“我也没事儿，那不如我们……”

“见一面吧，我可挺想你的！”

“好哇，你在哪里等我？”

“商业大厦门口吧，八点半！”

“好哇，可是要是到时找不到你呢？”

“我们每人各拿三朵玫瑰花，怎么样？”

“够浪漫的，就这么定了！再见！”

“好，到时候再见吧！”

本来两个同班同学应该对对方有所察觉，回宿舍也应该好好地自我夸耀一番，只可惜闫岩和苏畅都对自己的形象没多大信心，所以谁回宿舍也没多说什么，只是心里暗自盘算着星期天的见面。

“今天谁要外出啊？”星期天早上刚点完名，喻枫就扬了扬手中的外出证，喊道：

“我！”

“我！”

苏畅和闫岩几乎同时叫喊着举起了手。

“你什么事？”苏畅见闫岩要和他争外出证，满脸的不高兴。

“我有急事儿，必须得出去。”闫岩也噘起了嘴。

“我也有急事儿，我要去总院看病。”苏畅急中生智，皱紧了眉头，一副痛苦的样子，“我眩晕病犯了。”

“我妹妹在这儿钢琴考级，我也得去。”闫岩也编了个谎，还从书包里掏出了一张女生照片。

在谁都有外出理由的情况下，喻枫也为难了，只好等他们俩辩论完了，争吵够了再作决定。

九点快到了，喻枫见两人无休止地嚷嚷，也没了办法，只好去找吴彤，让他想想办法。

“好说！”吴彤跑进队部在队长那里借了一张应急外出证，递给了喻枫：“反正他俩都有急事，那就都出去吧！”

拿到外出证，两个人都兴高采烈的样子：闫岩穿起了他那套两千多块的西服，还把皮鞋打得锃亮，一副老板的样子。苏畅也不甘示弱，他上身穿件白色的羊毛衫，下身穿了条名牌牛仔裤，一副青春的派头。

“对了，我没像样的运动鞋！”苏畅低头看了看自己踩着拖鞋的脚，突然想起了关键的问题，“我得上四班借一双去。”

这时，闫岩已经在校门口的花店买了三朵玫瑰花，打车去商业大厦了。

几乎在同一时间内，两人的目光在商业大厦一层的正门前相遇了。

苏畅下意识地把三朵玫瑰花揣在了自己的提包里；闫岩也飞快地把玫瑰花塞入了西服的里怀。

“苏畅，你不是去医院看病吗？”

“看病……哦，我是去看病！但我得等个亲戚，他领我去！你呢？”

“我……我妹妹在哪儿考试我也不知道，我得等我婶婶来告诉我地方！”

说完，两个人又各分东西，各自等起了自己的网络情人。可是，半个小时，一个小时，两个小时过去了，离队里的收假点名只剩下二十分钟了，苏畅和闫岩只好悻悻地一块儿打车离去。

“你婶婶呢，她怎么没来？”

“可能有事儿。那你上医院的人呢？”

“可能也出了什么差头！”

在出租车上，两个人相互交谈着，各自隐隐地表露着失落与怅然。

“算了，你没揣零钱，我付吧。”到了政院门口，苏畅挡住了闫岩伸向里怀的手，揶揄地说。

“快换衣服吧！马上集合了！”两人刚跑进宿舍，池宏非就大声嚷嚷了起来。

“喂，池宏非，送你三朵玫瑰。”苏畅一边抖落着军装，一边说道，“在我的挎包里！”

正在这里，闫岩也脱下了身上的西服。

“喂，谁送的玫瑰花呀？”曲直眼急手快，拿起了闫岩脚边的玫瑰，大声调侃到。

“我的玫瑰花，快给我！”闫岩一边提着裤子，一边冲曲直喊。

“三朵玫瑰？谁的？”苏畅忽然发现曲直手里扬着的三朵花，便不情愿地问道。

“我的！”闫岩不加思索地回答。

“苏畅兜里也有三朵玫瑰，一模一样哎！”池宏非拉开苏畅开着一角的挎包，也喊了起来。

“你是？”苏畅和闫岩不禁面面相觑，互相猜测了起来。

“嘟——”集合哨响了，满腹狐疑的苏畅、闫岩只好争先恐后地挤出了宿舍门。

在清点完人数后，十一队的学员们直接列队去了饭堂……

“你是……”闫岩刚坐下来，便跳到了苏畅的身边，焦急地问道。

“你是……”苏畅见闫岩古怪的样子，同样问道。

“我是石头！”闫岩考虑了一会儿，才试探地说。

“哈哈，我是咕咚！”苏畅给了闫岩一拳。两个人愣了一下，接着便大声地笑了起来。

“什么石头，咕咚的，还破井呢？”吴彤莫名其妙地看着面前两个疯疯癫癫的人，自语道。

晚上，闫岩和苏畅两位当事人在寝室的“卧谈会”上讲述了他们之间的“网络情缘”。讲到最后，苏畅用一句话精辟地概括起了本次美丽误会的前因后果：

“唉，都是上网惹的祸！”

十一

曲直看到上网竟如此有趣，自己按捺不住，也加入了网民的行列。他申请了自己的邮箱和 OICQ、传呼号码，也来网上寻找“冲浪”的乐趣。

这天，当他打开一家网站主页时，他发现了友情链接中有个广东的地区网。也许是一种好奇心的驱使，他双击打开了这个信息网的主页。

在页面的左下角，他突然发现了一则“原 ×× 市建委主任曲云山刑满释放”的消息。

“父亲出狱了？”尽管曲直满心喜悦溢于言表，但他还是给母亲打了个电话，确认一下这个消息的真伪。

“喂，妈呀，我是曲直。”

“曲直啊，知道我是谁吗？”突然，听筒里传来一个粗里粗气的声音，但很耳熟。

“听不出来，你是谁呀？”曲直好一阵纳闷儿。

“我是你老叔啊。”说到这儿，曲直才缓过了神儿。

“老叔，你怎么到我妈那里去了呢？”

“得了，我不跟你说了，还是让你爸跟你讲吧。”

“喂，曲直吗？”几秒钟过后，曲直终于听到了那个熟悉的也是他期盼已久的声音。

“爸，您回来了。”曲直的声音在瞬间之中便哽咽了。

“嗯！”电话那边的声音也颤抖了，“曲直，你还好吗？”

“没事儿，我在政院还不错。您呢？回来就好。”

“我回来也很好，没什么烦心事了。”曲云山说着，却咳嗽了两声，只是好像有点儿感冒。

“爸，那您可要多保重啊。”曲直嘱咐了一句，眼睛里盈满了泪花。

“对了，你妈要和你讲话。”从听筒里，曲直还隐隐约约地听到了母亲的声音。

“曲直啊，你爸可回来了。”母亲接过电话第一句又提起了父亲。

“那你们复婚的事儿？”曲直问道。

“不能便宜了你爸，让他先给我干一个星期的家务活儿再说。”母亲态度十分坚决，“回家还应该‘劳教’。”

“可别累坏了爸，他身子骨现在可虚着。”

“我知道！我们都已经去民政局复婚了。”曲直的母亲笑了，“对了，过几天我寻思着和他一起去政院看你……”

这时，曲直突然从电话听筒里听到了父亲的声音：

“你去就行了，我就免了吧？”

“爸刚才说什么呢？”曲直一听父亲的话，立刻就急了，“妈，爸为什么不来？”

“唉，曲直，你又不是不明白，”曲直的母亲叹了口气，说道，“你马上要分配了，你爸想他这模样跑到政院去，会连累你的。”

“可那都是过去时了！”曲直缓缓说道，“再则说父亲所做的一切还不都是为了我吗？”

“云山，听见你儿子的声音吧？”说着，曲直的母亲把听筒放在了曲云山的耳边，曲直又一字一顿地重复了刚才的那句话。

“曲直，爸——对不起你！”曲直的话音未落，曲云山脸上便是热泪纵横。

“爸——别说了——现在一切不是好了吗？”曲直的眼泪滑过脸颊，打在了闪闪的“八一”领花上，四溅开去……

十二

果然，没过几天，队部值班门岗桌子上的电话响了。

“喂，您好，十一队。”值班的同学流利地问候着。

“请问……请问曲直在吗？”是曲直母亲的声音。

“您稍等！”说完，值班员便跑向了五班。

“喂，我是曲直。”不一会儿，曲直就接过了听筒。

“喂，我是妈妈。”曲直突然发觉母亲的嗓门压得特别低，甚至要特意分辨才听得出来。

“妈——”曲直高兴地嚷了起来。

“嘘，”母亲说道，“别声张，你爸不想让你同学知道他来政院了！”

“那你们在哪儿，我出去找你们！”

“我和你爸在金宁大酒店，等你过来吃饭呢。”曲直的母亲低声说道，“曲直，请假时千万别说家人来了，你就说是我同事顺路来政院看你！”

“那为什么？”曲直不解地说道。

“别问为什么，就照着我说的做就行了！”母亲小声说道，“我俩在饭店大堂等你！”

“行，那我挂了！”曲直放下听筒，马上转身进了队部的门，正好易资平今天值班。

“教导员，我想请个假！”曲直低着头说道。

“曲直，有什么事吗？”易资平抬头看了他一眼。

“哦……我……母亲的同事路过政院，顺便来看看我。”曲直吞吞吐吐地说，连头也不敢抬一下。

“那——你去吧。”易资平开了张特殊事由请假条，递给了曲直。“记得跟班里骨干打声招呼！”

曲直接过纸条时，手颤抖得厉害。这一细节易资平不但看在眼里，还记在了心上……

十分钟后，曲直整理了一下便出了宿舍门，易资平在队部的门缝中瞟见曲直慌慌张张，左顾右盼的样子，他的第一感觉就是曲直在隐瞒着什么。

“值班员，你让吴彤来替我坐一下班，我出去一趟。”易资平考虑了一下，叫过了站门岗的同学。

“同志，麻烦你跟上前边那辆白色捷达出租车。”刚钻进车门，易资平就指着曲直乘的那辆出租车对司机说。

两辆出租车一前一后来到了金宁大酒店。付过钱之后，易资平站在酒店的门外，隔着透明的玻璃窗望着匆匆走进去的曲直，他想知道曲直到底是来见谁的。

当他看到有一个五十来岁剃着平头的中午人在抚摸曲直的手掌时，他才终于明白，原来是曲直一家人在这里团聚。

见到这情景，易资平好一阵感动；可当他转身刚要离开时，却被曲直瞥见了：“那个中校不是教导员吗？”

这回一切不需要再隐瞒下去了，曲直连忙站起身，飞快地跑了出来，一边还喊着：“教导员——你等等！”

接着，曲直的父母也快步地迎了出来。

“曲直，哦……你在这里！”易资平一时不知道自己应该怎样回答曲直了，只好一阵搪塞，“我有点事儿，顺路，顺路。”

“您是曲直的教导员吧？”曲直的母亲走了出来，“来，快进屋坐呀！”

“不了，不了，我还有事儿！”易资平连忙推辞着。

曲云山笑着握住了易资平的手，“来吧，您对我和曲直的帮助我们真该感谢感谢呢。”

易资平见一家人极力请客，也不好推辞了，便随着曲直的父亲进了酒店的门。

“易教导员，多谢您了。”曲云山见菜已上了几道，便端起了酒杯，“要不是您和谭队长教育曲直，又派小池来我们家做工作，我们哪有今天在这团圆的机会呢？”

“论年龄，我应该叫您曲大哥了。”易资平端了杯茶水，和曲云山碰了杯，“曲大哥！曲直是你们的好孩子，更是我们的好学生。我们这些队干部没别的能耐，只有把学员们个个都培育成才才是最大的责任。”

“易教导员，那曲直的分配……”曲直的母亲一边说着，一边用目光在易资平的脸上来回扫描。

“这个，没影响。对于曲直，我刚才说过，他是我们这里的优秀学员，所以我们相信以后他也会有好的发展！这个问题，就请你们放心吧。”

“易教导员，那多谢您了。”

“不要谢我，曲直自己的学习和工作出色才是关键。”

快到九点了，易资平和曲直要赶回学院，便在酒店与曲直的父母作别。

“明天课余时间曲直可以出来多看看你们，我队里事情较多，就来不了了，你们在这儿休息好啊。”

十三

刚回到队部，吴彤就把一份九七级实习通知交给了易资平。一看五月一日的出发时间，易资平不禁自言自语道：

“怎么这么快就要走了？”

本届学员们将要进行实习的地方是驻杭州的我军陆战 1 师。

“别忘了带照相机。”各自收拾行装的时候，肖可突然朝苏畅喊了起来，“咱们这次也南巡了嘛。”

就在实习的前两天，学院毕业学员参加研究生入学考试的成绩也公布了出来；吕杨顺利过关，曲直则被卡在了研究生招生的大门外。程艺轩的刻苦也终于有了回报，她以每科平均九十多分的成绩成了九七级毕业生中考研的第一名。

“祝贺你呀！”于笑薇得知程艺轩考取了本专业第一名的消息后，赶忙向程艺轩祝贺。

“别祝贺了，于笑薇。”程艺轩见到于笑薇时却只是诡秘的一笑，“别忘了，我们之间的竞争又要开始了，你可要提前准备呀。”

“我于笑薇不但打得赢，而且不变质，我们继续比比看。”于笑薇对自己在以后的竞争中取胜也是有着很大的信心。

“喂，于笑薇，有个叫肖洁的学员在外面等你呢？”正说着，突然一个同寝的女孩子跑了进来。

“程艺轩，我先出去一下。”于笑薇冲程艺轩摆了摆手，匆忙地穿上外套跑出了女寝。

“于姐，听说你明天要走了，是吗？”肖洁望着于笑薇，很不自然地说。

“有什么事儿呀？”于笑薇一边说着，一边习惯性地拢了拢头发。

“于姐，我想送你点儿东西。”

“肖洁，你可不能乱花钱啊。再说，我又不是不回来了，六月中旬我们还得回来参加论文答辩呢。”

“于姐，这是我妈的意思，也是她亲手编给你的。”这时，于笑薇才发现肖洁递过来的是一只细竹条编成的手袋，样子十分漂亮。

“肖洁，你等等。”于笑薇说完话没有接那只竹编的手袋，而是转身跑上了楼。

“给你，”于笑薇把一只已被岁月的流逝剥落了外漆的旧口琴送给了肖洁，“这是我五岁第一次在市里登台演出时用过的，直到现在我还保存着它，今天送给你。”

“那咱们俩不成了以物易物吗？”肖洁急了。

“这又不是商品，干嘛说得那么粗俗呢？”于笑薇把口琴塞到了肖洁夏常服的兜里，说道，“人生就是一首口琴的旋律，只有你用心去演奏，它才会动听。”

“于姐，我可没你那么能说会道。”肖洁说着，他把手中的竹编手袋塞到了于笑薇怀里，“你要让我说，这分明是竹篮打水一场空！”

说完，两个人便不约而同地笑了起来。

第十三章　淬火成钢

一

五月二日的凌晨，大家来到了杭州火车站。集合，登车，准备向各自担任见习排长的单位开拔。

“不是让咱们住招待所吧？”肖可刚爬上师部开来的解放车，便调侃起来。

“上有天堂，下有苏杭，人家都说这是人间仙境呢？”吕杨挺兴奋。

“得了得了，少说没用的，”吴彤勉强支开因困倦而紧闭的眼皮，“抓紧打个盹吧，不知道咱们还要走多远呢。”

天刚亮的时候，五班的男同学们已经随大部队来到了二团的团部。

“于笑薇和程艺轩没过来啊？”吴彤突然发现车厢里清一色的男生。

“她们去通信营了。”喻枫说道，“刚下火车她们就分流了。”

“完了，这回咱可要空虚寂寞冷了。”池宏非吸口气，“也不知道她们啥时候能来看咱们……”

“赶快下车吧。”吕杨看车门打开了，便对车里的弟兄们嚷嚷起来。“整队了，整队了。”

这是一个典型的野战部队驻地，有营房、菜地、鱼塘，有训练场，还有一大堆的器械……

按建制，五班的八个男子汉被分到了一营的三个连里，苏畅、肖可在一连，吕杨、曲直、闫岩在二连，吴彤、喻枫和池宏非则分在三连。

这个一连可是革命战争年代就有着“坚守英雄连”称号的光荣连队，要求也特别的严，苏畅和肖可在此吃尽了苦头。

“排长，明早出操，这是给您领的解放鞋。”刚把床铺收拾好，一个新兵便跑到了肖可的面前。

“出操，练队列吗？”肖可不解地问。

“不，早上是跑操，五公里的越野跑。”

“还要带上什么负重器械吗？”肖可赶忙问道。

“连长特意说要对军政学院各位见习排长进行照顾，只让每个人挎一支五六式的自动步枪。”

“五六式的步枪？五公里？”肖可一听可有点胆怯了。新训基地时他可碰过那种“老家伙”，又沉又笨，再说这五公里又不是个小数目，他非累散架子不可。

“还有别的什么东西没有？”肖可认为可能还有轻的武器。

“还有几挺班用机枪。”那战士的话刚一出口，肖可差点儿没吓了个半死，那班用机枪可是重得要命；要让他扛着走别说五公里，五百米他就得吐血了。

苏畅也遇到了同样的难题，甚至有过之而无不及。

“排长，今天连里面有内务检查，您的被好好叠一下吧。”一个新兵怯生生地说。

无奈之下，苏畅也只好委屈一下自己，把被子摊在了营房里光滑的水泥地面上，开始叠起了被子。从新训基地回来以后，他很少认真地叠过被子，现在操起旧家当，手都有点生了。

肖可和苏畅，曲直、吕杨和闫岩所在的连队就要轻松一点儿。曲直、吕杨、闫岩分到的这个连队是个先进连队中的后起之秀，前两年刚刚挂上的“先进连队”的牌子。结果，曲直分到了一排，闫岩来到了二排，吕杨则来到了三排。

曲直刚到一排就受到热烈的欢迎，他的下铺也早被人空好了，而且还特意铺了层棕垫。

“排长，我们这里阴雨潮湿，连长特意让我们给你抬来了这只棕垫。”

“谢谢了！”曲直一边解开背包绳，把行李卷摊开，顺便口头表达一下自己的谢意。

闫岩和吕杨在二排和三排也受到了同样的礼遇，不但住下铺，睡棕垫，他们所在排的排长还拿出了自己的毯子给他俩垫上，生怕他们咯着。

“别看是五月份，天气还真够凉。”闫岩搓了搓手。

要说有点儿稀里马哈、懒懒散散的，便数池宏非、喻枫和吴彤所在的这个连队。他们的连长刚受了处分，指导员又探亲回家了。只剩一个副连长，还兼着一排长的职务。这三个人原本是分在一、二、三排的，可后来也是为了便于管理，就都调到了一排，在副连长的眼皮底下做事。

要说待遇，吴彤这三个人也算是最好的了，因为排里有好几个想考军校的二年兵，再加上军政学院又号称军中北大，怎么也得雁过拔毛，从他们这些见习排长的身上取点真经。

所以，副连长给三个人下了第一道命令，命令他们不但可以不出操，还可以不整理内务，只要帮那几个兵辅导好文化课就行了。

日暮西垂，月上柳梢，没想到到部队进行毕业实习的第一天就这样草草过去了；躺在床上，身边没有人可以跟自己聊天卧谈，大家更感到寂寞。

此时此刻，在旅部女兵连里的程艺轩和于笑薇也有了同样的感觉，尽管她们仍保持着那好奇和新鲜，但没有交流的生活使她们与女兵连的女兵们又暂时划开了界限。

二

第二天晨曦微露的时候，二团的男兵们开始了一天的训练。训练场上，气喘吁吁的肖可和苏畅只看到了闫岩、曲直、吕杨三个人的影子，却没看见吴彤、池宏非和喻枫。

“他们怎么没来训练？”苏畅忍不住问肖可，“是不是有什么情况？”

“情况？他们过得像神仙一样，还有什么情况？”肖可气愤地拍了拍枪，“你看曲直他们多轻松，吴彤他们那三个领导不更像太爷似的？”

“两位排长，快跑哇！五公里武装越野跑有时间限制的。”苏畅突然听到身旁有人催促道。

“喊什么，知道了！”肖可不满地扔过去一句，因为那是个列兵。

可是，当他俩真正跑完这五千米越野时，却正好应了那个兵的话：一个是倒数第一，一个是倒数第二，被倒数第三都落下了三四分钟的成绩。

“你们怎么搞的，那么慢！”跑操后，连长把苏畅和肖可逮到了连部，训了起来。

“可我们只是见习排长……”肖可的特长就是顶撞别人，“不应该吃当兵的苦……”

“那你们上军校干嘛来了？玩吗？”连长怒气冲冲地拍了桌子。

“可人家别的连，训练多轻松啊。”苏畅满腹牢骚，心里不平衡地说。

“别的连？我们连三几年就是模范连队了，不加强训练，那这荣誉就会在我这里毁掉，你们懂不懂。”连长火发得更大了，“你们两个如果嫌我们连艰苦，你们可以到轻松的连队去。你们自由了，我们也少了后腿！”

“连长，刚才检查内务卫生的时候，有两床被子不合格，被指导员扔了出去。”突然，一个戴着红色执勤袖标的战士进了队部。

“谁的？”连长怒气冲冲地说。

“是……是……是这两位新排长的！”那个兵嘟嘟囔囔地说。

“你们两个！”连长伸出手指着肖可和苏畅的鼻子，喊了起来，“别以为你们是高才生，你们更是军人。今天你俩抹了黑，必须接受再教育。”

没办法，两个人只好回宿舍抱来军被，跟着连长又进了连部，开始重新翻修。

“二位，我不是成心说你们，你们的内务水平的确太差了！”十分钟后，连长开始检查起两个人叠过的军被。掐了掐小角，又捏了捏大角后，连长还是一阵阵的摇头。

“可这是我们的最高水平了。”肖可嚷嚷道。

“小王，十个分解动作之内，给他们演示一下你的最低水平。”连长指着身边的文书说。

只见那个王文书摊开了肖可的被子，左右两边各掏了两下，然后折起来，再掐小角，抓大角，最后往后一翻，一床被子就算叠好了。

“正好十下！”苏畅不禁脱口而出，而再看那被子的质量，确实让他俩感到汗颜。

“我再说一遍，这是最低水平！”连长生气说道，然后又扯开了刚刚叠好的那床被子……

“今天上午你们就在这训练，先练好叠军被吧。”

尽管肖可和苏畅满脸无奈，但在军营中只有服从，他们也没有办法。

三

“喂，肖可和苏畅呢？”喻枫、池宏非和吴彤三个人给三连的战士们讲完了军事高科技课程中的“作战平台”之后，来到一连来看肖可和苏畅，可是找过训练场和宿舍，也没有他们的影子。

“我们在这儿呢。”循着声音，三个人找到了四脚朝天躺在连部水泥地上大口喘着粗气的肖可和苏畅。

“喂，我说你们干嘛呢？”吴彤首先问道。

“甭提了，叠被！”肖可有气无力地回答。

“叠被？你们还有这项目啊！”池宏非捏了捏苏畅那床军被的大角，惊讶地说。

“别说了，苦啊。”苏畅痛苦地一摆手，“哪像你们成天享清福？”

“什么话呢？我们还要备课什么的，整天给战士们讲什么高科技之类的，也累得口干舌燥的。”

“那你们也是脑力劳动啊，大不了死几个脑细胞。我们这可是体力劳动，是劳其筋骨的。看你们多好，学以致用了；我们却是大材小用，虎落平阳。”肖可说着，还举起了掏被子掏得通红的手，“瞧见没，罪恶的见证啊！”

“什么见证不见证的？”这时，连长杀了个回马枪，“怎么，有想法发牢骚了？”

“连长同志，我们三个也是政院的学生，和他俩是同班同学。”喻枫看了看身旁的吴彤和池宏非，“如果您同意的话，我们仨调整到一连，让他们到三连去吧。”

“不行！”连长的手在空中一挥，表示了明确的拒绝，“这两个学员要跑到三连去，更难学好。”

“为什么？”吴彤惊讶地问道。

“三连一直是关系兵待的地方，不但不好管理，还经常出事，他们连长前些日子不就给记大过处分了吗？”

“不过我看他们学习挺认真。”池宏非也说道。

“学习认真？玩得更认真。前些日子听说他们连有的人偷偷打扑克赌钱呢。”一连长说道。

“是吗？”喻枫三人听了，当时心中一惊。原来他们掌握的都是表面现象。于是，他们也无话可说，悻悻地赶回了三连。

四

肖可和苏畅，则必须继续忍受一连“先进”背后的痛苦折磨。

某天，一连进行了四百米的越障训练。由于肖可和苏畅在学校里没学过这个科目。所以，一连长就亲自示范着给他们讲解。

肖可身体灵活，接受能力快，再加上以前在政院运动会上就又蹦又跳的，所以这四百米还算轻松，可轮到身高体胖的苏畅，一切就没那简单了。

首先，面对那个防步兵壕，苏畅就跳不过去，满脸畏惧地绕着坑边跑了过去；被连长发现了让他重跳，没想到他却掉进了坑里。

然后，就是那个应该低身穿越的洞口。苏畅腰粗肚肥，钻了进去便被卡住了，一时动弹不得，又急又恼的他一阵狂扭，却差点儿将那块打着洞的木板掀倒。

接下来，再看看他越障的表演。两米高的水泥墙，他凭身高抓住了墙顶，两脚努力地向上蹬着，却因为肥胖的肚子始终不能把腿贴到墙上……

“哈哈——哈哈！”看着苏畅的举动，肖可忍不住得意地笑了起来。却不想被连长听到了。

“你笑什么？他不是你的战友吗？你有什么资格对自己的战友随意取笑呢？”连长不满地望着肖可，“你别闲着，二百个俯卧撑，做！”

“为什么要我做？”肖可理直气壮地顶撞着，“我又没犯错误？”

“不尊重战友，是最大的错误！”连长吼道。

这时的肖可和苏畅最盼望队长和教导员能出现在他们身边，为他们说说情；但他们也知道即使队干部来了他们也难免受罪。因为临行前谭锋队长已经把话说得明明白白了。

“这次实习目的让你们淬淬火，真正成为钢铁栋梁！”

五

再说喻枫他们三个回到三连之后，的确发现了一些不小的问题：排长跟战士索要香烟，老兵跟新兵索要香烟的事情随处可见。更严重的问题，则是军心涣散。正常操课都有老兵不自觉地打牌下棋，听音乐听广播，或是拿着小说看。

星期天到了，池宏非突然想到了一个主意：

“副连长，你们这有足球吗？”池宏非兴高采烈地跑到了连部。

“你会踢足球？”副连长疑惑地看了看池宏非。

“那个喻枫，他比我踢得好，我也会一些。”

“那就找两个人玩玩吧！”池宏非早就发现这个副连长没事儿爱踢路边的石子，估计是想踢球脚痒痒。这次欲擒故纵，果然成功了。

上午九点半，一场三对三的小场足球赛在三连门口的空地上展开了：由副连长和两名脚法娴熟的战士迎战喻枫，池宏非和吴彤。

“池宏非，我也不会足球啊。”吴彤不住地嚷嚷着。

“你当个后卫凑数就行了。”喻枫的一句话倒提起了吴彤的精神，“干嘛？只让我凑数啊？”

在放好四个黄色塑料洗脸盆作双方的球门之后，比赛正式开始。

刚开始好像有点儿一边倒的味道，吴彤三人只守不攻，几乎从不过半场，而体力充沛的副连长三人却各自狂带猛射，只是射门的准头差了点儿，常常不着边际。

“准备反攻！”在喻枫一个手势的示意下，三个人开始有意识地把战线往前压了上来。

这时，全连的兵们也纷纷放下手中的活计，出来欣赏这场纯属业余娱乐的足球赛。

突然，池宏非拿球了，他东闪西晃地接近了球门，抬脚便准备射门。这时，两名体力充沛的战士冲到了他的面前，准备“舍身堵枪眼”。没想到池宏非用足弓一推，球跑到了喻枫的脚下，副连长连忙上去堵截。可喻枫也没选择个人突破，他用外脚背轻轻一拨，足球直塞门前。无人防守的吴彤很轻松地包抄上来，把皮球推进了两个脸盆搭成的球门之中……

“你们的脚法真好！”当三比零比分保持到终场后，副连长当着全连战士的面对池宏非说。

“不，我们的脚法和体力其实都不如你们。”池宏非笑道，“只不过你们注重个人战术，我们更看重集体配合。”

“倒也是。”副连长想了想，也赞同地点了点头。其实在比赛中他们的射门次数并不少，但由于突出展示个人技术，他们常常是在队友比自己处在更有利的射门位置时，不给别人传球，而是选择了自己射门。

从这次球赛起，三连的兵们对这三个政院来实习的学员产生了兴趣，彼此间感情也接近了一步。

“池宏非，你们取胜的秘诀是什么呢？”当一次三对三篮球赛池宏非三人又取得胜利后，副连长认真地请教。

“其实没什么秘诀。”池宏非故作诡秘地回答，“要说有什么秘诀的话，我送你们两个字。”

“哪两个字啊？”旁边的战士满脸狐疑地问。

“补位！”池宏非说道。“其实我们一没身高，二没体格，只能靠三个人的整体配合来作战；哪个人被你们突破了，其他两个抓紧过来补位，这样形成一个防守的链条。如果把我们三个分开，很容易被你们打败。”

“有首歌唱得不错，‘一根筷子轻轻被折断，十根筷子牢牢抱成团’，道理就是这样了，相互补台，好戏连台。”吴彤和副连长说出自己的观点。

这位副连长真拿池宏非和吴彤的话当回事，马上召集了全连战士，请吴彤给上课，重点讲团结和纪律，补位和补台，台下的干部战士很受启发。

六

闫岩所在的二连却依然是风平浪静，正像他们的连长说得那样：

“我们比一连，人家是老牌劲旅，多少年前就是标兵连队，我们比不了；我们要比三连呢，那么差的连队，他们再追再赶，也要跟我们差上一大截子。”有了安于现状的想法，二连的棱角也渐渐地被时间磨平了。

“要再这样下去，二连不也是泯然众人了吗？”曲直实在看不下去了，便找到了二连的连长。

“我们比上不足，比下有余，又没有什么改变的可能，就这样挺好。”二连长并没有当成一回事。

“可三连现在在进步啊？”曲直着急地说，“这样下去，不出半个月，三连就赶上我们了。”

其实半个月时间有点儿过长了，在营里五月下旬进行的综合评比中，三连已经和二连相差无几。而且照这个发展势头，三连有可能会在不久后超过二连……

“这怎么可能呢？”二连长看到这种情况后，不愠不火性格的他终于坐不住了。“通讯员，你去把来见习的曲排长叫来！”

“连长，你找我有事儿？”不一会儿，曲直进了连部。

“是三营前一阵子综合检查评比的事。”二连长不无忧虑地说。

“咱不还是第二吗？”曲直故意不以为然的样子。

“可咱连已经被三连赶上了？”二连长着急地说，“咋说咱也不能被三连超过去了。”

“可连长，什么是先进，什么又是后进呢？”曲直的语气变得严肃了，“三连以前要算是后进的话，现在还不是赶上了咱们；而一连呢！古人云‘王侯将相，宁有种乎’，他一连的先进就是雷打不动、坐地生根的吗？”

“这个……”二连长无言以对。当晚，他便召集所有的班排长来连部开会，宣布了一次连里的决定，从即日起，一切标准向一连看齐。

其实二连的兵们早就有赶超一连的想法了。只是连长一直坚持着满足于不上不下的态度。现在听说要跟一连一争高低了，大家一直冷藏着的备战热情便解冻了，复苏了……

七

不过，一连长可不是个简单的人。当他看到自己营房后的二连在大张旗鼓地综合治理时，他明白了他们这么做的最终目的无非是要超过一连，夺得全营连队建设的王冠。

所以，他也开始有意地抓一连建设的整治和提升了。为此，他特意找到肖可和苏畅出点子。

尽管来的路上肖可和苏畅经过交流，觉得这个连长像是“法西斯”一样。但渐渐地他们自己适应了这种紧张严肃的快节奏，他俩不但适应了这个连长，更适应了这个连……

肖可现在不单能挎着五六式跑五千米了，他还尝试了扛着班用机枪越野的滋味。苏畅在四百米障碍上也有了起色，已经能完成全部动作了……

“两位，你们对咱们一连的建设，有什么好的建议和意见吗？”记得那天在连部里，肖可和苏畅第一次喝到了连长捧来沏好的茶水。

“我看可以把连里的一些活动，像选党员，选优秀士兵一类的事情张榜公布，不仅仅要公布结果，还要公布入选同志的优点和落选同志的不足之处，这样才能让战士们信服！”苏畅先提出了自己的意见。

“我想呢！现在地方大学里都实行学分制，其实一连也可以搞一个记分制，把每一项训练科目都设置相应的分值，平时要有平时的成绩，考核时要有考核时的成绩，最后算出相应分数再加到一块儿就行了。”肖可也说了他自己的想法。

“你们的意见不错，那一连就按这些意见办了。”一连长觉得肖可、苏畅的提议不无道理，便同意了。

“那不行，”肖可却并不收口，“我想应该全连总动员，调动积极性去集思广益，这才能收到更多的好点子。”

“对，就要集思广益！”一连长肯定地说。

本来是连长意志高高在上的一连，通告栏上也贴出了“征求意见，建设好一连”的征集点子启事。

八

这么一来，三个连队可是热火朝天真正地较量了起来，五班这八个大男生，却成了推波助澜的催化剂。只是他们觉得在这个纯粹男人的世界，生活好像有点儿单调，也许这群战士也习惯了这种现状。

“全是男兵，也不觉得单调吗？”经池宏非提议，吴彤、喻枫同意，几个人便给通信营挂电话，准备联系上于笑薇她们，来二团的连队看看。终于，电话挂通了：

“喂，通信营吗？请找一下女兵连新来的见习排长于笑薇。”

等了十几分钟，才听到于笑薇气喘吁吁、有点儿上气不接下气的声音：

“喂，谁找我呀？”

“我，池宏非，找你聊聊。”

“池宏非？你还好吗？”听得出于笑薇还挺挂念他的。

“我这挺好的，”看着身旁几个伸长耳朵的五班弟兄，池宏非更是有点儿得意忘形了，“只是有点儿想你！”

刚说到这儿，池宏非就感觉着四面八方向他飞来的拳脚。

“别胡扯了，有事说事儿，没事儿挂了。”于笑薇听出对方是在有意捉弄她，便生气地说。

“大小姐，别，你可千万别挂电话。”池宏非一看把人家惹怒了，马上卑躬屈膝，给于笑薇赔不是，“我错了不行吗？毛主席说‘知错就改，就是好同志’啊。”

“少来了，”于笑薇扑哧一声笑了，“说真的，找我们到底有啥事儿？”

“我们想……我们想……”看着身旁几个吹胡子瞪眼着急的样子，池宏非故意放慢了语速。

“你快说呀——”咬牙切齿的喻枫一时心急，朝着池宏非屁股就是一脚，痛得他连连咧嘴。

“我们想请你们在方便的条件下来二团一营考察访问，也慰问一下我们嘛！”

“我们也正有这个想法。”于笑薇笑道。

“那具体时间是什么时候？”喻枫一时有点儿迫不及待，便抢过了池宏非手中的话筒。

“大概二〇〇二年吧。”喻枫忽然听到听筒里传来的不只是于笑薇，还有一个熟悉的笑声。

“程艺轩还在呀？让她来见我。”吴彤接过了喻枫手中的话筒。

“吴首长，我们的程大小姐现在可是这里的红人儿了……”正说着，就听见于笑薇突然叫起来：

“哎哟，程大小姐，你别掐我呀！”

“喂，吴彤吗？”程艺轩接过了电话。

“程艺轩啊，你还习惯吗？”吴彤挺催人泪下地问道。

“我还好，只是掂念你们哭湿了好几条手巾。”程艺轩在电话那边故意制造着感动，但她的演技还尚有一定欠缺，居然扑哧一声笑了。

“你要是真哭湿了几条手巾，那我就改行卖手巾了。”吴彤的语气里明显夹带着对赌的味道。

“对了，我们准备这个周六去你们那里。”程艺轩悄悄地透露了秘密。

“有车吗？”吴彤想起了问题的关键——交通工具。

“当然有了，我跟师里借的。”程艺轩不无骄傲地说。

“嗬，你还成交际花了？”吴彤的话酸味极浓。

“你才是茶花女呢？”程艺轩表示了对吴彤损害她形象的强烈不满。

九

星期六，这两个女“军官”还真跑来了，还挂上了金灿灿的中尉军衔。

老远看去，吴彤还真不知道这俩年轻的女军官是哪部分的，等到了近前，他才发现原来是程艺轩和于笑薇，满脸微笑地朝他们走来……

“喂，你们俩要不要脸啊，还没毕业就挂上了中尉肩牌。”池宏非一见面就没个好态度。

“我们上研究生还要戴红牌，所以可能永远没有戴中尉的机会了！”程艺轩的话说的突然让人感到一种伤感。“这次必须体验一下。”

“于笑薇，你戴上这中尉肩章嘛……”曲直眼珠一转，嘻皮笑脸地说，“倒真比国庆五十年阅兵时那俩姊妹花漂亮多了！”

“真的？”于笑薇最喜欢人家说她漂亮了。

“你可别往歪了想，我是说你衣服漂亮，人还是那个老样子。”曲直的话引来了一片哄笑。

“曲直，你这该死的。”于笑薇被曲直强烈地伤害了自尊心，自然要讨个说法，便追着曲直一顿痛打。

“姑奶奶，我是说你没人家漂亮。”于笑薇终于逮住了曲直，不过曲直更是忘乎所以了。

“你说什么，是不是想让我掐你？”于笑薇恼羞成怒，极为不满。

“不，不，我说错了，”曲直一边举双手投降了，一边风趣地说，“我想说人家比你漂亮！”

话音刚落，五班的几个人又发出了热烈的哄笑。

十

听到半边天的女战友来连队，特别还说是来了军政学院的见习女排长，这群周末休假的战士们也纷纷跑出来看看。的确，除了军嫂外，很少有别的女同志光顾这男人的世界了。

当晚，由女兵连和政院的几名女生组成的慰问演出队开始了她们的慰问演出；尤其是当选出二营一个小战士和于笑薇合唱《常回家看看》的时候，晚会达到了高潮：

> 常回家看看　回家看看
> 哪怕帮妈妈刷刷筷子洗洗碗……

回荡在夜空中的歌声，竟惹得好多官兵落下泪来，他们之中很多人当兵几年还没回过一次家。

“怎么，今晚就走？”当吴彤看到程艺轩帮着于笑薇往车上抱乐器的时候，不禁问道。

“嗯，”程艺轩揩了下额头上的汗珠，“女兵连是不许在外过夜的。”

“池宏非！”于笑薇突然蹿到池宏非的面前，说道，“我可有话跟你说。”

“说！”池宏非记得电话里被于笑薇戏谑的一幕，一直怀恨在心。

“其实……其实我想我们跟你们一样，也是彼此惦念着对方的，”于笑薇一扭头，“毕竟我们一起学习生活了四年。”

“你们在女寝，我们在男寝，什么生活不生活的？”关键时刻，又是曲直扰乱了大好局面。

“你还没死啊！”于笑薇气愤地说，捡起了地上的石块向曲直扔去。

十一

女同胞们走后，五班的八个男生感到了空前的失落；不过当他们翻翻日历，知道自己离回学院的时间越来越近，也有点儿兴奋了。

“喂，吴彤，咱们的专业可不能扔啊！”喻枫翻了翻《解放军报》的理论版，突然转身说道。

“可咱们主要是来当兵锻炼的。”吴彤好像更倾向于下部队见习是磨炼军人意志的看法。

“我同意喻枫的看法，我们不但要在这里淬火，争取自炼成钢；更要发挥自己的专业优势，充分应用和展示自己的所学知识。”池宏非的意见站在喻枫这一边，“身体上的锻炼是一种锻炼，把所学知识充分施展出来就不是锻炼了吗？”

听了池宏非的话，吴彤也觉得有道理，同意了他的看法，准备发挥哲学专业的理论特长对这些基层官兵进行一次思想上的改造与升华。

研究来研究去，大家还是觉得举办知识讲座的形式可能比较好，所以便找到了三连副连长，汇报了这个想法：

“你们这群高才生有什么想法我都支持！”

自从三连由后进变了先进之后，这副连长更是对他们三个刮目相看了。所以他们一提要求，他就会积极支持……

“咱们就给他们讲一下军人的价值观吧！”喻枫的提议立刻得到了池宏非和吴彤的支持。

准备了一个星期之后，在三连的会议室里，举行了由喻枫和吴彤主讲的“军人的价值观与新时期军队发展”为题的知识讲座。

尽管全连官兵悉数到场，但很少有人坚持聚精会神听下去的，有的甚至还打了个呵欠，在桌上睡着了。

讲座结束后，池宏非负责收集官兵反馈的意见。可不收集不知道，一收集却令他非常失望，因为官兵们仍然还停留在以前的认识上。

吃完晚饭后，池宏非找两个人一块儿出来碰了碰头，研究一下今后应如何去做。

“今天的讲座讲得并不成功。”池宏非板着脸冷冷地说了一句。

“是啊，有的战士还打起了瞌睡。”喻枫也接了一句，“说明我们讲授方式他们还很难接受。”

“这事儿当初是你们俩定的，我也不妨掺和两句，我想咱们到这来还是应该以自身军事素质的锻炼为主。”吴彤开始有了点儿打退堂鼓的想法，“像本专业的这些东西，主观上讲我们讲得并不是很好，这与我们自身认识的局限有关系；但要在客观上说呢，我们的听众——这群战士的文化素质也的确不高，尽管他们中有的要考军校，有的会这会那的，但真正和我们专职学习的比较起来，看来差距还是不小。”

“差距？素质不高？”晚上，躺在床上的池宏非怎么也没法睡着，他反复地念叨着。

突然，他想起了自己在三条巷小区当政治辅导员时讲课的情形：

“那些老头、老太太们也不见得比这些战士多识几个字，而且绝大多数还不如他们呢；为什么讲课他们就能听得进去呢？”

“对了，要结合实际，多举恰当的例子，把深刻抽象的理论贯穿到丰富具体的一个个事例中去。这样，我们就能抓住听众的耳朵了。”

第二天一早，池宏非又把吴彤和喻枫找了出来。

“行吗？”吴彤又用疑惑的眼神看了一下池宏非，“我们第一次效果就不怎么样，倒也情有可原；这第二次要再搞糟了，那可下不来台了。”

“池宏非的话有道理，因材施教再循序渐进嘛。”喻枫说道，“再者说，一切不试怎么能知道呢？”

“那我们就试试吧！”吴彤看着喻枫和池宏非眼中闪出了自信的光芒，自己也增加了信心。

这一次讲座的准备活动便主要以收集事例为主了，有中国人民共和国成立初的，也有当代社会的，有社会主义国家值得反思的教训，也有资本主义国家值得借鉴的经验，而且所挑选的还大多是浅显的，通俗易懂的，有代表性的事件。更主要的是要结合部队、本营连的思想，训练、学习和工作实际。

十二

又是个周五的傍晚，连队的公告栏里贴出了三个人又一次举办讲座的启事，而且这次是自愿参加，不作硬性摊派。

“他们仨又讲了，行吗？”经过上一次讲座，副连长对喻枫三人这次的尝试也捏了把汗，“这次要再讲不好，不但是他们三个，连军政学院的威信可能都要减半了！”

这一次的讲座题目，仍然是上次拟的那个“军人价值观与新时期军队发展”。

刚开始讲的时候，会议室里只坐了十几个人，而且还是来这里躲避公差勤务的。

“人来的这么少，还讲不讲？”看到这个情景，吴彤有些神色惊慌，连忙小声对池宏非说道。

“既然都上了独木桥，就没理由后退。”池宏非作出了肯定的回答。

喻枫按预先安排作了还是那老套的开场白，听众自然也没提起多大精神。接着，喻枫却话锋一转，开始执行起了池宏非倡导的务实路线，把理论更多地贯穿到实际之中，用事例说话。

“众所周知，俄罗斯的‘库尔斯克’号核潜艇2000年沉到了海底，船上118名官兵全部遇难。那我们可能会有疑问了，俄罗斯的‘库尔斯克’号是世界上性能几乎是最完备的潜艇，为什么也会意外沉没呢？”

“因为俄罗斯穷，没钱维修。”一个两年兵随口说道。

“对，刚才那位战友说得好，正是由于俄罗斯经济发展跟不上，导致了国库亏空，也导致了军备废弛，‘库尔斯克’本应得到的维修和保养就跟不上，所以才出现了如此惨痛的教训。”喻枫渐渐开始把话转入正题，“俄罗斯的科技可以说是全世界都不敢小看的，但没有足够的经济支持，没有充足的资金运转起庞大的国家机器，使之发挥更好的效能，它也就没有实力再向西方叫板。”

“那咱们国家呢？”又有一个一年的新兵站起来问道。

“我也正要谈这个问题，要说咱们国家的路子走得就非常对。咱们以经济建设为中心，搞改革，抓生产，这样才能解放生产力，发展生产力；社会生产力一发展，国家的经济实力也就增强了，钱包鼓了就可以做自己想做的事，不用看人家脸色了。”

喻枫说到这儿，往下扫了一眼，不错，又多了十几个人来听他的课了。

接下来，又讲了四十多分钟，喻枫才把“我党始终代表中国先进社会生产力的发展要求”的理论和盘托出。这样顺水推舟，显得十分自然。

然后登场的是吴彤，前面喻枫的“筑巢引凤”也给他增强了信心，所以他就按这次讲座前三人制定的战术安排，寓教于理，寓理于事，深入浅出地讲述了怎样做“四有”新人，怎样坚定对马列主义的信仰，怎样树立正确的世界观、人生观、价值观等等的道理，生动地阐述了“我党始终代表中国先进文化的前进方向”的理论。最后，他以一句酝酿已久的话结束了自己的发言：

“马克思主义是生命的树，尽管它曾遭受洪水山火，尽管它曾遭受乱砍滥伐，但只要这世界上有绿色存在，也就有了它的永恒！”

话音刚落，会议室里便响起了热烈的掌声。这掌声同样也传进了连部，传到了三连副连长的耳朵里。

“不错嘛！”本来这个副连长以为场面会惨不忍睹，不想却听到了掌声雷动，一种好奇心支配着他对身旁的通信员说，“走，看看去！”

当他赶到会议室的时候，正赶上池宏非讲述“中国共产党始终代表中国最广大人民利益”的理论。

副连长见池宏非在讲课，便示意性地摆了摆手，坐在了会议室后排的角落里。

“战友们，在我讲课之前，我想提一个问题，谁能告诉我一百五十吨黄金是什么概念？”

“黄金？一百五十吨？”会议室里开始了嘈杂的议论。就连副连长本人也被池宏非绕得不知道方向了，“他到底要搞什么鬼？”

“一百五十吨黄金得装十几辆大解放吧？”

“一百五十吨黄金铺在咱们二团的地面上，要是几毫米厚的话，绝对能铺满。”

在热烈的讨论和一阵阵的哄笑中，池宏非举起了暂停的手势。

“你们全都答错了，”池宏非很严肃地回答，“一百五十吨黄金是去年美国大选中各个候选人一共花的钱。”

“有那么多吗？”一个士兵怯生生地问道。

“既然这位战友不相信，那我不妨给大家算算，这次竞选至少花费了二十亿美元，按人民币和美元八比一的汇率就是一百六十亿元人民币，现在市场上黄金每克一百多元，除下来大概就是一百五十吨。”

“那他们这钱是哪来的？”一个坐在前排的兵一阵惊讶，自言自语道。

“挣的呗！”在他身旁的一个战士不以为然地说。

他们的交谈正好被池宏非听到了，他马上就有针对性地谈起了这个问题。

“刚才有战友说是两个人挣的，那我们就来看看。”池宏非挥了挥手中的本子，“据记录，即便是美国总统，最高年薪也不超过二百万美元，那么二十亿美元合算下来正好是美国总统一千年的收入。试问美国从建国到现在仅仅二百多年时间，就是他俩从头至尾一直当总统而且还要一文不花，也挣不出这么多钱。”

“那这钱是从哪来的呢？”一个新兵问道。

“是那些大财团、大公司老板送给他们的。”池宏非肯定地说。

“这不是腐败吗？”一个老兵自鸣得意地来了一句。

“是腐败吗？”池宏非故意拉长了声音，“在美国的字典里这不叫腐败，这是种有偿的馈赠。”

“有偿的馈赠？”一屋子人都愣了起来。

“对，就是有偿馈赠。”池宏非提高了嗓门，“假设就拿我身边的喻枫来说吧，我是个商人，肯定是无利不起早。我在他选举时给了他一千万元做竞选资金，到时候他上任了返还给我的是不是应该超过一千万呢？”

“原来是这样！”这时这一屋子官兵才恍然大悟。

而随着池宏非生动精彩的演讲，不仅三连的人都跑到了会议室听讲座，连邻居二连几个听到风声的也跑了过来，挺宽敞的会议室一时间变得异常拥挤。

“那军队里不也有腐败吗？”突然有个兵扯着嗓子喊了一句。

这回会议室里静多了，大家都在等待池宏非作出最后的回答。

“可以说，军队里是存在腐败的，但只是极少数的一部分人，”池宏非考虑了一下，作出了冷静而沉稳的回答，“我们的主流是‘不变质’的，是经得起种种历史考验的。”

“那权力是不是滋生腐败的土壤呢？”副连长突然问了一句。

“根据的认知，不是这样的，”池宏非说道，“可能大家以为职务有高有低，权力就有大有小，但腐败却并不能和这些画等号。村长腐败，部长不也有腐败的吗？可为什么我们还有那么多处在高级领导岗位上的同志没有腐败，而是仍然在全心全意为人民服务呢？所以我认为，腐败源于某些人个人贪婪的私欲，而不在于权力的本身！”

十三

“咱们也该搞点儿活动了，你们三个军师给我出点儿主意咋样？”晚点名刚结束，二连长就把曲直、吕杨和闫岩叫进了连部。

“我们回去商量商量，一定要和三连比个高低。”曲直一边说，一边心里也在暗自盘算，“别看三连那三个人在学院里是我的上级领导，现在我们

‘突出重围’了，也该施展一下拳脚了。”

不过常言道“吃别人嚼过的馍没味道”，他曲直更明白这个道理，前思后想，终于冒出个想法：办份儿二连自己的报纸。

“就叫它‘新锐报’吧！”二连长一直以自己连的新锐形象而骄傲不已，这一次更不会错过扬名的好机会。

“吕杨，你到各排去组稿；闫岩，连部里有电脑，你负责排版。我呢，负责当主编、跑龙套。”曲直这么一说，大家心里倒还真都有了谱儿。

闫岩好歹也摆弄不少年电脑了，简单的排版设计更是轻车熟路，所以报纸的清样对他来说只欠吕杨的东风了。吕杨的采编工作也进行的比较顺利，战士们看过《人民日报》《光明日报》，也读过《解放军报》，没想到自己的身边竟出来了个《新锐报》，怀着不妨一试的心情写了不少稿子，交给了吕杨。

相比之下，曲直要显得轻松多了，不过他也不能脱开身，毕竟他是主编，在连里跑个纸张的赞助，到团里去请团长题个报名，政委写个刊首语什么的，这都是他的业务。

看到了团长的题名和政委写的刊首寄语后，二连长受到了莫大的鼓励，更是死心塌地地支持他们三人的这项办报企划了：

“不错，不错，团首长都指明了方向，我们大力支持就是了！”

新的一周又开始了，二连首印的百十来份《新锐报》也发遍了一营的各个连队。战士们对身边这个新生事物表示了热烈的欢迎。一时冲动，二连长还把五份样报送给了团长、政委。

“办得不错，这个形式真可以，”团长肯定了二连的创意，“看得出你们还挺有宣传头脑的嘛。”

“可以后不能光你一营二连自己风光啊，”政委看了，也提了点儿建议“不要太小气，扩大点儿范围，写写别的连队嘛。”

二连长喜滋滋地带着团长和政委的表扬往自己连队里走，可路过一连的时候，却被一连长碰上了。

“二连长，什么事这么高兴啊？”一连长见二连长乐得嘴都合不拢的样子，忙上前问道。

“哦，我们那三个来实习的，给连里办了份报纸，对了，你们连也发了吧？”

“发了，怎么了，办得不错嘛！”

“团长、政委看到了，刚刚表扬了一番，还说要扩大影响呢！”说完，二连长兴冲冲地走了。

这一下子，一连长面子上可挂不住劲了：什么时候扛红旗、受表扬的不是他们一连哪，怎么这一次却让二连抢上个先呢？

十四

“不行！”面对二连、三连咄咄逼人的形势，一连长感觉到了近在咫尺的危机感和压迫感，他想起了肖可和苏畅，便把他俩找到了连部。

“现在形势对我们一连很不利啊！”一连长颇有介事地说，“三连弄出了个系列讲座，二连又出了个《新锐报》，就咱们一连什么也拿不出来，这怎么能行呢？”

“那您看我们俩能帮着干点儿什么？”苏畅小心翼翼地应付着，脑筋里却在滴溜地乱转。

“不用你们伸手干，我是需要你们俩想点儿主意。”一连长焦急地说。

“创意呀，这好说。”肖可却突然在一连长面前夸下了海口，“这事，包在我们俩身上。”

“肖可，你怎么乱揽活儿呢？”一出连部，苏畅就责怪起肖可来了。

“咱班那几位在二连、三连的都已经风光无限了，我想咱俩也别装白薯了。”肖可感慨地说。

“那咱要完不成军令状呢？”

“车到山前必有路，”肖可拍了一下苏畅的肩膀，“要有自信啊。”

“自信？你要弄不明白，我让你自残。”苏畅觉得肖可的无礼取闹实在可恶。

“对了，苏畅，你不是会摄像吗？”肖可想起苏畅曾在寝室里拍过五班男生的真实生活片。

“会呀，你又有什么馊点子？”

“走，问问连长团里有什么电视台没有？”肖可灵机一动想了个主意。

“那都是搞广播电视那帮人的事，关咱啥事呀？”苏畅说道，“再说了，这么大一个团还能有电视台，那也太不现实了。”

“事情总是不问不知道，走，回去找连长去。”说完，肖可扯着苏畅又回到了连部。

“你们怎么又来了，想好了？”连长见两人没过多久又返了回来，连忙问道。

“连长，我想先问您件事儿？”肖可看了看苏畅，说道。

“你说吧！”连长笑着说，“我知道的肯定是知无不言言无不尽。”

“是这样的，”肖可推开身边的苏畅，说，“苏畅以前是搞摄像的，您看这团里——”

“肖可，你——”苏畅见肖可出卖了自己，连忙又拽住了肖可。

“苏畅，别谦虚啊，”连长笑了，“肖可，你说问团里怎么着？”

“我是说，”肖可赶忙向前挪了一步，确认苏畅够不着他的身体，“我是说团里有没有电视台什么的？最好能让苏畅露一手儿的。”

“哎？你还真找对了，前些日子团里面宣传科还让我们找几个会摄像的去帮他们搞电视台呢。”

“那后来呢？”肖可追问道。

“后来听说就一个人在那儿干呢，是个地方大学毕业后特招入伍的，我们去的那几个接受能力太差，都被人家给退回来了。”

“那电视台究竟干些什么呢？”苏畅也忍不住多嘴了一句，“你们有自己的电视频道吗？”

“就是什么闭路电视，团里的电视台看得不多，大家都喜欢看晚上中央七套的军事频道。”连长笑道，“你们俩个高才生，正好可以到那里去试试身手嘛！”

“可我们是学哲学的。”苏畅说道。

“哲学专业怎么了，南京军政学院出来的，哪个不是一专多能？”

十五

第二天一早，连长还真领着肖可和苏畅来到了团电视台。

敲了敲门，开门的是个戴眼镜的红牌。不用说，他就是团电视台那个“台长”了。

走进这座电视台一看，才知道它只不过是一间十几平方米的小屋，还兼用做演播室和编辑室。门口的桌子正对着架着三角架的摄像机，那桌上还有一个写着“红一团电视台”字样的标牌，桌子后面放的椅子看来就是主持人的座位了。摄像机后面放的是一台老式的电视编辑机，这就是电视台剪辑节目的用具。再往旁边看，那就是眼前这名“红牌台长”的寝室——一张木板床了。

“太乱了，太乱了，不好意思啊！”那个“红牌台长”说着，脸颊还泛起了一丝红晕。

“没事，没事儿。”苏畅也客气地回答。

“连里有事，我先回去了，你们俩和台长慢慢聊！”不一会儿，连长看了看表，起身告辞。

连长走了，三个红牌才真正谈起了家长里短：原来这个台长是西北某大学新闻系的毕业生，特招入伍以后就分到了这里。团领导为了不荒废他的专业，又想搞好宣传这一块，就把他派来组建团里的电视台，可毕竟一个人人手不够。所以零零星星地播了半年也没什么太大的影响。

“你们来得正好，”“台长”突然想起了眼前的两位“高才生”正应该是他的高参，便说道，“帮我把电视台的牌子打出去。”

“可我们是学……”苏畅刚要解释，却被肖可捂住了嘴。

“是骡子是马，拉出来溜溜！”肖可的嘴上可是一向不服输的。

“那你们俩方便的时候，拿台 M-9000 帮我出去拍点儿新闻素材吧。”台长指着办公桌上的另一台摄像机说道。

M-9000，这个机型苏畅是再熟悉不过了，他在学院里拍同学生活用的就是它；但一想要近距离抓拍那些战士们的镜头，他又不好意思了。

“往人家面前凑，多碍事呀？”

“新闻报道就是要在第一时间，第一地点，直观地记录事件嘛。”“台长”毕竟是学新闻专业的，说出的话来也挺专业的。

“可我们是学哲学的。”苏畅又说到这的时候，还被肖可踩了一脚。

“学哲学的？学哲学的搞新闻更有理论高度了。搞新闻的浮一点儿，搞哲学的却是厚积薄发，一发而不可收拾啊。”“台长”的一席话倒给了苏畅、肖可不少的鼓励。“再说了，文科不是互通的吗？”

就这样，苏畅和肖可还真改行当上了电视台新闻记者；苏畅负责扛摄像机，肖可负责手持话筒进行采访。

刚开始，两个非新闻专业的小伙子还真有点儿不适应，毕竟没正式学过采访，所以说话提问都是那么一句词儿：

“您当时是怎么想的？”

而且，肖可提出的问题还总是模棱两可的，经常惹出一些不必要的麻烦。

一次要到二营去采访一个全旅的个人典型，见了面，握了手，肖可的第一个问题就出来了：

“请问，您曾经获得过哪些荣誉呢？”

肖可的本意是问问人家参军以来，在部队有过什么辉煌成果，什么入党提干、立功受奖的，但他却没加个时间限定，那个典型也以为肖可主要是在采访他的个人经历，便从小学到初中再到高中再到入伍，一股脑地说了下来，弄得苏畅都着急了，还不敢打断人家思路，只好在那喊：“电池快没电了，简练点儿，简练点儿！”

适应了一个多星期，肖可逐渐成熟了，采访技巧也高了；而且由于他和苏畅都是学哲学社会科学的，有时还能很好地把一些新闻内容提升到理论高度，所以电视台和他们也渐渐在团里有了名气。

十六

“你们俩不能忘恩负义呀，出了名就忘了咱们一连啦。”两个人正干得风风火火的时候，却被一连长派人“请”了回去。

“连长，我们已经策划好了，马上让咱们一连在团里一炮走红。”肖可笑道。

“是呀，连长，”苏畅也插了嘴，“您放心，我们要让一连洒下‘光辉的足迹’。”

果然，经过一个星期的艰苦拍摄，肖可和苏畅还真把一连搬上了团里的新闻，而且是个长篇报道，就叫《光辉的足迹》。

“本片记录了一个英雄连队六十多年走过的峥嵘岁月，铭刻了一个光荣集体半个多世纪经历的风雨历程。看，太阳下那深深嵌入泥土中的脚印，就是他们军旅人生光辉的足迹……”

节目播出以后，一连顿时成了全团瞩目的焦点，而且连一连人自己也有点儿不敢相信，他们这六十年的历史上，竟有如此多的荣誉，竟涌现了如此多的英雄。

而这些资料，都是肖可、苏畅从团史馆里借出来拷贝以后，在加上其他收集的史料资料，进行综合编排的。

“你们的电视专题片有声有色，很有特点，值得鼓励呀！”没想到插到第三集的时候，正赶上师旅级的领导来团里蹲点，当师里的张政委看到《光辉的足迹》这部片子时，立刻也给予了高度评价。

这回一营的三个连都是各领风骚了：三连的讲座渐渐全团闻名；二连

的《新锐报》也办出了特色，是全团的“团报”；还有一连这部《光辉的足迹》，也给他们抬高了身价，以至一连的兵一到外营去就有人戏谑地说：

“兄弟，你是一连的兵，那走的地方一定全是光辉的足迹了！”

十七

此刻，二十公里外女兵连的于笑薇和程艺轩也没闲着；她们经过快一个月的实习，已经和这群女兵们混得相当熟悉。她们积极参加通信营里的各项活动，从思想感情上同通信的女兵们合心合力。

由于于笑薇是搞音乐的出身，所以在她的带领和指导下，女兵连还捧回了保障大队首届卡拉OK大赛团体和个人的第一名，弄得修理所那群自以为赛过“四大天王”的男兵们极为不满，四处申诉。

“女兵连找了外援，所以不应该让她们捧杯！”

短短的日子里，于笑薇、程艺轩和女兵连的官兵们也结下了深厚的友谊。那个把中尉肩牌借给她俩的连指导员还亲自传授了通信的看家本领：收发电报和译码。

这回面对着小81型无线电电台，于笑薇和程艺轩还知道怎样发报几个简单的问候语，比如“健康快乐”“万事如意”“幸福平安”一类的吉利话，她们也能很快地传送出去了。

后来，程艺轩和于笑薇还和连里的其他女兵一起来到驻地敬老院里慰问孤寡老人。

“奶奶，我给您梳梳头。”程艺轩这娇小姐在周围女兵的感召下也拿起了梳子。当她抚摸起身边老奶奶那花白的头发时，她不禁想起了自己家中的奶奶；所以，她的手更柔了，她手中的梳子也更顺了……

于笑薇作为文艺骨干，自然要发挥一下自己的能量，她独唱了首《祝你平安》，把最真的祝福献给眼前这些跨世纪的老人们。程艺轩则更注重发挥自己的文学细胞，她即兴朗诵了一首名为《绿叶对根的情意》的诗：

如果我是枝头的绿叶
您就是深埋地下的根须
我把您的微笑送给了路人
您却把夜的悲伤留给了自己

十八

六月六日，所有实习的九七级毕业学员收到了返院的通知，谁也没有想到，一个多月的实习就这样匆匆结束了。

为了不引起战士们的注意，五班所有学员都是在早上例行出操时间收拾行装的；但许多连排领导还是得知了消息，出来送别。

“你们三个好好干，以后当将军别忘了还曾经来过三连！”三连副连长把喻枫、池宏非、吴彤三人送到了解放卡车的近前，说道。

“别忘了咱们二连的《新锐报》，那是你们三人的杰作啊！”二连长也有点抑止不住自己内心的激动，紧紧拉着曲直、吕杨和闫岩。

“肖可、苏畅，以前我对你们太苛刻了，你们可别记仇啊！”一连长幽默地说着，眼里却闪着泪花。

“对了，苏畅，我让你拿的相机呢？”肖可突然想起了自己临行时对苏畅的嘱咐，“咱们大家一起照张合影吧。”

“在这呢，”苏畅把手伸进了挎包，不一会儿便摸出了个灵巧的“傻瓜相机，“来，大家往一起站站！”

“慢着，”三连长突然喊了一嗓子，“我请司机给咱们照，别漏了人。”

几分钟后，司机举起了相机。

“一、二、三……茄子！”话音刚落，闪光灯便闪了起来，“OK了！”

在这里，五班的八个男学员和连队的战友们留下了永久的纪念。

“哎，学员同志，赶快上车吧。”照完像，司机催促了起来，“别的营的实习学员还等着我们去接呢。”

无奈之下，大家只好上了解放车。突然，肖可发现了“台长”也拎着摄像机跑来了，一边跑还一边扯着嗓子喊着：

“等一等，你们还有条新闻没拍完哪。”

大家都看着肖可和苏畅，那责备的目光分明在对他们工作的拖沓表示着自己的不满。

这时，“台长”高声喊起了这则新闻的标题：

“你们听着，题目是《欢送政院见习排长返程一路平安》。”

车子缓缓地开动了，不知是谁先举起了右手，接着车里五班的八名学员全部站起来，扶着解放车车厢的扶手，向送行的官兵敬了标准的军礼。

在通信营的女兵连里，于笑薇、程艺轩也在和这里的官兵们告别。临走之前，她们还留下了自己的电话号码，“有空儿多多联系呀！”

要说女同志就缺乏了男同胞的刚毅，尤其在离别的时候，她们多愁善感的泪水还是跃上了各自清秀的脸。

“我们能够认识就是有缘，有缘就能再相见。”

墨绿色的解放车在乡间的公路上消失了，但程艺轩的这句话却深深刻在了每个官兵和实习学员的心间。

十九

在杭州火车站，五班的学员终于见到了他们的队长和教导员。

“队长，教导员，原来你们住招待所，却把我们扔在了连队里。”肖可不满地说道。

“是吗？”易资平笑了，“我和谭队长可是一直在你们身边哪。”

“骗人吧，谁不知道师旅级机关有招待所。”

“嗬，说得我们怎么像腐败似的……”谭队长笑着说，“其实你们又搞讲座，又办报纸的，我们早就知道了；而且，我还知道我们五班有两个学员跳槽进团电视台了。”

“这些你怎么都知道，听人说的吧？”肖可还是不信。

“那第一天连长让你和苏畅在队部……”易教导员说着，却故意放慢了语速。

“得了，得了，我信了！”肖可就怕别人揭他老底，但还想查个原因，“那你们住在哪儿？”

“在我们三营呢！”突然，身旁一个二班的学员说了一句。

“队长，咱们这票也不是回政院的呀！”喻枫朝谭队长扬了扬手中的火车票，不解地说。

“是啊，亏你还讲社会主义优越性，口口声声代表先进社会生产力。连咱们要去苏、锡、常这样的窗口城市调研还不清楚呢？”

谭锋看着喻枫不解地样子，笑着解释道。

“谭队长说得对，”易资平也笑道，“你们刚体会了军人的滋味，在基层淬了淬火，这回也该在专业上实践实践，认识认识我们国家的先进生产力水平了吧？”

第二天中午，列车抵达了他们的目的地。

短短的几天，学员们参观了几个有代表性的龙头企业，对我国生产力水平的高速发展有了一个感性的认识。在此期间，这群学员们还参观了春花电气集团这一国有大型家电企业。

“我们家的电器一直都用进口货，后来试了一下这个‘春花’牌子的，还真不错。”闫岩家是江苏的，自然有种自卖自夸的味道。

“我倒也知道这个‘春花’的驰名品牌，只是没想到它还是家股份制的国企。”肖可看了看，陈列在一旁的壁挂式空调，还上去揩了一下。

“今天的‘春花’集团，科技研发水平已经达到或超过了世界的先进水平，”陪同参观的讲解员还指着展览馆里一辆漂亮的‘春花’牌摩托车对身旁的学员们说道，“我们不止造电器，还上马了摩托车项目。就拿这个摩托车来说吧，它就是我们自己拥有整车独立知识产权的车型，而它的某些技术指标，已经超过了西方同类产品的先进水平。”

好几个男学员便立即围住了那辆新款摩托，啧啧地称赞着。

“这是我们国家坚持大力推进科技进步和技术创新所取得的宝贵经验，也是我们自己始终坚持走代表先进社会生产力道路所取得的可喜成果。”

二十

在返回本院的火车上，池宏非找到了于笑薇。

“于笑薇，我有事要跟你说。”池宏非小声地唤着，一副极其神秘的样子。

“干嘛？”于笑薇听到池宏非的召唤，便走了过去。

“我想和你一起写篇论文。”池宏非低声说。

“怎么，有感而发啊？”于笑薇问道。

“姑且就算是吧。”池宏非还摇头晃脑地摆出了一副老学究的样子。

“写什么内容呢？”于笑薇抬头看了一眼池宏非。

“就写关于春花集团这个大型国企如何创造‘春花模式’，有效推动社会主义先进生产力水平提高的经验启示吧？也许对国有企业的改革发展会有一定指导意义呢！”

两个多小时后，一行人马又回到了他们的“故土”——军政学院。

刚回来第一天自然要好好收拾一下了。一个多月的间隔，各自的屋子里都落满了灰，被子也要重新叠一叠，晒一晒，不然再放就容易受潮发霉，招惹疾病。

不过于笑薇和池宏非却赶忙投入了理论文章的创作之中，他们跑到了楼上的自习室，开始整理这次苏、锡、常之行各自带回的材料了。

第十四章　情义无价

一

在毕业分配倒计时的当口，队里也接到了学院关于“鼓励毕业学员志愿献身边疆，到最艰苦的地方接受锻炼”的文件要求。

当晚，易资平便在临时召开的队会上宣读了这份院里的文件；然后，他还对十一队的毕业学员们讲了一番意味深长的话。

“当你们留恋父母温馨的怀抱，当你们羡慕都市的酒绿灯红时，亲爱的同志们，你们可曾想到，祖国的边疆也在期待着你们，呼唤着你们；那里正给你们留着一片空白，让你们尽情地把青春缤纷的色彩挥洒。

也许那里会有艰难困苦，但艰难困苦摆在每个人的面前，并不算什么，凭你们的意志一定能够逾越；而空虚麻木如果种在了人的心中，等待他的只有痛苦的沉沦。所以，我想如果青春是一面旗帜，就应该让它飘在离太阳最近的地方；如果青春是一株绿草，就应该让它扎根在黄沙茫茫的戈壁。

同志们，在这火红的八一军旗下，你们应该作出自己最响亮的回答。”

第二天中午，易资平的办公桌上堆了几十份的赴边申请；而且最令他感动的是，五班中几名没有读研的同学还把各自的赴边申请钉成了一个本子，集体交了上来。

“老易别忘了，入学之初你还说五班复杂呢。”当易资平和谭锋谈起这件事的时候，谭锋竟不禁想起了四年前入学分班时的那一幕。

“看来，我预测的准确性太低了。”易资平笑道，“不过五班这个集体的确太有特点了，每个人的优点和不足都那么明显，几乎一眼就能看出来；后来他们真正凝聚在一起，达到优势的互补，就几乎是完美的了。”

“是啊，记得我当初摔闫岩的五粮液时，我曾认为他将是不可救药；但随着时间的推移，随着五班的向心力在一点点地增强，他的思想也发生了转变；还有肖可他们，也是这样。”谭锋说道，“老易，有时候一个集体无形的凝聚作用要胜过我们队干部几倍的努力啊。”

“老谭，我常常觉得队干部就像一个扳手，学员就是扣在生活齿轮上的链条。只要我们把链条平稳地安装在齿轮上，让他们有序地随之转动，我们就不必管其它的事了。”

“如果链条生锈了怎么办？”谭锋笑道。“我们这些扳手又敲不掉锈斑呢？”

“相信我们的链条，因为他们是不会生锈的。”易资平满有信心地说。

二

“池宏非，你到时候真的要支边吗？”在自习室里，于笑薇突然问自己的同桌、那个忙于写毕业论文的池宏非。

“到西藏，我得弄几条哈达，说不定还有金盆银碗呢，那可是赚大了。”

“人家跟你说正经的，别没正形。”于笑薇努起了嘴，瞪着身旁嬉皮笑脸的池宏非。

“说正经的吗？我想在艰苦的地方锻炼一下自己，也是证明一下自己。”池宏非这回表情可严肃了起来。

“池宏非，可是在那边，你以后提衔、晋职都不如内地快呀。”于笑薇的话也挺实际的。“我家一个叔叔跟我说的。”

“于笑薇，你有没有理想呢？理想就是你认为崇高的东西。所以，我认为跑到高海拔的边关军营，写就青春就是自己的理想。很多人都是先认识我爸才知道我的，这回我要让他们知道谁是池宏非。”

“池宏非，但理想往往是很多人达不到的东西。况且有你优越的家庭条件和你自身的良好素质，去大单位、大机关不是更好么？”

“我一直觉得人的青春一辈子只有一回，越贪图安逸青春就越没有出息，所以我想闯一下，反正闯不成功我工作个十年八年还可以再次选择。”

“可你家里人会同意吗？”于笑薇盯着池宏非的眼睛，问道。

“我都满十八岁了，也成人了，有自己的一份权利；再说了，我的地方身份证不也已经注销了吗？父母只有提出意见供我借鉴的权力，而没有支配我选择的权力。”

“我，我，简直是在对牛弹琴！”于笑薇气得直哆嗦，扔下手中的笔便冲出了教室。

“于笑薇，咱们还得写论文呢！”池宏非以为于笑薇在跟他开玩笑，便在后面喊着。

“去你的论文吧！”于笑薇头也不回地向走廊的尽头走去。

三

吴彤这时敲响了队部的门，他想提前敲定这个去边疆的名额。

“你去边疆，那你母亲怎么办？”谭锋问道。

“她，她……再婚了。”吴彤支吾地说。

“那你是赌气吗？”谭锋笑了笑说，“你应该支持你母亲的决定。”

“不，不是赌气，”吴彤说道，“你想，我是一名党员，又担任过区队长和班长，还代理过见习队长的职务，理应作一个表率。”

“不，吴彤，你还是留下吧。”谭锋突然听到门外有人喊了一嗓子。

“池宏非，你这是……”吴彤一起身，看到了打了报告走进队部的池宏非。

“我也是跟你怀着同一个目的来的。”池宏非冲吴彤笑了笑，说道，“我更应该去证明一下自己……”

“为什么？”队部里所有的人几乎都不约而同地望着池宏非。

“因为我高中入党，又在队里任了党小组长；更主要的一点，我家在陕西，离西藏并不是很远。”

突然，队部的电话响了。

“喂，学员十一队，您找哪位？”易教导员迅速地拿起了话筒。

“我是池宏非的妈妈，麻烦您找一下队里的领导。”

“我就是教导员易资平，有事儿您讲。”

“我刚听说我们家宏非要申请赴边，这可不行。宏非他自理能力差，去了可就麻烦了。”

“好，这点我们会考虑的……”易资平的目光无意中扫到了池宏非，那目光也被池宏非敏感地捕捉到了。

“是我妈吧？”根据易教导员的表情，池宏非隐约地预感到了其中的缘故。易资平没说什么，只是轻轻地点了点头。

“教导员，让我跟我妈说两句话吧。”池宏非走了过去，就站在易资平的面前。

“喂，大姐吗，池宏非要和您讲话。”易资平认为母子俩交流沟通也许更适合，便把听筒递给了等在一旁的池宏非。

“妈，您打电话来干嘛呀？”刚接过电话，池宏非的态度就很不好。

“宏非，妈不是听说你要支边吗？所以特意打电话问问是不是真的？”

“妈，谁跟你说的？昨天贴的告示，今天家里就知道了，这消息也未免太灵通了吧？”

“是一个女生，好像是你同班的，刚打的电话。”

“于笑薇，是她吗？”池宏非家搬完家后，刚装上电话，只告诉了于笑薇这一个女生。

“是个姓于的，对，就是于笑薇……”池宏非的母亲并没有多想，便肯定了他的猜测。

“妈，支边还没定下来呢，您就别操心了，有消息我再通知您。顺便给爸带个好……”

“宏非，你不能……”刚说到这，池宏非便放下了手中的听筒，挂断了电话。

“吴彤，给你包裹单。”这时，公务员把今天的队里需要分发的报纸取了回来，正好看到了吴彤，便把一张包裹单塞到了吴彤的手里……

吴彤并没预料到会有自己的包裹单，手便下意识地抖了一下，包裹单像一只断线的风筝飘落到了易资平的脚下。

“我和你陈叔的喜糖，盼归来团聚。”当易资平捡起包裹单不经意的瞥了一眼时，他忽然发现了单子左下角那一行小字。

易资平和谭锋交换了一下眼色，然后说道。

“这样吧，至于这个支边的问题，现在还定不下来；可以说，你们的愿望是好的，代表着当代军校大学生的远大志向。但也可能有类似你们俩都不去或你们俩都去的情况发生；所以，现在你们还是应该回到班里去，回到同学中去，别有想法，也别有什么压力，到时候我再找你们。”

四

就这样，吴彤和池宏非悻悻地走出了队部。

“吴彤，你干嘛跟我争这个支边名额呢？”池宏非一脸怒气地冲着吴彤嚷道。

“我还没说你为什么要跟我争呢，先来后到，我当然应该了。”吴彤也不甘示弱。

“吴彤，你母亲等着你过年回家团聚呢。”

“池宏非，你妈不也刚把电话打到队部里来了？”

“那都是于笑薇造的谣，她净胡闹。”

“那你至少不是有三个人惦记着？”吴彤说道。

“三个人惦记着，哪三个人？”池宏非愣了。

“你爸妈和于笑薇呀！你是真傻啊，还是真傻啊，还是特么真傻啊？”吴彤一脸愤怒。

“于笑薇，她惦记我干嘛呀？”

“你是真不知道人家对你‘一往情深’啊？”

“吴彤，你可别乱说，这是要负责任的。”

“当然负责任。”吴彤倒是一口的理直气壮，“新训基地时野营拉练是不是你一直帮她忙儿了；回本院在月亮城又是你打晕了那个流氓李志乾；再有……不举了，今天她给你家打电话就是一个信号，阻拦你的。”

“我……我……我找她去。”池宏非见吴彤说得不无道理，没有办法便只好找于笑薇问个究竟了。

可回到自习室，他却没发现于笑薇的人影儿；问后桌的女生，她才慢吞吞地说：

“于笑薇呀，可能回女寝了吧？”

到了女寝的楼下，池宏非又不敢喊了，今天这尴尬的局面，就像外面的阴天，怎么的也无法晴朗起来啊……

“同志……哦……同学，麻烦您帮我找个人。”池宏非一时紧张，嘴也不利不索了。

“没空儿，你自己喊一下吧。”说完，眼前的女生便飘进了寝室。

要说她这一举动倒没什么稀奇，军校的男多女少已造成了女学员的高傲品质；但她这句回答却给池宏非打击太大了，他原本脆弱的心又被人家残忍地击碎了。顿时，他有一种失落的感觉，而且失落得心里空空荡荡的。他想自己到操场去散散心，理一理脑中的混乱。

走在那一条条白漆线分隔的跑道上，池宏非想起了自己四年的过去，他曾在这里受阅，曾在这里赛跑，曾在这里为别人欢呼，也曾在这里听到别人在为他喝彩。

而今天，他很奇怪，操场上只有他一个人走着。

江南六月的雨来了，细细的雨丝打在他的脸上、身上，这应是一种柔柔的感觉；但池宏非却感觉不到，因为作为一个来自西北的男孩，他好像更需要倾盆大雨熄灭他心中的燥热。

可是走了一圈又一圈，等待了一次又一次，天上的雨依旧是细细的，粘粘的附在人的身上。

突然，池宏非觉得一切有了变化——雨停了，但在他眼前，那远处的初夏的雨依旧如满天飞絮般的下着，依旧那么令人心烦。

池宏非猛地回过了头，他发现了那把素淡的花伞，更发现了比以前文静了许多的于笑薇。

“干嘛自己冒雨走路，会感冒的。”于笑薇细声细心地说道，一边低下了头。

“你干嘛把我要去支边的事告诉了我妈？”池宏非脸是红的，嘴皮子却仍像是山间的竹笋般生硬。

“我也说不清，反正我不想让你去支边。”

“为什么？支边又不是去西天取经。”

“池宏非，你知道吗，支边后，你就生活在了一个与外界隔离的世界。”

“但心不会隔绝，我在那种朴素的官兵感情中会找到自己想要的真实。”

“别那么说，你一旦选择了，要付出比你拥有的超出几倍的东西。”

“那不一定，也许我付出的是空虚呢？”

“算了，不提支边的事了。池宏非，我很感谢你对我的支持和照顾，这四年不是你的帮助，我真不知自己现在会什么样子。”

“别那么说，你也帮过我许多，只是你自己都不曾记得了，我却还记得。”

“你永远都是斤斤计较的那种人，什么都留在心上，特别标上记号。”

“你是那种追求唯美的女生，总想着自己追求完美，像只不愿认输的孔雀。你敢爱敢恨，就像四川麻辣的风格，值得别人学一学。”

“其实你这个人挺有趣的，”说到这，于笑薇突然转移了话题，“这江南的雨，恐怕你以后见得机会不多了；而我，还能在这里经历三年。”

“我以后见到雨，或见不到雨，其实都无所谓。”池宏非瞥了一眼于笑薇，说道，“只要我心中留存着今天，留存着现在这份下雨的记忆，就已经足够了。”

“池宏非……”于笑薇又提了提伞柄。

“于笑薇，其实我们彼此都明白对方心中的情感”，池宏非说，“以前我一直认为你我只是纯洁的友谊.”

“友谊？友谊不也可以升华吗？”于笑薇的态度十分明确，“而且爱情也不一定就不纯洁呀？”

“说实话，于笑薇，从新训基地靶场的那次谈话起，我就对你有了份特殊的感觉……”池宏非说着，把目光伸向了远方，“但在军政学院，我不想留下更多的遗憾……”

“池宏非，军政学院是我们真正踏上人生长途的出发点，所以之前的四年，在这里我想我们也不必把精力扯在情感上，只要互相默默地支持对方就行了……”

“可是，你多才多艺，那么优秀，又保送了研究生；我只是一名普通的学员，没什么值得称道的才华，我们……是不是差距太大了？”

“哈哈，别忘了你自己还坐着区队里主管意识形态的头把交椅呢？”于笑薇冲池宏非笑道，“再者说了，对人的评价，我想品质才是最重要的。”

“谢谢你，于笑薇……”两个人的目光在江南如丝的细雨中达成了沟通和共识……

五

"池宏非，你怎么才回来呀？"吴彤看见池宏非浑身湿漉漉的样子，便打趣的问道，"怎么？糊涂的爱了？"

"否"，池宏非脸一下子就红了，"是明明白白我的心。"

"对了，对了，吃喜糖。"吴彤说着，连忙从床上拿过了他刚从邮局取来的包裹，对池宏非说道，"男同胞们就你没吃了。"

"那好，我也讨个吉利。"池宏非一边说着，一边把手伸进了那个灰色的邮包。

"哎？你怎么这么没规矩呢，也说个喜庆话呀？"池宏非没想到却被曲直一把抓住了胳膊。

"恭喜！恭喜！"池宏非嚼着奶糖，双手朝着吴彤作了个揖，"祝伯父伯母生活美满，甜甜蜜蜜！"

吴彤心里本来是酸溜溜的，他怕母亲的再嫁会引起学员们的异议。但听到学员们一个个都真诚地说了祝福的话，自己心头的石头也落了地……

六

傍晚时分，池宏非家里又来电话了，不过这一次是他父亲打来了——

"宏非，听说你要志愿支边了？"

"爸，还没最后定下来，我自己是这个想法。"池宏非握着听筒说道。

"那你认真考虑过没有呢？"

"我想过了，去边疆不一定不好，再加上青海、西藏、新疆都离咱家不远嘛。"

"可你想过没有，在那里你有可能待一辈子。"

“那也比在你们的树荫下乘凉强。”池宏非说道，“我坚信自己有这个能力，反正是不在沉默中爆发，就在沉默中升腾，绝不可能会被灭亡。”

“那……好吧。”池宏非的父亲答应了他，“你让你们队领导接一下电话，我跟他说。”

池宏非赶忙把话筒交给了队部里的谭锋，然后乖乖地站在门外，等待着。

“池宏非，你进来吧。”十多分钟以后，谭锋冲门外喊了一句，“我有话对你说。”

池宏非忐忑不安地敲响了队部的门。

“你父亲接纳了你的提案，还打电话找队里说情让你去边疆呢。”谭锋真想不到有这么开明的父亲，竟不让膝下儿女享受自己的荫庇。

“真的？”

“军中无戏言，当然是真的。”谭锋笑道，“你的父亲还让我转告你，你母亲那边的工作由他来做。”

“那……那他还说别的什么了吗？”

“他还说，你已经成人了，而且还是名军人，有自己选择人生道路的权利。”

七

这个时候，肖可在电话亭里和家中通着话。

“肖可，家里托人给你联系了个去军区机关的名额，可能过几天就有人去找你，你准备准备。”

“妈，我可不想进机关，我脾气不适合。”

“可人家单位已经派人准备考察你了，再加上家里又托了人。”

“那我从基层干起不是更好吗？”

“基层？妈再不懂，也知道那天高皇帝远的地方没啥发展余地。”

“妈，您说得绝对了，现在的各级领导，哪个不是从基层干出来的呢？”

“可等你们那一代上场的时候，就不知是啥形势了，还是赶快在领导机关找个好位置吧。”

“妈，我不想去，隔锅台上炕是不会有什么发展后劲儿的。”

“傻孩子，现在的形势是从上到下容易，从下到上面难。你不抢占制高点，能行吗？”

“妈，您又不是不知道到机关得学写公文，可我不擅长。”肖可推辞道。

“不会可以学，不学怎么能会呢？”

“妈，我想从连队进步，走条稳扎稳打的路子。”肖可央求道。

“不行！”肖可的母亲作出了决断性的回答。

“妈，您怎么就不想想呢，儿子还立过三等功呢，如果从连队起步，还是有优势的。不过要是到了大机关，我这论资排辈就得在最后了。”

“这……倒也是，”肖可的母亲考虑了一下，说道，“可基层太艰苦。”

“我认为最艰苦的还是搞人际关系。”肖可说道，“再加上我性格本来就是大咧咧的，也太懒散了。所以如果我到了大机关，肯定特别毛糙；如果到了基层先磨炼棱角，怎么的也有人能管住我，约束我的。”

“这么说你是不想进机关了？”肖可的母亲带有几分怒气地问道。

“那不一定，好和不好都是相对的。况且如果把我放在金字塔尖上我更觉得自己根基不稳，没有信心了。”

费了一张三十元的电话卡，肖可才勉强说动了母亲接受他的意见，当他兴冲冲地转身要走时，却发现了身后站一排等着打电话的学员们在怒视着他，对他的絮叨表示着无声的抗议。

八

喻枫和曲直也相继接到了各自联系单位的电话，喻枫铁定要去南京军区的那个空军基地与苏 –27 为伍了，曲直到广州军区陆军某师当宣传干事的想法也即将走到了现实的一步。

“喻枫，你长大了，爸为你高兴，也为你骄傲。”当喻枫听到听筒里父亲那鼓励的话语时，自己也不禁动情地说道：

“爸，以前我因为您而自豪；现在，您终于可以因为我而骄傲了。”

曲直利用假日跑到了邮局，给父母订了束礼仪鲜花，因为他刚刚在网站上自己的电子信箱里收到了家里的 E–mail，内容是告诉他父母已经复婚了。而在礼仪鲜花的附言上，他也没忘了写上自己准备分回广东的事情。

这回，苏畅这个高中时从理科跳槽到文科的插班生却找到了自己该双向发挥的地方，第二炮兵某研究所政治部，既搞政工，又管科研。

“喂，喻枫，你可悠着点儿，”苏畅见喻枫整天东游西蹿的样子不禁也发出了警告，“要不然我发几枚地空导弹把你苏 –27 给轰下来。”

“你打不着，我会眼镜蛇机动。”喻枫说着，还挑衅似的张开了双臂，在宿舍里四处乱蹿。

“不用别的，我拿肩扛的‘红缨——五’打你。”说完，苏畅腾地站了起来，抓起了打扫卫生的笤帚，朝夺门而逃的喻枫追去……

九

吕杨突然接到了一封父亲寄来的家信，还有一张两千元的汇款单，一时纳闷的他连忙拆开了信封：

杨儿：

听你上封信说考上研究生的消息，家里都是十分高兴，为你今天有出息而高兴，不知谁把这个事跟村长说了，村长高兴坏了。他说你是咱村历史以来最高级别的秀才，就动员各家给你凑了两千元钱，作为祝贺。村长还说让你记住咱这个村，记住你是咱村的人，要为咱这个村争口气……

读到这儿，吕杨的眼泪就在眼眶里滴溜溜地直转儿，但他却并没让它们落下来，因为他现在同刚报到时的那个吕杨不同了，他已经成了一名军人，一个真正的男子汉，也学会了什么才是坚强。

闫岩这几天来一直是兴奋地在网络中心度过的，因为他就要成为一名海军了，在东海舰队某护卫舰大队的人员序列中马上就会出现他的名字。

他通过网络把这个消息传给远在美国的表姐：他的确不该去美国攻读MBA，更适应在中国的蓝色国土里追寻自己的梦想，但说不定哪一次护卫舰舰队到美国远航出访，他还能看到自己那位仁睿的表姐。

十

“队长，听说您准备让池宏非去支边，有这事儿吗？”吴彤这时候来到队部问支边最后的人选。

“嗯，他的可能性比较大。”谭锋肯定地说。

“为什么？”吴彤急得喊了起来。

“根据他的个人志愿，也征求了他父母的意见，我们准备对他的支边申请进行优先考虑。”

“那我呢，我去不了啦？”

“你另有安排……”谭锋话音刚落，易资平在一边紧接着笑道，

“我们的谭队长，下学期就是谭副主任了。”

原来系里一直空着个副主任的名额，经院党委研究决定：由十一队原队长谭锋同志担任系里副主任职务；而十一队代理队长的职务将在九七级毕业学员中产生。

“代理队长？谁？”吴彤满脸疑惑地问道。

“你呀！”谭锋走上前去，不无激动地拍了拍吴彤的肩膀，“你以前不就是见习队长吗？这是实至名归。”

“可是，我不想担任这个职务。”停顿了一下，吴彤低下了头。

“为什么？”这时疑惑的目光出现在了谭锋和易资平的脸上。“有什么想法你说说？”

“如果可以的话，我想和池宏非换一换！”

吴彤的这句表态，让谭锋和易资平一时间陷入了为难之中；吴彤和池宏非的能力的确是不分伯仲。其实他们谁也都能胜任这个代理队长的位置，现在池宏非选择了支边，可吴彤却不想留校。

一时也没办法，队里只好找到了池宏非让他做做吴彤的工作，池宏非倒也爽快地答应了。但想来想去，还是没底，便又硬着头皮去请于笑薇帮忙。

“其实呢，吴彤是想替你分担啊！因为在他眼里，你是最不适合支边的人。所以你不妨找他谈谈，互相交换一下意见，也交流一下想法。”

池宏非终于发现，原来最了解他，最能体会到他那个点的人，确实只有也只能是于笑薇，每次于笑薇的点拨总能给池宏非带来启发。

上晚自习的时候，他就把吴彤找到了走廊里——

“你为什么不留校呢？”池宏非对吴彤说。

“池宏非，这句话应该我跟你说才对。”

“吴彤，其实让你我在这两个位置选择的话，你的能力，你的水平，都是代理队长的最佳人选。难道不是吗？”池宏非说道，“来政院的四年，如果不是我高中时就入党的前提条件，你早就应该取得比我更好的成绩。很多很多的实践表明：你很多方面都是强于我的。”

“不，对于你，池宏非这个人来说，支边是未卜的前途。你失去了的不只是你的家庭，你的朋友，更有于笑薇。”

“什么，你想让我留在这里就是为了和她常常见面，为了催化我们的感情吗？”

“差不多是，但也不全是。”

“吴彤，那你可就错了。”池宏非干涩地笑了一声接着说，“有首歌唱的好，《相见不如怀念》。距离产生美，在各自的道路上我们各自开辟天地不是更好吗。”

“可你不能让人家独自在这里等你三年，”吴彤说道，“我则不同，无牵无挂。”

“别逗了，那人家程艺轩呢，你留下来不也可以和她在一起吗？”

“不，你不要误会，”吴彤摆了摆手，“曾经我们在一起共同试着走过一段路，但很快就在岔路口分开了。她走她的，我走我的，我们只有友谊的平行，而没有爱情的交点。”

“吴彤，那你就更不对了。你们之间既然没有事情，你就更应该留下来，咱们队也需要你来续写辉煌啊。而我却与你不同，我需要在雪域高原证明自己，证明我同样可以大有作为，同样可以在最艰苦的地方生根，发芽……”

十一

前途波澜不惊、尘埃落定的程艺轩，是五班里最忙的人。这几天，她都守在院电视台的编辑室里，整理着最后的一段素材。不过她不会用编辑机，只好请了几个学新闻的师弟师妹一起来编辑。

终于，两个小时后，素材选编完了。原本七八个小时的素材带经过筛选精编了最后的五十几分钟。

“重放一下行吗？”程艺轩问道。

“没问题！”说着，那个新闻系的师弟倒起了带子。不一会儿，播放机的液屏上出现了“PLAY”的字样。

看着那五十几分钟的素材带，程艺轩才发现其实平淡记录的生活也是十分有趣，十分令人怀念和感动。在女寝里，她偷拍了于笑薇外出前化妆的镜头，又是防晒霜，又是洗面奶的，全都摄进了影像之中；还有于笑薇对着镜子一遍遍细心的梳头，也成了她猎取的对象。

更有意义的是，当于笑薇发现她有偷拍自己时，竟把手放在了镜头前，嚷嚷着“拍什么拍，赶紧掐掉”，颇有了点儿《焦点访谈》暗访的味道。

男寝那边苏畅也几乎是无孔不入了，连闫岩内急时四处借手纸的镜头也被他抓到了。不过他自己更“倒霉”，不但睡觉打呼噜被班上的同学记录了下来，连他偷吃肖可床上饼干那不光彩的一幕也被忠实地拍摄了下来，珍贵程度不亚于中央电视台《动物世界》栏目拍摄到野生东北虎出没觅食。

程艺轩看着看着，微笑也罢，落泪也罢，反正投入真情实感之后她又突然想起了吴彤。毕竟吴彤曾经是五班的最高行政长官，不能把他的光辉形象泯灭了。

所以，程艺轩找出了一段吴彤在班会上发言的镜头，请那个学新闻的师弟编了进去。

“程姐，我给您提点儿意见行吗？”那个学员看完最后整改的样片说。

“请您多多指教。”

“我想你们班应该有一个象征班级整体的班歌……”那个学员话还没说完，就被程艺轩的欢呼打断了。

“对呀，《风向正南》！《风向正南》！”程艺轩高兴地一跺脚，“就拍《风向正南》了。”

第二天一早吃早饭的时候，程艺轩就在饭桌上提出了这套方案，立即就得到了大家的赞同。

又是一个星期六来到了，五班的十名同学和他们的老班长刘毅一起跑到了电视台的直播间，开始准备进行歌曲《风向正南》的拍摄，不过在强烈灯光的照射下，每人个的表情却不是很自然。

“不如我们到外面拍吧？”刘毅提了个建议。

“好，还原自然嘛。”刘毅的提议立刻受到了五班全体学员的一致赞同。所以，拍摄音乐电视的场地又成了以学院教学楼门前为背景的外景。

“预备——唱！”当于笑薇拉起了她那把小提琴时，摄像机上也闪起了红灯。当歌声响起的时候，人们突然听到了一种情理之中的不合谐，原来大家的声音都因为感情的投入而颤抖了起来。

“重唱，还是重唱一遍吧。”拍了一遍后，程艺轩听着摄像机里回放中有些走调的声音连忙喊了起来。

“程姐，”那个新闻系的学员冲程艺轩笑了笑，“还是别重唱了……”

“为什么？没带子了吗？”程艺轩着急地说道。

“不，毕业分别前要还原自然，这是情感的真实释放。”那个学员的话刚说完，就引起了五班人一阵唏嘘。

十二

“就要分别了。”程艺轩在学院的电教中心里等候刻录 VCD 时，不禁暗暗地想。

大家开始越来越多地传换起各自的同学录来了，相互留言，相互赠勉，相互约定把最美的重逢记忆留给明天。

五班的几位“名人”更成了大家瞩目的焦点：九七级学员唯一荣立三等功的肖可四处留下自己的通信地址，还吆喝着“有事你说话”一类的言语；全院舞蹈、声乐、器乐的三项全能于笑薇印了一大堆照片给人签名留念，为照顾池宏非的情绪她特意扩印了张十寸的大照片签了名压了塑膜送他；抗洪先进个人，新训大队九七级第一个受嘉奖的喻枫还制了自己的名片，没什么名头，还是他那个外号：

“苏-27‘刺猬’！”

“大家还记得这些东西吗？”星期六在包库整理东西的时候，喻枫突然翻出了当年在新训基地时大家送他的那些礼物……

“嘿！”曲直指着喻枫皮箱里几联黏结起来却依然歪七扭八的子弹壳坦克，嚷道，“怎么变这模样了呢？”

“没办法，搬来搬去的，都给折腾散架了。”喻枫不好意思地说。

“喻枫，那又能怎么样？”吕杨拍了拍喻枫的肩膀，“只要心里装着咱们的情谊，坦克散架不散架不重要。”

“吴彤，给我签个同学录吧。”在自习室里，程艺轩突然把手里的毕业纪念册拿给了同桌的吴彤。

“怎么才轮到我呀？”吴彤翻了一遍，发现几乎所有人的大名都赫然在目，有些不满地说。

“由你压轴嘛！”程艺轩笑了笑，指了特意空出的最后一页，说道，“吴队长，签个名字，留点儿美好回忆吧！”

“美好回忆？”吴彤听了，愣了一下，才露出笑容。然后便接过程艺轩手中的笔，飞快地签了起来：

艺轩同志：

毕业将至，分别在即；浮想联翩，欣然命笔：不求天长地久，但求曾经拥有。

忆往昔，共走长路；看今朝，各赴前程。遥想未来，就让心中的友情把共同的心愿维系……

“你怎么这么酸啊？跟生离死别似的。”程艺轩接过吴彤签过的同学录一看，马上努起了嘴。

“以其人之道还以其人之身嘛。”不想吴彤却阵阵有词，“正所谓别词有真趣，欲辩已忘然。”

“去你的。”说着，程艺轩的小拳头飞向了吴彤的脸。

十三

周一一大早，打开水的吴彤看到了公告栏前围了一大堆学员，便好奇地挤了进去。一看那张大红纸上池宏非的名字，吴彤便知道那是最后确定下来的支边人员名单了。

“傻瓜，装先进，逞什么英雄啊。”

吴彤听到了身后一声不屑地评论，他竟出奇愤怒地扭转了头，吼道：

“你再说一遍我把你头打烂……”

“你，你，你这是找碴……”那个学员瞪着吴彤，还想理论理论，也冲了上来。

“怎么回事？”两名执勤纠察看到吴彤和那名学员互相揪在一起，便快步跑了过来。

“他想找碴！”真是恶人先告状。

“真的吗？”一个纠察转向旁边围观的学员。

“这个学员诬蔑支边的同学，还动手想打人！”群众的眼睛是雪亮的，大家都把愤怒的目光投向了那名滋事的学员。

接着，两名纠察便把那名学员架到军人风纪整训室进行教育，按照规矩，禁闭训诫是少不了的科目，全校通报处分肯定是少不了的了。

“你的名字，上边有吗？”吴彤转身刚要走，却听见有人凑上前问他。

“没有，但是有我兄弟。”吴彤笑了笑，低下了头，拎着暖壶瓶刚要向宿舍走。

“你兄弟真棒，我们佩服他。”不知谁说了一句，人群中顿时爆发出热烈的掌声。这掌声，是肯定，也是支持。

第十五章　无问西东

一

“同志们，还有十几天，你们就要离开母校南政奔向祖国的东南西北，去实现你们人生的梦想了！在此，我还要提醒大家一句，在远行之前，你们更要把四年的学业学得圆满，学得成功。所以，这次毕业的论文答辩也将成为你们走出校门前最后一次全面水平的发挥，最后一次综合能力的展现。所以，我谨代表谭锋队长，代表队党支部向你们致以最诚挚的祝愿，祝你们成功！”

易资平的话刚刚说完，台下响起了热列的掌声。而谭锋队长这时却在出神地望着那块“队荣我荣，队衰我耻”的队训牌；因为送走这届毕业学员，他也要在十一队“毕业”了。

一周后，九七级毕业学员的毕业论文答辩在教学楼几个教员办公室同时举行。

吴彤走进答辩室的时候，一抬头突然发现主考官竟是那个教他《哲学原理》的教员。

“还记得我吗？”为消除吴彤的紧张，教员笑呵呵地问他。

“当然，那个‘爱智慧’我不会忘记的。”吴彤有点儿惭愧地低下了头。

“可你的这篇《哲学处于困境的本源是其与时代主题的分离》，不还给哲学的发展提出了异议吗？”

“那是我个人一点点不成熟的想法。”

“不，写得很好，让我看到了哲学研究新生代的实力。”教员说道，“不过我还是要就论文内容提几个问题。首先我想问问你，你在文中提到了造成现在哲学理论脱离实际的根本原因是哲学方法论的本体化论，那你自己怎么理解呢？”

“关于这个问题我认为世界本原是存在还是思维，的确是哲学的基本问题，也是解决其他问题的前提。但如果在哲学中过于局限于对世界本原问题的探讨，拘泥于对唯物主义、唯心主义的研究，那么必然会导致哲学研究狭隘化、经验化、教条化，使哲学的发展失去了内在的动力……”

就在此时，就在吴彤的隔壁，池宏非也意外地遇到了他的朋友，新训基地时他的思想道德课教员——梁优，他是今天的主考。

“宏非，听说你支边了，是吗？”红榜公布的东西都是举校皆知的。

“是的，我认为那是我的一种理想，一种纯粹的池宏非观点的实践。”池宏非肯定地回答。

“所以，你就写了这篇分析在现今社会主义市场经济条件下，道德发展趋向的文章了。”

“正确！”池宏非冲梁优笑了笑。

“那你对你所认为的市场经济体制与不同的政治制度内容相结合所产生的不同的规定性对道德变革的作用明显不同的观点又是怎样看呢？”

“我认为社会主义的市场经济促进了集体主义向完善阶段发展的趋势，同时也相应地促进了一系列道德观念的变革。正是由于借助于市场运行的特殊规则合理地解决了集体利益和个人利益的矛盾，在保障共同利益的前提下充分肯定了个人的特殊利益，从而也形成了允许个性和个人才能充分发挥的环境和条件，有效地激发起了人们的进取精神和竞争意识，以及以独立人格为核心的现代平等观念和时效观念……”

“吴彤，祝贺你，你的答辩很出色；以后有空的时候，不妨我们再聊聊。”那位哲学原理课教员在吴彤回答完毕的二十秒后便作出了很高的评价，还不住地感叹后生可畏。”

“精彩，太精彩了！”在隔壁，梁优教员也在为池宏非的缜密思辩喝彩，“池宏非啊池宏非，如果你留校当了教员，我就要下岗了！”

就这样，五班的十名同学以全优的成绩顺利地通过了他们的毕业论文答辩，也即将全部被授予学士学位。

二

“同志们，咱们的生活片刻录出来了！”这时，五班的录像带转录 VCD 工程也大功告成了。程艺轩一进五班宿舍，便兴奋地扬起了手中一叠闪亮的光盘。

“艳情不艳情，黄碟吧。”曲直最喜欢搞笑了，话里话外没了正形。

“去你的，那是我拍的 MTV！”苏畅上去就给了曲直一脚。

“赶快拿来看看嘛！”喻枫正坐在闫岩身边看他打“红色警戒”，一见程艺轩拿了碟片进来，连忙招呼道。

“对呀！拿过来放放看，正好我刚在网上下载了最新的视频播放软件。”闫岩也喊了起来。

五班人连忙围坐在了闫岩那台笔记本电脑 14.1 寸的彩屏前，津津有味地看起了自己的光辉形象。

“不好，停电了！”突然屏幕一黑，苏畅大叫道。

“走，去电脑房看去！”肖可的提议立即得到了全班人的响应。

“你们五班的要干嘛呀，打家劫社吗？”谭锋刚出队部，便看见了五班十个鬼鬼祟祟的身影，连忙喊道。

“没，没干嘛！”肖可支支吾吾地回答，却仍旧掩饰不住心中的兴奋。

“怎么，看碟呀！”谭锋看到了程艺轩手中的光盘，便下意识地嘀咕，“不会不健康吧？”

“报告队长，绝对安全健康！”池宏非从人群里蹿了出来，“该片烘托大背景，弘扬主旋律，是近年来反映我军军校现实生活不可多得的优秀作品！”

“什么名字，我倒要看看！”

“保留节目，《风向正南》呗！”于笑薇说着，十个人一起笑了起来。

“这都出片子了？哪年拍的？”

“今年啊！刚刚啊！”吕杨表情严肃的回答又引起了一阵爽朗的笑声。

“队长，”吴彤这个“叛徒”还是首先告了密，“这就是我曾跟您说的那个我们自编自导自拍自演的生活片。”

“我想起来了，有这么回事儿。”谭锋一拍脑门儿，“唉，瞧这记性。”

“直接接上VCD机播放吧，咱们队这29寸的大彩电看着不更过瘾吗？”

电视房的大电视一播放出来，那就是公映了。不只是五班这十位同志，全队的九七级，2000级的，反正只要是知道消息的，都跑过来看了。

人群之中，于笑薇还发现了肖洁的身影。

“姐，你可真能打扮。”肖洁一想到于笑薇那副东瞄西照的滑稽像，便笑了起来。

“你这死小子，当姐的你也逗啊！”于笑薇嗔怪着追了上去。

三

第二天一早，五班的老班长刘毅来了。

“今天我是来告别的！”刘毅刚进门第一句话就让五班的学员大吃一惊。

“老班长，我们还没走呢？”大家都一阵纳闷。

“可我要走了，我要去新训基地参加代训班长的军训了。”

“下届学员你又要带呀？”喻枫惊讶地问。

“是啊！”刘毅莞尔一笑，说道，“铁打的营盘流水的兵。”

“对了，这里是我买的苹果和橘子，还有些栗子，送给你们吃的！”刘毅放下手中的两个塑料口袋，说道。

“班长，您这么破费干嘛呀？”程艺轩说道。

“不，这是我们老家的风俗。”刘毅说得条条是道的，“苹果意思是‘年年平安’，橘子和栗子合起来就是‘大吉大利’了！”

快到中午了，刘毅准备动身回去，因为他那边十二点半就要集合带往新训基地了。

“池宏非，听说你要去西藏了？”刘毅突然把池宏非拉到了身边，有些哽咽地说。

“嗯，七月一日就走！”池宏非的声音也颤抖了起来。

“多保重，”刘毅动情地抱住了池宏非，说道，“后会有期，就是不知道啥时候能再见了。”

“谁说的，我们以后天天都能见面。”说着，池宏非又抽出了他被子下面的那块内务板，“它跟了我四年了，也就相当于您在我身边四年；这次我把它带到雪域高原，又相当于您和我一同去了西藏！”

“好好干，池宏非，班长不会忘记你的，我们肯定会再见！”

“班长，这是我们班自编自导自拍自演的生活 VCD，名叫《风向正南》，送给您作个纪念！”送班长到院门口的时候，程艺轩从兜里掏出了那盘光碟，放在了刘毅的手中。

“谢谢你们，谢谢！”刘毅说着，向五班的十名学员敬了一个标准的军礼，“我会把你们的记忆都一一珍藏的。”

“全体都有，向班长敬礼！”吴彤挺正规地喊了一嗓子，十个人立即各自肃立，向刘毅庄重地举起了右手。

四

老班长去了新训基地，大家发现共处的时间越来越短了；彼此只有不停地控制着自己的情感，生怕有什么事一作导体便又要潸然泪下了。

由于马上就要奔赴西藏，池宏非所剩的时间更是寥寥无几，他每天都忙着收拾这儿，收拾那儿的，只是不敢跟同学们说太多的话，因为他怕心中那紧绷的情感之弦会悄然作响。

五班上下，并没有忘记池宏非，他们私下盘算着送给他什么礼物，纪念五班这个光荣群体的灵魂人物，纪念他给五班带来的荣誉与掌声。

最后，还是文气颇浓的程艺轩一举中标：她的提议居然是集体合资买一个几百块的剃须刀给池宏非，还美其名曰，把剃胡子的功能说成是"收割在希望的田野上"。

于笑薇自己也偷偷摸摸给池宏非买了份礼物，一块价值不菲的金表，那笔钱是她原本要用来给自己买一套高档化妆品的。而且，她还在表盒里放了一张纸条，把心里的话都浓缩在了那短短百余字的纸条上——

池宏非：

你就要到雪域高原去追逐自己的梦想了，那就让这块表和你一起远行吧。它能忍耐几十度的高温，也能经受零下几十度的严寒，希望它能和你一样坚强。

对了，我还给它新装了能用三年多的电池，当那块电池没电的时候，相信我也会走到你的身边了……

最后，还是祝你平安快乐，心想事成！

三年后会去找你的人：于笑薇

于二〇〇一年六月二十九日

也正是当晚，于笑薇抱着那只表盒进入了遥远的梦乡，她梦见三年后自己穿着军装去了西藏，在大昭寺前的八廓街又见到了池宏非……

五

为了活跃最后两天的气氛，队领导也破例允许了各班的卧谈会。在五班男生宿舍，马上就要奔赴世界屋脊的池宏非自然成了大家关注的焦点。

“我要到西藏旅游你可得招待我呀。”闫岩首先笑道，“我就西藏没去过了。”

“少扯了，你也不差钱，”吕杨说得更实际，“池宏非，我也不要别的，你给我弄两头牦牛吧，我看看山西能不能养活那玩意，让我老家村里面也脱贫致富。”

“行，养牦牛这个靠谱，还有什么要求赶快说啊。”池宏非还煞有介事地掏出了枕头下的电筒，拿出纸和笔记了下来，“不说过期不补。”

“对了对了，我要天山雪莲，冬虫夏草，千年灵芝，藏红花油，还有……”肖可医学世家，藏药倒是知道不少。

“哎，我说肖可，你当池宏非是财神爷呀你。”喻枫着急了，“池宏非，我可跟你说，你要是回家别跟我借飞机就行了。”

“那就让他坐我的驱逐舰吧！”闫岩插了句嘴。

“池宏非，他们都数落你，还提苛刻条件。就咱俩好，咱们电报通讯，雷达扫描，单线联系怎么样？”苏畅还挺机灵，他要去的二炮某研究所信号传输灵敏度可高了。

“苏畅，你也不想想，拿手机发个短消息不更方便吗？”曲直成了中国移动的形象代言人，“池宏非，我可不像他们那么贪，净在你身上揩油，要我呀，就强烈地邀请你到广东去，我一定‘保障有力’。”

“但也得‘纪律严明’‘作风优良’！”池宏非笑道，“只能四菜一汤啊，绝不超标准。”

“池宏非，去了以后有空你还要上上网，打打渔，冲冲浪啊。”闫岩适时地开始插播广告，“别忘了网上还有咱们五班的同学录呢，我建的。”

“哎，哎，同志们，别把我当哑巴卖了行吧。”吴彤一直沉默着，这时却开了腔，“我呢，以前是‘什么也不说’，现在也该‘说句心里话’了，池宏非同志，以后你要和某人结婚，有了‘小池’，别忘了送到政院来，让你兄弟我也培训一下……”

话音未落，五班的寝室内响起了一阵爽朗的笑声。但各自的枕旁，却都被眼泪浸湿了一片。

程艺轩这阵子也趴在女寝的被窝里，睁大眼睛没睡。不过她是在蒙着被借着手电筒的光亮给池宏非抄诗呢，她要在池宏非走之前把自己一些的诗和散文什么的整理出来，抄在一个小本子上送给他，作为礼物。池宏非不是她喜欢的类型，但是却特别适合当她的哥们儿，她得送个礼物给他，因为至此一别，不知何时能再见了。

六

六月三十日上午八点，院系的毕业分配命令下发到了各个学员队。五班的几名学员的分配去向大体和原先预想相同，只不过肖可的分配出现了个非常不可思议的跳跃。他竟真的分到驻杭州某师，那个他们刚刚去实习的地方，从副连长做起，一步一个脚印，开始圆他的将军梦了。

“世事真是难料啊。”肖可听完分配命令，不禁笑了起来。不到一个月之前，他还在送别的解放车上跟人家部队官兵喊自己还会回来的，不想这句话却真的应验了。

“走，大家去合个影吧。”谭锋笑着说道，“以后再合影就不会像今天这样，人都在同一个时间到齐了。”

“老谭，你可别忘了十一队啊。”易资平拍了拍谭锋的手臂，语重心长地说，“我们俩这对多年搭档，一旦要分开，我还真有点儿舍不得。”

“老易，我们不都还在政院么？”谭锋见四周全是等待着合影留念的学员，便止住了眼眶中的泪水，缓和气氛地制造着幽默，“我还是在这个院子里为你服务，每天不还能和你见面吗？”

说完，谭锋和易资平便走进了队伍，找好了自己的合影位置……

可是大家面对镜头，想起这将是他们大学生涯最后一次合影的时候，不禁都落下泪来，眼圈也变得红红的，仿佛同肩牌一样的颜色。

当天下午，队里接到了院系通知：七月一日上午九点大礼堂将召开庆祝建党八十周年暨二〇〇一届学员毕业典礼，中午进行毕业学员的集体会餐。会餐结束后，支边学员乘车去机场，乘坐下午航班，飞往西藏拉萨贡嘎机场……

命令一下达，大家更知道相互共处时间的宝贵，尤其是那些将分赴祖国边陲的学员们，可能此生都很少有机会见到曾昔日朝夕相处的某个同学了……

在这种气氛的感染下，五班同学难舍难分。尤其是池宏非，他再也控制不住自己情感的闸门，只好捧着雪白的手绢反复揉擦着已经哭红了、哭肿了的眼睛。

“咱们大家再合上几张影吧。”苏畅从内务橱的角落里找出了他那只灵巧的傻瓜相机，缓缓地说。

接着，大家分别照了集体像和几个人的合影，当吴彤和池宏非合影的时候，池宏非还是抽泣着开了个玩笑：

“吴彤，我会把我们的合影摆在我的办公桌上，看到你，我就会想到兄弟之间，有团结也有竞争。”

吴彤听了，没有说话，只是一噘嘴，指了指身旁的于笑薇。不过，池宏非却并没有移动脚步，因为他知道自己必须克制住心中对她的情感，必须圆满地走好自己军校生涯的最后一步……

七

七月一日上午，当五班的十个人走入礼堂，看到主席台上那面火红的党旗时，他们才自豪地发现：五班已是一个名副其实的党员班了。他们在学院党委提出的学员党员要“成熟一个就发展一个”的精神指引下，全部加入了共产党员的行列。今天，是党的生日，也是他们的节日。

当院部领导缓步走入主席台的时候，喻枫却没有发现姜明的身影，他的位置现在却由毕军顶替了。正在此时，他听到了主持人对毕军介绍：

“出席今天大会的有训练部毕军部长。”

“毕政委荣升训练部部长了，可喜可贺；那姜部长，他怎么样了？按照常规，他肯定也是晋升了职务。”喻枫心中暗想。

“我院副政委姜明同志因在国防大学学习今天不能到会……”

“院副政委！姜明！”喻枫心中高兴极了，他知道这才是实至名归。

大会在雄壮的军歌中拉开了帷幕。

在宣布授予学位的二百八十名九七级毕业学员中，五班的十个人全部榜上有名。立刻，五班以最热烈的掌声庆祝了他们的胜利。涉险过关的苏畅更是兴奋地挥舞着手臂。

然后，由院长宣布了八名支边学员名单，并亲自授予他们绶带、证书和三等功奖章。当院长念到池宏非的名字时，全场发出了热烈的掌声。接着，院长特地向全院学员介绍了池宏非情况：

“一名高中入党的优秀党员，一名军政学院的优秀学员，能够奔赴边疆，用青春谱写一首壮丽的人生凯歌，这是我们政院的骄傲……”

霎时，全场的四面八方响起了雷鸣般的掌声。那掌声更传达着一种祝愿，祝愿池宏非早日成为雪域高原上一羽振翅的雄鹰。

接下来，是池宏非代表八名远赴边疆的学员讲话。

这讲台，他已来过不只一次了；但这一次，却是他作为南京军政学院的本科学员，最后一次站在这里……

“是波涛，就要澎湃；是雄鹰，就是飞翔。我们要把男儿的热血，洒在雪域高原的奔腾大江；我们要把青春的无悔，刻在世界屋脊的高峰脊梁。今天，在党八十岁生日的时候，我们庄严宣誓：我们要用自己的青春与热血铸起祖国西大门坚不可摧的铁壁铜墙……”

掌声再次如波涛般汹涌响起的时候，院长和政委都不约而同地掏出了擦拭眼泪的手绢……

八

上午十点，西南航空公司飞往拉萨的签转机票也送到了军政学院，因为没有南京直飞贡嘎机场的航班，只能是先飞成都，再换乘飞机去拉萨。这时，十一队的集体照片也压了膜送了过来……

“你们都怎么回事，一个个红着眼睛，像兔子一样，我又不是养兔专业户，干嘛要这样呢？”谭锋说着，自己却不禁哭了起来，这是他四年里第一次在队会上当着一百多名学员流泪。

“同志们，我很高兴地看到，你们马上就将走上各自的工作岗位，去实现自己新的人生目标了。政院的四年，你们所收获的知识这一次可以熟练地去运用了；政院的四年，你们所经历的风风雨雨可以把你们锻造成一个真正的军人了。”易资平说到这里，不禁也哽咽了。

“刚才我的失态，请大家做四年里最后一次原谅。其实我跟你们一样。再过几天，也要走出十一队的大门了，说实话，我离不开这个集体，也离不开大家。但我们能够拨回钟表上的指针，却不能将时间倒流，所以我希望大家走上各自的工作岗位后，别忘了十一队，别忘了我们系，别忘了军政学院，别忘了这些大大小小团结着的集体，他们曾经也是你生命的一部分。你们还记得我们开会常说的那句话么——”

“聚是一团火，散作满天星。”大家一起呼喊着。

队会结束后，各班又召开了大学四年最后的一次班会。五班的每个人心里其实都有着千言万语，但却怎么也说不出来，只是各自坐在马扎上，低头不语。

渐渐地，就要到集合出发会餐的时间了。这时，吴彤才主动发言：

“同学们，大家马上就要分别了，作为一名老班长，我和大家一样，会永远记住我们共同生活的四年，记住我们共有的五班，记住我们曾执着付出的这段无悔青春。我想在这次班会的最后，让我们每个人说一句祝福的话送给大家吧。”

“池宏非，我说完了，该你了！”吴彤看了一眼池宏非，缓缓地说，“大家最想听你说！”

“好！”池宏非擦了擦眼睛，“我就要去西藏，那个离太阳最近的地方。到那时，每当我看到太阳的光芒，就会想起大家，想起大家灿烂的笑脸，想起大家共有的辉煌……”

“每个人的心底都有一个最真的梦想，我曲直的梦想就是五班每个人走到新的岗位上都会越来越好。”

“也许我是阴差阳错才来军政学院上学的。但经过这四年，我并不后悔，因为我至少认识到了你们这些真心的兄弟姐妹们。那么，我就祝愿大家在以后的日子里有更多新的朋友，但最不能忘记咱们这十个老朋友。”

肖可接着苏畅发表了自己的见解：“如果最后让我送给大家一句祝福的话，我想说我们以后虽然身在天涯海角，但心却还是在一起的。”

闫岩接上了话头儿：“我给五班带来过损失，五班却给我带来了快乐，在五班团结的氛围中我珍爱了自己，我爱这份团结，希望大家以后也能爱它。”

“那我就祝大家好人一生平安。”透过窗子，可以看到外面等待集合的人越来越多了，吕杨便加快了速度。

“我希望大家看到绿色的时候，就能想想我们曾共有的友谊。”于笑薇说道。

“有了我们共有的笑容，生命才精彩，有了我们共有的哭泣，生命才动听！”程艺轩的话也颇具感染力。

“嘟——”正午12点10分，一声长哨划破了五班告别班会的详和，喻枫只有和五班的其他同学一样带着一份怅然跑出寝室参加集合。——只有喻枫还没有说出他那句心底的话。

九

毕业欢送宴会进行到高潮的时候，大家又想起了那一首《风向正南》。

“五班，五班，《风向正南》！”几乎是在同一个时间里，九七级的毕业生学员们齐声喊了起来。

“那就请高主任指挥，由在座的同志们齐唱这首《风向正南》，作为我们下次再相见的邀约吧。”蔡政委的提议立即得到了学员们的响应。

“预备——唱！”高政委一打手势，文娱中心里响起了悠扬的歌声，那是发自所有毕业学员们心中的旋律……

十

“池宏非，我来！”欢送毕业优秀学员支边的那刻，谭锋一把拽过了池宏非手中的背包绳，“在你的眼前，我再最后尽一次学员队队长的职责吧！”

“对了，内务板，班长的内务板。”池宏非瞥见了床边刘毅送他的那块内务板，不禁说道。

“这是刘毅的？”谭锋解开了背包绳，把内务板打了进去。“那你就把这份好传统带到雪域高原吧。”

“我以后还会和它常打交道的。”吴彤说，“老班长让我们知道了怎么成为一个军人。”

“放心，我们的VCD里还有他呢，没事还能回忆回忆。”池宏非兴奋地说，“而且那里还有我们班所有人的影子。”

“哇，这么好的车啊！”吕杨突然发现接送赴边学员去机场的竟是七辆清一色黑色的桑塔纳2000。

“院长指示，要用最高的礼遇送走我们军政学院的精英奔赴祖国的边疆。”带队参谋用宏亮的嗓音传达着院领导对这次送别的重视。

五班的同学们，列队来送池宏非远行。

“该把我们的礼品送给池宏非了！”分别在即，肖可喊了起来。

“来，这是我们一起送你的剔须刀，祝你在希望的田野上早日收获成功！”程艺轩说着，掏出了那只精美的电动剔须刀，还把自己手抄的那本《艺轩随笔》送给了池宏非，“这是我以前写的一点儿东西，都抄在上面了，等研究生毕业后我想再写一部反映咱们军校生活的长篇小说，就叫它《风向正南》，到时候再给你寄去一本。”

“程艺轩，你这是背着于笑薇，自己单干啊？”吴彤酸酸地说着，几个男生也从身后抽出了自己的礼物，这些可还都是压箱底儿的宝贝呢：吴彤送的是一副真皮手套，吕杨送的是一盒防晒霜；肖可特意给池宏非买了一副防紫外线的墨镜，曲直则掏出了一台精致的小收音机，闫岩从怀里捧出了刻有雄鹰的锡壶，喻枫则更有创意，他送出了一只将军笔……

“我回来了！”正这时，满脸是汗的苏畅跑了进来，还扬起了手中装满照片的纸袋。

“对了，我也有东西送给你。”苏畅见每个人都拿出了礼品，也着急地拿出了自己的那份，“池宏非，你对这份礼品一定印象最深。”

原来是那只高倍双筒的俄罗斯军用望远镜，苏畅在新训基地曾用它捕捉到池宏非几人探险的行踪……

“各位兄弟姐妹，我衷心地谢谢你们。”说完，池宏非朝四周的五班学员们深深地敬了个军礼，“但我只要这份心意，不要这些东西，我想只有我们的友谊是无价的，所以我只要珍藏你们的音容笑貌，珍藏你们的祝福就行了……”

“这可是你说的。”程艺轩说着，把于笑薇推到了池宏非的面前，“那她的礼品你收不收呢？”

“池宏非，这是我送你的礼物，一块不用换电池能走三年的表！”于笑薇说完，轻轻抬起了手。四目交接的一刹那，两个人眼眶里都噙着思念而期待的泪水。

池宏非没有回答，只是借着接受礼品的一刹那，紧紧抓住了于笑薇的双手，两个人同样滚烫的体温在那一刻通过双手的传导直达对方的神经中枢。不用表白，一切都在深情的目光交会中找到了答案。

“池宏非，你要她的不要我们的，你就是见色忘友。”喻枫气得瞪起了眼睛。“刚才班会就我没说出那一句话，我的那一句就是‘祝池宏非和于笑薇终成眷属，百年好合。’”

当事人池宏非和于笑薇的脸庞，在大家祝福的掌声中红成了熟透的苹果。这样一个算不上悬念的悬念终于在毕业的最后一刻水落石出。

“那，那，那就照单全收，下不为例啊。”红着脸的池宏非语无伦次地说，不知道是紧张还是激动。

欢送车队开动的时刻，欢送的学员们再次唱起了那首《风向正南》，送给即将远行的毕业战友——

浩浩长江，巍巍钟山，
感恩时光，相聚萨家湾。
虎踞龙盘，秦淮河畔，
美梦成真，来到南政院。
回忆像风，风向正南，
我们团结奋进，
一起阔步向前。
往事如风，风向正南，
我们献身军旅，
一起迈向明天……

第十六章　相聚错那

时间过得真快，转眼大学毕业已经两年多的时间了。

腊月二十八，春节将至，海拔 4300 米，西藏山南的错那地区刚刚下过了一场大雪，四围的群山银妆素裹，戴着中尉军衔的西藏军区错那边防团政工处干事池宏非正在营区里巡查夜哨。

他披着迷彩作训大衣，在团部的营区里行走。望着不远处错那县城里藏族人家飞升的烟火，他才觉得一个人站在雪地里，确实有了一点儿寒意。今年团领导本来批准他回老家休探亲假，但是他却把这个机会让给了一个妻儿在内地的干事，自己仍坚守在错那边防团的办公室里。

蓦地，远远地两道越野车的灯光划破了夜的暗寂，颠簸着向他所在的方向驶来。车子近了，池宏非才发现是山南军分区胡政委的指挥车。

嘎地一声，车子在池宏非面前稳稳地停住。片刻，副驾驶的门缓缓打开，是胡政委下了车。池宏非连忙跑步过去。

池宏非打了个立正，大声说道："首长好，错那边防团政工处干事池宏非向您报告，今天由我执行夜哨巡查，请您指示。"

胡政委满脸神秘，却又故作镇定地说："池干事，辛苦了，高原风寒，注意身体。"

池宏非丈二和尚——摸不着头脑地看着胡政委："对对对，谢谢首长关心。”

胡政委突然冲池宏非神秘地一笑，然后走上前去拍了拍池宏非的肩膀：“不过，今天我可不是来查你岗的，是你的家属千里迢迢从内地赶过来要查你的岗啊。”

池宏非一脸疑惑地：“我家属？我父母都知道我今年不回家过年，这又从哪里冒出的家属啊？”

胡政委微笑着说：“父母是父母，家属是家属，你的个人情况可不许向组织隐瞒啊。得了，不开玩笑了，你赶紧拉开后车门看看是谁来了吧。”

池宏非赶紧跑到车前，拉开了后门。

池宏非刚拉开车后门，惊讶了半分钟，才惊叫起来：“于笑薇，你怎么来了？”

满脸绯红的于笑薇钻出了车门，嗔怪道：“我不能来么？这是不欢迎我啊？不欢迎我我就回去。”

池宏非倒是羞涩了起来，下意识地，他扬起了手腕上那只金灿灿的手表：“不是不是，我当然欢迎了，你看这手表好像快没电池了，我还等你帮着换呢。不过咱们还没那啥，你咋就成了我的家属呢？你不是说七月份研究生毕业再来找我吗？”

于笑薇得意地扬起了手中的档案袋：“我是说了，但我怕你变卦啊。所以我带着结婚申请和外调证明提前来找你了……”

于笑薇的话还没说完，就被池宏非紧紧地抱在了怀里。虽然高原的风雪依旧凛冽，但池宏非炽热的体温让她感到格外温暖。

“对了，池宏非，你还没跟我求婚呢。我不能这么就便宜你了，你看哪有女生跑三千公里来倒追男生的？”突然，于笑薇把池宏非推到一边。

池宏非正在愣神，没想到胡政委的司机突然按了两下喇叭。

片刻，围拢上来一群质朴可爱的战士，把他俩簇拥在人群当中。每个人手捧着洁白的哈达，走上前去把祝福披在他俩的脖子上。不远处，团里的战友们顷刻就燃起了篝火，熊熊火光映照着池宏非和于笑薇泛红的面颊，也映红了高原的冬夜。原来，团里早有准备，只有池宏非还蒙在鼓里。

其实，池宏非自己也提前准备过类似的场景设置，只是没想到幸福来得这么突然，来得这么快。他赶紧让保密员拿着他的办公室钥匙回去，打开办公桌左边由上至下第三个抽屉，把里面那个求婚用的戒指拿过来。

“别回去取了，哪有那么麻烦，我就知道你是个不浪漫的人，我早就在心底里答应你的求婚了……”于笑薇叫住准备飞奔的保密员，一边乐呵呵地对池宏非说道。结果话还没说完，池宏非那宽厚且有些皲裂的嘴唇就迎上来堵住了她的嘴，伴随而来的，还有池宏非带着体温的没出息的眼泪。

第十七章　风再起时

2021 年的鼠年除夕，成都美华中学初三学生池于乐小朋友在家里捯饬文件柜，突然发现了一张 2003 年的报纸，上面有篇报道叫《追你追到天边边》，写的就是他父母当年在错那边防团结婚的故事。他津津有味地读了下去，读到结尾却突然皱起了眉头：

"妈，那时候的报纸就这么发你和我爸的土味情话啊？还什么'围拢过来的战士们用热烈的掌声和欢呼声向这一对准新人祝福。池宏非和于笑薇两个人深情对视，拥抱得更紧了，两颗年轻的心从此不再分离……'"

"哎，我说池于乐，没有我和你爸那时候在错那结婚，哪有你今天粗壮野蛮的生长啊。"已经自主择业专心陪着孩子中考的于笑薇在和孩子池于乐斗智斗勇。"你看看你爸爸，因为疫情还在西藏抗疫的一线，也不能休假回来，过两天你中考了他肯定又是事后诸葛亮了。"

正说到这儿，家里的电话机响了。

"亲爱的老婆大人，干啥呢？有没有想我啊？"池宏非说道。

"爸，您这话也太老土了吧？咱们能换个方式给我妈打电话么？"池于乐接过了话筒。

"于乐啊，马上中考了，爸爸春节要值班，不能赶回去陪你了，你要听妈妈的话，好好考模拟考试……"

“爸，您这话我都听了上百遍了，知道啦。好了，我让我妈接电话。”

池于乐把听筒交给了于笑薇。

“我说池政委，您辛苦了。”于笑薇意味深长地说，“咱们这半年多没见面了，你还记得我长啥样子不？”

“老婆大人，没办法啊，理解万岁吧，我在山南无名湖哨所这边慰问留守官兵，现在雪下的有点儿大，不知能不能按时回到贡嘎机场赶飞机。”不知为何，池宏非突然笑了，他话锋一转，“对了，前几天军报发了咱们老同学闫岩的稿子《我的军校老铁》，你看了没，写得挺有意思的。”

“看报纸？我这不是按照你的指示，自主在家看孩子么？上哪里能看得到军报啊？”于笑薇嗔怪道。

“那我给你转发过去，你看看，突然想咱们五班的老同学们了……”池宏非说，“今年咱们毕业二十年，昨天吴彤还说得找机会聚聚了。”

刚放下电话，池宏非就用微信发来一篇叫作《我的军校老铁》的文章，署名是东海舰队某基地宣传处处长闫岩。看了一段，于笑薇竟情不自禁地读了起来：

“军旅的记忆中，有一种老铁，叫作军校同学。曾经‘掉皮掉肉不掉队，流血流汗不流泪’的日子摔打出来的，都是最珍贵的兄弟姐妹。以至于多年以后每次周末的同学聚会，酒过三旬，菜过五味，大家都要翻出旧账本，调整座椅靠背。关上手机、PAD 和照相机，开始互相揭老底、翻旧账、理思路、找回味。记忆深处的那些珍藏的过往，都要拿出来晾晒一下，品一杯往事，酒不醉人人自醉。还好家属没来，还好点到为止，还好那些青春那些花儿，都没有被岁月的风雨揉碎……

“想当年的军校岁月，真的是简单的生长：匍匐前进，一起爬过烂泥塘；射击训练，一起扛过 81 杠；军姿训练开小差，一起写过 5000 字检查；晚上实在饿的够呛，一起翻过小卖部的围墙；毕业前离别的那个晚上，一起喝成了铃儿响叮当……好怀念 20 年前那样一段时光，我们相聚在一起，友谊永不忘。那时的小值日，还得抢饭在饭堂；那时的电话亭，还得排队排成行；那时的外出证，是最稀缺的宝藏；那时的红肩章，比太阳还闪亮。

对了，那时隔壁区队的师姐和师妹，现在过得怎么样？

“猛然间，想起军训基地的老班长，是否已经离开了军营？记得那时军训的时候，我的军被经常被扔进宿舍门前的草丛，然后内务培训班“黄埔X期”的小黑板上又会出现本人的大名。他们率先示范，三分叠、七分整，班长的手艺会造型。经过几次回炉深造，我的军被也受到了大家的好评，美滋滋地向班长敬了军礼，感谢他下苦功翻来覆去给我的军被定了型。后来训练开小差，又被班长抓现行，操场抓紧跑十圈，回来继续举哑铃，然后蹲下练蛙跳，最后叫我别矫情。不想不打不相识，越来越有真感情。每天晚上十点半，准时山坡谈人生，谈天说地聊空气，军旅生活才启蒙。班长羡慕我们学习好，有机会读个好文凭，鼓励我们走正路，以后为军队立新功。记得军训快结束的前一个月，新训班长要和我们分别了，他们要返回本院走上新的工作岗位。那时那地，广播里播放着《我的老班长》，人群里就我们班这几个兄弟姐妹哭得最凶。都说军民鱼水情血浓于水，我们这战友情比血还要浓。

“后来回到了院本部，我们开始了系统的知识学习。那时候才感觉一身绿军装、两面红肩章的魅力和新奇。走在大街上，潇洒又自信，昂首挺胸，彬彬有礼。然后就是各种照相。三五成群两成行，各个角落来一张。冲洗出来之后，开始苦练签名、奋笔疾书，塞进信封、四处邮寄。那时的天总是很蓝，日子总过得太慢。冬天宿舍没暖气，夏天只能开电扇。但就是在这样的生活中，我们在南方的六朝古都找到了那么多的乐趣，图书馆的各式书籍期刊，阅览室里的各种最新报纸杂志，纷纷汇聚成我们头脑中知识的海洋。身未动、心已远，坐地日行八万里、巡天遥看一千河。现在想来，真要感谢那些年，没有纷繁琐事困扰的日子，我们静下心来，学到的那么多今天赖以求生的看家本领；现在想来，真要感谢那些年，那么多无私奉献的教员和队干部，以言传身教，教育我们做人作文的朴实道理；现在想来，真要感谢那些年，有这样一所能够给予我们关怀和呵护的军校，以温暖以待，鼓励我们团结献身、求实创新的真诚校训。

“再要隆重表扬的，是我们特别能吃苦特别能战斗的英雄集体，我们八人组成的坚强的男同胞寝室。冬天战严寒，夏天斗酷暑，每个夜晚来临的时候，临着就寝前洗洗睡的时刻，八仙聚齐，故事开始：老大的臭脚，袜子可以粘上墙；老二的呼噜，马上传遍小走廊；老三的衣服，半月不洗已泛黄；老四的笔记，落下太多今晚一定得补上；老五去洗冷水澡，啥也不穿一会儿肯定窗前明月光；老六打着手电筒，熄灯又要写信给远方那个姑娘；老七听着随身听，估计又听陈百强；老八刚泡的方便面，闻着就想尝一尝……来来来，凑上前，说好我就吃一口，结果一口吃完只剩汤。只见老八无奈的身影，一言不发去走廊，斯人憔悴独彷徨。那时的日子没手机，那时有个 BP 机，就觉得没事给人留个号码就显得特别忙。结果好久没有啥动静，只好就寝前自己偷摸出去打给寻呼台，告诉人家半小时后呼两遍，就说稿子准备怎么样，赶紧发来出小样。

“最最幸福的时候，就是周末的上下午，拿着外出证，找个兄弟去大桥南路家乐福，或是三牌楼的苏果仓储。找个银行取出点儿现金银两，开始奔着心理大满足、物质大丰富，快步流星迈大步。社会主义就是好，今天一定要吃饱。记得一次和同寝室的兄弟买了带泥的松花蛋，在超市旁边的喷泉洗去了泥、拨了外壳就开始大块朵颐，感觉这些年这才是吃过的最好吃的松花蛋。结果回到寝室才发现，一路走来，嘴角沾了泥，彼此谁都没发现，不想那些黄土已经吹干在风里……军校的生活少了很多风花雪月，但是多了不少侠骨衷肠，一曲《好汉歌》，倒也显得特别悠扬。就算没有穿军装，主动作为也是没商量。帮助老人、见义勇为、无偿献血、慷慨解囊……咱军校的学员就是这个样，只因为我们都是军中好儿郎。

“2001 到 2021，已经二十年，就像风一样，吹去了无痕，吹来都变样。美丽的都是传说，月半是大多的下场。晒娃的都是女生，佛系男都熬鸡汤。各有各的小家庭，各有各的大事业，各有各的朋友圈，各有各的温柔乡。手机里除了老公老婆爸爸妈妈的称呼还可能有些许雷同，再能找到的话题就是曾经一起在军校里摸爬滚打出来的钟山风雨起苍黄……毕业后的各分东西，人行南北，虽然相隔千里，但是心在咫尺。一个电话召唤，就像通电的电熨斗温热滚烫。谁让我们四年同窗，谁让青春一起飞扬，谁让日子简单快乐，谁让咱们一起阳光？

“在谁都不缺吃不缺穿、食堂每天比以前过年吃得都好的今天，突然发现饭局恐惧症的我们现在只有参加军校同学的聚会才会像极了打鸡血，谁谁来了三更半夜打电话也肯定准时赴约，喝不喝酒都是次要的，见面的第一句话准是：老同学，你真不讲究，早不跟我说一声，害的我这火急火燎地才赶来。今天这顿，我请了。这就是同学，军校的同学，是最特殊的老铁。有时遇到周末饭局撞车，肯定优先同学聚会，然后满脸歉意地编织着善意的谎言给另外的朋友打电话：单位加班有个会，临时要求出不来，你们先吃别等我，改天再聚我安排。

同样的，军校同学的字典里没有人走茶凉，没有推脱牵强。只要是不违规，不越界，同学找办事，找同学办事，也是一个样：

‘到你这了，有个事，请你帮个忙。’

‘放心吧，咱啥关系，必须尽全力。’

‘那啥啥，带点儿东西你收下，现在找谁都得搭人情。’

‘别扯淡，赶紧拿走，来这套，以后还能一起愉快玩耍不？’

“每一次都被军校同学的实际行动温暖着、感动着，眼泪在眼眶里打转也不让它们流出来。毕竟咱不是性感，就是感性的人。但我深深地感谢有这么好的一群兄弟姐妹，当我人生老铁，做我军校同学。

“有时候夜阑人静，还喜欢翻看那些军校时的旧照片。月还是上弦，风还在清扬，无酒且饮茶，无花满庭芳。然后对着那些老照片，回忆当年情，又记旧时光。某某副师刚调上，前途很明亮；某某去年转国企，中国500强；某某自主干实体，公司经营正风光……关键是要适合自己，干好本职才是学有所长，各级支持挑些重担，不能辜负领导希望。再想想当年的军校生活，还是应该初心不忘，一切名利都是臭氧层子，关键是当年求学军校的来来往往，至今仍然常念想：都是上下铺，都住一间房，都有青春梦，都穿绿军装。一三五出早操，二四六整内务，集合在军校的旗帜下，却来自祖国的四面八方，相逢是首歌，同行是朝阳。

“二十年多前的《红十字方队》，现在再没有人重播；1998 年的挥师三江，也已尘封进了史册。但是那一段属于我们自己的军校故事，却永远不会依稀，永远不会褪色，因为我们军校老铁讲的是融入血液的友谊，因为我们军校同学组成了永远的太阳部落。”

看完这个“军校老铁”的文章，于笑薇不禁莞尔一笑。在手机上翻了好久，才翻到了微信里的“97 级 11 队 5 班大咖群”，自从孩子到了初三下学期，已经好久没有到群里看看了。打开后才发现，好多同学已经开始筹备毕业 20 年的聚会了，她在程艺轩的留言下跟帖道：

“娃今年中考，考完我带她一起去南京军政学院，让她看看军中北大的模样。”

发完不到五分钟，吴彤、曲直、苏畅等男同胞纷纷跟帖，表示他们也要参加，看看二十年后的班花于笑薇，是不是比以前更漂亮了。

“妈啊，你看看这么多人说你是班花，你咋想起跟我爸这个在西藏工作的老顽固在一起了呢？”池于乐笑着问。

“你爸啊，身上有那股子劲，一直就特吸引我。”

“哎呦，真没想到，我妈还这么有情调？我倒要去南京看看，这军中北大到底有啥特别的地方，能凑出你俩这么不搭的一对儿。”

“叮咚”，门铃响了。

“谁呀？”池于乐赶紧跑去开门，没想到门外站着的竟是风尘仆仆赶回来的池宏非。

“妈，我爸回来了。”

“你不是说大雪封山，回不来了么？这是光速咋的？人就到了。”

于笑薇一边说着，一边接过池宏非的行李箱。

“我这不是给你个惊喜么？错那县政府听说我们要回家过年却被困山上了，昨天一早就出动了推雪车，中午就推出了一条回山南的路，这才保证我们今天早班飞机回到成都。”池宏非突然像个孩子似的抱住了于笑薇，又拽住了池于乐，“今天是除夕，咱们一家人快快乐乐地迎接牛年的到来。”

“池宏非，别没正形，快洗手去，咱们一起包饺子。”于笑薇一把推开池宏非的手，假装严肃地命令道。

“于乐，你在捣鼓啥呢？”池宏非看到池于乐在面板旁边支了个落地架子，又忙着摆弄手机，就训斥道：“赶紧过来包饺子啊。”

“爸，你别着急啊，我这是正在群里实时直播呢。”

“啥群啊，就手机直播，还怕别人都不知道是咋的？”池宏非问道。

“我看看，我看看，这小子马上中考了，都跟谁聊呢？”于笑薇心急火燎地凑过去，盯着手机屏幕。

屏幕上角赫然写着：“97 级 11 队 5 班接班人群。”原来是 5 班的子弟们自己也弄了个微信群，正在商量父母毕业二十年他们要不要也跟着来呢。

池宏非一边和面，一边含情脉脉地看着于笑薇，认真地说：

“看来这毕业二十年的大聚会啊，我们还都得想办法去南京了。”

于笑薇擀着面皮，对着池宏非不容置辩地发号施令：

“我们一定要去，而且是一家三口去，咱班同学都等着见我们呢。”

窗外，静静地飘起了小雪花。鞭炮的声响预示着告别旧岁，喜迎新春。此刻，池于乐打开了视频会议的按钮，五班的下一代们都守候在各自的手机前，准备着开场的节目。

池于乐高喊了一声：“来吧，展示。”

视频会议室里来自不同地域的五班的下一代们，一起唱起了父辈写满回忆的歌曲——《风向正南》：

浩浩长江，巍巍钟山，
感恩时光，相聚萨家湾。
虎踞龙盘，秦淮河畔，
美梦成真，来到南政院。
回忆像风，风向正南，
我们团结奋进，
一起阔步向前。
往事如风，风向正南，

我们献身军旅，

一起迈向明天……